HEYNE BÜCHER

SCIENCE FICTION

Herausgegeben von Wolfgang Jeschke

DIE ZWILLINGSWELTEN-TRILOGIE:

1. Roman: *Die Heißluft-Astronauten* · 06/4773

Diesland und Jenland bilden ein enges Coorbitalsystem, und beide Planeten teilen sich eine ungewöhnlich dichte, hochreichende Atmosphäre. Als Diesland durch rücksichtslosen Raubbau heruntergewirtschaftet ist und die Natur sich gegen die Bewohner kehrt, beschließt man, auf die Zwillingswelt auszuwandern, um einen jungfräulichen Planeten in Besitz zu nehmen. Dies soll durch Heißluftballons geschehen, die in die hohe Atmosphäre aufsteigen, wenden und auf Jenland landen sollen. Als erste Versuche erfolgreich verlaufen, wird eine Auswandererflotte ausgerüstet. Doch nur wenige werden auf den Schiffen Platz finden, um der aus Rand und Band geratenen Ökologie zu entrinnen. Es kommt zu erbitterten Kämpfen beim Start der Flotte, die angeführt wird von den Ballons der königlichen Familie, denn der König soll als erster den Fuß auf das unberührte Neuland setzen — was auch gelingt, nur anders, als man es sich vorgestellt hat.

2. Roman: *Die hölzernen Raumschiffe* · 06/4774
3. Roman: *Die flüchtigen Welten* · 06/4775

Von Bob Shaw erschienen des weiteren in der Reihe
HEYNE SCIENCE FICTION & FANTASY:

Der Himmel ist frei · 06/4106

In der BIBLIOTHEK DER SCIENCE FICTION LITERATUR:

Andere Tage, andere Augen · 06/36

BOB SHAW

Die Heißluft-Astronauten

Erster Roman der
Zwillingswelten-Trilogie

Aus dem Englischen übersetzt
von Hendrik P. Linckens

Illustriert von John Stewart

Deutsche Erstausgabe

Science Fiction

WILHELM HEYNE VERLAG
MÜNCHEN

HEYNE SCIENCE FICTION & FANTASY
Band 06/4773

Titel der englischen Originalausgabe
THE RAGGED ASTRONAUTS
Deutsche Übersetzung von Hendrik P. Linckens
Das Umschlagbild malte Alan Brooks
Die Illustrationen zeichnete John Stewart

Redaktion: Wolfgang Jeschke

Printed in Germany 1991
Umschlaggestaltung: Atelier Ingrid Schütz, München
Satz: Schaber, Wels
Druck und Bindung: Elsnerdruck, Berlin

ISBN 3-453-04484-3

INHALT

ERSTER TEIL

Schatten am Mittag

1. Kapitel

Für Tauler Marakain und ein paar weitere Zuschauer am Boden gab es keinen Zweifel; das Luftschiff steuerte einen unheilvollen Kurs. Unbegreiflich war nur, daß der Kapitän anscheinend nichts ahnte ...

»Was denkt sich dieser Narr eigentlich?« sagte Tauler laut, obgleich es niemanden gab, der ihn hören konnte. Er beschattete die Augen, um besser sehen zu können. Für die Bewohner dieser Längen bot die Natur nichts Außergewöhnliches — die ungetrübte indigoblaue See, den blaßblauen weißgefiederten Himmel und die dunstige Weite von Jenland, der Schwesterwelt, die bewegungslos nahe am Zenit hing, deren Scheibe über und über von Wolkenbändern durchkreuzt wurde. Trotz der blendenden Helligkeit des Frühtags waren noch etliche Sterne sichtbar, darunter die neun hellsten — das Sternbild des *Baumes.*

Vor dieser Kulisse trieb das Luftschiff in einer leichten Seebrise heran, was natürlich Energiekristalle sparte. Das Fahrzeug hielt direkt auf das Ufer zu, die blaugraue Hülle perspektivisch zu einer kreisrunden Scheibe verkürzt, ein winziges bildliches Echo von Jenland. Es kam gut voran, doch der Kapitän ließ offenbar außer acht, daß die anlandige Brise, die ihn trug, sehr flach war; sie reichte kaum höher als dreihundert Fuß. Darüber und gegen die Fahrtrichtung blies ein westlicher Wind, der vom Haffangar Plateau fiel.

Tauler konnte Strömung und Gegenströmung der Luft so präzise verfolgen, weil die Rauchsäulen der Paikntiegel entlang der Uferlinie nur eine kurze Strecke landeinwärts trieben, ehe sie aufstiegen und hinaus auf die See geweht wurden. Zusammen mit diesen Nebelstreifen aus Menschenhand wurden ganze Wolkenbänder vom Dach des Plateaus hinausgezogen — darin lag die eigentliche Gefahr für das Luftschiff.

Tauler nahm das gedrungene Teleskop aus der Tasche, das er seit seiner Kindheit bei sich trug, und musterte damit die Wolkenschichten. Wie er befürchtet hatte, konnte er innerhalb von Sekunden mehrere verschwommene Tupfer aus Blau und Magenta ausmachen, die in der weißen Wolkenmasse schwebten. Ein oberflächlicher Betrachter hätte sie wahrscheinlich gar nicht bemerkt oder die vagen Flecken als optische Effekte abgetan, aber für Tauler waren sie ein Alarmsignal. Daß er die wenigen Pterssas beinahe sofort entdeckt hatte, bedeutete, daß die ganze Wolke voll davon war; sie verbarg Hunderte dieser Kreaturen und trug sie auf das Luftschiff zu.

»Holt einen Sonnenschreiber!« brüllte er aus voller Lunge. »Sagt diesem Verrückten, er soll abdrehen, oder rauf- oder runtergehen, oder ...«

Seine Gedanken überschlugen sich. Er sah sich fieberhaft um. Außer den halbnackten Heizern und Rührern zwischen den rechteckigen Tiegeln und Brennstoffbehältern war niemand zu sehen. Alle Aufseher und Adepten schienen die steigende Hitze des Tages zu meiden und sich in den Stationsgebäuden aufzuhalten. Die niedrigen Bauten mit ihren weit überhängenden Dächern, den komplexen Karomustern aus orangefarbenen und gelben Backsteinen und der roten Sandsteinverkleidung an Ecken und Rändern entsprachen ganz der kolkorronischen Tradition. Sie erinnerten entfernt an Schlangen, die in der heißen Sonne dösten. Tauler konnte nicht einen Diensthabenden hinter den schmalen, vertikalen Fenstern entdecken. Eine Hand gegen das hinderliche Schwert gepreßt, rannte er auf das Gebäude des Vorstehers zu.

Tauler war für ein Mitglied des philosophischen Ordens ungewöhnlich groß und muskulös; die Arbeiter an den Schmelztiegeln wichen hastig zur Seite, um ihn nicht aufzuhalten. Gerade als er das einstöckige Gebäude erreichte, eilte Komdak Gurra, ein Jung-Archivar, heraus; er trug einen Sonnenschreiber. Als er Tauler sah, der auf ihn lossteuerte, schreckte er zurück und machte Anstalten, ihm das Instrument auszuhändigen. Tauler wehrte ab.

»Du machst das«, sagte er ungeduldig, weil er genau wußte, daß er selbst viel zu langsam war, wenn es darum ging, Worte für eine Nachricht zusammenzufügen. »Du hältst das Gerät in den Händen — worauf wartest du?«

»Tut mir leid, Tauler.« Gurra zielte mit dem Sonnenschreiber auf das herannahende Luftschiff, und die Glasstreifen im Innern des Gerätes klackten jedesmal, wenn er den Auslöser betätigte.

Tauler wippte von einem Fuß auf den anderen, während er nach irgendeinem Beweis fahndete, daß der Pilot die geblinkte Warnung empfangen hatte. Das Schiff trieb weiter, blind und arglos. Tauler hob sein Teleskop und konzentrierte sich auf die blaugestrichene Gondel; er war einigermaßen überrascht, denn das Symbol aus Feder und Schwert wies das Fahrzeug als königlichen Boten aus. Was für einen Grund mochte der König haben, ausgerechnet mit der entlegensten Experimentierstation des Erzphilosophen in Verbindung zu treten?

Nach schier endlosen Augenblicken enthüllte ihm die Vergrößerung ein eiliges Hin und Her hinter der Brüstung des Vorderdecks. Sekunden später lösten sich graue Rauchwolken aus der linken Seite der Gondel und bewiesen, daß die seitlichen Antriebsrohre abgefeuert wurden. Die Ballonhülle des Luftschiffs kräuselte sich und die ganze Konstruktion neigte sich, als das Fahrzeug nach rechts schwenkte. Es verlor rapide an Höhe bei dem Manöver, berührte aber bereits die Wolke und verschwand jedesmal, wenn es von den Ranken aus Wasserdampf verschlungen wurde. Schreie des Entsetzens, dünn ausgezogen durch Entfernung und Luftströmung, erreichten die verstummten Zuschauer am Ufer; einige Männer wurden sichtlich unruhig.

Tauler vermutete, daß irgend jemand an Bord des Luftschiffes auf eine Pterssa gestoßen war, und das Grauen ließ ihn schaudern. Es hatte ihn viele Male in bösen Träumen heimgesucht. Das Schlimmste an diesen Alpträumen war nicht die Todesangst, sondern das Gefühl, daß es völlig aussichtslos und sinnlos war, einer Pterssa innerhalb ihrer tödlichen Reichweite Widerstand zu leisten. Auge in Auge mit Meuchelmördern oder wilden Tieren ließ sich zumindest kämpfen; das mochte einen Mann, der unterlag, auf seltsame Weise mit dem Tod aussöhnen. Aber wenn die fahlen Blasen suchend und zitternd näherkamen, gab es *nichts*, was man tun konnte.

»Was geht hier vor?« fragte Vorndal Sisstt, der die Station leitete und soeben im Haupteingang seines Gebäudes erschienen war. Er war mittleren Alters, mit einem kugeligen, fast kahlen Kopf und jener streng aufrechten Haltung eines Mannes, der sich seiner unterdurchschnittlichen Größe bewußt ist. Das gepflegte, sonnengebräunte Gesicht verriet Verdruß und Besorgnis.

Tauler deutete auf das sinkende Luftschiff. »Irgendein Idiot hat die ganze Reise gemacht, nur um Selbstmord zu begehen.«

»Haben wir ihn gewarnt?«

»Ja, aber wahrscheinlich zu spät«, sagte Tauler. »Vor einer Minute war das Schiff noch von Pterssas umgeben.«

»Wie schrecklich«, tremolierte Sisstt und legte den Handrücken gegen die Stirn. »Ich lasse die Schutzschirme hissen.«

»Das ist nicht nötig — die Basis der Wolken sinkt nicht weiter ab, und am hellen Tag werden die Blasen kaum diesen Abgrund überqueren.«

»Ich will kein Risiko eingehen. Wer weiß, was ...?«

Sisstt brach ab und starrte zu Tauler hinauf, dankbar, endlich seinen Gefühlen Luft machen zu können. »Wann hat man dich ermächtigt, hier die Entscheidungen zu treffen? Das ist immer noch meine Station. Hat Baron Glo dich etwa in den Adelsstand erhoben, ohne mich davon in Kenntnis zu setzen?«

»Neben dir bedarf es keiner Erhebung«, reagierte Tauler heftig auf den Sarkasmus des Stationsleiters, wobei er das Luftschiff nicht aus den Augen ließ, das jetzt in Richtung Ufer tauchte.

Sisstts Kinnlade sackte herunter, und seine Augen verengten sich, während er überlegte, ob der Kommentar sich auf seine Statur oder seine Fähigkeiten bezog. »Das war Anmaßung«, klagte er an. »Anmaßung und Ungehorsam, und ich werde dafür sorgen, daß bestimmte Leute davon erfahren.«

»Hör auf zu nörgeln«, sagte Tauler und wandte sich ab.

Er lief den flachen Abhang zur Bucht hinunter, wo sich eine Gruppe von Arbeitern eingefunden hatte, um bei der Landung zu helfen. Die Mehrfachanker des Schiffes schleiften durch die Brandung hinauf auf den Sand und pflügten dunkle Furchen in die weiße Uferfläche. Männer ergriffen die Seile und konterten mit ihrem Gewicht die unberechenbaren Reaktionen des Fahrzeugs auf die launischen Brisen. Tauler konnte den Kapitän erkennen, wie er über die vordere Brüstung der Gondel gelehnt seine Anweisungen schrie. Mittschiffs schien eine Art Tumult im Gange, ein Handgemenge zwischen Mitgliedern der Mannschaft. Es kam vor, daß jemand, der einer Pterssa zu nahe gekommen war, zum Amokläufer wurde; womöglich wurde der arme Teufel soeben von seinen Kameraden überwältigt.

Tauler griff nach einem durchnäßten Seil und hielt es straff, um mitzuhelfen, das Luftschiff nahe genug an die Haltepfähle zu bringen, die das Ufer säumten. Schließlich knirschte der Kiel der Gondel in den Sand, und

Männer mit gelben Hemden schwangen sich über die seitliche Brüstung, um das Fahrzeug zu sichern. Die Berührung mit dem Tod hatte sie sichtlich aufgebracht. Sie fluchten fürchterlich, als sie die Paiknarbeiter mit sinnloser Gewalt beiseite stießen, und damit begannen, das Schiff zu vertäuen. Tauler ahnte, wie ihnen zumute sein mußte, und lächelte verständnisvoll, als er die Leine einem flaschenschultrigen Luftfahrer mit schlickfarbener Haut übergeben wollte, der sich näherte.

»Was grinst du so, du Dreckfresser?« knurrte der Mann und griff nach dem Seil.

Tauler zog das Seil zurück und zurrte in derselben Bewegung eine feste Schlinge um den Daumen des Luftmanns. »Nimm das zurück!«

»Was zum ...!« Der Luftmann wollte Tauler mit dem freien Arm zur Seite schleudern und riß die Augen auf, als er feststellen mußte, daß er es nicht mit einem der üblichen wissenschaftlichen Handlanger zu tun hatte. Er sah sich hilfesuchend um, aber Tauler zurrte die Schlinge fester.

»Das bleibt unter uns«, sagte Tauler ruhig und benutzte die Kraft seiner Oberarme, um das Seil noch schärfer zu spannen. »Nimmst du nun den Dreckfresser zurück oder willst du deinen Daumen lieber an einer Kette um den Hals tragen?«

»Das wird dir noch leid ...« Die Stimme des Luftfahrers erstickte, als ein Gelenk in seinem Daumen vernehmlich knackte; er sackte in sich zusammen und rang totenblaß nach Luft. »Ich nehme es zurück. Laß mich! Ich nehme es zurück.«

»Das ist auch besser so«, sagte Tauler und lockerte das Seil. »Jetzt können wir nämlich Freundschaft schließen.«

Er lächelte gespielt freundlich und ließ sich nicht anmerken, wie bestürzt er in Wahrheit war. Das passierte ihm immer wieder! Es war ein Gebot der Vernunft, formale Beleidigungen entweder zu übergehen oder sachlich darauf einzugehen, aber in solchen Situationen gewann sofort sein Temperament die Oberhand und stellte ihn auf die gleiche Stufe mit primitiven reflexgesteuerten Kreaturen. Er hatte sich nicht bewußt dafür entschieden, Gewalt anzuwenden, und doch wäre er bereit gewesen, den Luftfahrer zum Krüppel zu machen, wenn er die Beleidigung nicht zurückgenommen hätte. Das Schlimme daran war, daß er gar nicht fähig war zurückzustecken, und daß dieser unbedeutende Zwischenfall noch zu einer Gefahr für alle Beteiligten eskalieren konnte.

»*Freundschaft*«, stieß der Luftfahrer heraus und preßte die mißhandelte Hand in die Magengrube; sein Gesicht war von Schmerz und Haß verzerrt. »Sobald ich wieder ein Schwert halten kann, werde ich ...«

Er ließ die Drohung unvollendet, als sich im Sturmschritt ein bärtiger Mann näherte, der das reich bestickte Wams eines Luftkapitäns trug. Der Kapitän mochte um die Vierzig sein; er schnaufte heftig, und das safrangelbe Material der Weste zeigte feuchtbraune Flecken unter den Achseln.

»Was ist los mit dir, Kaprin?« sagte er und starrte den Luftmann ärgerlich an.

Kaprins Augen bedachten Tauler mit einem unheilvollen Flackern, dann senkte er den Kopf. »Die Hand hat sich in der Leine verfangen, Herr. Das hat mir den Daumen verrenkt.«

»Arbeite doppelt so hart mit der anderen«, sagte der Kapitän und entließ den Luftmann mit einem Wink. Er sah Tauler an. »Ich bin Luftkapitän Hlonvert. Du bist nicht Sisstt. Wo ist Sisstt?«

»Da.« Tauler zeigte auf den Stationsvorsteher, der sich mit unsicheren Schritten die Uferböschung heruntertastete, den Saum seiner grauen Robe zusammengerafft, um den Steinbecken auszuweichen.

»Dann ist das der Wahnsinnige, der verantwortlich ist.«

»Verantwortlich wofür?« sagte Tauler stirnrunzelnd.

»Für den Qualm aus diesen verfluchten Suppentöpfen, der mir die ganze Sicht geraubt hat.« Hlonverts Stimme war voller Zorn und Verachtung, als er den Blick schwang, um die Kette von Paikntiegeln zu erfassen mitsamt den Rauchsäulen, die sie in den Himmel entließen. »Es heißt, man will hier Energiekristalle herstellen. Das ist doch wohl ein Witz, oder?«

Tauler, der eben erst mit knapper Not sein Temperament gezügelt hatte, fühlte sich schon wieder provoziert. Die Tragik seines Lebens war, daß er ausgerechnet in eine Philosophensippe hineingeboren war und nicht in die Militärkaste; er verbrachte viel Zeit damit, sein Los zu schmähen, doch er konnte es nicht ausstehen, wenn er Schützenhilfe von außen bekam. Er musterte den Kapitän mit kühlem Blick, so lange, bis es an Respektlosigkeit grenzte, dann sprach er wie zu einem Kind.

»Niemand kann Kristalle herstellen«, sagte er. »Aber man kann sie züchten — wenn die Lösung rein genug ist.«

»Und wozu der ganze Aufwand?«

»In dieser Gegend lagert viel Paikn. Wir gewinnen es aus dem Boden und suchen einen Weg, es so weit zu läutern, bis es rein genug ist für die Kristallisation.«

»Zeitverschwendung«, sagte Hlonvert wegwerfend und wandte sich ab, um sich mit Vorndal Sisstt anzulegen.

»Guten Frühtag, Kapitän«, sagte Sisstt. »Ich bin ja so froh, daß Ihr sicher gelandet seid. Ich habe befohlen, sofort die Pterssaschirme auszufahren.«

Hlonvert schüttelte den Kopf. »Das ist überflüssig. Außerdem hast du schon für den Schaden gesorgt.«

»Ich ...« Sisstts blaue Augen blickten ängstlich hin und her. »Ich verstehe nicht, Kapitän.«

»Die stinkenden Schwaden und Dämpfe, die du in den Himmel kotzt, entstellen die natürliche Bewölkung.

Es hat Tote unter der Mannschaft gegeben — und ich mache dich persönlich dafür verantwortlich.«

»Aber ...« Sisstt blickte empört auf die fliehende Linie der Klippen, von denen sich, über viele Meilen hinweg, eine Wolkenfahne nach der anderen auf die See hinausschlängelte. »Aber diese Art von Wolkenbildung ist seit langem typisch für diese Küste. Ich sehe nicht, wie man mich für ...«

»Ruhe!« Hlonvert legte eine Hand an sein Schwert, machte einen Schritt vorwärts und stieß Sisstt mit der freien Handfläche vor die Brust; der Stoß streckte den Stationsvorsteher rücklings und mit gespreizten Beinen zu Boden. »Zweifelst du etwa an meinen Fähigkeiten? Willst du behaupten, ich hätte fahrlässig gehandelt?«

»Natürlich nicht.« Sisstt krabbelte auf die Füße und klopfte sich den Sand aus den Kleidern. »Vergebt mir, Kapitän. Jetzt, wo Ihr mich darauf aufmerksam macht, kann ich mir gut vorstellen, daß die Dämpfe aus unseren Tiegeln unter gewissen Umständen ein Risiko für Luftfahrer darstellen.«

»Du solltest Signalfeuer setzen.«

»Ich werde das sofort veranlassen«, sagte Sisstt. »Wir hätten schon längst darauf kommen sollen.«

Tauler, der alles mitansah, fühlte eine prickelnde Wärme im Gesicht. Kapitän Hlonvert war groß von Statur, was für einen Mann von militärischer Herkunft normal war, doch er war auch weich und hatte Fett angesetzt, so daß selbst jemand von Sisstts Größe ihn mit Schnelligkeit und wutgehärteten Muskeln hätte bezwingen können. Hinzu kam, daß Hlonvert sein Schiff mit sträflichem Leichtsinn geführt hatte, was er mit seinem Gepolter zu verbergen versuchte und die Gegenwehr vor einem Tribunal hätte rechtfertigen können. Doch mit alledem hatte Sisstt nichts zu schaffen. Ganz im Einklang mit seiner Natur schwänzelte der Vorsteher um die Hand herum, die ihn mißhandelt hatte. Später würde er seine Feigheit mit Witzeleien entschuldigen und sich abreagieren, indem er die jüngsten seiner Untergebenen schikanierte.

Tauler hätte zu gerne den Grund für Hlonverts Besuch erfahren, aber er mußte einfach fort von hier, mußte sich von Sisstts Kriecherei abnabeln. Er wollte gerade gehen, als ein kurzgeschorener Luftfahrer, der die weißen Insignien eines Leutnants trug, an ihm vorbeieilte und vor Hlonvert salutierte.

»Kapitän, die Mannschaft ist zur Inspektion angetreten«, meldete er lakonisch.

Hlonvert nickte und warf einen Blick auf die Reihe der Gelbhemden, die am Schiff warteten. »Wie viele haben den Staub eingeatmet?«

»Nur zwei, Kapitän. Wir haben Glück gehabt.«

»Glück?«

»Ich will damit sagen, Kapitän, daß unsere Verluste ohne Eure Erfahrung und Geistesgegenwart viel höher gewesen wären.«

Hlonvert nickte wieder. »Wer sind die beiden?«

»Pouksl und Legju«, sagte der Leutnant. »Aber Legju will es nicht zugeben.«

»Ist der Kontakt bezeugt?«

»Ich habe es selbst mitangesehen, Kapitän. Die Pterssa war, als sie platzte, kaum einen Schritt weit von ihm entfernt. Er hat den Staub geatmet.«

»Warum kann er nicht dazu stehen wie ein Mann?« sagte Hlonvert irritiert. »Ein einziges Milchgesicht kann eine ganze Mannschaft durcheinanderbringen.« Er blickte finster in die Richtung der wartenden Männer, dann wandte er sich an Sisstt. »Ich habe für dich eine Nachricht von Baron Glo, doch da sind gewisse Formalitäten, die keinen Aufschub dulden. Warte hier!«

Sisstt wurde blaß. »Kapitän, ich würde Euch lieber in meinen Räumen empfangen. Außerdem warten dringende ...«

»Du wirst *hier* warten«, fiel ihm Hlonvert ins Wort, wobei er Sisstt mit einem Finger derart heftig gegen die

Brust stieß, daß der kleinere Mann taumelte. »Du sollst ruhig zusehen, welche Folgen es hat, wenn man den Himmel so versaut, wie du es tust.«

Trotz der Verachtung, die er für Sisstts Verhalten empfand, drängte es Tauler nun doch, den Demütigungen des kleinen Mannes ein Ende zu setzen; aber solche Angelegenheiten waren in der kolkorronischen Gesellschaft nach einem strengen Protokoll geregelt. Ungebetener Beistand in einer Auseinandersetzung waren eine erneute Beleidigung, weil man damit Feigheit unterstellte. Als der Kapitän sich umdrehte, um zu seinem Schiff zu gehen, ging Tauler an die Grenze des Erlaubten und stellte sich Hlonvert direkt in den Weg; doch die Herausforderung blieb unbemerkt. Hlonvert wich einfach aus, den Blick in den Himmel gerichtet, wo die Sonne inzwischen dicht bei Jenland stand.

»Bringen wir es hinter uns, damit wir noch vor Kurznacht fertig sind«, sagte Hlonvert zu seinem Leutnant. »Wir haben uns schon zu lange aufgehalten.«

»Ja, Kapitän.« Der Leutnant marschierte voran zu den Männern, die in Reih und Glied im Windschutz des unruhig zerrenden Luftschiffs warteten, und erhob seine Stimme. »Alle Männer vortreten, die Grund zu der Annahme haben, daß sie demnächst ihren Pflichten nicht mehr nachkommen können.«

Nach einem Augenblick des Zögerns trat ein junger, dunkelhaariger Mann zwei Schritte vor. Sein dreieckiges Gesicht war so blaß, als ob es von innen her leuchtete, aber er hielt sich aufrecht und schien sich gut unter Kontrolle zu haben. Kapitän Hlonvert ging zu ihm und legte ihm die Hände auf die Schultern.

»Luftfahrer Pouksl«, sagte er ruhig, »du hast den Staub geatmet?«

»Ja, Kapitän.« Pouksls Stimme klang leblos und resigniert.

»Du hast deinem Land tapfer und gut gedient, und dein Name wird vor den König kommen. Nun denn, wählst du den *Pfad des Ruhmes* oder den *Pfad des Vergessens?*«

»Den *Pfad des Ruhmes,* Kapitän.«

»Guter Mann. Dein Sold wird für die ganze Reise gezahlt und deinen nächsten Anverwandten geschickt. Du darfst dich zurückziehen.«

»Danke, Kapitän.«

Pouksl salutierte und ging um den Bug der Gondel herum zum Heck des Luftschiffs. Dort blieb er, wie es Vorschrift war, den Blicken seiner Kameraden entzogen; Tauler, Sisstt und viele Paiknarbeiter, die am Ufer standen, sahen zu, wie der Vollstrecker sich auf den Weg machte. Sein Schwert war breit und schwer, die Klinge aus Brakkaholz tiefschwarz und ohne die Emaille-Intarsien, mit denen sonst die kolkorronischen Waffen geschmückt waren.

Pouksl kniete sich ergeben hin. Seine Knie hatten kaum den Sand berührt, als der Vollstrecker ihn mit barmherziger Schnelligkeit auf den *Pfad des Ruhmes* schickte. Taulers Gesichtsfeld — ganz aus Gelb und Okker und Blau in verschwommenen Schattierungen — hatte jetzt einen Mittelpunkt aus lebendigem Rot.

Bei dem Geräusch des Todesstreichs lief eine Unruhe durch die Reihe der Luftfahrer. Mehrere hoben ihr Gesicht und hefteten den Blick auf Jenland; die stumm bewegten Lippen verrieten, daß sie der Seele ihres toten Kameraden eine gute Reise zur Schwesterwelt wünschten. Die meisten Männer starrten jedoch bedrückt zu Boden. Sie waren aus den übervölkerten Städten des Reichs rekrutiert worden, wo es eine wachsende Skepsis gegenüber der kirchlichen Lehre gab, daß die menschliche Seele unsterblich sei und ohne Ende zwischen Diesland und Jenland hin und her wandere. Für sie hieß tot *tot* — und hatte nichts mit einem vergnügten Spaziergang auf dem *Heiligen Pfad* zu tun, der die beiden Welten verbinden sollte. Tauler vernahm von links ein unterdrücktes Würgen. Es war Sisstt, der sich mit beiden

Händen den Mund zuhielt. Der Stationsvorsteher zitterte und machte den Eindruck, als könne er jeden Augenblick in Ohnmacht fallen.

»Wenn du zu Boden gehst, wird man uns wie alte Weiber behandeln«, flüsterte Tauler wütend. »Was ist los mit dir?«

»Barbarei.« Sisstts Worte kamen undeutlich. »Diese schreckliche Barbarei ... Welche Hoffnung bleibt unsereinem denn?«

»Der Mann hatte die freie Wahl — und er hat gut gewählt.«

»Du bist nicht besser als ...« Sisstt brach ab, weil neben dem Luftschiff ein Handgemenge entstand. Zwei Luftfahrer hatten einen dritten, der sich heftig wehrte, bei den Armen gepackt und hielten ihn vor Hlonvert fest. Der Gefangene war groß und spindeldürr und hatte einen unpassend kugeligen Bauch.

»... kann mich nicht gesehen haben, Kapitän«, schrie er. »Und ich war im Aufwind der Pterssa, also konnte der Staub mir nirgends zu nahe kommen. Ich schwöre Euch, Kapitän — ich habe den Staub nicht geatmet.«

Hlonvert stützte die Hände auf seine breiten Hüften und tat sein Mißtrauen kund, indem er einen Augenblick lang in den Himmel sah, bevor er sprach. »Luftfahrer Legju, die Vorschriften verlangen von mir, deine Erklärung zu akzeptieren. Aber damit du klarsiehst; den *Pfad des Ruhmes* bekommst du nicht noch einmal geboten. Beim geringsten Anzeichen von Fieber oder Lähmung wirst du über Bord geworfen. Lebendig. Dein Sold für die ganze Fahrt wird einbehalten und dein Name wird aus dem königlichen Register gestrichen. Hast du mich verstanden?«

»Jawohl, Kapitän. Danke, Kapitän.« Legju wollte sich Hlonvert zu Füßen werfen, aber die Männer an seiner Seite rissen ihn hoch. »Ihr braucht Euch keine Sorge zu machen, Kapitän — ich habe den Staub nicht geatmet.«

Auf Befehl des Leutnants hin gaben die beiden Männer Legju frei, und er kehrte langsam zu den anderen zurück, um sich wieder einzureihen. Die Männer rückten auseinander, um ihm Platz zu machen, und schufen unwillkürlich eine Barriere, als sie nicht wieder aufschlossen. Tauler nahm an, daß Legju in den nächsten zwei Tagen nur wenig Zuspruch finden würde. So lange dauerte es, bis das Pterssagift erste Wirkungen zeigte.

Kapitän Hlonvert salutierte und überantwortete die Mannschaft seinem Leutnant. Er stieg wieder die Böschung hinauf zu Sisstt und Tauler. In seinem Gesicht oberhalb der Bartlocken zeichneten sich rote Flecken ab, und die Schweißflecken auf seinem Wams hatten sich vergrößert. Er blickte in den Himmel, wo der östliche Rand von Jenland aufhellte, während die Sonne sich dahinterschob, und machte eine ungeduldige Geste, als wolle er der Sonne befehlen, endlich zu verschwinden.

»Es ist viel zu heiß für solche Scherereien«, knurrte er. »Ich habe einen langen Weg vor mir, und die Mannschaft ist nicht zu gebrauchen, solange dieser elende Feigling nicht über Bord ist. Die Dienstvorschriften müssen geändert werden, falls sich diese neuen Gerüchte nicht unterdrücken lassen.«

»Äh ...« Sisstt drückte den Rücken durch und kämpfte um seine Fassung. »Neue Gerüchte, Kapitän?«

»Da kursiert eine Geschichte, daß ein paar Frontsoldaten unten in Sorka gestorben sind, nachdem sie sich um Pterssa-Opfer gekümmert hatten.«

»Aber Pterssose ist nicht ansteckend.«

»Ich weiß«, sagte Hlonvert. »Nur haltlose Kretins denken darüber nach; aber so sind die Leute, die heutzutage rekrutiert werden. Pouksl war einer von den wenigen, auf die Verlaß ist — und ausgerechnet er mußte euren verdammten Rauchschwaden zum Opfer fallen.«

Tauler, der einem Bestattungskommando zugesehen hatte, das Pouksls sterbliche Überreste einsammelte, ärgerte sich über die erneute Anklage und über die Verbindlichkeit des Vorstehers. »Ihr braucht uns nicht ständig unsere Rauchschwaden vorzuwerfen, Kapitän«, sagte er und warf Sisstt einen vielsagenden Blick zu. »Niemand, der genug Sachverstand hat, bestreitet die Tatsachen.«

Hlonvert fuhr sofort herum. »Was willst du damit sagen?«

Tauler lächelte genüßlich und liebenswürdig. »Ich will damit sagen, daß wir alle deutlich gesehen haben, was passiert ist.«

»Wie heißt du, Soldat?«

»Tauler Marakain — und ich bin kein Soldat.«

»Du bist kein ...« Hlonverts Zorn wich verschlagener Belustigung. »Na so was? Wen haben wir denn da?«

Tauler ließ es ungerührt geschehen, daß sich die Augen des Kapitäns mit seiner widersprüchlichen Erscheinung befaßten — dem langen Haar und den grauen Roben eines Philosophen einerseits und der Größe und ausgeprägten Muskulatur eines Kriegers andererseits. Auch das Tragen eines Schwertes stempelte ihn zum Sonderling in seiner Sippe. Nur die Tatsache, daß ihm Narben und Kriegstätowierungen fehlten, unterschied ihn körperlich von einem reinblütigen Mitglied der militärischen Kaste.

Er musterte Hlonvert nicht minder eingehend, und sein Widerstand wuchs, als er den Gedankengängen folgte, die sich so offensichtlich in dem geröteten Gesicht des Kapitäns spiegelten. Hlonvert hatte seine Angst vor einer Anklage wegen Fahrlässigkeit nicht verbergen können, und nun stellte er erleichtert fest, daß er nichts zu befürchten hatte. Alles was er zu seiner Verteidigung in dieser sippenbewußten Hierarchie von Kolkorron brauchte, waren ein paar plumpe Anspielungen auf den Stammbaum seines Widersachers. Die Lippen des Kapitäns zuckten unschlüssig bei der Fülle an Schmähungen, die ihm zur Verfügung standen.

Fang schon an! dachte Tauler und legte seine ganze

Kraft in die stumme Botschaft. *Sprich aus, was dich dein Leben kostet.*

Hlonvert zauderte, als ob er die Gefahr spürte, und wieder war sein Gesicht wie ein offenes Buch. Er wollte den Emporkömmling zweifelhafter Geburt, der es gewagt hatte, ihn anzugreifen, zwar erniedrigen und lächerlich machen, wollte dabei aber kein ernsthaftes Risiko eingehen. Und Hilfe herbeizurufen, hieß, aus einem Funken ein Feuer machen, das womöglich genau die Tatsachen ins Licht rückte, die er verbergen wollte. Als er sich schließlich für eine Taktik entschieden hatte, zwang er sich zu einem leisen Lachen.

»Wenn du kein Soldat bist, solltest du mit dem Schwert aufpassen«, sagte er väterlich. »Du könntest dich beim Hinsetzen leicht verletzen.«

So leicht wollte Tauler ihn nicht davonkommen lassen. »Für *mich* ist die Waffe ungefährlich«, sagte er provozierend.

»Ich werde mir deinen Namen merken, Marakain«, sagte Hlonvert mit leiser Stimme. In diesem Augenblick blies der Zeitwächter der Station das Horn zur Kurznacht — wobei seine Zunge den Zweiklang erzeugte, der hohe Pterssa-Aktivität signalisierte — und es entstand ein allgemeiner Aufbruch der Paiknarbeiter zu den schützenden Gebäuden. Hlonvert ließ Tauler stehen, legte Sisstt einen Arm um die Schulter und zog ihn in die Richtung, wo das vertäute Luftschiff lag.

»Du kommst mit an Bord, und wir trinken einen Schluck in meiner Kabine«, sagte er. »Du wirst sehen, wie hübsch und gemütlich es darin ist bei geschlossener Luke, und du kannst die Anweisungen von Baron Glo ganz ungestört entgegennehmen.«

Tauler zuckte die Achseln und sah den beiden Männern kopfschüttelnd nach. Die übertriebene Vertraulichkeit des Kapitäns war ein Bruch des Verhaltenscodexes an sich, und die unverhohlene Heuchelei, mit der er ausgerechnet den Mann um die Schulter faßte, den er eben noch zu Boden gestoßen hatte, war eine Ehrenkränkung sondersgleichen. Er behandelte Sisstt wie einen Hund, der je nach Laune des Besitzers getreten oder gestreichelt wurde. Doch der Vorsteher blieb sich treu und ließ sich nichts anmerken. Ein plötzliches brüllendes Gelächter von Hlonvert kündete davon, daß Sisstt schon mit seinen Witzeleien begonnen hatte und den Grundstock legte für die Version der Begegnung, die er später an seine Mitarbeiter weitergeben würde, die ihm wohl oder übel glauben mußten. *Der Kapitän mag es, wenn die Leute ihn für einen Menschenfresser halten — doch wenn man ihn erst mal näher kennenlernt ...*

Aufs neue ertappte Tauler sich dabei, wie er über den Hintergrund von Hlonverts Mission grübelte. Was mochten das für neue Anweisungen sein, die so dringend und wichtig waren, daß Baron Glo es für erforderlich hielt, sie mit einem Sonderkurier zu schicken, anstatt den nächsten planmäßigen Transport abzuwarten? War es denkbar, daß irgend etwas im Gange war, das Abwechslung in die tödliche Monotonie dieser entlegenen Station brachte? Oder war das zuviel verlangt?

Als die Dunkelheit aus dem Westen hereinbrach, blickte Tauler in den Himmel und sah den letzten glühenden Kamm der Sonne hinter dem dräuenden Koloß von Jenland verschwinden. So wie die Helligkeit sprunghaft nachließ, füllten sich die wolkenlosen Bereiche des Himmels mit Sternen, Kometen und Wirbeln aus trübem Glanz. Kurznacht brach an, und im Schutz der Dunkelheit würden bald die stummen Blasen der Pterssas aus den Wolken kommen, um hier am Boden Beute zu machen.

Tauler sah sich um und bemerkte, daß er der letzte hier draußen war. Alle, die für die Station arbeiteten, hatten sich in die Gebäude zurückgezogen, und die Besatzung des Luftschiffs war im Unterdeck sicher unter Verschluß. Man hätte ihn der Tollkühnheit bezichtigen können, weil er sich immer noch im Freien aufhielt, aber er war schon so oft draußen geblieben. Das Spiel mit dem Feuer gab seinem eintönigen Leben etwas Würze und war überdies eine Möglichkeit, den prinzipiellen Unterschied zwischen ihm und einem typischen Mitglied einer Philosophensippe zu demonstrieren. Diesmal war seine Gangart langsamer und gelassener denn je, als er die sanfte Steigung zum Gebäude des Vorstehers hinaufschritt. Vielleicht wurde er beobachtet, und sein persönlicher Codex forderte: Je größer das Risiko eines Pterssa-Angriffs war, desto weniger Angst durfte er zeigen. Als er die Tür erreicht hatte, hielt er inne und blieb einen Moment lang ganz still stehen, trotz des kribbelnden Gefühls im Rücken, bevor er den Riegel hob und eintrat.

Hinter ihm, den südlichen Himmel beherrschend, neigte sich der *Baum* mit seinen neun glitzernden Sternen dem Horizont entgegen.

2. Kapitel

Prinz Leddravohr Neldihver erging sich in der einzigen Beschäftigung, bei der er sich wieder jung fühlte.

Als ältester Sohn des Königs und Oberbefehlshaber der kolkorronischen Streitkräfte war er auserkoren, sich hauptsächlich um die Belange der Politik und die strategische Kriegsführung zu kümmern. Wenn es um konkrete Kampfhandlungen ging, war sein Platz normalerweise weit hinter der eigenen Linie in einem schwer bewachten Kommandoposten, von wo er die militärischen Operationen aus sicherer Entfernung lenken konnte. Doch er war nicht der Typ, der selbst im Hintergrund blieb, um Stellvertretern, die er ohnehin nicht für besonders kompetent hielt, das Vergnügen vor Ort zu überlassen. Praktisch jeder Kadett und Truppensoldat prahlte beim Wein davon, wie der Prinz plötzlich im dichten Schlachtgetümmel aufgetaucht sei und ihm mit Schwert und Schlag zur Seite gestanden habe. Leddravohr nährte diesen Mythos, ganz im Interesse von Disziplin und Moral.

Er leitete den Vorstoß der Dritten Armee in die Halbinsel Luhngl am östlichen Rand der kolkorronischen Besitzungen, als aus einer hügeligen Region unerwartet heftiger Widerstand gemeldet wurde. Die zusätzliche Nachricht, daß diese Gegend reich an Brakkabäumen war, hatte genügt, Leddravohr in die vorderste Linie zu locken. Er hatte seinen königlich weißen Küraß gegen einen Brustpanzer aus gesottenem Leder getauscht und hatte selbst den Befehl über einen Trupp der Expeditionsstreitkräfte übernommen.

Es war kurz nach Tagesanbruch, als er sich in Begleitung eines erfahrenen Obersergeanten namens Rihf bäuchlings durch das Unterholz zum Rand einer weiten

Lichtung vorarbeitete. So weit östlich war der Frühtag viel länger als der Spättag, und Leddravohr wußte, er hatte üppige Lichtreserven für einen wohlüberlegten Angriff und eine gründliche Säuberungsaktion. Es tat gut zu wissen, daß sich bald noch mehr Feinde von Kolkorron vor seinem Schwert in ihrem Blut wälzen würden. Vorsichtig teilte er den letzten Schirm aus Blättern und beobachtete, was sich dahinter abspielte.

Ein kreisrunder Bereich mit einem Durchmesser von etwa vierhundert Schritt war völlig von hoher Vegetation befreit, bis auf mehrere Brakkabäume in der Mitte. Um die hundert Männer und Frauen vom Stamme der Gessan standen in Gruppen um die Bäume herum, ihre ganze Aufmerksamkeit auf ein Objekt an der Spitze eines schlanken geraden Brakkastammes gerichtet. Leddravohr zählte die Bäume und kam auf neun — eine Zahl mit magischen und religiösen Verbindungen zum Sternbild des *Baumes.*

Er hob sein Feldglas und fand seine Erwartungen bestätigt; das Objekt auf einem der Bäume war eine nackte Frau. Sie war über die Spitze des Stammes gebogen, den Magen auf die zentrale Mündung gepreßt; Stricke um Arme und Beine machten sie völlig bewegungsunfähig.

»Diese idiotischen Wilden bringen wieder ein Opfer«, flüsterte Leddravohr und reichte Rihf das Glas.

Der Sergeant betrachtete die Szenerie eingehend, ehe er das Glas zurückgab. »Meine Männer wüßten was besseres mit ihr anzufangen«, meinte er, »aber letztlich vereinfacht das die Sache nur.«

Er zeigte auf das dünne Glasröhrchen an seinem Handgelenk. In seinem Innern befand sich ein Rohrgrastrieb, der in regelmäßigen Intervallen mit schwarzem Pigment markiert war. Ein Marschierkäfer verschlang den Schößling von einem Ende her, wobei er sich mit der unveränderlichen Schrittrate bewegte, der er seinen Namen verdankte.

»Es ist kurz nach der fünften Teilung«, sagte Rihf.

»Die anderen Kohorten werden inzwischen in Stellung sein. Wir sollten losschlagen, solange die Wilden abgelenkt sind.«

»Noch nicht.« Leddravohr beobachtete die Gessanmänner durch das Feldglas. »Ich kann zwei Wachtposten ausmachen, die dem Treiben nach wie vor den Rükken zuwenden. Diese Leute werden allmählich ein bißchen wachsamer, und vergiß nicht, sie sind irgendwie an die Idee zum Bau von Kanonen gekommen. Wenn wir sie nicht total überrumpeln, kommen sie dazu, auf uns zu feuern. Ich weiß nicht, wie du es hältst, aber ich will keine fliegenden Steine zum Frühstück — die liegen zu schwer im Magen.«

Rihf grinste anerkennend. »Wir warten, bis der Baum losgeht.«

»Das dauert nicht mehr lange — die Kronblätter falten sich bereits.« Leddravohr verfolgte mit Interesse, wie sich das oberste von vier Paaren riesiger Baumblätter aus der normalen waagerechten Lage hob und um den Stamm legte. Das Phänomen ereignete sich meist zweimal im Jahr während der Reifezeit eines wild wachsenden Brakkabaumes, doch man bekam es in Kolkorron selten zu sehen. Zuzulassen, daß sich ein Brakkabaum selbst entlud, galt in seinem Land als Verschwendung von Energiekristallen.

Es trat eine kurze Verzögerung ein, nachdem sich die Kronblätter um den Stamm geschlossen hatten, dann erzitterte das zweite Paar und hob sich langsam. Leddravohr wußte, daß sich ziemlich tief im Boden die Trennwand der Reaktionskammer aufzulösen begann. Bald würden sich die grünen Paiknkristalle, die das obere Wurzelsystem dem Boden entzog, mit dem purpurroten Havl vermischen, das vom unteren Wurzelgeflecht aufgenommen wurde. Die heißen Gase, die dabei entstanden, würden für eine kurze Zeitspanne gestaut — dann würde der Baum seine Pollen mit einer Explosion in den Himmel schießen, die meilenweit zu hören war.

7.90.3

Wie er so bäuchlings auf dem Polster aus weicher Vegetation lag, fühlte Leddravohr eine pulsierende Wärme in der Leistengegend und bemerkte, daß er dabei war, eine Erektion zu bekommen. Er richtete das Feldglas auf die Frau, die über den Baum gezurrt war, und suchte nach ihren Brüsten und Hinterbacken. Bis jetzt war sie so regungslos gewesen, daß er sie für bewußtlos gehalten hatte, womöglich von einer Droge betäubt, aber die Bewegungen der gigantischen Blätter weiter unten am Stamm mußten ihr wohl unmißverständlich signalisiert haben, daß es mit ihr zu Ende ging, obwohl sie zu gut gefesselt war, um wirklich etwas ausrichten zu können. Sie drehte immerzu den Kopf von einer Seite auf die andere, so daß ihr langes schwarzes Haar hin und her pendelte und ihr Gesicht verbarg.

»Dumme Metze«, flüsterte Leddravohr. Er hatte sich für die Gessan immer nur unter militärischem Aspekt interessiert, doch vermutlich war ihre Religion ein ähnlicher Mischmasch aus Wahnvorstellungen wie bei den meisten rückständigen Volksstämmen auf Diesland. Wahrscheinlich hatte die Frau ihre Rolle in dem Fruchtbarkeitsritus sogar freiwillig übernommen, ganz im Glauben an eine Wiedergeburt als Prinzessin auf Jenland. Größere Mengen von Wein und getrocknetem Pilz mochten solche Ideen zeitweise überzeugend erscheinen lassen, aber nichts war ernüchternder als der unmittelbar bevorstehende Tod.

»Metze oder nicht, ich wünschte, sie läg jetzt unter mir«, knurrte Rihf. »Ich weiß nicht, wer zuerst losgeht — der Baum da oder meiner.«

»Du bekommst sie, wenn wir unsere Arbeit getan haben«, sagte Leddravohr grinsend. »Welche Hälfte willst du zuerst?«

Rihf schnitt eine Grimasse voller Ekel und Bewunderung für die Art und Weise, wie der Prinz es fertigbrachte, die besten seiner Männer in allen soldatischen Disziplinen zu übertreffen, einschließlich derjenigen,

Zoten zu reißen. Leddravohr wandte seine Aufmerksamkeit den Wächtern zu. Durch das Feldglas sah er, daß sie erwartungsgemäß immer wieder Blicke auf den Opferbaum warfen, an dem sich das dritte Paar Blätter regte. Natürlich gab es für das Verhalten des Baumes eine rein botanische Erklärung — in horizontaler Lage würden die Blätter durch den Rückstoß beim Ausstoß der Pollen abgerissen — dennoch war die sexuelle Symbolik unübersehbar und zwingend. Leddravohr war überzeugt, daß alle Wachen den Baum anstarren würden, wenn der kritische Augenblick kam. Er legte das Glas beiseite und schloß die Hand fest um den Schwertgriff, als die Blätter den Brakkastamm umschlossen, und sich beinah ohne Verzögerung das unterste Paar Blätter zu rühren begann. Das Haar der Frau flog jetzt in einem rasenden Tanz und ihre Schreie drangen dünn an den Rand der Lichtung, vermischt mit dem Singsang einer männlichen Stimme aus der Mitte der Versammlung.

»Zehn Korrons extra für den Mann, der den Priester zum Schweigen bringt«, unterstrich Leddravohr seinen Widerwillen gegenüber allen Seelenhändlern, speziell solchen von der Sorte, die zu feige waren, ihre sinnlose Schlächterei selbst in die Hand zu nehmen.

Er hob eine Hand an den Helm und streifte die Kapuze zurück, die den scharlachroten Kamm verborgen hatte. Für die jungen Leutnants, die die anderen drei Kohorten befehligten, war diese Farbe das Signal zum Angriff, wenn er aus dem Wald kam. Leddravohr machte sich sprungbereit, als sich die letzten Blätter um den Stamm des Opferbaums schlossen, sanft wie die Hände einer Geliebten. Die Frau, die man über die Baumspitze geschnürt hatte, war plötzlich verstummt, vielleicht in Ohnmacht gefallen oder von Angst gelähmt. Eine angespannte, pulsierende Stille senkte sich auf die Lichtung. Leddravohr wußte, daß die Trennwand in der Reaktionskammer bereits nachgegeben hatte, sich bereits grüne und purpurfarbene Kristalle vermengten, die freiwerdende Energie nur wenige Sekunden lang eingepfercht werden konnte ...

Das Geräusch der Explosion, obgleich nach oben gerichtet, war schrecklich. Der Brakkastamm schlug und bebte, als die Pollenladung in den Himmel gerissen wurde, eine dampfig trübe Säule, vorübergehend mit Blut gefärbt, von konzentrischen Rauchringen umgeben.

Leddravohr spürte, wie sich der Boden unter ihm hob, als die Schockwelle in den Wald hinausraste, dann sprang er auf die Füße und rannte. Taub von dem furchteinflößenden Knall, mußte er sich ganz auf seine Augen verlassen, wenn er den Überraschungseffekt des Angriffs richtig einschätzen wollte. Rechts und links sah er die orangefarbenen Helmkämme von zwei Leutnants, hinter denen Dutzende von Soldaten zwischen den Bäumen auftauchten. Weiter vorne starrten die Gessan gebannt auf den Opferbaum, dessen Blätter sich schon wieder zu entfalten begannen, aber sie mußten jeden Moment die Gefahr entdecken. Er hatte bereits die halbe Entfernung zur nächsten Wache zurückgelegt, und wenn der Mann sich nicht bald umdrehte, würde er sterben, ohne zu wissen, durch wessen Hand.

Der Mann drehte sich um. Sein Gesicht verzerrte sich, die Mundwinkel fuhren abwärts, als er eine Warnung schrie. Er stampfte mit dem rechten Fuß auf irgend etwas, das im Gras versteckt war. Leddravohr wußte, es war die gethanische Version einer Kanone — eine Brakkaröhre, die auf einer flachen Rampe saß und nur für den Einsatz gegen lebendige Nahziele bestimmt war. Der Stoß mit dem Fuß hatte eine Glas- oder Keramikkapsel im hinteren Teil der Kanone zerschmettert, so daß es zu einer Mischung aus Energiekristallen kam, nur — und das war der Grund, warum Kolkorron nicht viel von solchen Waffen hielt — gab es eine unvermeidliche Verzögerung, ehe es zur Entladung kam. Und diese kurze Zeitspanne genügte Leddravohr, um auf die

Bedrohung zu reagieren. Er hatte dem Soldaten hinter sich eine Warnung zuschreien können, einen Bogen nach rechts geschlagen und erreichte den Gessan von der Seite, gerade als die Kanone losknallte und einen breitgefächterten Regen aus Kieselsteinen und Felssplittern verschleuderte, die ins Gras prasselten. Der Wächter hatte sein Schwert ziehen können, stand aber noch so sehr unter dem Bann der Opferung, daß er zu verwirrt war, um zu kämpfen. Leddravohr hielt nicht einmal inne und streckte ihn mit einem einzigen Schwertstreich in den Nacken nieder, bevor er sich in das Kampfgetümmel stürzte.

Leddravohr verlor jedes Zeitgefühl, während er sich zur Mitte der Lichtung durchschlug. Er nahm den Kampflärm nur undeutlich wahr, der von weiteren Kanonenschlägen durchsetzt war. Unter den Gessan, die er getötet hatte, waren mindestens zwei junge Frauen; darüber würden seine Männer zwar murren, doch er hatte mitansehen müssen, wie gute Soldaten ihr Leben verloren, nur weil sie im Kampf zwischen Frauen und Männern unterscheiden wollten. Im letzten Moment das Schwert zu drehen, damit aus dem tödlichen ein bloß betäubender Schlag wurde, setzte eine Entscheidung voraus — und ein Augenblick des Zögerns genügte, damit ein feindliches Schwert sein Ziel fand.

Einige Gessan suchten ihr Heil in der Flucht, nur um von den umzingelnden Kolkorroniern niedergemacht oder zurückgetrieben zu werden. Andere kämpften mit dem Mut der Verzweiflung, aber sie standen immer noch unter dem fatalen Einfluß der Opferzeremonie und zahlten für ihre mangelnde Vorsicht mit dem Leben. Eine Gruppe von zopfhaarigen Eingeborenen mit fremdartigen Tätowierungen suchte Zuflucht zwischen den neun Brakkabäumen und benutzte die Baumstämme als natürliche Schutzschilde. Leddravohr sah, wie zwei seiner Männer schwer verwundet wurden, doch der Widerstand war schnell gebrochen. Die Gessan hatten zu wenig Bewegungsfreiheit und gaben leichte Ziele ab für die Lanzenträger der zweiten Kohorte.

Mit einem Mal war die Schlacht vorüber.

Der Blutrausch klang ab und machte einer Ernüchterung Platz. Die normalen Instinkte meldeten sich zurück. Leddravohr musterte seine Umgebung, um sicherzugehen, daß er außer Gefahr war, daß alle, die noch auf den Füßen waren, entweder kolkorronische Soldaten oder schlimmstenfalls gefangene Gessanfrauen waren, dann blickte er zum Himmel hinauf. Denn im Wald waren er und seine Männer vor den Pterssas sicher gewesen, hier draußen bestand aber ein gewisses Risiko.

Die Himmelskuppel, wie sie sich Leddravohrs forschenden Augen bot, wirkte befremdend auf jemanden, der in Kolkorron geboren war. Er war aufgewachsen unter der riesigen und dunstigen Kugel von Jenland, aber hier auf der Halbinsel Luhngl war die Schwesterwelt weitab in den Westen gerückt. Leddravohr sah direkt über sich den klaren Himmel und das bereitete ihm Unbehagen, als habe er in einem Schlachtplan eine wichtige Flanke ungedeckt gelassen. Es waren jedoch keine fahlen Flecken zu sehen, die vor den Bildern der Tagesgestirne drifteten; er konnte es also verantworten, sich wieder den Dingen zuzuwenden, die vor ihm lagen.

Rundum bot sich ihm ein vertrautes Bild, angefüllt mit einem ebenso vertrauten Durcheinander an Stimmen und Geräuschen. Einige Kolkorronier schrien sich grobe Witze zu, während sie auf der Lichtung umhergingen, verwundete Gessan töteten und Trophäen sammelten. Was die Gessan besaßen, war kaum der Mühe wert, mit Ausnahme der Y-förmigen Pterssahölzer, die man als interessante Kuriosität in den Tavernen von Ro-Atabri herumzeigen konnte. Andere Soldaten lachten und lärmten, während sie das gute Dutzend gefangener Frauen auszogen. Das war eine durchaus legitime Beschäftigung zu diesem Zeitpunkt — Männer, die gekämpft hatten, hatten auch einen Anspruch auf Kriegsbeute — und Leddravohr achtete nur darauf, daß es nicht wirklich zur Kopulation kam. In so einem Gelände konnte es ziemlich schnell zu einem Gegenangriff kommen, und ein Soldat in Brunst war so ungefähr die nutzloseste Kreatur im Universum.

Railo, Nossnalp und Chravell — die Leutnants, die die anderen drei Kohorten angeführt hatten — näherten sich Leddravohr. Das Leder von Railos rundem Schild hatte schlimme Scharten davongetragen, und der Verband an seinem linken Arm war blutgetränkt, aber er war in guter körperlicher Verfassung und gut aufgelegt. Nossnalp und Chravell waren damit beschäftigt, mit einem Lappen ihr Schwert zu säubern und entfernten auch die kleinste Verunreinigung von den Emaille-Intarsien des schwarzen Blattes.

»Eine erfolgreiche Operation, wenn ich recht sehe«, sagte Railo und entbot Leddravohr den zwanglosen Feldgruß.

Leddravohr nickte. »Verluste?«

»Drei Tote und elf Verwundete. Zwei der Verwundeten wurden von der Kanone getroffen. Sie werden Kurznacht nicht erleben.«

»Werden sie den *Pfad des Ruhmes* gehen?«

Railo blickte gekränkt. »Natürlich.«

»Ich werde zu ihnen sprechen, ehe sie gehen«, sagte Leddravohr. Er befürchtete nur, daß seine Worte den sterbenden Soldaten nicht viel bedeuten würden, denn er war ein pragmatischer Mensch ohne religiöse Überzeugungen, aber es war die Art von Geste, die von den Kameraden geschätzt wurde. So wie die Praxis, auch dem einfachsten Soldaten zu erlauben, ihn ohne formelle Anrede anzusprechen, gehörte auch diese Geste zu den Möglichkeiten, sich die Anhänglichkeit und Loyalität der Truppe zu erhalten. Natürlich behielt er seine Motive für sich.

»Schleifen wir das Dorf der Gessan?« Chravell, der größte der Leutnants, steckte das Schwert in die Scheide zurück. »Es liegt ungefähr eine Meile nordöstlich, und man hat wahrscheinlich die Kanonen gehört.«

Leddravohr überdachte die Frage. »Wie viele Erwachsene sind in dem Dorf zurückgeblieben?«

»Praktisch niemand, sagen die Späher. Alle sind hergekommen, um das Spektakel zu sehen.« Chravell warf einen kurzen Blick auf die entmenschlichten Fetzen aus Fleisch und Knochen, die von der Spitze des Opferbaumes baumelten.

»In diesem Fall ist das Dorf keine militärische Bedrohung mehr und zählt zu unserem Besitz. Gib mir eine Karte.« Leddravohr nahm das Faltblatt und ging auf ein Knie hinunter, um es am Boden auszubreiten. Die Karte war vor kurzem von einem Luftaufklärer gezeichnet worden und betonte alles, was für die kolkorronischen Kommandanten von Interesse war — Größe und Lage der Gessansiedlungen, Topografie, Flüsse und — unter strategischem Gesichtspunkt das Wichtigste — den Anteil der Brakkabäume am übrigen Waldbestand. Leddravohr studierte die Karte gründlich, dann umriß er seine Pläne.

Von hier aus gesehen, lag etwa zwanzig Meilen hinter dem Dorf, in Quadrant G/31, eine viel größere Ansiedlung, die über schätzungsweise dreihundert kampftaugliche Männer verfügte. Das dazwischenliegende Gelände war, milde ausgedrückt, schwierig. Es war dicht bewaldet und kreuz und quer von steilen Kämmen, Spalten und reißenden Strömen durchsetzt — alles in allem ein Alptraum für kolkorronische Soldaten, die eine Vorliebe für den Präriekampf hatten.

»Die Wilden müssen zu *uns* kommen«, verkündete Leddravohr. »Ein Gewaltmarsch durch dieses Gelände wird jeden Mann bis zur Erschöpfung treiben; je schneller sie also kommen, um so besser für uns. Das hier ist doch so eine Art geweihter Ort für sie?«

»Das Allerheiligste«, sagte Railo. »Wo findet man schon neun Brakkabäume so dicht beieinander.«

»Sehr gut! Als erstes müssen wir die Bäume fällen. Instruiert die Wachtposten, sie sollen ein paar Dörfler nahe genug heranlassen, damit sie sehen können, was hier passiert, und — schärft ihnen ein, daß man sie wieder davonläßt. Und bringt bei Anbruch von Kurznacht ein Sonderkommando auf den Weg, um das Dorf anzuzünden — damit die Nachricht Füße bekommt. Wenn wir Glück haben, sind diese Wilden so erschöpft, wenn sie hier ankommen, daß sie kaum noch Kraft finden, in unsere Schwerter zu stolpern.«

Leddravohr beendete das bewußt vereinfachende Wortspiel mit einem Lachen und warf Chravell die Karte zurück. Er war überzeugt, daß die Gessan von G/31, selbst wenn man sie zu einem überstürzten Angriff provozierte, gefährlichere Gegner waren als Flachland-Dörfler. Die bevorstehende Schlacht hatte den drei jungen Offizieren wertvolle Erfahrungen zu bieten und ihm die Gelegenheit, aufs neue zu beweisen, daß er mit vierzig ein besserer Soldat war als andere, die halb so alt waren. Er stand auf, sog tief und genußvoll die Luft ein und sah dem Rest eines Tages entgegen, der gut begonnen hatte.

Trotz seiner entspannten Stimmung trieb ihn eine eingefleischte Gewohnheit dazu, den offenen Himmel abzusuchen. Pterssas waren nicht zu sehen, aber eine vage Bewegung in einem der senkrechten Ausschnitte des Himmels zwischen den Bäumen im Westen hatte ihn alarmiert. Er nahm sein Feldglas heraus, richtete es auf die benachbarte Lücke zwischen den Bäumen und bekam einen Augenblick später flüchtig ein Luftschiff zu sehen.

Es flog niedrig und hielt offenbar Kurs auf das hiesige Kommandozentrum, das ungefähr fünf Meilen von hier am westlichen Rand der Halbinsel lag. Leddravohr war sich nicht sicher, weil das Fahrzeug zu weit weg gewesen war, aber er glaubte, seitlich an der Gondel das Feder-und-Schwert-Symbol erkannt zu haben. Er runzelte die Stirn bei dem Versuch sich vorzustellen, welcher Umstand einen Boten seines Vaters in diese ferne Region verschlagen konnte.

»Die Männer warten auf das Frühstück«, sagte Nossnalp und verschob den Helm mit dem orangeroten Kamm, damit er sich den Schweiß aus dem Nacken wischen konnte. »Ein paar extra Streifen gepökeltes Schweinefleisch könnten in der Hitze nichts schaden.«

Leddravohr nickte. »Das haben sich die Leute verdient.«

»Sie möchten auch gerne was mit den Weibern anfangen.«

»Nicht solange wir die Gegend sichern, überzeugt euch, daß lückenlos patrouilliert wird, und laßt sofort die Schleimer kommen — ich will diese Bäume schnell am Boden haben.« Leddravohr ließ die Leutnants stehen und begann einen Rundgang auf der Lichtung. Das Zetern der Gessanfrauen in ihrem barbarischen Dialekt war nicht zu überhören, die Kochfeuer begannen zu prasseln und er hörte, wie Railo den Zugführern, die auf Patrouille waren, Befehle zurief.

Am Fuß eines der neun Brakkabäume befand sich eine niedrige, hölzerne Plattform, die dick mit grüner und gelber Pigmentfarbe beschmiert war, wie sie von den Gessan benutzt wurde. Der nackte Körper eines weißbärtigen Mannes lag über der Plattform, der Rumpf wies mehrere Stichwunden auf. Leddravohr nahm an, daß es der Priester war, der die Opferzeremonie geleitet hatte. Seine Annahme wurde bestärkt, als er Obersergeant Rihf entdeckte, der sich in der Nähe der primitiven Konstruktion mit einem Truppensoldat unterhielt. Die Stimmen waren nicht zu hören, aber die beiden Männer sprachen mit jener unverwechselbaren Gestik, die Soldaten an den Tag legten, wenn es um Geld ging, und Leddravohr glaubte zu wissen, was da ausgehandelt wurde. Er band seinen Brustschild los, setzte sich auf einen Baumstumpf und wartete ab, ob Rihf tatsächlich so taktlos war. Wenig später legte Rihf dem anderen den Arm um die Schulter und brachte ihn mit.

»Das ist Ssuu Eggeso«, sagte Rihf. »Ein guter Soldat. Er ist es, der den Priester zum Schweigen gebracht hat.«

»Nützliche Arbeit, Eggeso.« Leddravohr blickte wohlwollend auf den jungen Soldaten, der stumm blieb und offensichtlich von seiner Gegenwart eingeschüchtert war. Ein peinliches Schweigen folgte.

»Prinz, Ihr habt großzügig eine Belohnung von zehn Korrons für die Tötung des Priesters ausgesetzt.« Rihfs Stimme bekam einen offenherzig heiseren Klang. »Eggeso unterstützt seinen Vater und seine Mutter in Ro-Atabri. Sie könnten das Geld gut gebrauchen.«

»Aber natürlich.« Leddravohr öffnete seine Geldmappe und zog einen Zehn-Korron-Schein heraus und hielt ihn Eggeso hin. Er wartete, bis die Finger des Soldaten das blaue Glasgewebe fast berührten, dann steckte er den Schein schnell wieder in seine Mappe zurück. Eggeso warf dem Sergeanten einen beklommenen Blick zu.

»Wenn ich es recht bedenke«, sagte Leddravohr, »ist es so ... passender.« Er ersetzte den ersten Schein durch zwei grüne Fünf-Korron-Scheine und händigte sie Eggeso aus. Er gab vor, jedes Interesse zu verlieren, als sich die beiden Männer bedankten und eilig davongingen. Sie waren kaum zwanzig Schritte weit, als sie stehenblieben und miteinander flüsterten, und als sich ihre Schritte trennten, steckte sich Rihf etwas in die Tasche. Leddravohr lächelte, als er sich Rihfs Namen ins Langzeitgedächtnis einprägte. Der Sergeant gehörte zu der Sorte von Männern, für die er gelegentlich Verwendung hatte — habgierig, dumm und absolut berechenbar. Sekunden später verdrängte der johlende Protest aus vielen kolkorronischen Kehlen sein Interesse an Rihf. Die Schleimer waren eingetroffen, um sich um die Brakkabäume zu kümmern.

Leddravohr erhob sich, wie jedermann ängstlich darauf bedacht, nicht in den Windschatten eines Schleimers zu geraten, und beobachtete die vier halbnackten Männer, die aus dem Wald traten. Sie schleppten große Kürbisflaschen, die von einem gepolsterten Schulterjoch hingen, und trugen Spaten und anderes Grabwerkzeug mit sich. Arme und Beine waren gemasert von dem lebenden Schleim, der das Hauptwerkzeug ihrer Zunft war. Alle Gegenstände, die sie bei sich trugen, waren aus Glas, Stein oder Keramik, weil der Schleim alle anderen Materialien, insbesondere Brakkaholz, schnell verschlungen hätte. Selbst ihr Gesäßschurz war aus weichem Glas gewebt.

»Aus dem Weg, ihr Dreckfresser«, schrie ihr rundbäuchiger Anführer, während sie geradewegs zu den Brakkabäumen marschierten. Seine Worte provozierten einen Schwall von Beschimpfungen bei den Soldaten, worauf die anderen Schleimer mit obszönen Gesten reagierten. Leddravohr wich aus, damit die Schleimer in seinem Windschatten blieben, teils um dem Gestank zu entgehen, den sie verströmten, aber hauptsächlich um sicherzugehen, daß sich keine Flugspore des Schleims auf ihm niederließ. Die einzige Möglichkeit, sich auch vom leisesten Verdacht auf Sporenbefall zu befreien, bestand darin, die Haut gründlich und schmerzhaft abzuscheuern.

Als die Schleimer den ersten Brakkabaum erreichten, setzten sie ihre Ausrüstung ab und begannen sofort mit der Arbeit. Während sie gruben, um das obere Wurzelsystem freizulegen, das dem Boden Pikon entzog, fuhren sie fort, alle Soldaten zu beschimpfen, die ihnen unter die Augen kamen. Sie konnten sich das ungestraft herausnehmen, weil sie die Basis der kolkorronischen Wirtschaft waren, eine ausgestoßene Elite mit einzigartigen Privilegien. Sie wurden hoch bezahlt für ihre Dienste. Ein Schleimer konnte sich nach zehn Jahren zurückziehen und ein sorgenfreies Leben führen — vorausgesetzt er überlebte den langwierigen Prozeß, der nötig war, um sich von dem ansteckenden Schleim zu befreien.

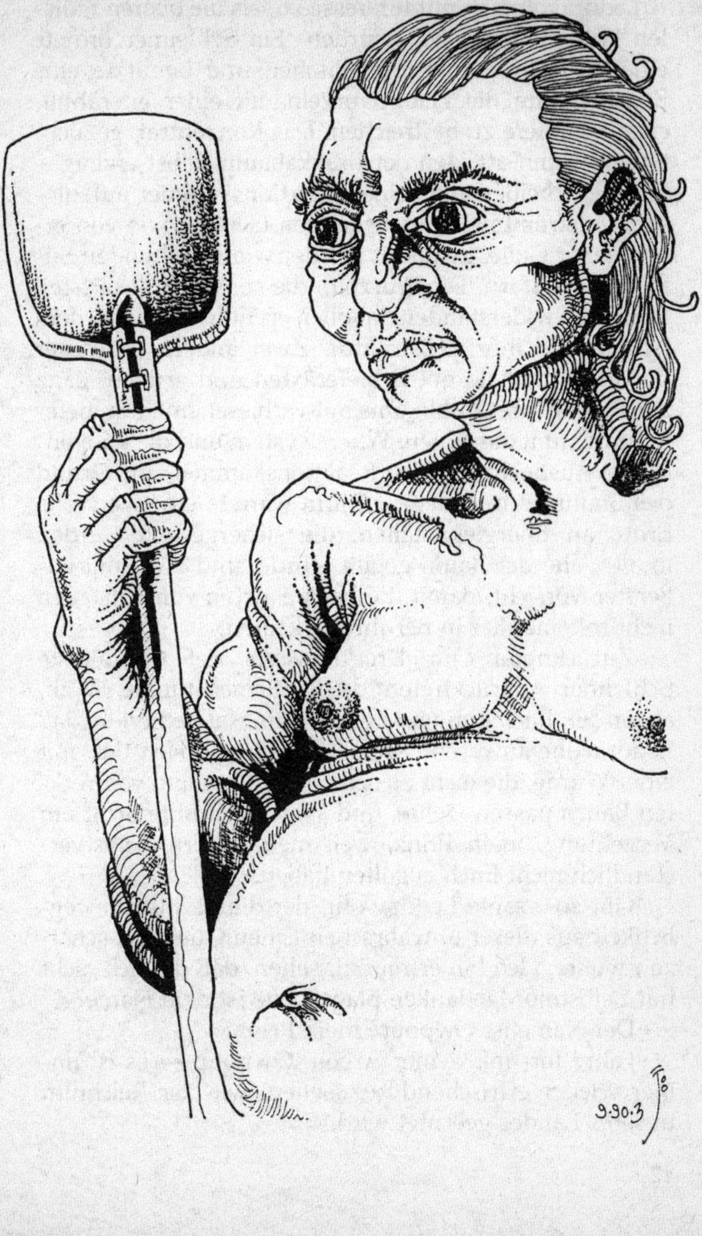
9·90·3

Leddravohr sah mit Interesse zu, als die oberen radialen Wurzeln freigelegt wurden. Ein Schleimer öffnete eine der gläsernen Kürbisflaschen und benutzte eine Spachtel, um die Hauptwurzeln mit einer eiterähnlichen Schmiere zu bestreichen. Das Konzentrat, gezüchtet aus dem Saft, den der Brakkabaum selbst erzeugte, um die Scheidewand seiner Reaktionskammer aufzulösen, verströmte einen würgenden Geruch, wie von erbrochener Galle, gemischt mit der widerstreitenden Süße des Weißfarn. Die Wurzeln, die sonst der schärfsten Schneide widerstanden, quollen sichtlich auf bei dem Angriff auf ihre Zellstruktur. Zwei andere Schleimer durchtrennten sie mit Schieferäxten und gruben, ganz zur Freude ihres Publikums mit verbissenem Eifer, tiefer hinunter, um das untere Wurzelsystem und die knollenartige Ausbuchtung der Reaktionskammer am Grund des Stammes freizulegen. Darin wartete eine wertvolle Ernte an Energiekristallen, die sichergestellt werden mußte, ehe der Baum gefällt wurde, und zwar mit äußerster Vorsicht, damit die beiden Arten von Kristallen nicht miteinander in Berührung kamen.

»Zurücktreten, ihr Dreckfresser!« rief der älteste Schleimer. »Zurücktreten, da ...« Seine Stimme riß ab, als er den Blick hob und zum ersten Mal bemerkte, daß Leddravohr anwesend war. Er verbeugte sich tief, mit einer Würde, die nicht zu seinem nackten und verdreckten Bauch passen wollte, und sagte: »Ich bitte nicht um Verzeihung, mein Prinz, weil meine Worte selbstverständlich nicht Euch gegolten haben.«

»Gut so«, sagte Leddravohr, der die geistige Beweglichkeit aus dieser unwahrscheinlichen Quelle zu schätzen wußte. »Ich bin erfreut zu sehen, daß du dich nicht mit Selbstmordgedanken plagst. Wie ist dein Name?«

»Der Name ist Owpoup, mein Prinz.«

»Fahre fort mit deiner Arbeit, Owpoup — es ist immer wieder erfrischend zuzusehen, wie der Reichtum unseres Landes geerntet wird.«

»Mit Freuden, mein Prinz, doch ist ein seitlicher Ausbruch beim Öffnen der Kammer nie ganz auszuschließen.«

»Laß die übliche Vorsicht walten«, sagte Leddravohr und verschränkte die Arme. Sein scharfes Gehör nahm wahr, wie ein bewunderndes Raunen durch die umstehende Soldatenschaft ging, und er war sicher, zu seinem Ruf als Prinz, der den Menschen zugetan war, beigetragen zu haben. Es würde sich schnell herumsprechen — *Leddravohr mag sein Volk so sehr, daß er sich sogar mit einem Schleimer unterhält.* Diese kleine Episode war eine wohlüberlegte Taktik, doch in Wahrheit hatte er gar nicht das Gefühl, sich zu erniedrigen, wenn er mit einem Mann wie Owpoup sprach, dessen Arbeit wahrhaft von Bedeutung war für Kolkorron. Es waren die nutzlosen Parasiten — wie Priester und Philosophen — die seinen Haß und seine Verachtung verdienten. Sie waren die ersten, die er davonjagen würde, wenn er irgendwann einmal König wurde.

Er ließ sich nieder, um Owpoup dabei zuzusehen, wie er ein elliptisches Muster aus Schleim an das ausbauchende Ende des Stammes schmierte, als eine erneute Bewegung am westlichen Himmel seine Aufmerksamkeit erregte. Das Luftschiff war zurückgekehrt und trieb durch den schmalen Streifen Blau, der Jenland von der gezackten Mauer aus Bäumen trennte. Da es nach so kurzer Zeit wieder auftauchte, konnte es nicht in G/1, dem Kommandozentrum, gelandet sein. Der Kapitän mußte sich über Sonnenschreiber mit der Basis in Verbindung gesetzt haben und dann direkt in die Angriffszone gekommen sein — was kaum einen Zweifel daran ließ, daß er Leddravohr eine dringende Botschaft des Königs brachte.

Verwirrt beschattete Leddravohr die Augen gegen die grelle Sonne; das Luftschiff verlor an Fahrt und manövrierte in der Absicht, auf der Waldlichtung zu landen.

3. Kapitel

Leyn Marakains Domizil — bekannt als Hofklause — lag auf Grünberg, einem abgerundeten Hügel in einer nördlichen Vorstadt von Ro-Atabri, der kolkorronischen Metropole.

Vom Fenster seines Arbeitszimmers aus hatte er einen Panoramablick auf die Wohn-, Geschäfts-, Industrie- und Verwaltungsbereiche, die sich hinunterdrängten bis an den Borannfluß und am jenseitigen Ufer die Parklandschaften umgingen, in der die fünf Paläste lagen. Den Familien, denen der Erzphilosoph vorstand, war vor vielen Jahrhunderten, in der Regierungszeit von Bytran IV., als ihre Arbeit noch hochangesehen war, eine Gruppe von Wohnhäusern und anderen Gebäuden in dieser herrlichen Gegend übereignet worden.

Der Erzphilosoph selbst lebte in einem gespreizten Gebäude, bekannt als Grünbergfeste, und es war ein Zeichen früherer Bedeutung, daß alle Häuser in seinem Vormundschaftsbezirk in Blickrichtung zum Großpalast angelegt waren, und zwar um den Verkehr vermittels Sonnenschreiber zu erleichtern. Heute freilich vermochten solche Relikte alter Privilegien die Eifersucht und Abneigung bei den Führern der anderen Orden nur zu verstärken. Leyn Marakain wußte, daß der Industriebaron, Prinz Chakkell, sein Imperium insbesondere mit Grünberg schmücken wollte und alles daransetzte, um die Philosophen zu entthronen und von Grünberg zu verdrängen.

Der Spättag hatte begonnen — die Region war eben erst aus dem Schatten von Jenland getreten — und die Stadt sah wunderschön aus, als sie nach zweistündigem Schlaf wieder zum Leben erwachte. Die gelbe, orangefarbene und rote Färbung der Bäume, die ihre Blätter verloren, hob sich deutlich ab von den blassen und dunkleren Grüntönen der Bäume, die Knospen ansetzten oder in vollem Blattwerk standen, weil ihre Zyklen zeitlich verschoben waren. Hie und da warfen die hell glühenden Ballonhüllen von Luftschiffen pastellfarbene Kreise und Ellipsen auf die Stadt, und auf dem Fluß konnte man die weißen Segel von seetüchtigen Schiffen sehen, die tausenderlei Waren aus weit entfernten Teilen von Diesland brachten.

Wie er so an seinem Schreibtisch vor dem Fenster saß, hatte er keine Augen für den großartigen Ausblick. Den ganzen Tag über hatte er tief in seinem Innern eine merkwürdige Erregung und ein Gefühl von Erwartung verspürt. Es gab keinen konkreten Anhaltspunkt, doch seine Vorahnung sagte ihm, daß die geistige Bewegung auf irgend etwas von größter Wichtigkeit hinauslief.

Eine Zeitlang hatte ihn eine grundsätzliche Ähnlichkeit in den Problemen beschäftigt, die aus den verschiedensten Quellen in seine Abteilung gespeist wurden. Diese Probleme waren so alltäglich und profan wie das des Weinhändlers, der die ökonomischste Form für den Krug wissen will, in dem er eine bestimmte Menge Wein auf den Markt bringen kann, oder das Problem des Farmers, der nach der ertragreichsten Getreidemischung für ein bestimmtes Stück Land zu verschiedenen Zeiten im Jahr sucht.

Schon seine Vorfahren waren mit solchen Aufgaben betraut worden, wie die Größe des Kosmos' abzuschätzen, und eben jetzt keimte in ihm die Vermutung, daß da irgendwo im Kern dieser alltäglichen, kommerziellen Rätsel eine Idee schlummerte, deren Auswirkungen universeller waren als die Geheimnisse der Astronomie. In jedem Problem gab es eine Größe, deren Wert von den Wertänderungen einer anderen Größe regiert wurde, und das Problem lag darin, die optimale Balance zu finden. Traditionelle Lösungen verlangten, zahlreiche Näherungen zu berechnen oder Kurven mit extremen Punkten zu zeichnen, doch hatte eine winzige Stimme in Leyn zu wispern begonnen, und ihre Botschaft war die eisig schaurige, daß es womöglich einen algebraischen Weg zu einer *präzisen* Lösung gab, mit ein paar Federstrichen. Es hing zusammen mit dem mathematischen Begriff von Grenzen, mit der Idee, daß ...

»Du mußt mir bei der Gästeliste helfen«, sagte Gesalla, als sie in das vertäfelte Arbeitszimmer rauschte. »Wie soll ich vernünftige Vorbereitungen treffen, wenn ich nicht einmal weiß, wie viele Gäste kommen.«

Der glimmende Funke in den Tiefen von Leyns Verstand war erloschen und ließ ihn mit einem Gefühl von Verlust zurück, das sich jedoch verflüchtigte, als er zu seiner schwarzhaarigen Monofrau aufblickte. Die Beschwerden einer vorzeitigen Schwangerschaft hatten das Oval ihres Gesichts geschmälert und verliehen ihr eine dunkeläugige Blässe, die irgendwie ihre Intelligenz und Charakterstärke unterstrich. In Leyns Augen war sie nie schöner gewesen, aber er wünschte sich insgeheim, sie hätte nicht auf dem Kind bestanden. Dieser schlanke, schmalhüftige Körper sah ihm nicht danach aus, als sei er für eine Mutterschaft bestimmt, und er hegte ganz private Befürchtungen, was das Ergebnis betraf.

»Oh, tut mir leid, Leyn«, sagte sie; ihr Gesicht zeigte Besorgnis. »Habe ich dich bei etwas Wichtigem gestört?«

Er lächelte und schüttelte den Kopf, aufs neue beeindruckt von ihrem Talent, die Gedanken anderer zu erraten. »Ist es nicht früh, um Altjahr zu planen?«

»Ja.« Sie begegnete seinem Blick kühl — ihre Art zu sagen: Willst du mir vorwerfen, daß ich tüchtig bin? »Kommen wir also zu deinen Gästen ...«

»Ich verspreche dir, noch vor Tagesende eine Liste zu schreiben. Ich glaube nicht, daß sich viel ändert, obwohl — ich weiß nicht, ob Tauler diesmal zu Hause sein kann.«

»Ich werde ihn sicher nicht vermissen«, sagte Gesalla und rümpfte die Nase. »Ich mag ihn einfach nicht. Ich wünsche mir *einmal* eine Party ohne Zank und Streit.«

»Er ist mein Bruder«, protestierte Leyn liebevoll.

»Halbbruder würde besser passen.«

Leyns gute Laune war gefährdet. »Ich bin froh, daß Mutter das nicht mehr hören kann.«

Gesalla kam sofort zu ihm, setzte sich auf seinen Schoß, küßte ihn auf den Mund, wobei sie mit beiden Händen seine Wangen knetete, um ihn zu einer feurigen Erwiderung zu bewegen. Das war ein ganz gewöhnlicher Trick von ihr, aber er funktionierte. Er fühlte sich auch noch nach zwei Ehejahren begehrt, schob seine Hand unter ihr blaues Jäckchen und liebkoste ihre kleinen Brüste. Plötzlich setzte sie sich aufrecht und sah ihn ernst an.

»Ich wollte nichts Schlechtes über deine Mutter sagen. Ich meinte, daß Tauler nicht so *aussieht* wie ein Mitglied dieser Familie — eher wie ein Soldat.«

»Das Erbmaterial spielt manchmal einen Streich.«

»Und die Art, wie er liest.«

»Wir haben das schon mal besprochen«, sagte Leyn geduldig. »Wenn du Tauler näher kennenlernst, wirst du sehen, daß er so intelligent ist wie jeder andere in der Familie. Er *kann* lesen, aber er liest stockend, weil er irgendein Problem damit hat, wie er gedruckte Wörter wahrnimmt. Und überhaupt, beim Militär können die meisten lesen und schreiben — deine Beobachtung hat also weiter nichts zu bedeuten.«

»Na ja ...« Gesalla schien unzufrieden. »Und wieso muß er immer und überall Unruhe stiften?«

»Eine Menge Leute haben diese Unsitte — zum Beispiel jemand, dessen linke Brustwarze mich zur Zeit aufregt.«

»Versuche nicht, mich auf andere Dinge zu bringen — bestimmt nicht zu dieser Tageszeit.«

»Schon gut, aber wieso regst du dich so über Tauler

auf? Auf Grünberg wimmelt es doch nur so von Individualisten und komischen Käuzen.«

»Fändest du es besser, wenn ich eine von diesen gesichtslosen Frauen wäre, die keine eigene Meinung haben?« Gesalla sprang wie elektrisiert auf die Füße, er spürte kaum, wie sich ihr Federgewicht von ihm abstieß, und ihr Gesicht nahm einen Ausdruck von Bestürzung an, als sie hinuntersah in den ummauerten Vorhof. »Erwartest du Baron Glo?«

»Nein.«

»Pech — er kommt gerade.« Gesalla eilte zur Tür. »Ich verschwinde, bevor er hier ist. Ich kann mir nicht leisten, den halben Tag lang das ganze endlose Gestotter über mich ergehen zu lassen — ganz zu schweigen von den schmutzigen Anspielungen.« Sie raffte ihre knöchellangen Röcke zusammen und lief schweigend zur hinteren Treppe.

Leyn nahm die Lesebrille ab und sah ihr nach, wobei er sich wünschte, sie würde nicht immer wieder auf die Herkunft seines Bruders zu sprechen kommen. Ayssa Marakain, seine Mutter, war bei Taulers Geburt gestorben; wenn es also eine außereheliche Beziehung gegeben hatte, dann hatte Ayssa mehr als genug dafür bezahlt. Warum konnte Gesalla es nicht dabei belassen? Leyn war von ihrer intellektuellen Unabhängigkeit ebenso angezogen gewesen wie von ihrer Schönheit und ihrer körperlichen Anmut, aber er hatte nicht mit ihrer Abneigung gegenüber seinem Bruder gerechnet. Hoffentlich kam es nicht zu Jahren häuslichen Unfriedens.

Das Schlagen einer Wagentür im Vorhof lenkte seine Aufmerksamkeit auf die Außenwelt. Baron Glo war eben aus dem veralteten aber blitzenden Zweiachser gestiegen, den er stets für kurze Strecken innerhalb der Stadt benutzte. Sein Fahrer, der die beiden Blauhörner unter Kontrolle hielt, nickte immerzu und wurde sichtlich unruhig, während er von Baron Glo schier endlose

Anweisungen erhielt. Leyn vermutete, daß der Erzphilosoph hundert Wörter benutzte, wo zehn genügt hätten, und er betete, der Besuch möge nicht zu einer Geduldsprobe werden. Er ging zum Buffet, goß zwei Gläser Schwarzwein ein und wartete an der Zimmertür, bis Glo erschien.

»Sehr freundlich«, sagte Glo kurzatmig, nahm beim Eintritt sein Glas entgegen und ging geradewegs zum nächsten Sessel. Obwohl er Ende Fünfzig war, sah er dank seiner Rundlichkeit und der Tatsache, daß er außer ein paar schrägen bräunlichen Ruinen hinter der Unterlippe so gut wie zahnlos war, viel älter aus. Er atmete geräuschvoll nach dem Treppensteigen, und sein Bauch wogte unter der nicht formellen grauweißen Robe.

»Es ist mir immer wieder ein Vergnügen, Euch zu sehen, verehrter Meister«, sagte Leyn und fragte sich, ob es einen besonderen Grund gab für den Besuch. Aber er wußte, es war wenig hilfreich, sein Gegenüber zu drängen.

Glo trank die Hälfte des Weins in einem Zug. »Ganz meinerseits, mein Lieber. Oh! Ich habe da etwas ... hmm ... wenigstens *glaube* ich, daß ich es dir zeigen kann. Du wirst dich darüber freuen.« Er setzte sein Glas ab, suchte tastend in den Falten seiner Kleidung und brachte schließlich ein Stück Papier zum Vorschein, das er Leyn aushändigte. Es war ein bißchen klebrig und mittelbraun bis auf eine hellere, gesprenkelte Kreisfläche in der Mitte.

»Fernland.« Leyn erkannte in der Mitte ein helles Abbild des dritten Hauptplaneten, der die Sonne in ungefähr dem zweifachen Abstand des Dies-und-Jenland-Paares umkreiste. »Die Bilder werden besser.«

»Ja, aber wir können sie nicht haltbar machen. Das da ist merklich ... hmm ... verblaßt seit letzter Nacht. Man kann kaum noch die Polkappen erkennen, aber letzte Nacht waren sie noch sehr klar. Schade. Schade.« Glo nahm das Bild wieder an sich und studierte es eingehend, derweil er immerzu den Kopf schüttelte und an den Zahnstummeln saugte.

»Die Polkappen waren so klar wie Tageslicht. Klar wie Tageslicht, sage ich dir. Der junge Entess fand eine sehr gute Bestätigung für diesen Winkel ... ah ... diese Inklination. Leyn, hast du jemals versucht, dir vorzustellen, wie das ist, auf einer Welt zu leben, deren Achse geneigt ist? Es gäbe eine heiße Periode des Jahres, mit langen Tagen und kurzen Nächten, und eine kalte ... hmm ... Periode, mit langen Tagen ... ich meine *kurzen* Tagen ... und langen Nächten ... und alles davon abhängig, wo sich der Planet gerade befindet auf seinem Umlauf. Die Farbveränderungen auf Fernland zeigen, daß die *ganze* Vegetation einem einzigen ... hmm ... Zyklus unterworfen ist.«

Leyn verbarg seine Ungeduld und Langeweile, als Glo auf die ausgetretenen Pfade seines Lieblingsthemas geriet. Es war eine grausame Ironie, daß der Erzphilosoph vorzeitig senil wurde, und Leyn — in aufrichtiger Achtung vor dem alten Mann — sah es als seine Pflicht an, ihn nach Kräften zu unterstützen, persönlich und beruflich. Er füllte Schwarzwein nach und streute passende Kommentare ein, während Glo den verschlungenen Pfaden von der elementaren Astronomie zur Botanik und den Unterschieden zwischen der Ökologie einer geneigten Welt und derjenigen von Diesland folgte.

Auf Diesland, wo es keine Jahreszeiten gab, mußten die allerersten Farmer vor der Aufgabe gestanden haben, das natürliche Durcheinander von genießbaren Gräsern in zeitgleiche Gruppen aufzuteilen, die zu bestimmten Zeiten reiften. Sechs Ernten im Jahr waren die Norm in weiten Teilen Dieslands. Später brauchten nur sechs benachbarte Streifen bepflanzt und abgeerntet zu werden, um die Versorgung mit Getreide aufrechtzuerhalten und die Probleme bei der Langzeitlagerung zu vermeiden. In neuerer Zeit hatten die fortschrittlichen Gemeinwesen es für wirksamer gehalten, ganze Farmen nur einem Getreidezyklus zu unterwerfen und sechs Farmen zu einem Verband zusammenzuschließen oder auch Vielfache davon, doch das Prinzip blieb das gleiche.

Als Junge hatte Leyn Marakain gern über das Leben auf fernen Planeten spekuliert — vorausgesetzt sie existierten in anderen Teilen des Universums und waren von intelligenten Wesen bewohnt — aber er hatte schnell herausgefunden, daß ihm die Mathematik einen größeren Spielraum für das geistige Abenteuer bot. Sein größter Wunsch war im Moment, Baron Glo möge gehen und ihn weiterarbeiten lassen, oder endlich seinen Besuch erklären. Als er sich wieder auf die umherschweifenden Gedanken seines Gegenübers einließ, stellte er fest, daß Baron Glo inzwischen auf die Experimente mit der Photographie zurückgekommen war und von den Schwierigkeiten sprach, aus lichtempfindlichen Pflanzenzellen eine Emulsion herzustellen, die das Abbild länger festhielt als nur für ein paar Tage.

»Warum ist das so wichtig für Euch?« warf Leyn ein. »Jeder Mitarbeiter in Eurem Observatorium könnte von Hand ein weit besseres Bild zeichnen.«

»Astronomie ist nur eine winzige Nebensache, mein Lieber — was mir vorschwebt, sind vollkommen ... hmm ... wirklichkeitsgetreue Bilder von Häusern, Landschaften, Menschen.«

»Ja, aber wir haben schon Zeichner und Maler, die so etwas können.«

Glo schüttelte den Kopf; ein Lächeln entblößte die Zahnruinen, dann sprach er ungewöhnlich fließend. »Maler malen nur, was sie oder ihre Gönner für wichtig halten. Es geht so viel verloren. Die Zeiten schlüpfen uns durch die Finger. Ich will, daß jeder sein eigener Maler ist — dann werden wir unsere Geschichte entdekken.«

»Haltet Ihr das denn für möglich?«

»Zweifellos. Ich sehe den Tag voraus, da jedermann

lichtempfindliches Material bei sich trägt und *alles* augenblicklich in einem Bild festhalten kann.«

»Ihr könnt noch jeden von uns überflügeln«, sagte Leyn beeindruckt. Einen Moment lang hatte er die Gegenwart des früheren Baron Glo gespürt. »Und je höher Ihr fliegt, um so weiter seht Ihr.«

Glo sah zufrieden aus. »Lassen wir das — gib mir ... hmm ... noch etwas Wein.« Er betrachtete das Glas eingehend, als es sich wieder füllte, dann lehnte er sich in den Sessel zurück. »Rate mal, was passiert ist.«

»Ihr habt eine arglose Jungfrau geschwängert.«

»Falsch. Weiter.«

»Irgendeine arglose Jungfrau hat Euch geschwängert.«

»Das ist eine ernste Angelegenheit, Leyn.« Glo machte eine dämpfende Handbewegung, die zeigen sollte, daß Leichtsinn fehl am Platze war. »Dem König und Prinz Chakkell ist plötzlich aufgefallen, daß uns die Brakkabäume ausgehen.«

Leyn, der eben das Glas an die Lippen setzen wollte, war mitten in der Bewegung erstarrt. »Darauf wäre ich nicht gekommen, Ihr habt recht. Wie viele Berichte und Studien haben wir nicht eingereicht in den letzten zehn Jahren.«

»Unzählige, aber es sieht so aus, als hätten sie am Ende doch etwas bewirkt. Der König hat eine Versammlung des hohen ... hmm ... Rates einberufen.«

»Hätte ich ihm gar nicht zugetraut«, sagte Leyn. »Kommt Ihr direkt vom Palast?«

»Ah ... nein. Ich weiß schon seit Tagen von der Einberufung, aber ich konnte dich nicht aufsuchen, weil mich der König *ausgerechnet* nach Sorka geschickt hat, in einer ... hmm ... anderen Angelegenheit. Ich bin erst diesen Frühtag zurückgekommen.«

»Ich könnte auch einen Urlaub gebrauchen.«

»Das war kein Urlaub, mein Lieber.« Glo schüttelte seinen großen Kopf und setzte eine ernste Miene auf.

»Ich war bei Tansfo — und mußte zusehen, wie einer von seinen Chirurgen eine Autopsie an einem Soldaten durchführte. Ich gebe offen zu, mein Magen ist so etwas nicht gewöhnt.«

»Bitte! Kein Wort darüber«, sagte Leyn. Bei dem Gedanken an Messer, die durch bleiche Haut schnitten, und Hände, die in kalten Innereien wühlten, spürte er einen sanften Druck unter dem Zwerchfell. »Warum wollte der König Euch dabeihaben?«

Glo klopfte sich auf die Brust. »Ich bin der Erzphilosoph. Mein Wort hat noch immer großes Gewicht beim König. Allem Anschein nach werden unsere Soldaten und Luftleute ... hmm ... von Gerüchten demoralisiert, daß es nicht ungefährlich ist, sich in der Nähe von Pterssa-Opfern aufzuhalten.«

»Nicht ungefährlich? Wie soll ich das verstehen?«

»Es heißt, daß sich mehrere Truppensoldaten beim Umgang mit Opfern Pterssose zugezogen haben.«

»Aber das ist doch Unfug«, sagte Leyn und nahm einen ersten Schluck Wein. »Was hat Tansfo gefunden?«

»Pterssose, kein Zweifel. Milz wie ein Fußball. Unsere offizielle Verlautbarung besagt, daß der Soldat mitten in der Nacht einer Pterssablase begegnet ist und unbemerkt den Staub eingeatmet hat — oder er hat es ... hmm ... verschwiegen. Das kommt vor, nicht wahr? Manche Männer können der Tatsache nicht ins Auge blicken. Oft machen sie sich sogar selbst etwas vor.«

»Ich kann das gut verstehen.« Leyn fröstelte, aber nicht, weil ihm kalt war. »Die Versuchung ist groß. Wenn man bedenkt, daß der leiseste Luftzug über Leben und Tod entscheidet.«

»Ich würde es vorziehen, über unsere eigenen Angelegenheiten zu sprechen.« Glo stand auf und begann, den Raum abzuschreiten. »Diese Versammlung ist sehr wichtig für uns, mein Lieber. Eine Chance für den philosophischen Orden, sich Anerkennung zu verdienen — das frühere Ansehen zurückzugewinnen. Also, ich möchte, daß du höchstpersönlich die Kurven ausarbeitest — große und farbenprächtige und ... hmm ... einfache Schautafeln. Es muß deutlich werden, wieviel Paikn und Havl Kolkorron in den nächsten fünfzig Jahren herstellen kann. Intervalle von fünf Jahren mögen ausreichen — das überlasse ich dir. Wir müssen auch zeigen, wie sich unsere einheimische Brakkareserve wieder erholt, während der Bedarf nach natürlichen Kristallen zurückgeht, bis wir ...«

»Verehrter Meister, ein bißchen langsamer«, protestierte Leyn. Er war entsetzt, wie weit die visionäre Rhetorik den Baron von der Realität forttrug. »Ich will nicht pessimistisch erscheinen, doch es gibt keine Garantie dafür, daß wir in den nächsten fünfzig Jahren *überhaupt* brauchbare Kristalle herstellen werden. Gegenwärtig hat unser bestes Paikn einen Reinheitsgrad von dreißig Prozent, und mit unserem Havl sieht es nicht viel besser aus.«

Glo stieß ein erregtes Lachen aus. »Nur weil wir bisher nicht die volle Rückendeckung des Königs hatten. Mit der richtigen Ausrüstung können wir die ganzen Reinheitsprobleme in wenigen Jahren lösen. Da bin ich ganz sicher! Genau deshalb gab mir der König die Erlaubnis, seine Boten zu benutzen, um Sisstt und Dassuhn herbeizurufen. Sie können auf der Versammlung über den neuesten Stand ihrer Arbeiten berichten. Harte Tatsachen — das ist es, was den König beeindruckt. Praktische Anwendungen. Ich sage dir, mein Junge, die Zeiten ändern sich. Mir ist schlecht.« Glo plumpste in den Sessel, daß die dekorativen Töpfereien an der Wand hüpften.

Eigentlich, dachte Leyn, sollte er hingehen, um seine Hilfe anzubieten, aber er schreckte zurück. Glo sah aus, als könne er sich jeden Moment übergeben. Die Vorstellung, diesen Moment aus nächster Nähe zu erleben, war einfach zu widerlich. Schlimmer noch, die verschlängelten Adern an Glos Schläfen schienen platzen zu wollen. Was, wenn sich tatsächlich eine sprudelnde Quelle auftat? Leyn malte sich aus, wie er höchstpersönlich von dem Blut des anderen besudelt wurde, und diesmal wehrte sich sein Magen mit einem kräftigen Stüber.

»Soll ich Euch etwas holen?« sagte er ängstlich. »Etwas Wasser?«

»Mehr Wein«, sagte Glo heiser und hielt sein Glas hin.

»Im Ernst?«

»Nicht so prüde, mein Lieber — es gibt keine bessere Medizin. Würdest du ein bißchen mehr Wein trinken, hättest du etwas mehr Fleisch auf den ... hmm ... Rippen.« Glo studierte sein Glas, während Leyn nachfüllte, und war darauf bedacht, daß es voll wurde. Die Farbe kehrte in sein Gesicht zurück. »Also, wo war ich stehengeblieben?«

»Hatte es nicht mit der drohenden Wiedergeburt unserer Zivilisation zu tun?«

Glo blickte ihn tadelnd an. »Sarkasmus? Ist das Sarkasmus?«

»Tut mir leid, verehrter Meister«, sagte Leyn. »Ich habe mich schon immer leidenschaftlich für den Schutz des Brakkabaums eingesetzt — ein Thema, bei dem ich allzu leicht die Selbstbeherrschung verliere.«

»Ich erinnere mich.« Glo ließ den Blick durch den Raum wandern. Alles, was in anderen Häusern normalerweise aus dem schwarzen Holz gefertigt war, bestand hier aus Keramik und Glas. »Hältst du das nicht für ... hmm ... übertrieben?«

»Ich kann nicht anders.« Leyn hob die linke Hand und zeigte auf den schwarzen Ring, den er am sechsten Finger trug. »Das ist ein Hochzeitsgeschenk von Gesalla — der einzige Grund, warum ich so viel davon im Haus habe.«

»Ah ja — Gesalla.« Das Grinsen, mit dem er seine schiefen Zahnstummel entblößte, war die Karikatur eines wollüstigen Lächelns. »In einer von diesen Nächten, das schwöre ich dir, hast du außer Gesalla noch jemanden im Bett.«

»Mein Bett ist das Eure«, sagte Leyn leichthin. Baron Glo würde niemals vom Recht des Adels Gebrauch machen und einer Frau der sozialen Gruppe beiliegen, deren dynastisches Oberhaupt er war. Es war ein uraltes Vorrecht in Kolkorron, das vom Hochadel immer noch in Anspruch genommen wurde. Glo pflegte gelegentlich mit solchen Witzen die kulturelle Überlegenheit des philosophischen Ordens hervorzuheben, der diese Praxis längst überwunden hatte.

»Eingedenk deiner extremen Ansichten«, fuhr Glo fort und kam wieder auf sein Thema zurück, »könntest du nicht eine positivere Haltung zu der Versammlung einnehmen? Freust du dich denn gar nicht darüber?«

»Doch. Ich bin froh darüber. Es ist ein Schritt in die richtige Richtung, aber er kommt *so spät*. Wie Ihr wißt, braucht ein Brakka fünfzig oder sechzig Jahre, bis er reif ist und in die Phase der Entsamung kommt. Selbst wenn wir jetzt schon in der Lage wären, reine Kristalle zu züchten, müßten wir immer noch diese Zeitspanne überbrücken — und die ist erschreckend groß.«

»Ein Grund mehr, um vorauszuplanen, mein Lieber.«

»Richtig — nur, je dringender ein Plan benötigt wird, um so geringer ist seine Chance, akzeptiert zu werden.«

»Klingt sehr tiefschürfend«, sagte Glo. »Du machst mich neugierig.«

»Vor vielleicht fünfzig Jahren hätten Versorgung und Nachfrage ausbalanciert werden können, indem Kolkorron nur ein paar vernünftige Sparmaßnahmen erlassen hätte, doch selbst damals haben sich die Prinzen taub gestellt. Jetzt erfordert die Situation wirklich drastische Maßnahmen. Könnt Ihr Euch vorstellen, wie Leddravohr auf den Vorschlag reagieren wird, die gesamte Waffenproduktion für zwanzig oder dreißig Jahre auszusetzen?«

»Nicht auszudenken«, sagte Glo. »Aber findest du nicht, daß du übertreibst?«

»Seht Euch diese Kurven an.« Leyn ging zu einem Kasten aus flachen Schubladen, nahm ein großes Blatt heraus und breitete es auf dem Schreibtisch aus, so daß Glo es einsehen konnte. Er erläuterte die unterschiedlich gefärbten Diagramme, wobei er die Mathematik möglichst außen vor ließ, und analysierte, wie sich die steigende Nachfrage nach Energiekristallen und Brakkaholz und andere Faktoren — etwa die zunehmende Verknappung und die Transportverzögerungen — gegenseitig beeinflußten. Einmal oder zweimal kam ihm beim Reden der Gedanke, daß diese Probleme hier der gleichen allgemeinen Klasse angehörten wie jene, über die er vorhin noch nachgedacht hatte. Und seit vorhin bedrängte ihn die Inspiration, diesen Problemen auf eine völlig neue Art zu Leibe zu rücken — eine, die mit dem mathematischen Konzept von Grenzen zu tun hatte; aber jetzt wurden seine Gedanken von materiellen und menschlichen Erwägungen beherrscht.

Zu den letzteren zählte die Tatsache, daß Baron Glo, der bald als erster Sprecher der Philosophie auftreten würde, inzwischen zu senil war, um noch komplexen Argumenten folgen zu können. Hinzu kam Glos Angewohnheit, sich jeden Tag mit Wein zu betrinken. — Glo mimte großes Interesse, indem er viel nickte und an seinen Zahnruinen saugte, aber die fleischigen Falten seiner Augenlider fielen immer häufiger herunter.

»Das ist also das Ausmaß des Problems, verehrter Meister«, sagte Leyn und verlieh seiner Stimme einen übertriebenen Elan, um Glos Aufmerksamkeit zu wekken. »Möchtet Ihr gerne die Ansichten meiner Abteilung über Art und Umfang der Maßnahmen hören, die erforderlich sind, um die Krise in erträglichen Grenzen zu halten?«

»Stabilität, ja, Stabilität — das ist es.« Glo hob ruckartig den Kopf und schien einen Moment lang völlig verwirrt zu sein; seine blaßblauen Augen musterten Leyns Gesicht, als sähe er es zum ersten Mal. »Wo waren wir?«

Leyn fühlte sich niedergeschlagen und merkwürdig erschreckt. »Vielleicht ist es das Beste, ich schicke Euch eine schriftliche Zusammenfassung zur Feste, die Ihr dann in Ruhe durchgehen könnt. Wann tritt der Hohe Rat zusammen?«

»Am Zweihundertsten, morgens. Richtig, am Zweihundertsten, hat der König gesagt. Welches Datum haben wir heute?«

»Eins-neun-vier.«

»Da bleibt nicht viel Zeit«, sagte Glo traurig. »Ich habe dem König versprochen, ich würde einen entscheidenden … hmm … Beitrag leisten.«

»Das werdet Ihr.«

»Es geht mir nicht um …« Glo erhob sich, schwankte ein wenig und sah Leyn mit einem sonderbaren, bebenden Lächeln an. »Hast du wirklich gemeint, was du eben gesagt hast?«

Leyn blinzelte ihn an. Er konnte mit der Frage nichts anfangen. »Was habe ich denn gesagt?«

»Über mein Fliegen … daß ich um so weiter sehe … je höher ich fliege?«

»Natürlich, verehrter Meister«, sagte Leyn und wurde verlegen. »Da stehe ich zu.«

»Das ist gut. Es bedeutet mir …« Glo streckte sich, dehnte seinen plumpen Brustkorb und war plötzlich wieder die Zuversicht in Person. »Wir werden es denen zeigen. *Allen* werden wir's zeigen.« Er ging zur Tür, dann hielt er inne, die Hand auf dem Porzellanknauf. »Und laß mir eine Zusammenfassung zukommen, so bald wie … hmm … möglich. Oh, übrigens, ich habe Sisstt aufgetragen, deinen Bruder mitzubringen.«

»Das war sehr freundlich von Euch«, sagte Leyn. Seine Freude auf das Wiedersehen mit Tauler war natürlich getrübt durch die Aussicht auf Gesallas Reaktion.

»Nicht der Rede wert. Ich glaube, wir waren alle ein bißchen hart zu ihm. Ich meine, ein Jahr an einem so deprimierenden Ort wie Haffangar, nur weil er Ongmat einen leichten Schlag versetzt hatte.«

»Der leichte Schlag hat Ongmats Kiefer in zwei Teile gespalten.«

»Sagen wir, er war gut plaziert.« Glo gab ein keuchendes Lachen von sich. »Und wir haben es alle als Wohltat empfunden, als Ongmat für eine Weile zum Schweigen gebracht war.« Er kicherte noch, als er bereits außer Sicht war. Seine Sandalen schlappten auf dem Mosaikboden im Korridor.

Leyn nahm sein fast unberührtes Glas Wein mit zum Schreibtisch und setzte sich. Indem er die schwarze Flüssigkeit kreisen ließ, erzeugte er an ihrer Oberfläche helle Muster. Es war typisch für Glo, daß er Taulers Neigung zur Gewalt so humorvoll gebilligt hatte; er nutzte solche kleinen Gelegenheiten, um die Mitglieder des philosophischen Ordens daran zu erinnern, daß er königlicher Abstammung war und in seinen Adern das Blut von Eroberern floß. Offenbar fühlte Glo sich wieder besser und hatte seine Selbstachtung wiedergefunden; und dennoch — Körper und Geist des alten Mannes waren in einem alarmierenden Zustand.

In nur wenigen Jahren war aus Glo ein schwafelndes und geistesabwesendes Wrack geworden. Die meisten Abteilungsleiter tolerierten seine Inkompetenz; einige wußten den daraus resultierenden Bonus an persönlicher Freiheit zu schätzen, aber das schwindende Ansehen des Ordens hinterließ ein allgemeines Gefühl der Entmutigung. Der alternde König Pradt hatte sich noch eine nachsichtige Vorliebe für Glo bewahrt — und, so wurde getuschelt, wenn die Philosophie schon zu einem Witz verkommen war, so sollte sie doch wenigstens durch einen Hofnarren repräsentiert werden.

Aber, wo sich der Hohe Rat versammelt, da hört der Spaß auf, sagte sich Leyn. Die Person, die für eine rigorose Schonung des Brakkabestandes eintrat, mußte eloquent und energisch auftreten, mußte komplizierte Zusammenhänge arrangieren und mit unangreifbaren Kenntnissen in Statistik untermauern. Diese Person würde einen unpopulären Stand haben und sich die Feindschaft des ehrgeizigen Prinzen Chakkell und des blutrünstigen Prinzen Leddravohr zuziehen.

Wenn Baron Glo es nicht schaffte, sich noch rechtzeitig vor der Versammlung mit Leyns Aufzeichnungen vertraut zu machen, war es denkbar, daß er einen Stellvertreter berief. — Nur schon der Gedanke daran, Chakkell oder Leddravohr herauszufordern — auch wenn es sich nur um Wortgefechte handelte —, war ebenso schweiß- wie harntreibend. Der Wein in Leyns Glas reflektierte ein Muster aus zitternden, konzentrischen Kreisen.

Leyn setzte das Glas ab, atmete ein paarmal tief durch und wartete darauf, daß sich seine Hände beruhigten.

4. Kapitel

Tauler Marakain erwachte mit dem verwirrenden und tröstlichen Gedanken, daß er nicht alleine im Bett lag.

Er spürte die Körperwärme der Frau an seiner linken Seite; sie hatte einen Arm auf seinen Bauch gebettet und ein Knie über seine Hüfte gezogen. Seine Empfindungen waren besonders erfreulich, weil sie ungewohnt waren. Er lag ganz still und starrte an die Decke, während er sich die genauen Umstände ins Gedächtnis rief, wie er zu weiblicher Gesellschaft gekommen war, hier in seinem nüchternen Zimmer in der Hofklause ...

Er hatte seine Rückkehr in die Metropole mit einem Streifzug durch die Tavernen im Samlju-Bezirk gefeiert. Die Tour begann am frühen Morgen und sollte zusammen mit Kurznacht zu Ende sein, doch Bier und Wein überredeten ihn, und die Bekanntschaften, die er machte, bekamen mehr und mehr die Gesichter von lieben Freunden. Er war so glücklich, dem Gestank der Paiknschmelze entronnen zu sein, daß er den ganzen Spättag lang und noch bis in die Nacht hinein weiterzechte; zu später Stunde entdeckte er von Zeit zu Zeit dieselbe Frau neben sich in der Menge, viel zu oft, als daß man es mit dem Zufall erklären konnte.

Sie hatte lohfarbenes Haar, war groß, vollbusig, mit breiten Schultern und Hüften — ganz die Frau, von der Tauler während des Exils in Haffangar geträumt hatte. Sie kaute schamlos einen Schößling des Jungfernschatzes. Ihr Gesicht war rund und offen und unkompliziert, mit vom Wein geröteten Wangen. Ihr Lächeln enthüllte strahlend weiße Zähne, bis auf das winzige Eckchen, das einem Schneidezahn fehlte. Tauler fand schnell heraus, wie unbefangen er mit ihr reden, wie freimütig er mit ihr lachen konnte, und am Ende schien es die natürlichste Sache der Welt, die Nacht miteinander zu verbringen …

»Ich bin hungrig«, sagte sie unvermittelt und setzte sich auf. »Ich will frühstücken.«

Tauler ließ einen anerkennenden Blick über ihren herrlich nackten Körper gleiten und lächelte. »Und wenn ich vorher etwas anderes will?«

Sie sah enttäuscht aus, aber nur für einen Augenblick, dann lächelte sie zurück und neigte sich zu ihm, bis sie ihn mit den Brüsten berührte. »Du willst doch nicht, daß ich dich zu Tode reite.«

»Bitte, tu's!« sagte Tauler mit einem zufriedenen Glucksen. Er zog sie zu sich herunter. Eine beglückende Wärme durchflutete Seele und Körper, als sie sich küßten, doch innerhalb von Sekunden überfiel ihn eine nagende Unruhe. Irgend etwas stimmte nicht. Er schlug die Augen auf und identifizierte sofort eine Quelle des Übels — die Helligkeit in seiner Schlafkammer bedeutete, daß es schon ziemlich spät am Morgen war. Das war der Morgen des zweihundertsten Tages, und er hatte seinem Bruder versprochen, beim ersten Lichtschimmer auf den Beinen zu sein, um ihm zu helfen, ein paar Schautafeln und eine Art Staffelei zum Großen Palast zu schaffen. Es war eine niedrige Aufgabe, die jeder andere hätte übernehmen können, doch Leyn hatte ihn darum gebeten, vielleicht, weil er ihn nicht während der ganzen Ratssitzung mit Gesalla allein lassen wollte.

Gesalla! Tauler hätte beinahe laut gestöhnt, als ihm einfiel, daß er Gesalla am Tag zuvor gar nicht zu Gesicht bekommen hatte. Er war frühmorgens von Haffangar hier eingetroffen und nach einem kurzen Gespräch mit seinem Bruder — bei dem Leyn vollauf mit seinen Schaubildern beschäftigt gewesen war — schnurstracks auf Zechtour gegangen. Gesalla war Leyns Monofrau und hatte als Hausherrin von Tauler erwartet, daß er ihr beim formellen Abendessen seine Aufwartung machte. Eine andere Frau wäre über diesen Formfehler hinweggegangen, doch die anspruchsvolle und resolute Gesalla mußte außer sich vor Wut gewesen sein. Auf seinem Flug zurück nach Ro-Atabri hatte Tauler den Vorsatz gefaßt, allen Reibereien im Hause seines Bruders aus dem Wege zu gehen und nicht von Gesallas Seite zu weichen — und er hatte sie schon am allerersten Tag gekränkt. Die züngelnden Bewegungen einer feuchten Zunge erinnerten Tauler, daß sein Verstoß gegen das häusliche Protokoll schwerwiegender war, als Gesalla ahnte.

»Es tut mir schrecklich leid«, sagte er, wobei er sich aus der Umarmung befreite, »aber du mußt jetzt nach Hause gehen.«

»Was?« Sie starrte ihn mit offenem Mund an.

»Komm schon — mach schnell!« Tauler stand auf, raffte ihre Kleidungsstücke zu einem wirren Bündel und drückte es ihr in die Arme. Er öffnete einen Kleiderschrank und suchte sich frische Sachen zusammen.

»Und was ist mit meinem Frühstück?«

»Keine Zeit — du mußt hier raus.«

»Ist ja großartig«, sagte sie verbittert und wühlte in den fast transparenten Bändern und Fetzen ihrer Kleidung.

»Ich sagte dir doch, daß es mir leid tut«, sagte Tauler, während er sich in Kniehosen zwängte, die im Gegensatz zu seiner Beischläferin entschlossen schienen, sich seinem Eindringen zu widersetzen.

»Da hab ich viel ...« Sie hielt inne, noch ehe sie ihre Brüste ganz in einer losen Schlinge verstaut hatte, und musterte den Raum von der Decke bis zum Boden. »Bist du *sicher,* daß du hier wohnst?«

Obgleich Tauler ziemlich aufgeregt war, reagierte er amüsiert. »Denkst du, ich picke mir irgendein Haus heraus und stehle mich rein, nur um darin zu schlafen?«

»Ich fand das schon ein bißchen merkwürdig letzte Nacht — mit der Kutsche den ganzen Weg bis hierher — ganz leise sein — Das ist hier Grünberg, stimmt's?« Mit offenem Argwohn betrachtete sie seine reichlich muskulösen Schultern und Arme. Er erriet ihre Gedanken, aber da lag nichts Vorwurfsvolles in ihrer Miene, und er nahm keinen Anstoß.

»Der Morgen ist schön für einen Spaziergang«, sagte er, richtete sie auf und schob sie — ihre Kleidung hing teilweise noch lose — zum einzigen Ausgang des Zimmers. Er öffnete die Tür in genau dem Moment, der ihn mit Gesalla Marakain konfrontierte, die gerade auf dem Korridor vorbeikam. Gesalla sah blaß und kränklich aus, dünner als er sie in Erinnerung hatte, doch der Blick aus ihren grauen Augen hatte nichts von seiner Kraft eingebüßt — und sie war sichtlich verärgert.

»Guten Frühtag«, sagte sie mit frostiger Korrektheit. »Man hat mir *erzählt*, daß du zurückgekommen bist.«

»Ich entschuldige mich für gestern abend«, sagte Tauler. »Ich ... ich wurde aufgehalten.«

»Offensichtlich.« Gesallas Blick ruhte mit offenem Mißfallen auf seiner Begleiterin. »Nun?«

»Nun was?«

»Willst du mir nicht deine ... Freundin vorstellen?«

Tauler fluchte innerlich, als ihm klar wurde, daß an der Situation nichts mehr zu retten war. Selbst angesichts der Tatsache, daß er und seine Bettgefährtin von einem Meer aus Wein ins Bett gespült worden waren, wie konnte er eine so einfache Regel des Anstands außer acht lassen und nicht nach ihrem Namen fragen? Gesalla war der letzte Mensch auf der Welt, dem er seinen Gemütszustand vom letzten Abend hätte erklären können; und weil das so war, konnte er sich den Versuch sparen, sie zu besänftigen. *Tut mir furchtbar leid, lieber Bruder,* dachte er. *Das war nicht meine Absicht ...*

»Dieser eiskalte Engel ist meine Schwägerin, Gesalla Marakain«, sagte er, legte seiner Gefährtin den Arm um die Schulter und küßte sie auf die Stirn. »Sie möchte deinen Namen erfahren, und — wenn ich an unseren Zeitvertreib denke letzte Nacht — ich auch.«

»Fera«, sagte die Frau und zupfte ihre Kleidung zurecht. »Fera Rivuh.«

»Ist das nicht hübsch?« Tauler schenkte Gesalla ein breites Lächeln. »Jetzt können wir alle miteinander Freunde sein.«

»Sieh bitte zu, daß sie einen Seitenausgang benutzt«, sagte Gesalla. Sie wandte sich ab und schritt von dannen, den Kopf zurückgeworfen, jeden Fuß direkt vor den anderen setzend.

Tauler schüttelte den Kopf. »Weißt *du*, was mit ihr los ist?«

»Einige Frauen sind nicht ganz richtig im Kopf.« Fera straffte sich und stieß Tauler zurück. »Zeig mir den Ausgang.«

»Ich dachte, du wolltest frühstücken.«

»Ich dachte, du wolltest, daß ich nach Hause gehe.«

»Du mußt mich mißverstanden haben«, sagte Tauler. »Ich möchte, daß du bleibst, und zwar so lange wie *du* willst. Hast du Arbeit, um die du dich kümmern mußt?«

»Oh, ich habe eine sehr wichtige Position auf dem Samlju-Markt — Fische ausnehmen.« Fera zeigte ihre Hände, die gerötet und von zahllosen kleinen Schnitten gezeichnet waren. »Wie komm' ich wohl daran?«

»Vergiß die Fische«, drängte Tauler und umschloß ihre Hände mit den seinen. »Geh wieder ins Bett und warte auf mich. Ich laß dir etwas zu essen bringen. Du kannst den ganzen Tag ausruhen und essen und trinken — und heute abend steigen wir wieder in die Liebesschaukel und treiben's, bis die Decke runterkommt.«

Fera lächelte, wobei sie die fehlende Ecke an ihrem Zahn mit der Zungenspitze füllte. »Deine Schwägerin ...«

»Ist nur meine Schwägerin. Ich bin in diesem Haus geboren und aufgewachsen und habe das Recht, Gäste einzuladen. Du bleibst doch?«

»Gibt es gewürztes Schweinefleisch?«

»Ich versichere dir, daß zur täglichen Grundversorgung in diesem Haus eine ganze Schweineherde zu gewürztem Schweinefleisch verarbeitet wird«, sagte Tauler, während er Fera ins Zimmer zurückgeleitete. »Also, du bleibst hier, bis ich wiederkomme, dann machen wir weiter, wo wir aufgehört haben.«

»Einverstanden.« Sie legte sich aufs Bett, rückte sich auf den Kissen zurecht und spreizte die Beine. »Nur eine Kleinigkeit noch, bevor du gehst.«

»Ja?«

Sie lächelte ihr strahlend weißes Lächeln, als er die Hose aufknöpfte. »Vielleicht könntest du mir auch *deinen* Namen verraten«, sagte sie und brachte ihn mit erfahrener Hand auf den richtigen Weg.

Tauler gluckste noch vor Lachen, als er schon auf der Treppe am Ende des Korridors war. Er ging hinunter zum zentralen Hausbereich, aus dem viele Stimmen drangen. Er fand Feras Gegenwart erfrischend, aber ihre Anwesenheit im Haus mochte eine zu große Zumutung für Gesalla sein. Zwei oder drei Tage mochten genügen, um Gesalla deutlich zu machen, daß sie kein Recht hatte, ihn oder seine Gäste zu beleidigen; daß jede Anstrengung, die sie unternahm, um ihn zu beherrschen — wie sie es mit seinem Bruder tat — zum Scheitern verurteilt war.

Als Tauler den Fuß der Haupttreppe erreichte, fand er ein gutes Dutzend Leute in der Eingangshalle versammelt. Einige waren Rechengehilfen; andere waren Dienstboten und Knechte, die sich wohl versammelt hatten, um zuzusehen, wie ihr Herr seiner Berufung in den Großen Palast folgte. Leyn Marakain trug das altmodisch formelle Gewand eines Senior-Philosophen — eine bodenlange Robe in Taubengrau, Saum und Aufschläge mit schwarzen Dreiecken besetzt. Das seidige Material unterstrich die Schmächtigkeit seiner Gestalt, doch seine Haltung war aufrecht und würdevoll. Sein Gesicht wirkte unter den vollen Schwüngen des schwarzen Haupthaars besonders bleich. Tauler spürte eine Welle von Erregung und Anteilnahme, als er die

Halle durchquerte — die Ratsversammlung war offensichtlich ein wichtiges Ereignis für seinen Bruder, der schon erste Anzeichen von Anspannung zeigte.

»Du kommst spät«, sagte Leyn und beäugte ihn kritisch. »Und du solltest deine grauen Sachen tragen.«

»Ich hatte keine Zeit, sie herauszusuchen. Ich hatte eine schwere Nacht.«

»Gesalla hat mir eben erzählt, was für eine Nacht du hattest.« Leyns Miene verriet gleichzeitig Vergnügen und Gereiztheit. »Trifft es zu, daß du nicht einmal ihren Namen kanntest?«

Tauler zuckte die Achseln, um seine Verlegenheit zu verbergen. »Was bedeuten schon Namen?«

»Falls du das nicht weißt, hat es wohl kaum Sinn, dich zu belehren.«

»Ich brauche niemanden, der...« Tauler holte tief Luft, diesmal fest entschlossen, Leyn nicht noch ein weiteres Problem aufzuhalsen, indem er seine Beherrschung verlor. »Wo sind die Sachen, die ich schleppen soll?«

Die offizielle Residenz von König Pradt Neldihver beeindruckte eher durch ihre Größe als durch die Vorzüge ihrer Architektur. Jede Herrschergeneration hatte je nach Laune und Stilgefühl Seitenflügel, Türme und Kuppeln hinzugefügt, mit dem Ergebnis, daß die Residenz an einen Korallenstock oder einen jener wachsenden Bauten erinnerte, die von bestimmten Insekten angelegt werden. Ein früherer Landschaftsgärtner hatte versucht, eine gewisse Ordnung hineinzubringen, indem er Gruppen von synchronen Parbel- und Raftabäumen angepflanzt hatte, doch über die Jahrhunderte waren sie von anderen Baumarten unterwandert worden. Der Palast, selbst buntgescheckt durch die unterschiedlichen Mauerwerke, wurde mittlerweile durch eine ebenso bunte Vegetation beschirmt, so daß es aus der Entfernung schwerfiel, das eine vom anderen zu trennen.

Tauler Marakain hatte jedoch mit ästhetischen Spitzfindigkeiten nichts zu schaffen, als er hinter dem bescheidenen Domizil seines Bruders von Grünberg hinunterritt. Vor Tagesanbruch hatte es geregnet, und die Morgenluft war rein und belebend, getränkt mit dem Licht eines vielversprechenden Tages. Über ihm leuchtete mit gläsernem Glanz die riesige Scheibe von Jenland, und viele Sterne schmückten das Blau des Himmels rundum. Die Stadt selbst glich einem unglaublich komplizierten Mosaik aus schattenreichen Farbflecken, das sich bis hinunter an das schieferblaue Band des Borann erstreckte, auf dem die Segel wie Rhomben von Schnee schimmerten.

Taulers Freude, der Verzweiflung von Haffangar entronnen und wieder hier in Ro-Atabri zu sein, hatte die Unzufriedenheit mit seinem Schicksal verdrängt; so fade war das fade Leben eines Mitglieds des philosophischen Ordens gar nicht. Dafür, daß der Tag nicht eben glänzend begonnen hatte, war Tauler ausgesprochen gut gelaunt. Sein Kopf wimmelte von unausgegorenen Plänen, wie er seine Lesefertigkeit steigern, der Arbeit des Ordens eine interessante Seite abgewinnen und alles daransetzen wollte, daß Leyn stolz auf ihn sein konnte. Er sah ein, daß Gesalla allen Grund gehabt hatte, wütend zu sein. Es wäre nicht mehr als höflich, wenn er Fera so schnell wie möglich aus seinem Zimmer entfernen würde.

Das robuste Blauhorn, das der Stallmeister ihm ausgesucht hatte, war ein sanftmütiges Tier, das den Weg zum Palast auch alleine finden würde. Er überließ das Tier sich selbst, während es die immer belebteren Straßen entlangtrottete, und versuchte, eine klarere Vorstellung von seiner unmittelbaren Zukunft zu entwickeln, eine die Leyn beeindrucken würde. Er hatte von einer Forschergruppe gehört, die an einer Kombination aus Keramik und Glasfäden arbeitete, die widerstandsfähig genug war, um bei der Herstellung von Schwertern und

Rüstungen das Brakkaholz zu ersetzen. Es war ziemlich sicher, daß sie keinen Erfolg haben würden, aber die Sache war eher nach seinem Geschmack als so ein Zeug wie Niederschläge messen oder ähnliches, und Leyn würde froh sein, wenn sein Bruder die Brakka-Schutzbewegung unterstützte. Zunächst einmal mußte er darüber nachdenken, wie er Gesalla für sich einnehmen konnte …

Nachdem die philosophische Delegation das Herz der Stadt hinter sich gelassen und den Fluß an der Baitran-Brücke überquert hatte, nahm der Palast mit seinen Parklandschaften den ganzen Gesichtskreis ein. Die Gesellschaft überwand die vier konzentrischen mit Blumen übersäten Schutzgräben, deren Blütenpracht die eigentliche Funktion verbarg, und kam vor dem Haupttor des Palastes zum Stehen. Etliche Wachen, die in ihren schweren Rüstungen wie große schwarze Käfer aussahen, kamen in gemächlichem Schritt zu den Wartenden. Während der Kommandant mühsam die Namen der Besucher anhand einer Liste kontrollierte, trat ein Wachsoldat zu Tauler und begann wortlos und rauh in den Tragkörben mit den aufgerollten Schaubildern zu graben. Als er fertig war, spuckte er auf den Boden, ehe er sich der zusammengelegten Staffelei zuwandte, die hinter dem Sattel quer über den Rücken des Blauhorns geschnallt war. Er zerrte so heftig an den polierten Holzstreben, daß das Blauhorn seitlich nachgab und ihn beinah umgeworfen hätte.

»Was ist los mit dir?« murrte der Soldat und schenkte Tauler einen giftigen Blick. »Hast du diesen Flohsack nicht unter Kontrolle?«

Ich bin ab jetzt ein anderer, ermutigte sich Tauler, *und es ist unmöglich, mich in einen Streit zu verwickeln.* Er lächelte und sagte: »Kannst du's ihr verübeln, daß sie in deiner Nähe sein will?«

Der Wachsoldat bewegte lautlos die Lippen, während er näherkam, doch in dem Moment gab der Kommandant den Weg frei. Tauler drängte sein Reittier voran und nahm wieder den Platz hinter Leyns Zweispänner ein. Der läppische Zusammenstoß mit der Wache hatte ihn ein wenig aufgebracht, aber andererseits unbeeindruckt gelassen. Ihm gefiel, wie er reagiert hatte. Überflüssigen Ärger zu vermeiden, war eine Kunst. Und der Zwischenfall war eine nützliche Übung in dieser Kunst gewesen, die er für den Rest seines Lebens praktizieren wollte. Während er entspannt im Sattel saß und sich dem würdevollen Schrittmaß des Blauhorns überließ, beschäftigten sich seine Gedanken mit dem, was vor ihm lag.

Schon einmal, als Kind, war Tauler im Großen Palast gewesen, doch er hatte nur eine ganz vage Erinnerung an die überkuppelte *Halle des Regenbogens,* in der die Ratsversammlung stattfinden sollte. Er bezweifelte, daß sie so weit und furchteinflößend war wie in seiner Erinnerung. Immerhin war die Halle der zentrale Zweckraum des Palastes, und daß man sie heute als Tagungsstätte benutzte, war bezeichnend. König Pradt maß der Versammlung offenbar große Bedeutung bei, was Tauler einigermaßen verwirrend fand. Sein ganzes Leben lang hatte er Brakka-Schützern von der Art seines Bruders zugehört, wie sie düstere Warnungen über schwindende Brakkabestände hinausposaunten, doch das tägliche Leben in Kolkorron war geblieben, wie es immer war. Damals hatte es tatsächlich Perioden gegeben, in denen Energiekristalle und schwarzes Holz knapp gewesen waren, und die Kosten waren gestiegen, aber man hatte immer wieder neue Bestände entdeckt. Tauler konnte sich beim besten Willen nicht vorstellen, daß die natürliche Vorratskammer einer ganzen Welt nicht ausreichte, um die Bedürfnisse seines Volkes zu stillen.

Als die philosophische Delegation die Anhöhe erreichte, auf der der eigentliche Palast lag, sah er die vielen Zweispänner, die bereits auf dem zentralen Vorhof parkten. Unter ihnen war auch der rot und orange geflammte vierrädrige Zweispänner von Baron Glo. Drei Männer in philosophengrauen Roben standen daneben; als sie Leyns Zweispänner entdeckten, rückten sie an, um seinen Bruder abzufangen. Tauler erkannte zuerst die kümmerliche Gestalt von Vorndal Sisstt; dann Dassuhn, den Leiter der Havl-Abteilung; und schließlich den kantigen Umriß von Borreat Hargess, der die Waffenentwicklung leitete. Alle drei wirkten nervös und unglücklich. Sobald Leyn abgestiegen war, rückten sie ihm auf den Leib.

»Wir sind in Schwierigkeiten, Leyn«, sagte Hargess und wies mit dem Kopf auf Glos Kutsche. »Du solltest dir unseren hochgeschätzten Glo einmal ansehen.«

Leyn legte die Stirn in Falten. »Ist er krank?«

»Nein, er ist nicht krank — ich würde sogar sagen, er hat sich nie besser gefühlt.«

»Erzählt mir nicht, daß er ...« Leyn ging zur Kutsche und riß die Tür mit einem Ruck auf. Baron Glo, der mit dem Kopf auf der Brust in sich zusammengesunken dasaß, fuhr auf und sah sich mit einem verdutzten Ausdruck um. Er fixierte Leyn mit seinen blaßblauen Augen, dann legte ein Lächeln die unteren Zahnstummel frei.

»Freut mich, daß du da bist, mein Lieber«, sagte er. »Ich sage dir, der Tag ... hmm ... gehört uns. Wir haben den Sieg praktisch schon in der Tasche.«

Tauler schwang sich von seinem Reittier und band es hinten an Leyns Zweispänner, wobei er den anderen den Rücken zukehrte, damit sie sein Grinsen nicht sahen. Er hatte Glo schon mehrmals betrunken erlebt, doch nie so offensichtlich, so komisch hilflos. Der Gegensatz zwischen Glos rotbackiger Überschwenglichkeit und den empörten, aschfahlen Mienen seiner Gehilfen machte die Situation nur noch ulkiger. Sie hatten sich ihren Auftritt in der Ratsversammlung anders vorgestellt. Tauler konnte die Schadenfreude nicht unterdrükken; diesmal war nicht er der Übeltäter, über den man sich entrüstete, sondern der Erzphilosoph höchstpersönlich.

»Verehrter Meister, die Sitzung wird gleich eröffnet«, sagte Leyn. »Aber falls Ihr indisponiert seid, könnten wir vielleicht ...«

»Indisponiert! Wer sagt das?« Glo duckte sich und stieg aus dem Fahrzeug. Er hielt sich unnatürlich gerade. »Worauf warten wir noch? Nehmen wir unsere Plätze ein.«

»Wie Ihr meint, Meister.« Leyn kam mit einem gequälten Gesichtsausdruck zu Tauler. »Quait und Lokrennan nehmen die Bilder und die Staffelei. Du bleibst hier beim Wagen und gibst ... Was ist so lustig daran?«

»Nichts«, sagte Tauler schnell. »Gar nichts.«

»Du weißt nicht, was heute auf dem Spiel steht, oder?«

»Brakka-Schutz ist für mich genau so wichtig« entgegnete Tauler mit möglichst ernstem Ton. »Ich fand nur ...«

»Tauler Marakain!« Baron Glo kam Tauler mit ausgestreckten Armen entgegen, dabei traten ihm die Augen vor freudiger Erregung aus dem Kopf. »Ich wußte gar nicht, daß du hier bist! Wie geht es dir, mein Junge?«

Tauler war gelinde überrascht, daß Glo überhaupt Notiz von ihm nahm, geschweige, daß er ihn so überschwenglich begrüßte. »Ich bin wohlauf, Meister.«

»Das sieht man.« Glo langte hoch, legte Tauler den Arm um die Schultern und drehte sich schwungvoll herum. »Seht euch dieses Mannsbild an — er erinnert mich an meine eigene ... hmm ... Jugend.«

»Wir sollten jetzt aber unsere Plätze einnehmen«, sagte Leyn. »Ich will ja nicht drängen, aber ...«

»Du hast ganz recht — wir sollten den Augenblick unseres ... hmm ... Ruhms nicht länger aufschieben.« Bei Glos herzlichem Händedruck stieg Tauler der intensive Geruch von Wein in die Nase. »Komm mit, Tauler

— ich bin neugierig, womit du die Zeit verbracht hast in Haffangar.«

Leyn trat hinzu; er sah bekümmert aus. »Verehrter Meister, mein Bruder gehört nicht zur Delegation. Er wartet hier.«

»Unsinn! Wir gehören zusammen.«

»Aber er trägt nicht unser Grau.«

»Das spielt keine Rolle, solange er an meiner Seite ist«, sagte Glo mit jener Sanftmut, die keinen Widerspruch duldete. »Gehen wir!«

Als die Gruppe zum Haupteingang des Palastes aufbrach, suchte Tauler Leyns Blick und signalisierte Ergebenheit, indem er kurz die Augenbrauen hob. Er war fest entschlossen, seinen Bruder keinesfalls zu enttäuschen, begrüßte aber diese unerwartete Wende, die ihm eine lange und äußerst langweilige Wartezeit ersparte. Für ihn war es lebenswichtig, daß er sich während der Sitzung so unauffällig wie möglich verhielt und vor allem ein unbeteiligtes Gesicht machte, egal wie sich Baron Glo in Szene setzen würde. Er ignorierte die neugierigen Blicke von rechts und links, während er mit Glo, der sich an seinem Arm festhielt, in den Palast ging. Er bemühte sich, die Fragen des Barons so kurz wie möglich zu beantworten, denn das Innere des Palastes nahm seine ganze Aufmerksamkeit gefangen.

Der Palast war zugleich der Sitz der kolkorronischen Verwaltung und machte ganz den Eindruck einer Stadt in der Stadt. Seine Korridore und Prunkzimmer waren bevölkert von Männern mit düsteren Mienen und einem Gebaren, dem man anmerkte, daß ihre Geschäfte nicht diejenigen gewöhnlicher Bürger waren. Tauler hatte nicht die geringste Ahnung, was das für Geschäfte waren, oder worüber man sich in den leise geführten Gesprächen unterhielt. Seine Sinne wurden überschwemmt vom schieren Reichtum an Teppichen und Wandbehängen, Gemälden und Skulpturen und kunstvoll gewölbten Decken. Jede Tür, auch wenn es nur eine

Nebentür war, schien aus einer einzigen Perette-, Elvart- oder Glasholzplatte geschnitzt; an einer solchen Tür arbeitete ein Kunsthandwerker vielleicht ein ganzes Jahr lang.

Baron Glo schien unbeeindruckt von der Atmosphäre des Palastes, doch der Rest seiner Gesellschaft wirkte merklich bedrückt. Sie blieben dicht beieinander auf ihrem Weg durch den Palast, wie Soldaten auf feindlichem Territorium. Endlich erreichten sie die übergroße Doppeltür, die von zwei schwarz gepanzerten Pförtnern bewacht wurde. Glo führte sie in den riesigen, elliptischen Raum dahinter. Tauler trat zurück, um seinem Bruder den Vortritt zu lassen. Der zweite Blick in die berühmte *Halle des Regenbogens* bestätigte Taulers Kindheitserinnerung und verschlug ihm fast den Atem. Das Kuppeldach bestand ganz aus rechteckigen Glasplatten, die von einem kunstvollen Gitterwerk aus Brakkaholz getragen wurden. Die meisten Platten waren blaßblau oder weiß, um klaren Himmel und Wolken zu simulieren, aber sieben schmale, zusammenhängende Bögen zeigten die Farben des Regenbogens. Das Licht aus diesem gläsernen Himmel mischte und vereinigte sich zu einem Glorienschein, der das Mobiliar der Halle erglühen ließ.

Am fernen Brennpunkt der Ellipse stand ein großer aber unverzierter Thronsessel auf der obersten Ebene eines zweistufigen Podiums. Auf der zweiten Ebene standen drei kleinere Thronsessel für die angekündigten Prinzen. In alter Zeit wären alle Prinzen Königssöhne gewesen, doch mit der Expansion und Fortentwicklung des Reiches wurde es ratsam, einige Gouverneursposten mit seitlichen Abkömmlingen zu besetzen. Derer gab es zahlreiche, dank des sexuellen Vorrechts, das der Adel genoß, und unter ihnen fand sich fast immer der richtige Mann für den richtigen Posten. In der gegenwärtigen Monarchie waren nur Leddravohr und der farblose Pautsch, der die öffentlichen Finanzen kontrollierte, anerkannte Söhne des Königs.

Das gesamte übrige Gestühl blickte auf die Thronsessel und war in radiale Sektoren für die einzelnen Orden unterteilt, deren Funktionsbereiche von Kunst und Medizin bis zu Religion und proletarischer Erziehung reichten. Die Delegation der Philosophie besetzte den mittleren Sektor. Sie tat dies auf Grund einer Tradition, die auf Baitran IV. zurückging, der in den wissenschaftlichen Erkenntnissen das Fundament gesehen hatte, auf dem Kolkorron ein künftiges Weltreich errichten würde. Aber im Laufe der Jahrhunderte schien die Wissenschaft schließlich nichts Lohnenswertes mehr über das Funktionieren des Universums herauszufinden, und der Einfluß der Philosophie begann zu schwinden; doch sie hatte viele ihrer Privilegien aus Baitrans Zeiten hinüberretten können, und das trotz einer wachsenden, pragmatisch orientierten Opposition.

Tauler empfand eine neidlose Bewunderung für Baron Glo, als der fettleibige kleine Mann, den großen Kopf zurückgeworfen und den Bauch herausstreckend, durch die Halle marschierte und seinen Sitz vor den Thronsesseln einnahm. Der Rest der philosophischen Delegation besetzte schweigsam das Gestühl dahinter und tauschte zaghafte Blicke mit den Gegnern in benachbarten Sektoren. Die Versammlung war größer, als Tauler erwartet hatte — zusammen vielleicht einhundert Personen — wobei die anderen Delegationen durch Schriftführer und Berater zahlreicher vertreten waren. Tauler, der für seinen Status als zusätzlicher Begleiter höchst dankbar war, schob sich in die Reihe hinter Leyns Rechengehilfen und wartete darauf, daß die Ratsversammlung eröffnet wurde.

Es gab ein minutenlanges Gemurmel, hie und da ein Husten, ein nervöses Lachen, dann wurde das zeremonielle Horn geblasen, und König Pradt und die drei Prinzen betraten die Halle durch einen privaten Eingang hinter dem Podium.

Mit über sechzig Jahren machte der Herrscher, groß

und hager, wie er war, und abgesehen von dem milchweißen Auge, das er partout nicht bedecken wollte, einen rüstigen Eindruck. Obwohl Pradt eine imposante und königliche Erscheinung war, als er in seiner blutroten Robe den Thron bestieg, war Tauler von der kraftvollen, betont langsam ausschreitenden Gestalt Prinz Leddravohrs fasziniert. Der Prinz trug einen weißen Küraß, der aus vielen, entsprechend zugeschnittenen Leinenschichten zu einem perfekten männlichen Rumpf modelliert war. Und was man von Armen und Beinen sehen konnte, ließ darauf schließen, daß der Brustpanzer nicht übertrieb. Leddravohrs Gesicht war glatt und seine Miene so finster, als brüte er förmlich Kraft aus, und sein Gebaren machte deutlich, wie lästig ihm diese Ratsversammlung war. Tauler sah mit bohrendem Neid, wie der Veteran aus hundert blutigen Konflikten die Versammelten sekundenlang mit unverhüllter Verachtung strafte, bevor er sich unterhalb des Königs in den mittleren Thronsessel setzte. Tauler träumte mit offenen Augen davon, wie der Kriegsprinz gegen seinen Willen von der gefahrvollen Front zurückgerufen wurde, nur um sich mit den Trivialitäten von Zivilisten zu befassen.

Ein Beamter stieß dreimal mit seinem Stab auf den Boden und signalisierte den Beginn der Ratssitzung. Pradt, berüchtigt für seine eigenwillige Hofführung, begann sofort zu sprechen.

»Ich danke den Anwesenden für ihr Erscheinen hier und zu dieser Stunde«, sagte er in geschraubtem Hochkolkorronisch. »Wie jedermann weiß, steht die zunehmende Verknappung von Brakka und Energie-Kristallen zur Diskussion — doch bevor ich der Versammlung das Wort erteile, ist es mein Wille, ein weiteres Problem mit auf die Tagesordnung zu setzen, wenn auch nur, damit sich seine relative Bedeutungslosigkeit für die Sicherheit des Reiches herausstellt.

Ich spreche nicht davon, daß im Laufe des Jahres die

Anzahl der Pterssas sprunghaft zugenommen haben soll. Diese *scheinbare* Vermehrung ist wohl nur darauf zurückzuführen, daß unsere Armeen erstmalig in solche Regionen von Diesland vordringen, wo — auf Grund der natürlichen Bedingungen — die Pterssa schon immer zahlreicher vertreten war. Ich weise hiermit Baron Glo an, eine sorgfältige Untersuchung in die Wege zu leiten, die ein zuverlässigeres Zahlenmaterial liefert, doch es gibt nicht den geringsten Grund zur Besorgnis. Wie mir Prinz Leddravohr versichert, reichen die üblichen Schutzmaßnahmen und Anti-Pterssa-Waffen voll und ganz aus, um mit jeder denkbaren Notlage fertig zu werden.

Was uns weit mehr Sorge bereitet, sind die Gerüchte, daß Soldaten ihr Leben lassen mußten, weil sie mit Opfern der Pterssa in Berührung kamen. Die Gerüchte scheinen ihren Ursprung bei Einheiten der Zweiten Armee an der Sorka-Front zu haben, und haben sich — wie es Schreckensmeldungen an sich haben — in Windeseile bis zur Ostfront auf Luhngl und zur Westfront in Yalrofak ausgebreitet.«

Pradt legte eine Pause ein und lehnte sich vor; das blinde Auge schimmerte. »Die demoralisierende Wirkung solcher Bangemacherei stellt eine weit größere Bedrohung unserer nationalen Interessen dar als eine Verdopplung oder Verdreifachung der Pterssa-Population. Alle hier in dieser Halle wissen — Pterssose kann *nicht* übertragen werden, weder durch körperlichen Kontakt, noch auf andere Weise. Jeder Einzelne hat die Pflicht, Lügengeschichten, die etwas anderes behaupten, unverzüglich und wirkungsvoll zu unterdrücken. Wir müssen alles tun, was in unserer Macht steht, um beim Proletariat eine gesunde Skepsis zu fördern — und ich blicke dabei insbesondere auf die Lehrer, Dichter und Priester.«

Tauler sah sich unauffällig um; mehrere Delegationsleiter nickten und machten sich Notizen. Er fand es sonderbar, daß sich der König höchstpersönlich mit einer solchen Lappalie befaßte; einen Moment lang spielte er mit dem schrecklichen Gedanken, diese merkwürdigen Gerüchte könnten tatsächlich einen wahren Kern haben. Einfache Soldaten, Seeleute und Luftleute waren in der Regel nicht zimperlich — aber sie waren auch einfältig und leichtgläubig. Es gab also keinen triftigen Grund, warum er die Pterssas mit einemmal mehr fürchten sollte als bisher.

»... eigentlichen Gegenstand der Sitzung«, sagte König Pradt. »Die Bücher der Hafenbehörden weisen aus, daß sich im Jahr 2625 unsere Brakkaholz-Importe aus den sechs Provinzen auf knapp 118426 Tonnen beliefen. Seit zwölf Jahren geht der Gesamtimport jährlich zurück — ebenso die Ausbeute an Paikn und Havl. Über die einheimische Ernte liegen zwar keine Zahlen vor, aber die vorläufigen Schätzungen sind nicht ermutigend.

Die Situation wird noch verschärft, weil bei Militär und Industrie der Verbrauch, insbesondere an Kristallen, kontinuierlich steigt. Wir nähern uns offenbar einer kritischen Phase in der Geschichte unseres Landes und müssen weitreichende Strategien entwickeln, um das Problem in den Griff zu bekommen. Ich bitte um Vorschläge.«

Prinz Leddravohr, der bei den Ausführungen seines Vaters unruhig geworden war, sprang sofort auf die Füße. »Majestät, bei allem Respekt, aber ich muß zugeben, daß dieses Gerede über Verknappung und schwindende Ressourcen meine Geduld auf eine harte Probe stellt. Die Wahrheit ist, daß es einen Überfluß an Brakka gibt — genug um unseren Bedarf für die kommenden Jahrhunderte zu decken. Es gibt ausgedehnte Brakkawälder, die bis jetzt noch niemand angerührt hat. Der *wirkliche* Mangel liegt in uns selbst. Uns fehlt die Entschlossenheit, endlich den Blick auf das *Land der Langen Tage* zu lenken — hinzugehen und uns zu nehmen, was uns zusteht.«

Wie ein Windstoß fuhr die Erregung durch die Halle. Pradt hob die Hand und gebot Stille. Tauler saß kerzengerade, plötzlich ganz Ohr.

»Ich werde nicht zulassen, daß auch nur ein Wort über einen Feldzug gegen Chamtess verloren wird«, sagte Pradt mit einer Stimme, die schärfer und lauter klang als zuvor.

Leddravohr fuhr herum, um ihm ins Gesicht zu sehen. »Früher oder später wird es dazu kommen — also warum nicht früher?«

»Ich wiederhole: Kein Wort mehr von diesem Krieg!«

»In diesem Fall, Majestät, bitte ich um die Erlaubnis, mich zurückziehen zu dürfen«, sagte Leddravohr, nur mehr um Haaresbreite von einer Majestätsbeleidigung entfernt. »Ich kann nichts beisteuern zu einer Diskussion, in der die einfachsten Regeln der Logik mißachtet werden.«

Pradts Kopf ruckte wie der eines Vogels. »Nimm wieder Platz und zügle deine Ungeduld — deine neuentdeckte Vorliebe für Logik könnte sich noch als nützlich erweisen.« Er schenkte den Versammelten ein Lächeln, als wollte er sagen: *Selbst ein König hat Probleme mit seinen unartigen Kindern.* Dann bat er Prinz Chakkell um Vorschläge, wie von seiten der Industrie der Verbrauch von Energiekristallen eingeschränkt werden könne.

Tauler entspannte sich wieder, während Chakkell redete, aber er konnte die Augen nicht von Leddravohr lassen, der sich demonstrativ in seinem Thronsessel fläzte. Tauler war fasziniert, verwirrt und seltsam gebannt von der Entdeckung, daß der Militärprinz einen Krieg mit Chamtess nicht nur für wünschenswert, sondern auch für unvermeidlich hielt. Man wußte wenig über das exotische Land auf der anderen Seite der Welt, das den Schatten von Jenland nicht kannte, dafür aber den ununterbrochenen Tag.

Die vorhandenen Karten waren sehr alt und wenig zuverlässig, doch sie zeigten, daß Chamtess so groß war wie das kolkorronische Reich und genauso dicht bevölkert. Einige Reisende waren aus dem Landesinneren zurückgekehrt, und ihre Beschreibungen der weiten Brakkawälder waren einmütig. Die Bestände waren nie ausgebeutet worden; die Chamtessanier betrachteten es als schlimmen Frevel, den Lebenszyklus eines Brakkabaumes zu unterbrechen. Sie entnahmen den Bäumen begrenzte Mengen an Kristallen, indem sie kleine Löcher in die Reaktionskammern bohrten, und begnügten sich mit dem Schwarzholz von Bäumen, die eines natürlichen Todes gestorben waren.

Die Existenz dieser sagenhaften Schatzkammer hatte schon immer das Interesse der kolkorronischen Herrscher erregt, doch es war nie ein Raubzug unternommen worden. Das Land war einfach zu entlegen, und überdies sollten die Chamtessanier wilde, zähe und talentierte Kämpfer sein. Man hielt ihre Armee sogar für den einzigen Kristallverbraucher dort, und tatsächlich waren die Chamtessanier berüchtigt für ihren effektiven Einsatz von Kanonen — der ungewöhnlichsten Anwendung von Energiekristallen, die jemals erdacht worden war. Zudem schotteten sie sich völlig ab und verschmähten jeglichen Handel und jeden kulturellen Kontakt mit anderen Nationen.

Der Aufwand, Chamtess auf die eine oder andere Weise auszubeuten, war einfach zu groß. Bislang war das für Tauler ein selbstverständlicher und unumstößlicher Bestandteil der natürlichen Weltordnung gewesen. Was er jedoch soeben vernommen hatte, hatte anders geklungen — und er war persönlich zutiefst an dieser Möglichkeit interessiert.

Die soziale Ordnung in Kolkorron ließ normalerweise nicht zu, daß Mitglieder eines Berufsordens ihre Grenzen überschritten. Und Tauler war zu seinem Leidwesen in den philosophischen Orden hineingeboren worden. Verbittert über sein Schicksal hatte er sich immer wieder vergeblich bemüht, in den Militärdienst übernommen zu werden. Dabei hätte er als Proletarier ohne weiteres der Armee beitreten können. Er wäre ohne weiteres bereit gewesen, als Truppensoldat im unwirtlichsten Außenposten zu dienen; aber sein sozialer Rang erforderte nun mal den Offiziersstatus — eine Ehre, die eifersüchtig von der militärischen Kaste gehütet wurde.

All das, begriff Tauler, war unlösbar verknüpft mit dem jahrhundertealten Kurs, den sein Land steuerte. Ein Krieg mit Chamtess würde tiefgreifende Veränderungen in Kolkorron erzwingen, und König Pradt würde nicht ewig auf dem Thron sein. Wahrscheinlich wurde er in nicht allzu ferner Zukunft von Leddravohr abgelöst — und dann würde die alte Ordnung hinweggefegt werden. Es kam Tauler so vor, als ob sein Schicksal direkt mit dem von Leddravohr verbunden sei, und der bloße Gedanke genügte, ihn in einen Sog dunkler Erregung zu ziehen. Die Ratsversammlung, die er für ein langweiliges Palaver gehalten hatten, entpuppte sich als äußerst bedeutsames Ereignis in seinem Leben.

Auf dem Podium gipfelten die Ausführungen des dunkelhäutigen, kahlen und dicken Prinz Chakkell soeben in der Behauptung, er müsse wichtige Bauprojekte einstellen, weil er für die erforderlichen Steinbrucharbeiten noch einmal so viel Paikn und Havl brauche, wie er tatsächlich habe.

»Ihr scheint nichts im Sinn zu haben mit der erklärten Absicht dieser Versammlung«, kommentierte Pradt sichtlich gereizt. »Darf ich Euch daran erinnern, daß ich Vorschläge für eine Reduzierung des Bedarfs erwartet habe?«

»Bitte um Vergebung, Majestät«, sagte Chakkell, wobei der halsstarrige Ton den Worten widersprach. Als Sohn eines unbedeutenden Edelmannes hatte er sich seinen Rang durch Tatkraft, Betrügereien und triebhaften Ehrgeiz erworben. Es war ein offenes Geheimnis in den oberen Rängen Kolkorrons, daß er auf eine Änderung in den Regeln der Thronfolge hoffte, die seine Kinder nicht länger ausschloß. Dieser Wunsch, verbunden mit der Tatsache, daß er Leddravohrs größter Mitbewerber um die Zuteilung von Brakkastoffen war, ließ auf einen schwelenden Zwist zwischen den beiden schließen, doch jetzt und hier zogen sie an einem Strang. Chakkell setzte sich und verschränkte die Arme, um zu zeigen, daß alle seine Gedanken zum Thema Einsparungen dem König ohnehin mißfallen würden.

»Es scheint mir an der nötigen Einsicht zu fehlen, daß es sich hier um ein äußerst ernstes Problem handelt«, sagte Pradt streng. »Ich darf betonen, daß unserem Land Jahre akuter Knappheit an einem lebenswichtigen Rohstoff bevorstehen, und ich erwarte eine konstruktivere Haltung meiner Administratoren und Ratgeber für den weiteren Verlauf dieser Sitzung. Vielleicht wird man den Ernst der Lage begreifen, wenn ich Baron Glo aufrufe, damit er berichtet, wie weit die künstliche Gewinnung von Paikn und Havl gediehen ist. Obwohl wir in dieser Hinsicht hohe Erwartungen haben, gibt es — wie wir gleich hören werden — noch beträchtliche Schwierigkeiten, und wir tun gut daran, uns darauf einzustellen.

Baron Glo, laßt hören, was Ihr uns zu sagen habt.«

Es folgte eine ausgedehnte Stille, in der nichts geschah, dann sah man, wie sich — in der zweiten Reihe des philosophischen Sektors — Boreatt Hargess vorlehnte und Glo auf die Schulter tippte. Glo sprang augenblicklich auf die Füße, sichtlich erschrocken, und jemand jenseits des Gangs rechts von Tauler unterdrückte ein Lachen.

»Bitte um Nachsicht, Majestät, ich war ganz in Gedanken«, sagte Glo unnötig laut. »Wie war Eure ... hmm ... Frage noch?«

Auf dem Podest bedeckte Prinz Leddravohr sein Gesicht mit der gespreizten Hand. Derselbe Mann rechts von Tauler fühlte sich ermutigt, lauter zu glucksen. Tauler sah zu ihm hinüber, die Stirn ärgerlich in Falten gelegt; der Mann, ein Beamter in Baron Tansfos medizinischer Delegation, bemerkte den Blick und war augenblicklich ernüchtert.

Der König seufzte nachsichtig. »Meine Frage, wenn Ihr uns die Ehre Eurer geschätzten Aufmerksamkeit erweisen wollt, war eine eher allgemeine in bezug auf die Experimente mit Paikn und Halvell. Wie steht die Sache?«

»Ah! Ja, Majestät, die Sache steht in der Tat so wie ich Euch ... hmm ... bei unserer Zusammenkunft neulich erläutert habe. Wir haben große Fortschritte gemacht — beispiellose Fortschritte — in der Absonderung und Läuterung von beiden, den grünen und den purpurnen Kristallen. Wir sind sehr stolz darauf. Das einzige, was in diesem ... hmm ... Stadium noch zu tun bleibt, ist folgendes: Wir müssen die Methode vervollkommnen, mit der die Verunreinigungen beseitigt werden, die noch verhindern, daß die Kristalle miteinander reagieren. Das erweist sich als ... hmm ... sehr delikat.«

»Ihr widersprecht Euch selbst, Glo. Macht Ihr nun Fortschritte mit der Läuterung oder macht Ihr keine?«

»Unsere Fortschritte waren ausgezeichnet, Majestät. Soweit sie uns trugen, das ist der Punkt. Alles ist nur eine Frage der Lösungsmittel und Temperaturen und ... ahm ... komplizierter chemischer Reaktionen. Wir werden aufgehalten, weil wir nicht das richtige Lösungsmittel haben.«

»Weil der alte Narr es gesoffen hat«, sagte Leddravohr zu Chakkell, ohne seine Stimme zu senken.

Das Gelächter, das seinen Worten folgte, wurde von einem Gefühl des Unbehagens begleitet — die meisten der Anwesenden hatten noch nie erlebt, daß ein Baron so direkt beleidigt wurde.

»Genug!« Pradts milchweißes Auge verengte und weitete sich mehrmals, wie ein warnendes Leuchtfeuer. »Baron Glo, vor zehn Tagen spracht Ihr davon, in zwei oder drei Jahren mit der Produktion reiner Kristalle beginnen zu können. Sagt Ihr jetzt etwas anderes?«

»Er weiß nicht, was er sagt«, warf Leddravohr ein und grinste, während sein Blick voller Verachtung über die philosophische Sektion wanderte. Tauler, unfähig anders zu reagieren, drückte sein Kreuz durch, rückte sich so auffällig wie möglich zurecht und suchte Leddravohrs Blick auf sich zu ziehen, während eine innere Stimme ihn immerzu an seine jüngsten Vorsätze gemahnte, den Verstand zu benutzen und Unannehmlichkeiten zu vermeiden.

»Majestät, das Problem ist äußerst ... hmm ... kompliziert«, sagte Glo und ignorierte Leddravohr. »Wir dürfen die Sache mit den Energiekristallen nicht isoliert betrachten. Selbst wenn wir heute und jetzt einen unbegrenzten Vorrat an Kristallen hätten ... Da ist noch der Brakkabaum selbst, wißt Ihr? Unsere Plantagen. Die Sämlinge brauchen sechshundert Jahre, bis sie reif sind, und ...«

»Ihr meint sechzig Jahre, nicht wahr?«

»Ihr habt richtig gehört, Majestät, aber mit Eurer Erlaubnis möchte ich Eure Aufmerksamkeit auf ein anderes Konzept lenken.« Glos Stimme tremolierte, und er schwankte leicht. »Ich habe die Ehre, Eurem geschätzten Urteilsvermögen einen visionären Entwurf zu unterbreiten, ein Programm, das die gesamte Zukunft unserer großen Nation prägen wird. Noch in tausend Jahren werden unsere Nachfahren mit Bewunderung und Ehrfurcht auf Eure Regierungszeit blicken, wenn sie ...«

»Baron Glo!« Pradt wirkte ungläubig und verärgert. »Seid Ihr krank oder seid Ihr betrunken?«

»Weder noch, Majestät.«

»Dann hört damit auf, über Eure Visionen zu schwätzen und beantwortet mir meine Frage, was die Kristalle betrifft.«

Glo schien die Luft wegzubleiben, seine fette Brust schwoll an und straffte die schlackernde Robe. »Ich

7·90·3

fürchte, ich bin indisponiert, nach alledem.« Er preßte eine Hand in die Seite und fiel mit einem vernehmlichen Plumps in seinen Sessel. »Mein Senior-Mathematiker, Leyn Marakain, wird für mich die Fakten ... hmm ... vortragen.«

Tauler verfolgte mit wachsender Unruhe, wie sein Bruder aufstand, sich zum Podium verneigte und seinen Assistenten, Quait und Lokrennan, zu verstehen gab, die Staffelei mit den Schaubildern nach vorne zu bringen. Sie taten es und stellten die Staffelei mit solchem Übereifer auf, daß die Arbeit eines Augenblicks zu einem zeitraubenden Gefummel wurde. Noch länger brauchten sie, um das entrollte Schaubild gegen seinen tückischen Drall flach zu befestigen. Auf dem Podium zeigte selbst der apathische Prinz Pautsch erste Anzeichen von Unruhe. Tauler nahm mit Besorgnis wahr, daß Leyn vor Nervosität zitterte.

»Was hast du vor, Marakain?« sagte der König nicht unfreundlich. »Muß ich wirklich noch einmal die Schulbank drücken?«

»Die Graphiken sind hilfreich, Majestät«, sagte Leyn. »Sie illustrieren die Faktoren, die bestimmend sind für ...« Der Rest seiner Antwort war kaum mehr zu hören, als er sich der Zeichenerklärung auf dem bunten Diagramm zuwandte.

»Verstehe nichts«, knurrte Chakkell gereizt. »Sprich lauter!«

»Wo sind deine Manieren?« sagte Leddravohr über die Schulter. »Ist das eine Art, so ein scheues, junges Ding anzureden?« Auf mehrere Zuhörer wirkte das wie ein Stichwort, und sie brachen in wieherndes Gelächter aus.

Das durfte er nicht geschehen lassen, dachte Tauler, als er sich von seinem Platz erhob; das Blut rauschte in seinen Ohren. Eine Beleidigung galt hierzulande als Herausforderung. Trat ein Dritter der Herausforderung entgegen, so bezichtigte er nach dem kolkorronischen Verhaltenscodex den ursprünglichen Adressaten indirekt der Schwäche und Feigheit. Leyn hatte oft behauptet, als Philosoph müsse er über solchen Unsinn erhaben sein; der alte Codex passe eher auf streitsüchtige Tiere als auf denkende Menschen. Da also sein Bruder Leddravohrs Herausforderung weder annehmen würde noch konnte und er selbst sich nicht aktiv einmischen durfte, blieb Tauler nur eins. Er stand aufrecht da, um sich von allen Unbeteiligten zu unterscheiden, und wartete darauf, daß Leddravohr Notiz von ihm nahm und seine äußere und innere Haltung deutete.

»Es reicht, Leddravohr.« Der König schlug mit den Handflächen auf die Armlehnen des Throns. »Ich will hören, was der Rechenkünstler zu sagen hat. Mach weiter, Marakain!«

»Majestät, ich ...« Leyn bebte so heftig, daß seine Robe mitbebte.

»Beruhige dich, Marakain. Ich will keine ellenlangen Ausführungen — du brauchst mir nur zu sagen, wie viele Jahre es nach deiner Expertise dauern wird, bis wir reines Paikn und Havl herstellen können.«

Leyn holte tief Luft und kämpfte um die Selbstkontrolle. »So etwas läßt sich unmöglich voraussagen.«

»Was würdest du sagen? Fünf Jahre?«

»Nein, Majestät.« Nach einem kurzen Seitenblick auf Baron Glo gab er seiner Stimme einen festeren Klang. »Falls wir unseren Forschungsaufwand verzehnfachen würden — und Glück hätten —, könnten wir die ersten brauchbaren Kristalle vielleicht in zwanzig Jahren herstellen. Niemand kann mit Sicherheit sagen, ob es uns überhaupt jemals gelingt. Es gibt nur einen vernünftigen und logischen Kurs für das ganze Land, nämlich das Fällen von Brakkabäumen für die nächsten zwanzig oder dreißig Jahre völlig zu verbieten. Auf diese Weise ...«

»Ich *muß* mir das nicht länger anhören!« Leddravohr war auf den Füßen und stieg vom Podium. »Sagte ich *junges Ding?* Falsch — das ist ein *altes Weib!* Schürze deine Röcke und pack dich, altes Weib, mitsamt deinem Zinnober!« Leddravohr schritt zur Staffelei und stieß sie mit der flachen Hand um, daß sie klappernd zu Boden fiel.

In dem ausbrechenden Tumult verließ Tauler seinen Platz und ging mit steifen Schritten nach vorne zu seinem Bruder. Auf dem Podium forderte der König Leddravohr auf, wieder Platz zu nehmen, aber seine Stimme ging fast verloren in den zornigen Ausrufen von Chakkell und dem allgemeinen Aufruhr in der Halle. Ein Hofbeamter vollführte mit dem Stab ein Stakkato auf dem Boden, wodurch es nur noch lauter wurde. Leddravohr blickte mit seinen weiß flackernden Augen geradewegs auf Tauler, schien ihn aber nicht wahrzunehmen und wirbelte zu seinem Vater herum.

»Ich handle in Eurem Namen, Majestät«, schrie er mit einer Stimme, die eine klirrende Stille in der Halle verbreitete. »Eure Ohren sollen nicht länger entehrt werden durch ein Gefasel, wie wir es eben von den sogenannten Denkern unter uns vernommen haben.«

»Ich fühle mich durchaus in der Lage, meine Entscheidungen selbst zu treffen«, entgegnete Pradt unnachsichtig. »Ich möchte dir ins Gedächtnis rufen, daß wir hier in einer Versammlung des Hohen Rates sind — und nicht auf irgendeinem Exerzierplatz für deine Schlammsoldaten.«

Leddravohr starrte mit reuloser Verachtung auf Leyn. »Ich habe mehr Achtung vor dem niedrigsten Soldaten im Dienste Kolkorrons als vor diesem wehleidigen alten Weib.« Sein ungebrochener Widerstand gegen den König machte die Stille unter der Glaskuppel noch eisiger. Und in diese alles verstärkende Ruhe hinein hörte sich Tauler die herausfordernden Worte sagen. Hätte jemand seines Standes die Initiative ergriffen und ein Mitglied der Monarchie herausgefordert, so wäre dieses Vergehen gleichbedeutend gewesen mit Hochverrat und mit dem Tode bestraft worden; gleichwohl erlaubte der Codex, in gewissen Grenzen indirekt vorzugehen und eine Erwiderung zu provozieren.

»*Altes Weib* scheint ein beliebtes Schimpfwort von Prinz Leddravohr zu sein«, sagte er zu Vorndal Sisstt, der dicht bei ihm saß. »Heißt das, er ist immer sehr besonnen in der Wahl seiner Gegner?«

Sisstt stierte zu ihm auf und wich zurück, mit bleichem Gesicht, sich ängstlich absondernd, als Leddravohr sich umdrehte, um herauszufinden, wer gesprochen hatte. Tauler sah Leddravohr zum ersten Mal aus der Nähe; das Gesicht des Prinzen mit seinen ausgeprägten Kiefern war ohne Zeichnung und von einer seltsamen, statuenhaften Glätte, fast so, als wären die Muskeln ohne Nerven und unbeweglich. Es war ein unmenschliches, ausdrucksloses Gesicht; nur die Augen verrieten, was hinter der breiten Stirn vorging. Jetzt verrieten sie eher ungläubiges Staunen als Ärger, während sie den jüngeren Mann ausforschten und sich jedem Detail seiner Erscheinung widmeten.

»Wer bist du?« sagte Leddravohr schließlich. »Oder sollte ich besser fragen, was bist du?«

»Mein Name ist Tauler Marakain, Prinz — und ich bin stolz darauf, ein Philosoph zu sein.«

Leddravohr schenkte seinem Vater ein Lächeln, als wolle er demonstrieren, auch der äußersten Provokation widerstehen zu können, wenn er sich als Sohn in die Pflicht genommen fühlte. Tauler mochte dieses Lächeln nicht, das plötzlich einfach da war, von dem das übrige Gesicht nichts zu wissen schien, so als sei ein Vorhang aufgezogen worden.

»Nun gut, Tauler Marakain«, sagte Leddravohr, »es ist wirklich ein Glück, daß man am Hofe meines Vaters keine Waffen trägt.«

Laß es dabei, versuchte er sich einzureden. *Du hast Stellung bezogen und kommst — trotz deiner Ohnmacht — ungestraft davon.*

»Glück?« sagte er vergnügt. »Für wen?«

Leddravohrs Lächeln blieb unverändert, aber seine Augen wurden stumpf, wie polierte braune Kiesel. Er trat einen Schritt vor, und Tauler machte sich auf einen körperlichen Angriff gefaßt, als die Konfrontation von unerwarteter Seite entschärft wurde.

»Majestät«, rief Baron Glo und kam schwankend auf die Füße; er war leichenblaß, sprach aber überraschend flüssig und volltönend. »Ich flehe Euch an — um unseres geliebten Kolkorron willen — hört Euch den Plan an, von dem ich vorhin gesprochen habe. Bitte laßt Euch durch meine kurze Indisponiertheit nicht daran hindern, von einem Projekt zu erfahren, dessen Auswirkungen weit über die Gegenwart und die nächste Zukunft hinausreichen, und das langfristig von größter Bedeutung ist für die Existenz unserer Nation.«

»Seid still, Glo!« König Pradt erhob sich ebenfalls und zielte mit beiden Zeigefingern und der ganzen Kraft seiner Autorität auf Leddravohr. »Leddravohr, du wirst jetzt wieder Platz nehmen!«

Leddravohr sah den König sekundenlang an, mit ausdruckslosem Gesicht, dann wandte er sich von Tauler ab und schritt langsam zum Podium. Tauler fuhr zusammen, als sein Bruder ihn am Arm faßte.

»Was hast du vor?« flüsterte Leyn; sein furchtsamer Blick huschte über Taulers Gesicht. »Leddravohr hat schon aus geringerem Anlaß getötet.«

Tauler wand seinen Arm aus dem Griff. »Ich lebe noch.«

»Und du hattest kein Recht, dich derart einzumischen.«

»Ich entschuldige mich für die Beleidigung«, sagte Tauler. »Ich habe nicht angenommen, daß eine mehr oder weniger einen Unterschied macht.«

»Du weißt genau, was ich von deinem kindischen ...« Leyn stockte, als Baron Glo an seine Seite kam.

»Der Junge kann nichts dafür, daß er so hitzig ist —

ich war in seinem Alter genauso«, sagte Glo. Das Licht aus der Höhe enthüllte, wie jede einzelne Pore auf seiner Stirn mit einer winzigen Kuppel aus Schweiß überdacht war. Unter den weiten Falten der Robe pumpte die Brust mit besorgniserregender Schnelligkeit und förderte den Geruch nach Wein zutage.

»Ihr solltet Euch setzen, Meister, und Euch beruhigen«, sagte Leyn leise. »Ihr dürft Euch nicht noch mehr …«

»Nein! Du bist derjenige, der sich setzen muß.« Glo zeigte auf zwei freie Plätze in der Nähe und wartete, bis Leyn und Tauler sich niedergelassen hatten. »Du bist ein guter Junge, Leyn, aber es war ein schlimmer Fehler, dich mit einer Aufgabe zu betrauen, für die du nicht … hmm … geschaffen bist. Heute ist Kühnheit gefragt, Kühnheit im Denken. Das hat uns den Respekt der alten Könige eingebracht.«

Tauler, jede kleinste Bewegung Leddravohrs mit krankhafter Wachsamkeit verfolgend, bemerkte, daß der Prinz gerade ein geflüstertes Gespräch mit seinem Vater beendete. Beide setzten sich in ihre Thronsessel, und Leddravohr lenkte seinen brütenden Blick augenblicklich in Taulers Richtung. Auf ein kaum wahrnehmbares Nicken des Königs hin pochte ein Beamter mit seinem Stab auf den Boden, um das gedämpfte Gemurmel in der weiten Halle zu unterdrücken.

»Baron Glo!« Pradts Stimme klang jetzt verdächtig sanft. »Ich entschuldige mich für die Unhöflichkeit, die Mitgliedern Eurer Delegation widerfahren ist, aber ich füge auch hinzu, daß die Zeit der Ratssitzung nicht mit frivolen Anspielungen vergeudet werden sollte. Wenn ich Euch jetzt die Erlaubnis erteile, uns die wesentlichen Einzelheiten Eures grandiosen Plans darzulegen, werdet Ihr Euch dafür verbürgen, dies ganz schnell und prägnant zu tun, um mir weitere Widrigkeiten an einem Tag zu ersparen, an dem es schon zu viele davon gab.«

»Mit Vergnügen!«

»Dann fangt an!«

»Ich bin schon dabei, Majestät.« Glo drehte sich halb zu Leyn, kniff erst ein Auge zu und raunte dann: »Weißt du noch, was du über mein Höherfliegen und Weitersehen gesagt hast? Du wirst noch an deine Worte denken, mein Lieber. Deine Graphiken erzählen eine Geschichte, die nicht einmal du verstehst; aber ich ...«

»Baron Glo«, sagte Pradt, »ich warte.«

Glo machte eine vollendete Verbeugung, vollständig mit Handschnörkeln, die ganz zur benutzten Hochsprache paßten. »Majestät, der Philosoph hat viele Pflichten, vielerlei Verantwortung. Nicht nur Vergangenheit und Gegenwart muß er bedenken, er muß auch die verzweigten Pfade in die Zukunft erhellen. Je dunkler und ... hmm ... gewagter jene Pfade sein mögen, desto höher ...«

»Kommt zur Sache, Glo!«

»Nun also, Majestät. Meine Analyse der Situation, in der sich Kolkorron heute befindet, hat ergeben, daß die Schwierigkeiten bei der Beschaffung von Brakka und Energiekristallen anwachsen werden, bis schließlich ... hmm ... nur noch die einschneidendsten und umsichtigsten Maßnahmen eine nationale Katastrophe abwenden können.« Glos Stimme bebte vor Leidenschaft.

»Ich bin nach reiflicher Überlegung zu dem Schluß gekommen, daß wir angesichts der uns bedrängenden Probleme, die an Umfang und Anzahl noch zunehmen werden, unser Leistungsvermögen gewaltig steigern müssen. Wenn wir unsere Vorrangstellung auf Diesland beibehalten wollen, müssen wir unseren Blick — nicht auf die kleinen Nationen an unseren Grenzen, mit ihren mageren Ressourcen — sondern in den Himmel richten!

Der ganze Planet Jenland hängt über unseren Köpfen und wartet nur darauf, wie eine süße Frucht von uns gepflückt zu werden. Wir sind durchaus in der Lage, die Mittel zu entwickeln, um dorthin zu gelangen und ...«

Der Rest von Glos Satz ertrank in einer schwellenden Flut von Gelächter.

Tauler, der Leddravohrs Blick standgehalten hatte, wandte den Kopf, weil er zornige Rufe von rechts vernahm. Hinter Tansfos medizinischer Delegation hatte sich Erzbischof Balauntar von seinem Platz erhoben und zeigte anklagend auf Glo; sein kleiner Mund war verzerrt und vor lauter Entrüstung seitlich verschoben.

Borreat Hargess lehnte sich aus der Reihe hinter Tauler vor und packte Leyn bei der Schulter. »Sieh zu, daß sich der alte Narr hinsetzt«, drängte er mit empörtem Flüstern. »Hast du gewußt, was er im Schilde führt?«

»Natürlich nicht!« Leyns schmales Gesicht wirkte verstört. »Und wie soll ich ihn aufhalten?«

»Laß dir was einfallen, bevor wir alle wie die Idioten dastehn.«

»... schon lange bekannt, daß Diesland und Jenland sich eine gemeinsame Atmosphäre teilen«, erläuterte Glo, scheinbar ungeachtet des Tumults, den er ausgelöst hatte. »In den Grünberg-Archiven lagern detaillierte Zeichnungen für Heißluftballons, die bis ...«

»Im Namen der Kirche befehle ich Euch, mit dieser Blasphemie aufzuhören«, schrie Erzbischof Balauntar, der seinen Platz verlassen hatte und sich zu Glo durcharbeitete; sein vorgereckter Kopf schwankte wie der eines watenden Vogels. Tauler, der nicht religiös veranlagt war, schloß aus der ungestümen Reaktion von Balauntar, daß der Kirchenmann ein strenger Alternationist war. Nicht so wie viele der oberen Kleriker, die nur Lippenbekenntnisse ablegten, um sich ein ansehnliches Gehalt zu sichern, glaubte Balauntar wirklich daran, daß die Seelen der Toten nach Jenland wanderten, dort wiedergeboren wurden und irgendwann wieder nach Diesland zurückkehrten, in einem endlosen Zyklus alternierender Existenz.

Glo machte eine abweisende Geste in Balauntars Richtung. »Die Hauptschwierigkeit liegt im Bereich neutraler ... hmm ... Schwerkraft auf halbem Wege des Fluges, wo selbstverständlich der Unterschied in der Dichte von heißer und kalter Luft wirkungslos wird. Dieses Problem kann dadurch gelöst werden, daß jedes Schiff mit Rückstoßrohren ausgerüstet wird, die ...«

Glo wurde jäh zum Schweigen gebracht. Mit einem Satz, der die schwarzen Gewänder zum Flattern brachte, hatte Balauntar ihn erreicht und verklammerte ihm mit der Hand den Mund. Tauler, der von dem Kleriker keine Gewalt erwartet hatte, sprang auf die Füße, packte Balauntars knochige Handgelenke und zwang sie nach unten. Glo griff sich an den Hals, als wäre er dem Erstickungstod nahe. Balauntar versuchte sich zu befreien, aber Tauler hob ihn hoch, als habe er es mit einer Strohpuppe zu tun, und setzte ihn ein paar Schritte weiter auf einen freien Platz. Tauler hatte gesehen, wie der König erneut aufgestanden war. Das Gelächter in der Halle erstarb und machte einer angespannten Stille Platz.

»*Du!*« Balauntar bewegte krampfartig den Mund und funkelte Tauler von unten an. »»Du hast mich angefaßt!«

»Ich habe nur meinen Meister verteidigt«, sagte Tauler, obwohl ihm klar war, daß seine Reflexhandlung ein grober Verstoß gegen das Protokoll war. Er vernahm ein unterdrücktes Würgen. Glo ging es schlecht. Er hielt beide Hände vor den Mund gestülpt. Schwarzer Wein quoll in Klümpchen zwischen den Fingern hervor, besudelte die Robe und spritzte auf den Boden.

Der König sprach laut und klar, jedes Wort wie ein Schwertstreich. »Baron Glo, ich weiß nicht, was ich widerwärtiger finde — den Inhalt Eures Magens oder den Eurer Gedanken. Ihr und Eure Delegation werdet meinen Hof unverzüglich verlassen, und ich warne Euch hier und jetzt — sowie es meine Amtsgeschäfte erlauben, werde ich lange und eingehend über Eure Zukunft nachdenken.«

Glo nahm die Hände vom Mund und versuchte zu sprechen, die braunen Zahnstummel tanzten auf und ab, aber er brachte nichts als ein paar Krächzlaute hervor.

»Schafft ihn mir aus den Augen«, sagte Pradt und richtete seinen strengen Blick auf den Erzbischof. »Nun zu Euch, Balauntar. Ungeachtet der Provokation, die Euch widerfahren ist, soll Euch ein scharfer Verweis erteilt werden, weil Ihr einen meiner Minister tätlich angegriffen habt. Deshalb habt Ihr auch keine Genugtuung von dem jungen Mann zu fordern, der Euch im Zaum hielt, obwohl er ein wenig unbesonnen erscheint. Ihr werdet an Euren Platz zurückkehren und dort schweigend verharren, bis sich der Erzphilosoph mit seinem Troß von Komikern zurückgezogen hat.«

Der König setzte sich und starrte ins Leere, derweil Glo von Leyn und Borreat Hargess zum Haupteingang der Halle gebracht wurde. Tauler ging um Vorndal Sisstt herum, der auf den Knien lag und mit dem Saum seiner Robe den Boden aufwischte, und half Leyns Assistenten, die umgestürzte Staffelei und die Schaubilder aufzulesen. Als er mit der Staffelei unter dem Arm aufstand, kam ihm der Gedanke, daß Prinz Leddravohr einen ungewöhnlich harten Verweis erhalten haben mußte, wenn er sich derart zurückhielt. Er sah flüchtig zum Podium hinüber und begegnete dem unverwandt starren Blick aus den Augen Leddravohrs, der in seinem Thronsessel mehr lag als saß. Aus kollektiver Scham blickte Tauler rasch in eine andere Richtung, doch er hatte noch sehen können, wie Leddravohr wieder dieses unmenschliche Lächeln aufsetzte.

»Worauf wartest du noch?« murmelte Sisstt. »Bringen wir das Zeug hier raus, bevor uns der König das Fell über die Ohren zieht.«

Der Weg durch die Korridore und hohen Zimmer schien jetzt doppelt so lang. Selbst als Glo sich hinlänglich erholt hatte und die helfenden Hände abschüttelte, hatte Tauler das Gefühl, die Kunde von der Schande des Erzphilosophen eile ihnen auf magische Weise voraus und werde in jeder leise geführten Unterhaltung besprochen, an der sie vorüberkamen. Von Anfang an hatte Tauler gespürt, daß Baron Glo in einer schlechten Verfassung war, aber er hatte nicht voraussehen können, daß er selbst in ein Debakel von solcher Tragweite hineingezogen würde. König Pradt war bekannt für die Toleranz, mit der er seine Amtsgeschäfte führte, doch Glo hatte es fertiggebracht, die Grenzen derart zu überschreiten, daß die Zukunft des ganzen Ordens auf dem Spiel stand. Darüber hinaus war Taulers vage Hoffnung, eines Tages durch Leddravohrs Gunst in die Armee aufgenommen zu werden, endgültig dahin — der Militär-Prinz stand in dem Ruf, niemals zu vergessen, niemals zu vergeben.

Als sie in den zentralen Vorhof gelangten, entleerte Glo schwungvoll seinen Magen und marschierte munter zu seiner Kutsche. Er hielt neben ihr inne, drehte sich zum Rest der Gruppe um und sagte: »Also, so schlimm war es nun auch wieder nicht, oder? Ich glaube, ohne Übertreibung sagen zu können, daß ich im Herzen des Königs ein ... hmm ... Samenkorn hinterlassen konnte. Was meint ihr dazu?«

Leyn, Hargess und Dassuhn tauschten gequälte Blikke, nur Sisstt sagte frei heraus: »Ihr habt vollkommen recht, verehrter Meister.«

Glo nickte ihm beifällig zu. »Glaubt mir, das ist der einzig richtige Weg, um eine radikal neue Idee auf den Weg zu bringen. Eine Saat aussäen. Warten wir ... hmm ... bis sie aufgeht.«

Tauler wandte sich ab; er fand sich mit einmal der unbekannten Gefahr ausgesetzt, trotz aller Unbill, die ihm widerfahren war, lauthals zu lachen. Er trug die Staffelei zu dem angebundenen Blauhorn und schnürte sie quer über den Rücken des Tiers, holte sich bei Quait und Lokrennan die eingerollten Schaubilder und bereitete sich auf den Heimritt vor. Die Sonne hatte kaum mehr als den halben Weg zum östlichen Rand von Jenland zurückgelegt — das demütigende Schauspiel war glücklicherweise nicht von langer Dauer gewesen. So blieb ihm Zeit für ein spätes Frühstück, gleichsam als Einstieg in den besseren Rest des Tages. Er hatte schon den Fuß im Steigbügel, als sein Bruder neben ihm auftauchte.

»Was treibt dich um?« sagte Leyn. »Dein Benehmen im Palast war erschreckend — selbst nach deinen eigenen Maßstäben.«

Tauler war fassungslos. »*Mein* Benehmen?«

»Ja! In Minutenschnelle hast du dir die Feindschaft der beiden gefährlichsten Männer im Reich zugezogen. Wie machst du das?«

»Sehr einfach«, sagte Tauler versteinert. »Ich trete als Mann auf.«

Leyn seufzte verbittert. »Wir werden auf Grünberg weiterreden.«

»Kein Zweifel.« Tauler schwang sich auf das Blauhorn und drängte es voran, ohne auf die Kutsche zu warten. Auf seinem Rückritt zur Hofklause legte sich der Verdruß über Leyn allmählich. Leyn war nicht zu beneiden. Der Erzphilosoph brachte den Orden in Verruf, doch weil er königlicher Abstammung war, konnte er nur vom König abgesetzt werden. Der Versuch, die Stellung des Barons zu untergraben, würde wie Verrat geahndet werden, und Leyn war sowieso viel zu loyal und konnte Glo nicht einmal privat kritisieren. Wenn es bekannt wurde, daß Glo vorgeschlagen hatte, Schiffe nach Jenland zu schicken, würde auch Leyn zum Ziel des Gespötts werden — und er würde alles geduldig ertragen, sich noch mehr hinter seinen Büchern und Funktionskurven verschanzen, während der Ordensbesitz auf Grünberg immer fragwürdiger wurde.

Inzwischen hatte Tauler das Haus mit den vielen Giebeln erreicht. Er hatte die Gedankenschieberei satt und überließ sich ganz seinem Hunger. Ihm fehlte nicht nur das Frühstück, er hatte auch am Vortag praktisch nichts gegessen, und jetzt meldete sich eine rasende Leere in seinem Magen. Er band das Blauhorn im Vorhof fest, ließ es beladen dastehn und ging schnell ins Haus und wollte schnurstracks zur Küche.

Zum zweiten Mal an diesem Morgen stieß er unerwartet auf Gesalla, die die Eingangshalle auf dem Weg in den Westsalon durchquerte. Sie drehte sich zu ihm um, geblendet vom Licht aus dem Türbogen, und lächelte. Das Lächeln währte nur einen Augenblick, so lange, wie sie brauchte, um ihn vor der gleißenden Helligkeit zu identifizieren; doch die Wirkung auf Tauler war seltsam. Er schien Gesalla zum ersten Mal zu sehen, mit der Figur einer Göttin und sonnenhellen Augen, und in jenem Augenblick überfiel ihn ein unerklärliches und bitteres Gefühl von Vergeudung, nicht von materiellem Besitz sondern von all den Möglichkeiten, die das Leben selbst in sich trug. Die Empfindung verlor sich so schnell, wie sie sich eingestellt hatte, aber sie hinterließ ein Gefühl von Trauer und eigenartiger Läuterung.

»Oh, du bist es«, sagte Gesalla kühl. »Ich dachte, du wärst Leyn.«

Tauler lächelte und fragte sich, ob er wohl eine neue und erbaulichere Beziehung zu Gesalla knüpfen könnte. »Ein Trick des Lichts.«

»Wieso bist du so früh zurück?«

»Äh ... die Sitzung verlief nicht planmäßig. Es gab Unannehmlichkeiten. Leyn wird dir alles erzählen — er ist auf dem Heimweg.«

Gesalla neigte den Kopf und bewegte sich, bis das Licht sie nicht mehr blendete. »Wieso erzählst du es nicht? Hat es mit dir zu tun?«

»Mit *mir?*«

»Ja. Ich habe Leyn geraten, dich nicht in die Nähe des Palastes zu lassen.«

»Na, vielleicht hat er dich und deinen nie versiegenden Strom von Ratschlägen genau so satt wie ich.« Tauler wollte nicht weitersprechen, aber das Wortfieber hatte ihn gepackt. »Vielleicht bereut er es längst, mit einem verdorrten Zweig anstatt mit einer richtigen Frau verheiratet zu sein.«

»Danke — ich werde Leyn deinen Kommentar in voller Länge weitergeben.« Gesalla kräuselte die Lippen, was besagte, daß sie — weit davon entfernt, verletzt zu sein — froh war, endlich die Art von unbeherrschter Erwiderung heraufbeschworen zu haben, die Tauler ein für allemal aus der Hofklause verbannen würde. »Sehe ich das richtig, daß die Dirne, die in deinem Bett liegt, deiner Vorstellung von einer richtigen Frau entspricht?«

»Das kannst du ...« Tauler runzelte die Stirn und versuchte zu verbergen, daß er seine Bettgefährtin völlig vergessen hatte. »Du solltest deine Zunge hüten! Felis ist keine Dirne.«

Gesallas Augen sprühten. »Ihr Name ist Fera.«

»Felis oder Fera — sie ist keine Dirne.«

»Ich werde mich mit dir nicht um Definitionen streiten«, sagte Gesalla wegwerfend. Kalte Wut kam in ihre Stimme. »Die Köchin sagte, du hättest Anweisung gegeben, deiner ... deiner Zimmergenossin jeden Essenswunsch zu erfüllen. Falls die Menge, die sie bereits an diesem Frühtag verzehrt hat, ihr normales Quantum ist, so darfst du dich glücklich schätzen, sie nicht als deine Frau ernähren zu müssen.«

»Aber genau das werde ich!« Tauler sah nur die Chance, den entscheidenden Schlag auszuteilen, ohne an die Konsequenzen zu denken. »Ich versuche dir schon die ganze Zeit zu erzählen, daß ich Fera heute früh zu meiner Rangfrau gemacht habe. Bestimmt wirst du dich bald gut verstehen mit deiner neuen Hausgefährtin, und dann können wir alle zusammen Freunde sein. Wenn du mich jetzt entschuldigst ...«

Er lächelte, genoß das Entsetzen und den Unglauben

in Gesallas Gesicht, ehe er sich abwandte und beklommen zur Haupttreppe ging, bedacht, seine Verwirrung nicht zu zeigen. So also konnten ein paar Sekunden voller Zorn den Kurs eines Lebens ändern. Das Letzte, was er sich wünschte, war die Verantwortung für eine Frau, selbst für eine vierten Grades, und er konnte nur hoffen, daß Fera das Angebot ausschlug, das er ihr nun wohl oder übel machen mußte.

5. Kapitel

General Risdel Dalakott erwachte beim ersten Lichtschimmer und folgte der Routine, die sich in seinen achtundsechzig Lebensjahren kaum geändert hatte. Er verließ unverzüglich das Bett.

Er ging ein paarmal im Raum herum; während die Steifheit und der Schmerz allmählich aus dem rechten Bein wichen, wurde sein Schritt fester. Es waren fast dreißig Jahre vergangen seit jenem Spättag des ersten Sorka-Feldzuges, da ihm der schwere merrillianische Wurfspeer den Oberschenkelknochen direkt über dem Knie zerschmettert hatte. Die Verletzung hatte ihm seither immer wieder zu schaffen gemacht, und die Perioden, in denen er ohne Beschwerden war, wurden immer kürzer und seltener.

Sowie er mit der Leistung seines Beins zufrieden war, suchte er das angrenzende Bad auf und betätigte den Hebel aus emailliertem Brakka, der in der Wand eingelassen war. Das Wasser, das aus den feinen Löchern in der Decke sprühte, war heiß — ein Zeichen, daß er nicht in seinem kargen Quartier in Trompha war. Er schob das irrationale Schuldgefühl beiseite und genoß die Wärme, wie sie in seine Muskeln drang und sie wieder geschmeidig machte.

Nachdem er sich abgetrocknet hatte, blieb er vor dem Wandspiegel stehen, der aus zwei Klarglasschichten mit extrem unterschiedlichem Brechungsindex bestand, und betrachtete sich kritisch. Obwohl das Alter seine unvermeidlichen Spuren an dem einst kräftigen Körper hinterlassen hatte, war er durch disziplinierte Lebensführung vor jeglichem Fettansatz bewahrt worden. Das lange, nachdenkliche Gesicht war tief gefurcht, aber das Grau, das sich in das kurz geschorene Haar gestohlen hatte, beeinträchtigte die hellblonde Haarfarbe kaum.

Insgesamt machte Dalakott den Eindruck kerniger Gesundheit und Tauglichkeit.

Immer noch diensttauglich, dachte er. *Ein Jahr noch und keinen Tag länger. Die Armee hat mich schon zu sehr vereinnahmt.*

Während er seine blaue Sporttracht anzog, dachte er über den heutigen Tag nach. Heute war der zwölfte Geburtstag seines Enkels, Hallie, und — als Bestandteil des Aufnahmerituals der Militärakademie — mußte der Junge heute alleine gegen die Pterssa antreten. Das war ein bedeutsames Ereignis, und Dalakott erinnerte sich lebhaft daran, wie stolz er seinem Sohn, Oderan, bei dem Test zugesehen hatte. Oderans militärische Karriere war frühzeitig zu Ende gewesen. Er war im Alter von dreiunddreißig Jahren bei einem Luftschiffabsturz in Yalrofak ums Leben gekommen, und es war Dalakotts schmerzliche Pflicht, ihn an diesem Festtag zu vertreten. Er zog sich fertig an, verließ das Schlafzimmer und ging die Treppe hinunter ins Eßzimmer, wo trotz der frühen Stunde Konna Dalakott am runden Tisch saß. Sie war eine großgewachsene Frau mit offenem Gesicht, deren Figur die Stattlichkeit der frühen Lebensmitte annahm.

»Guten Frühtag, Konna«, sagte er und bemerkte, daß sie allein war. »Schläft Hallie noch?«

»An seinem Geburtstag?« Sie deutete mit einem Kopfnicken zum umfriedeten Garten hinter der Fensterwand. »Er ist draußen irgendwo, übt fleißig. Das Frühstück existiert gar nicht für ihn.«

»Das ist ein großer Tag für ihn. Für uns alle.«

»Ja. Ein wundervoller Tag.« In ihrer Stimme schwang ein Bedauern mit.

»Ich weiß, daß es dich mitnimmt«, sagte er sanft, »aber Oderan hätte gewollt, daß wir das beste daraus machen, Hallie zuliebe.«

Konna schenkte ihm ein stilles Lächeln. »Willst du nichts als deinen Dreikornbrei zum Frühstück? Kann ich dich nicht mit etwas Weißfisch locken? Wurst? Ein Fleischpastetchen?«

»Ich war zu lange auf die Rationen der Truppe angewiesen«, protestierte er, sich stillschweigend auf ein Geplauder beschränkend. Konna hatte in dem Jahrzehnt seit Oderans Tod das Landhaus unterhalten und ihr Leben geschickt eingerichtet, auch ohne die Hilfe ihres Schwiegervaters; es war unangemessen, ihr in diesem Augenblick irgendeinen Ratschlag zu geben.

»Na gut«, sagte sie und bediente ihn aus einer der abgedeckten Schüsseln auf dem Tisch, »aber zum Kurznachtfest gibt es keine Truppenrationen.«

»Einverstanden!« Während Dalakott den leicht gesalzenen Körnerbrei aß, tauschte er mit seiner Schwiegertochter Vergnügliches und Herzliches aus, doch seine Erinnerungen gärten unvermindert; die Gedanken an den verlorenen Sohn weckten in letzter Zeit immer häufiger jene an den anderen, zu dem er sich nie bekannt hatte. Wenn er auf sein Leben zurückblickte, mußte er einmal mehr darüber grübeln, wie oft das Belanglose Entscheidendes im Schilde geführt hatte.

Hätte er sich damals bei dem Vorpostengeplänkel in Yalrofak nicht ablenken lassen, würde er nicht diese ernste Beinverletzung davongetragen haben. Die Verwundung hatte zu einem langen Genesungsaufenthalt in der ruhigen Provinz Rendat geführt; und dort war er bei einem Spaziergang am Bes-Andar-Fluß zufällig auf das merkwürdigste natürliche Objekt gestoßen, das er je gesehen hatte und das er seither immer und überall bei sich trug. Das Objekt war bereits über ein Jahr in seinem Besitz gewesen, als er es bei einem seltenen Besuch in der Metropole impulsiv zur wissenschaftlichen Abteilung auf Grünberg gebracht hatte, um herauszubekommen, ob man sich seine merkwürdigen Eigenschaften erklären konnte.

Er hatte am Ende nichts über das Objekt, aber eine Menge über sich selbst erfahren.

Von Kindesbeinen an zum Karrieresoldat bestimmt, hatte er sich in erster Linie aus Standespflicht eine Monofrau genommen, die ihm einen Erben schenken und zwischen den Feldzügen für ihn da sein sollte. Seine Beziehung zu Toriane war aber erfreulich gewesen, gleichmäßig und warm; und er hatte sie als Erfüllung betrachtet — bis zu dem Tag, da er auf Grünberg in den Vorhof eines verwinkelten Hauses eingeritten und auf Ayssa Marakain getroffen war. Seine Begegnung mit der schlanken jungen Hausherrin war wie die von Grün und Purpur gewesen und hatte eine ungestüme Explosion von Leidenschaft und Ekstase ausgelöst — die in einem Seelenschmerz gipfelte, so quälend, wie er ihn bis dahin nicht gekannt hatte …

»Die Kutsche ist zurück, Großvater«, schrie Hallie, gegen das hohe Fenster klopfend. »Wir können zum Hügel fahren.«

»Ich komme.« Dalakott winkte dem blonden Jungen zu, der auf der Terrasse vor Aufregung tanzte. Hallie war groß und kräftig und würde die normal großen Pterssahölzer, die an seinem Gürtel klapperten, mühelos handhaben können.

»Du hast noch Kornbrei auf dem Teller«, sagte Konna, als er sich erhob. Die nüchterne Feststellung konnte ihren Gemütszustand nicht verhehlen.

»Du weißt, du brauchst dir überhaupt keine Sorgen zu machen«, sagte er. »Eine Pterssa, die bei klarem Tageslicht über offenem Gelände schwebt, ist vollkommen ungefährlich. Damit fertig zu werden, ist ein Kinderspiel, und außerdem bleibe ich immer dicht bei Hallie.«

»Danke.« Konna blieb vor ihrem unberührten Frühstück sitzen, bis Dalakott den Raum verlassen hatte.

Er ging hinaus in den Garten, der — wie auf dem Land üblich — von hohen Mauern umgeben war, die mit Pterssa-Schirmen bewehrt waren, die bei Dunkelheit und Nebel über dem Garten geschlossen wurden. Hallie rannte herbei, wie sein Vater es als Kind getan hatte, und nahm die Hand des Großvaters. Sie gingen hinaus zur Kutsche, in der die drei Männer warteten, benachbarte Freunde der Familie, die als Zeugen gebraucht wurden, wenn Hallie seine Mündigkeit unter Beweis stellte. Dalakott, der ihre Bekanntschaft am Abend zuvor aufgefrischt hatte, tauschte Grüße mit ihnen, während er mit Hallie auf den gepolsterten Sitzbänken im Innern der großen Kutsche Platz nahm. Der Kutscher ließ die Peitsche über den vier Blauhörnern knallen, und das Fahrzeug setzte sich in Bewegung.

»Oho! Haben wir einen erfahrenen Kämpen unter uns?« sagte Giheyt, ein Kaufmann im Ruhestand, und beugte sich vor, um das Y-förmige Pterssaholz zu berühren, das er zwischen den kreuzförmigen in Hallies Waffenarsenal entdeckt hatte.

»Ein bellinnisches«, sagte Hallie stolz und strich über das glänzende und reich verzierte Holz der Waffe, die er vor einem Jahr von Dalakott bekommen hatte. »Es fliegt weiter als die anderen. Wirksam bis dreißig Meter. Die Gessan benutzen es auch. Die Gessan und die Zissorian.«

Dalakott erwiderte das nachsichtige Lächeln, das die zur Schau gestellte Sachkundigkeit bei den Männern hervorrief. Das Schleudern von Hölzern der einen oder anderen Form hatte sich bei fast allen Nationen auf Diesland von alters her als die wirksamste Verteidigung gegen die Pterssa herausgestellt. Die rätselhaften Wesen zerplatzten so leicht wie Seifenblasen, wenn man in ihre tödliche Reichweite geriet, zeigten aber ansonsten eine verblüffende Zähigkeit. Ein Stein, ein Pfeil oder ein Speer konnte die Pterssa durchdringen, ohne ihr zu schaden — die Blase bebte nur einen Augenblick lang, dann hatte sie die Löcher in ihrer transparenten Hülle repariert. Nur ein rotierendes, dreschendes Geschoß konnte die Struktur einer Pterssa zerreißen und ihren giftigen Staub in der Luft zerstreuen.

Die Bola war auch ein guter Pterssatöter, aber sie war

schwer zu meistern und zu schwer, um sie in größerer Stückzahl tragen zu können. Dagegen war ein mehrblättriges Schleuderholz flach, vergleichsweise leicht und einfach am Körper zu tragen. Dalakott hatte sich immer gewundert, daß sogar die primitivsten Eingeborenen auf die Idee gekommen waren, die eine Seite eines jeden Holzblattes abzurunden und die andere zu schärfen, damit sich die Waffe wie ein Vogel in der Luft hielt und viel weiter flog als ein gewöhnliches Wurfgeschoß. Es mußte diese scheinbar magische Kraft sein, die Leute wie die Bellinnier veranlaßte, solche Mühe auf das Schnitzen und Verzieren ihrer Pterssahölzer zu verwenden. Dagegen zogen die pragmatischen Kolkoronier eine flache, vierblättrige Einwegwaffe vor, die sich für die Massenproduktion eignete, weil sie nur aus zwei geraden Teilen bestand, die in der Mitte verleimt waren.

Die Kutsche ließ allmählich die Kornfelder und Obstgärten von Klinterdin hinter sich und begann, die Ausläufer des Pherot zu erklettern. Die Straße verlor sich schließlich auf einem grasbewachsenen Plateau, an dessen Ende der Boden steil anstieg und im Frühnebel verschwand, den die Sonne noch nicht vertrieben hatte.

»Wir sind da«, wandte sich Giheyt aufgeräumt an Hallie, als das Fahrzeug knirschend zum Stehen kam. »Ich bin ziemlich neugierig, was dein phantastisches Holz alles kann. Dreißig Meter hast du gesagt?«

Zessero, ein Bankier mit gerötetem Gesicht, legte die Stirn in Falten und schüttelte den Kopf. »Verleite den Jungen nicht zur Angeberei. Es ist nicht gut, wenn man zu früh wirft.«

»Er weiß genau, was er zu tun hat«, sagte Dalakott, als er mit Hallie aus der Kutsche stieg und sich umsah. Der Himmel war eine Kuppel aus glänzendem Perlmutt, das über ihren Köpfen allmählich in ein blasses Blau überging. Man konnte keine Sterne sehen, und selbst die große Scheibe von Jenland, von der nur ein Teil zu sehen war, erschien blaß und unwirklich. Dalakott war in den Süden der Provinz Kail gereist, um die Familie seines Sohnes zu besuchen, und in diesen Längen erschien Jenland deutlich nach Norden versetzt. Das Klima war gemäßigter als im äquatorialen Kolkorron, ein Faktor, der — in Verbindung mit einer viel kürzeren Kurznacht — die Region zu einem der besten Nahrungsproduzenten des Reichs machte.

»Eine Menge Pterssas«, sagte Giheyt und zeigte in den Himmel, wo purpurfarbene Flecken zu erkennen waren, die hoch in den Luftströmungen trieben, die vom Pherot herunterrollten.

»Es gibt in letzter Zeit immer eine Menge Pterssas«, kommentierte Onduboiter, der dritte Zeuge für Hallie. »Ich könnte schwören, es werden immer mehr — egal, was man dagegenhält. Vor Tagen sollen sie sogar in das Zentrum von Ro-Baksanta eingefallen sein.«

Giheyt schüttelte ungeduldig den Kopf. »Sie gehen nicht in Städte.«

»Ich sage nur, was ich gehört habe.«

»Du bist ziemlich leichtgläubig, mein Freund. Du hörst dir zu viele phantastische Geschichten an.«

»Jetzt wird nicht gestritten«, mischte sich Tessero ein. »Das hier ist ein wichtiges Ereignis.« Er öffnete den Leinensack, den er bei sich hatte und teilte jedem, mit Ausnahme von Hallie, sechs Pterssahölzer aus.

»Die brauchst du nicht, Großvater«, sagte Hallie beleidigt. »Ich treffe ganz bestimmt.«

»Ich weiß, Hallie, aber es ist üblich so. Außerdem, ein bißchen Übung könnte dem einen oder anderen von uns nicht schaden.« Dalakott nahm den Jungen um die Schulter und ging mit ihm zur Mündung einer Gasse, die von zwei hohen Netzen gebildet wurde. Sie wurden von zwei parallelen Reihen von Stangen aufgespannt, die das Plateau überquerten und den steilen Hang erklommen, bis sie im Frühnebel verschwanden. Das überkommene System diente dazu, kleine Gruppen von

Pterssas den Berg hinunterzuführen. Die Blasen konnten ohne weiteres entkommen, indem sie aufstiegen, aber einige folgten einer solchen Gasse jedesmal bis ganz unten, als ob sie empfindungsfähige Wesen wären, die von Neugierde getrieben wurden. Solche Ungereimtheiten machten viele Menschen glauben, die Blasen besäßen einen gewissen Grad von Intelligenz. Dalakott stand dieser Auffassung ganz und gar skeptisch gegenüber, denn die Pterssas ließen jede innere Struktur vermissen.

»Du kannst mich jetzt allein lassen, Großvater«, sagte Hallie. »Ich bin bereit.«

»Also gut, junger Mann.« Dalakott zog sich ein Dutzend Schritte zurück, um Seite an Seite mit den anderen zu warten. Zum allerersten Mal sah er in seinem Enkel mehr als nur den kleinen Jungen, aber Hallie ging mit Mut und Würde in seine Bewährungsprobe und würde nie wieder ganz das Kind sein, das heute früh im Garten gespielt hatte. Und Dalakott begriff, daß er Konna beim Frühstück den falschen Trost gespendet hatte — sie hatte nur zu gut gewußt, daß sie ihr Kind niemals wiedersehen würde. Diese Einsicht würde Dalakott bei Einbruch der Nacht in seinem Tagebuch vermerken müssen. Soldatenfrauen mußten ihre eigenen Bewährungsproben bestehen, und ihr Gegner war die Zeit.

»Ich wußte, daß es nicht lange dauern würde«, wisperte Onduboiter.

Dalakott verlegte seine Aufmerksamkeit von Hallie auf die ferne Nebelwand, in der sich die Netze verstiegen. Trotz des Vertrauens, das er in den Jungen setzte, versetzte ihn der Anblick der beiden Pterssas, die gleichzeitig erschienen waren, in Alarmbereitschaft. Die fahlen Blasen, jede mit einem Durchmesser von gut fünf Ellen, kamen niedrig und im Zickzack schwebend die Gasse zwischen den Netzen herunter, waren immer undeutlicher zu erkennen, je näher sie dem Fuß des Hangs kamen, wo das Gras sich zu einer dichten Narbe schloß.

Hallie, der ein vierblättriges Holz in der Hand hielt, verlagerte geringfügig sein Gewicht und machte sich fertig für den Wurf.

Noch nicht, kommandierte Dalakott in Gedanken. Die Gegenwart einer zweiten Pterssa konnte dazu verleiten, eine von beiden schon aus möglichst großer Entfernung zerstören zu wollen. Der Staub, den eine berstende Pterssa freisetzte, verlor seine Giftigkeit fast in demselben Augenblick, da er der Luft ausgesetzt wurde; deshalb konnte man, je nach Windstärke und Windrichtung, eine Pterssa bis auf sechs Schritt heranlassen, ehe man sie tötete. Aus dieser Distanz war sie praktisch nicht zu verfehlen; sie hatte keine Chance, vorausgesetzt man behielt einen kühlen Kopf. Aber Dalakott hatte erlebt, wie Anfänger plötzlich Verstand und Geduld verloren. Auf manche übten die zitternden Blasen eine hypnotische und entnervende Wirkung aus, besonders wenn sie ihre zufälligen Bewegungen einstellten und mit lautloser, tödlicher Absicht aufrückten.

Die beiden, die auf Hallie zutrieben, waren jetzt weniger als dreißig Schritt von ihm entfernt, schwebten dicht über dem Gras, sich blindlings von einem Netz zum anderen tastend. Hallie holte mit dem rechten Arm aus, lockerte sein Handgelenk, und warf noch nicht. Während Dalakott die einsame, gestreckte Gestalt im Auge behielt, die nicht zurückwich, während die Pterssas immer näher rückten, empfand er eine Mischung aus Stolz, Liebe und nackter Angst. Er hielt eines seiner Hölzer wurfbereit und war darauf gefaßt loszustürzen. Hallie ging dichter an das linke Netz heran, hielt noch immer seinen Wurf zurück.

»Seht ihr, was der Teufelskerl vorhat?« hauchte Giheyt. »Ich glaube, er ...«

In dem Moment trafen die ziellosen Schlenker der Pterssas so zusammen, daß eine hinter der anderen war, und Hallie warf. Die Blätter der kreuzförmigen Waffe verschmolzen zu einem flachen Wirbel, der gerade und genau flog, und im nächsten Augenblick existierten die purpurnen Blasen nicht mehr.

Hallie wurde wieder ein Junge, gerade lange genug, um einmal jauchzend in die Luft zu springen, dann nahm er wieder seine gespannte Haltung an, denn eine dritte Pterssa fiel aus dem Nebel. Er löste ein neues Holz vom Gürtel, und Dalakott erkannte die Y-förmige bellinnische Waffe.

Giheyt stieß Dalakott leise an. »Der erste Wurf war für Euch, aber der hier gilt mir — damit ich demnächst meinen Rand halte.«

Hallie ließ die Blase nicht näher als dreißig Schritt herankommen, dann warf er zum zweiten Mal. Die Waffe schwirrte die Gasse zwischen den Netzen entlang wie ein glitzernd gefärbter Vogel, beinah ohne zu sinken, und verlor erst an Stabilität, als sie sich in die Pterssa hineinschnitt und sie auslöschte. Hallie grinste, als er sich nach den Männern umdrehte und machte eine vollkommene Verbeugung. Er hatte die erforderlichen drei Tötungen absolviert und galt damit offiziell als Heranwachsender.

»Der Junge hatte diesmal ein bißchen Glück, aber er hat es verdient«, sagte Giheyt neidlos. »Schade, daß Oderan nicht dabei war.«

»Ja.« Dalakott, gequält von bittersüßen Empfindungen, begnügte sich mit dieser einsilbigen Antwort und war erleichtert, als die anderen gingen — Giheyt und Zessaro, um Hallie in die Arme zu schließen, und Onduboiter, um die rituelle Flasche Branntwein aus der Kutsche zu holen. Als die sechs, einschließlich des gemieteten Kutschers, wieder beieinanderstanden, teilte Onduboiter winzige halbkugelförmige Gläschen mit uneben geformtem Rand aus, die an getötete Pterssas erinnern sollten. Dalakott behielt seinen Enkel im Auge, der sein erstes Schlückchen Alkohol trank, und hatte seinen Spaß, als der Junge, der eben noch einen Todfeind besiegt hatte, ein groteskes Gesicht zog.

»Ich darf doch annehmen«, sagte Onduboiter, während er die Gläschen der Erwachsenen nachfüllte, »daß den Anwesenden das Außergewöhnliche an diesem morgendlichen Ausflug nicht entgangen ist?«

Giheyt schnaubte verächtlich: »Ja — ich bin heilfroh, daß du den Branntwein verschont hast, bis wir mit von der Partie waren.«

»Das meine ich nicht«, sagte Onduboiter ernst und unbeirrt. »Alle erklären mich für verrückt, aber sind denn in all den Jahren, da wir diese Mutproben bezeugen, jemals drei Blasen aufgetaucht, noch ehe die dampfenden Blauhörner das Furzen eingestellt hatten? Ich sage euch, meine kurzsichtigen Freunde, daß die Pterssas immer zahlreicher werden. Und in der Tat, wenn mich der Wein nicht täuscht, bekommen wir noch mehr Besuch ...«

Die Gesellschaft sah sich sofort nach der Gasse zwischen den Netzen um und entdeckte zwei weitere Pterssas, die aus der Waschküche am Pherot heruntergedriftet waren und die geknüpften Barrieren entlangschnüffelten.

»Die sind für mich«, rief Giheyt und rannte los. Er blieb stehen, stellte sich zurecht, schleuderte schnell hintereinander zwei Hölzer und zerstörte mühelos beide Blasen. Ihr Staub trübte einen Atemzug lang die Luft.

»Siehst du!« schrie Giheyt. »Du brauchst nicht wie ein Soldat gebaut zu sein, um dich zu verteidigen. Von mir kannst du noch was lernen, Jung-Hallie.«

Hallie drückte Onduboiter das Gläschen in die Hand und rannte zu Giheyt, ganz versessen darauf, es ihm gleichzutun. Nach dem zweiten Branntwein schlossen sich Dalakott und Zessario an, und man machte sich einen Sport daraus, jede auftauchende Blase zu vernichten, bis der steigende Nebel sich vom oberen Ende der Netzgasse trennte und die Pterssas sich in größere Höhen zurückzogen. Dalakott war überrascht, daß im Laufe einer einzigen Stunde nahezu vierzig Pterssas die Gasse heruntergekommen waren, weit mehr, als er erwartet hatte. Während die anderen ihre Hölzer verstauten, sprach er mit Onduboiter darüber.

»Wovon rede ich denn die ganze Zeit«, sagte Onduboiter mürrisch. Er hatte ein Gläschen nach dem anderen gekippt und war blaß um die Nase. »Aber alle erklären mich für verrückt.«

Auf der Rückfahrt nach Klinterdin näherte sich die Sonne dem östlichen Rand von Jenland, und die kurznächtliche Feier zu Ehren von Hallie stand unmittelbar bevor.

Im Vorhof der Villa hatten sich die Fahrzeuge und Zugtiere der Gäste angesammelt, und mehrere Kinder spielten im umfriedeten Garten. Hallie, der als erster aus der Kutsche springen durfte, sprintete ins Haus, um seine Mutter zu suchen. Dalakott folgte ihm mit gesetzten Schritten, denn auf der langen Kutschfahrt hatte sich der Schmerz in seinem Bein wieder eingestellt. Ihm stand nicht der Sinn nach großen Gesellschaften, und er freute sich überhaupt nicht auf den Rest des Tages, aber es wäre unhöflich gewesen, nicht über Nacht zu bleiben. Er hatte es so einrichten können, daß er morgen von einem militärischen Luftschiff hier aufgenommen und zum Hauptquartier der Fünften Armee nach Trompha gebracht wurde.

Im Haus begrüßte Konna ihn mit einer herzlichen Umarmung. »Danke, daß du auf Hallie aufgepaßt hast«, sagte sie. »War er denn so toll, wie er behauptet?«

»Absolut! Es war eine glänzende Darbietung.« Dalakott war froh, Konna so gut gelaunt und selbstsicher vorzufinden. »Giheyt war beeindruckt, das will was heißen.«

»Ich bin glücklich. Denk daran, was du beim Frühstück versprochen hast. Du wirst *essen* — und nicht auf dem Teller herumpicken wie ein Vogel.«

»Frische Luft und Bewegung haben mich heißhungrig

gemacht«, log Dalakott. Er verließ Konna, als sie die drei Zeugen empfing, und ging in den zentralen Raum des Hauses, in dem sich Männer und Frauen drängten, die sich in kleinen Gruppen angeregt unterhielten. Dankbar, daß offenbar niemand von seinem Erscheinen Notiz nahm, nahm er sich ruhig ein Glas Fruchtsaft von dem Tisch, der für die Kinder bestimmt war, und stellte sich an ein Fenster. Er konnte weit nach Westen sehen, wo sich die unzähligen Streifenmuster aus bestellten Feldern an einer niedrigen blaugrünen Bergkette verloren. Die Felder zeigten einen klaren, sechsfach gestuften Farbverlauf vom blassen Grün der Keimlinge bis zum satten Gelb vollreifen Getreides, das zur Ernte anstand.

Er sah zu, wie die Bergkuppen und fernsten Felder in allen Regenbogenfarben aufschimmerten und sich plötzlich verdunkelten. Der schmale Halbschatten von Jenland jagte mit Umlaufgeschwindigkeit über die Landschaft, dicht gefolgt von der Schwärze des Kernschattens. Es dauerte nur den Bruchteil einer Minute, bis die huschende Wand aus Finsternis das Haus erreichte und einhüllte — Kurznacht hatte begonnen. Dalakott war immer wieder beeindruckt von diesem Phänomen. So, wie sich seine Augen an die Dunkelheit gewöhnten, erblühten am Himmel die Sterne, Spiralnebel und Kometen, und er ertappte sich bei der Frage, ob es tatsächlich — wie manche behaupteten — noch andere bewohnte Welten gab, die ihre Bahn um eine ferne Sonne zogen. Früher hatte ihn die Armee zu sehr in Anspruch genommen, als daß er noch Zeit und Energie gehabt hätte, über solche Dinge zu grübeln, doch in letzter Zeit hatte er ein wenig Trost gesucht bei der Vorstellung, es könnte noch ein anderes, ein heiles Kolkorron geben. War es denkbar, daß es noch ein anderes Diesland gab, auf dem alle noch lebten, die er geliebt und verloren hatte?

Der stimulierende Geruch frisch entzündeter Öllaternen und Kerzen ließ seine Gedanken zurückschweifen zu den wenigen kostbaren Nächten, die er mit Ayssa Marakain verbracht hatte. In den ungestümen Stunden der Leidenschaft war Dalakott zutiefst davon überzeugt gewesen, daß Ayssa und er alle Probleme meistern — alle Hindernisse überwinden würden, die ihrer Hochzeit im Wege standen. Ayssa, die den Status einer Monofrau besaß, hätte eine doppelte Schande erdulden müssen — die Scheidung von ihrem kränklichen Mann und eine Heirat über die strenge soziale Barriere hinweg, die die militärische von allen anderen Klassen trennte. Er hätte ähnlichen Hindernissen gegenübergestanden, mit dem zusätzlichen Problem, durch die Scheidung von Toriane — der Tochter eines Militär-Gouverneurs — seine Karriere zu gefährden.

Nichts von alledem hatte Dalakott in seiner fieberhaften Besessenheit umstimmen können. Dann kam der padalische Feldzug, der ursprünglich nicht lange dauern sollte, ihn dann aber für fast ein Jahr — und schließlich für immer von Ayssa trennte. Denn ihn erreichte die Nachricht, daß sie bei der Geburt eines Jungen gestorben war. Einem ersten schmerzlichem Impuls folgend hatte Dalakott den Jungen offiziell als Sohn annehmen und auf diese Weise Ayssa die Treue halten wollen, doch schon bald hatten sich die nüchternen Stimmen der Logik und des Eigennutzes zu Wort gemeldet. Welchen Sinn machte es, Ayssas guten Ruf nach ihrem Ableben in den Schmutz zu ziehen und andererseits seiner Karriere zu schaden und in seiner Familie Unfrieden zu stiften? Es würde nicht einmal zuträglich sein für den Jungen, für Tauler, den er um die wohlbetuchte Obhut der Verwandten und Freunde mütterlicherseits bringen würde.

Am Ende hatte Dalakott sich zu der vernünftigen Entscheidung durchgerungen, jeden Versuch zu unterlassen, seinen Sohn zu Gesicht zu bekommen, und die Jahre waren verflogen, und seine Fähigkeiten hatten ihm den verdienten Rang eines Generals eingebracht. Heute, im letzten Stadium seines Lebens, hatte die ganze Episode viel von einem Traum angenommen und mochte die Kraft eingebüßt haben, noch Schmerz hervorzurufen — aber dafür wurde er in einsamen Stunden von anderen Fragen und Zweifeln geplagt. Hatte er, trotz all seiner Beteuerungen, wirklich die Absicht gehabt, Ayssa zu heiraten? War er vielleicht unbewußt sogar erleichtert gewesen, als ihr Tod ihm die Entscheidung abgenommen hatte? Kurz, war er — General Risdel Dalakott — wirklich der Mann, für den er sich immer gehalten hatte? Oder war er ...?

»Da bist du ja!« sagte Konna, die sich mit einem Glas Weizenwein näherte, das sie ihm mit Bestimmtheit in die freie Hand schob, während sie ihm den Fruchtsaft aus der andern nahm. »Du mußt dich einfach unter die Gäste mischen. Sonst denken meine Freunde noch, du wärst dir zu schade, um dich mit ihnen abzugeben.«

»Tut mir leid.« Er setzte ein schiefes Lächeln auf. »Je älter ich werde, desto öfter halte ich mich in der Vergangenheit auf.«

»Du hast an Oderan gedacht?«

»Ich habe an so vieles gedacht.« Dalakott nippte an seinem Wein, dann folgte er seiner Schwiegertochter, um mit einer Reihe von Frauen und Männern belanglose Floskeln zu wechseln. Ihm fiel auf, daß unter ihnen nur wenige Armeeangehörige waren, was vielleicht Konnas wahre Gefühle für diese Organisation verriet, die ihr den Mann genommen hatte und nun die Finger nach ihrem einzigen Sohn ausstreckte. Die Konversation mit wildfremden Leuten war ziemlich anstrengend, und er war erleichtert, als zu Tisch gebeten wurde. Es war jetzt seine Aufgabe, die frisch erworbene Mündigkeit seines Enkels mit einer kurzen formellen Rede zu würdigen; danach wollte er nur noch einer unter vielen sein. Er ging um die Tafel herum zu dem einzigen Stuhl mit hoher Rückenlehne, der Hallie zu Ehren mit blauen

Speerblumen verkleidet war, und stutzte; er hatte den Jungen eine Zeitlang nicht gesehen.

»Wo bleibt unser Held?« rief ein Mann aus. »Schafft den Helden herbei!«

»Er wird auf sein Zimmer gegangen sein«, sagte Konna. »Ich hole ihn.«

Sie lächelte entschuldigend und schlüpfte aus der Tischgesellschaft. Es dauerte keine Minute, da stand sie wieder im Türrahmen, ihr Gesicht seltsam teilnahmslos, gefroren. Sie wies auf Dalakott, wandte sich wieder ab, ohne ein Wort. Er ging ihr nach, sagte sich, daß die Eiseskälte in seinem Magen nichts zu bedeuten hatte, und ging den Flur zu Hallies Schlafzimmer hinunter. Der Junge lag rücklings auf seinem schmalen Bett. Sein Gesicht war gerötet und glänzte vor Schweiß, und seine Glieder machten kleine, unkoordinierte Bewegungen.

Das kann nicht sein, dachte Dalakott mit Entsetzen, als er ans Bett trat. Er sah auf Hallie hinunter, sah den Schrecken in Hallies Augen und wußte sofort, daß das Zucken der Arme und Beine von Hallies Anstrengungen rührte, sich normal zu bewegen. Lähmung und Fieber! *Ich werde das nicht zulassen,* schrie Dalakott innerlich, als er auf die Knie fiel. *Das darf nicht sein!*

Er legte seine Hand auf Hallies schmächtigen Körper, direkt unter den letzten Rippenbogen, fühlte sofort die verräterische Schwellung der Milz, und ein gramvolles Stöhnen entfloh seinen Lippen.

»Du hast versprochen, auf ihn aufzupassen«, sagte Konna mit lebloser Stimme. »Er ist noch so klein.«

Dalakott stand auf und packte sie bei den Schultern. »Ist ein Arzt unter den Gästen?«

»Wozu noch?«

»Ich weiß, wonach das aussieht, Konna, aber Hallie ist keiner Blase zu nahe gekommen. Keine ist näher als zwanzig Schritt an ihn herangekommen, und es war nahezu windstill.« Dalakott lauschte seiner Stimme, einer fremden Stimme, die ihn und Konna mit Tatsachen zu überzeugen versuchte. »Außerdem dauert es zwei Tage, bis sich eine Pterssose zeigt. Es muß etwas anderes sein. Ist nun ein Arzt hier oder nicht?«

»Vissigen«, flüsterte sie, und übervolle Augen forschten in seinem Gesicht nach einem Schimmer von Hoffnung. »Ich hole ihn.« Sie drehte sich um und lief aus dem Schlafzimmer.

»Du bist bald wieder auf den Beinen, Hallie«, sagte Dalakott und kniete sich wieder an das Bett. Mit dem Zipfel des Lakens tupfte er die Schweißperlen aus dem Gesicht des Jungen und war erschrocken — er spürte förmlich, wie die Hitze aus der schweißnassen Haut strahlte. Hallie sah stumm zu ihm auf, die kleinen Lippen zuckten, als sie zu lächeln versuchten. Dalakott bemerkte das bellinnische Pterssaholz auf dem Bett. Er nahm es, drückte es Hallie in die Hand und schloß die kraftlosen Finger des Jungen um das glänzende Holz, dann küßte er ihn auf die Stirn. Er verlängerte den Kuß, als wolle er das verzehrende Feuer in seinen Körper saugen, und dann sickerten zwei Merkwürdigkeiten in sein Bewußtsein — Konna brauchte zu lange, um mit dem Arzt zurückzukommen, und irgendwo im Haus kreischte eine Frau.

»Ich bin gleich wieder bei dir, Soldat«, sagte er. Er stand auf, ging benommen den Weg zurück ins Eßzimmer und sah, wie sich die Gäste um einen Mann drängten, der am Boden lag.

Der Mann war Giheyt — sein fiebriges Gesicht und die kraftlos fuchtelnden Hände waren deutliche Symptome einer fortgeschrittenen Pterssose.

Während er darauf wartete, daß die Vertäuung des Luftschiffs gelöst wurde, glitt Dalakotts Hand in eine Tasche und fahndete wie so oft nach dem eigenartigen und namenlosen Ding, das er vor Jahrzehnten am Ufer des Bes-Andar gefunden hatte. Der Daumen vollführte immerzu Kreise auf der reflektierenden Oberfläche des kleinen Klumpens, der glatt poliert war von all den Jahren dieser unwillkürlichen Behandlung. Dalakott versuchte, mit den Ungeheuerlichkeiten fertig zu werden, die sich in den letzten neun Tagen ereignet hatten. Bloße Zahlen sagten wenig über die Qualen, die ihn heimsuchten.

Hallie war noch in derselben Kurznacht gestorben, in der seine Mündigkeit gefeiert werden sollte. Gegen Ende des Tages erlagen Giheyt und Onduboiter der neuen schrecklichen Form der Pterssosis, und am nächsten Morgen fand er Hallies Mutter mit denselben Symptomen tot in ihrem Zimmer. Das war für ihn der erste Hinweis darauf, daß die Krankheit ansteckend war, und ehe er die Tragweite dieser Erkenntnis vollends überblickte, trafen auch schon die Nachrichten über das Schicksal all derer ein, die bei der Feier anwesend gewesen waren.

Von den nahezu vierzig Männern, Frauen und Kindern waren nicht weniger als zweiunddreißig — kein Kind wurde verschont — noch in derselben Nacht hinweggerafft worden. Und immer noch hatte die Welle des Todes ihre grausame Energie nicht erschöpft. Innerhalb von drei Tagen war die Bevölkerung des ganzen Fleckens Klinterdin samt Umgebung von schätzungsweise dreihundert auf knapp sechzig Seelen geschrumpft. Dann hatte der unsichtbare Mörder anscheinend seine Virulenz verloren, und man hatte begonnen, die Opfer zu begraben.

Die Gondel des Luftschiffes schlingerte und schwankte ein bißchen, als sie von allen Hemmnissen befreit war. Dalakott trat an ein Bullauge und blickte wahrscheinlich zum letzten Mal auf das vertraute Muster aus roten Dächern, Obstgärten und gestreiften Kornfeldern. Der hübsche Anblick bemäntelte die tiefgreifenden Veränderungen, die dort unten stattgefunden hatten, gerade so wie Dalakotts unveränderte Erscheinung die Tatsache verhehlte, daß aus ihm in den vergangenen neun Tagen ein alter Mann geworden war.

Dieses Gefühl trostloser Gleichgültigkeit und fehlender Zuversicht war neu für ihn, doch er konnte es leicht identifizieren, weil er zum allerersten Mal Anlaß hatte, die Toten zu beneiden.

ZWEITER TEIL

Der Testflug

6. Kapitel

Die Station für die Waffenentwicklung lag am Südwestrand von Ro-Atabri, im alten Industriegelände der Mardeyvinischen Kais. Ein träger, schmutziger Wasserlauf entwässerte das tiefgelegene Gebiet, der unterhalb der Stadt in den Borann mündete. Jahrhunderte industrieller Nutzung hatten den Boden der Mardeyvinischen Kais stellenweise gänzlich unfruchtbar gemacht, während es an anderen Stellen große Bestände fehlfarbener Vegetation gab, die sich von unbekannten Versickerungen und Absonderungen, Produkten vergangener Senkgruben und Müllhaufen, nährte. Fabriken und Lagerhallen lagen weit verstreut in der Landschaft, dazwischen überall tief ausgefahrene Spuren und hie und da halb verdeckte Gruppen schäbiger Wohnhäuser, aus deren Fenstern nur vereinzelt Licht fiel.

Die Entwicklungsstation fiel nicht auf in dieser Umgebung; sie bestand aus einer Ansammlung von schwer zu beschreibenden Werkstätten, Schuppen und schäbigen, ebenerdigen Büros. Sogar das Büro des Stationsvorstehers war äußerlich so verdreckt, daß die kolkorronischen Karomuster der Backsteinmauern kaum noch zu erkennen waren.

Tauler Marakain fand, daß die Station ein zutiefst deprimierender Arbeitsplatz war. Wenn er auf die Zeit seiner Berufung zurückblickte, mußte er sich eingestehen, daß er eine kindisch naive Vorstellung von einer Waffenentwicklungsanstalt gehegt hatte. Ihm hatten luftige Rasenplätze vorgeschwebt, mit Schwertkämpfern, die neue Typen von Schwertblättern testeten, oder Bogenschützen, die peinlich genau die Leistung lamellierter Bögen und neuartiger Pfeilspitzen prüften.

Schon wenige Stunden nach seiner Ankunft hatte er

begriffen, daß unter Borreat Hargess keine nennenswerte Entwicklungsarbeit geleistet wurde. Der Name der Abteilung verdeckte die Tatsache, daß man die meisten Gelder für die Entwicklung eines Materials ausgab, aus dem man Zahnräder und andere Maschinenteile fertigen wollte, die man bislang aus Brakka herstellen mußte. Taulers Arbeit bestand hauptsächlich darin, verschiedene Fasern und Pulver mit verschiedenen Harzen zu mischen und aus dem Gemisch die verschiedensten Probestücke zu gießen. Er verabscheute die würgenden Harzgerüche und die immer wiederkehrenden Handgriffe, zumal ihm sein Instinkt sagte, daß das Projekt reine Zeitverschwendung war. Nicht ein einziges Material, das hier produziert wurde, hielt dem Vergleich mit Brakka stand. Brakka war der härteste und widerstandsfähigste Stoff auf dem ganzen Planeten — und wenn die Natur schon so entgegenkommend war, ein ideales Material zur Verfügung zu stellen, was machte es dann für einen Sinn, nach einem anderen zu suchen?

Doch trotz seines gelegentlichen Grolls gegen Hargess, arbeitete Tauler beharrlich und gewissenhaft; er war entschlossen, seinem Bruder zu zeigen, daß er ein verantwortliches Mitglied der Familie war. Seine frischgebackene Beharrlichkeit erklärte sich aber auch aus jenem Abkommen, in das er sich kopfüber gestürzt hatte, nur um die Frau seines Bruders in die Enge zu treiben. Er hatte Fera eine Ehe vierten Grades angeboten — auf Zeit, nicht monogam, jederzeit von ihm kündbar — aber sie hatte tatsächlich die Nerven gehabt, ihm den dritten Grad abzutrotzen, der ihn für sechs Jahre verpflichtete.

Seither waren fünfzig Tage vergangen, in denen Tauler gehofft hatte, daß Gesalla einlenken würde, aber das Dreiecksverhältnis hatte sich nur noch verschlechtert. Reizfaktoren waren Feras monumentaler Appetit und ihr bemerkenswerter Gleichmut, die beide ein Affront gegen die penible und fleißige Gesalla waren. Konnte man es Fera verdenken, daß sie sich nicht ändern wollte? Es war ihr gutes Recht, so zu bleiben, wie sie war, egal wem das nicht paßte, so wie es sein gutes Recht war, im Heim der Marakain-Familie zu logieren. Gesalla hatte schon immer einen Vorwand gesucht, ihn von der Hofklause zu verbannen, doch er war stur geblieben. Wozu eine Bleibe suchen, wenn er eine hatte?

An einem Frühtag, beim Auswiegen gehäckselter Glasfasern, als Tauler wieder einmal grübelte, wie lange sich das labile Gleichgewicht im Hause Marakain noch aufrechterhalten ließ, betrat Hargess den Schuppen. Hargess war ein magerer und nervöser Mann in den frühen Fünfzigern, und alles an ihm — Nase, Kinn, Ohren, Ellbogen, Schultern — machte einen eckigen Eindruck. Er wirkte noch rastloser als sonst.

»Komm mit, Tauler!« sagte er. »Deine Muskeln werden gebraucht.«

Tauler legte sein Meßschäufelchen beiseite. »Was soll ich tun?«

»Du beklagst dich immer, daß du nicht an Kriegsgerät arbeiten kannst — jetzt hast du Gelegenheit dazu.« Hargess ging voraus zu einem kleinen tragbaren Kran, den man draußen zwischen zwei Werkstätten aufgestellt hatte. Der Kran war eine konventionelle Konstruktion aus Holzsparren mit Ausnahme der Zahnräder, die diesmal nicht wie üblich aus Brakka geschnitten, sondern aus einem gräulichen Mischmaterial gegossen waren.

»Baron Glo wird bald eintreffen«, sagte Hargess. »Er will dieses Getriebe einem Finanzinspektor von Prinz Pautsch vorführen, und bei dem ersten Test heute dabeisein. Du wirst die Seilzüge prüfen, sorgfältig die Räder einfetten und den Lastkorb mit Steinen füllen.«

»Ihr sagtet Kriegsgerät«, sagte Tauler. »Das ist nur ein Kran.«

»Armee-Ingenieure müssen Festungen bauen und schwere Ausrüstung heben — also ist das Kriegsgerät.

Die Rechnungsprüfer des Prinzen müssen bei Laune gehalten werden, sonst streicht man uns die Mittel. Nun geh an die Arbeit — Glo wird diese Stunde noch kommen.«

Tauler nickte und fing an, den Kran vorzubereiten. Die Sonne hatte ihre Wegmitte bis zur täglichen Bedekkung durch Jenland bereits überschritten, aber es wehte kein Wind, der die Hitze aus dem tiefliegenden Flußbett vertreiben konnte, und die Temperatur kletterte ständig. Eine nahe Gerberei entließ ihren Gestank in die ohnehin schon übel geschwängerte Luft über der Station. Tauler sehnte sich nach einem Krug mit kaltem Bier, aber die Kais besaßen nur eine Taverne, und die machte einen derart verwanzten Eindruck, daß er die Idee, einen Lehrling zu schicken, gleich wieder verwarf.

Das ist eine miserable Belohnung für ein tugendhaftes Leben, dachte er verzweifelt. *In Haffangar gab es wenigstens noch Luft zum Atmen.*

Kaum hatte er den Lastkorb mit Steinen gefüllt, als sich Gespanngeräusche und Hufschlag näherten. Baron Glos flottes, rot-orange geflammtes Gefährt rollte durch das Tor der Station und kam vor dem Büro des Vorstehers zum Stehen. Das Vehikel paßte ganz und gar nicht in diese heruntergekommene Gegend. Glo stieg aus und debattierte erst wieder lange mit dem Fahrer, ehe er sich umdrehte, um Hargess zu begrüßen, der sich hinausgewagt hatte, um ihn zu empfangen. Die beiden Männer unterhielten sich minutenlang, ehe sie zum Kran kamen.

Glo hielt sich ein Taschentuch vor die Nase. Die Rötung seines Gesichts und eine beflissene Würde im Gang verrieten sofort, daß er dem Wein kräftig zugesprochen hatte. Tauler schüttelte den Kopf. Die Zielstrebigkeit, mit der sich der Erzphilosoph lächerlich machte, verdiente fast schon wieder Respekt. Tauler versteckte sein Lächeln, als er bemerkte, wie mehrere vorbeikommende Arbeiter hinter der vorgehaltenen Hand tuschelten. Warum konnte Glo nicht mehr Wert auf sein Ansehen legen?

»Laß dich ansehn, mein Junge!« rief Glo, als er Tauler erblickte. »Weißt du, daß du mich mehr denn je daran erinnerst, wie ich als junger ... hmm ... Mann ausgesehen habe?« Er stieß Hargess an. »Wie findest du dieses herrliche Mannsbild, Borreat? So sah ich früher aus.«

»Fabelhaft, verehrter Meister«, erwiderte Hargess sichtlich unbeeindruckt. »Diese Räder sind aus der alten Mischung ›18‹, aber wir haben sie bei niedriger Temperatur aushärten lassen, und das Ergebnis ist ganz ermutigend. Dieser Kran ist zwar mehr oder weniger nur ein maßstabgetreues Modell, aber ich bin sicher, wir sind auf dem richtigen Weg.«

»Gewiß doch, aber ich möchte das Ding bei der ... hmm ... Arbeit sehen.«

»Selbstverständlich.« Hargess nickte Tauler zu. Der Kran war eigentlich für zwei Männer ausgelegt, aber Tauler brauchte sich nicht einmal übermäßig anzustrengen, um die Ladung hochzuwinden. Hargess dirigierte und Tauler verbrachte Minuten damit, den Ausleger zu drehen und zu demonstrieren, wie genau die Last plaziert werden konnte. Um stoßartige Belastungen der Zahnkränze zu vermeiden, war er darauf bedacht, die Manipulationen so gleichmäßig wie möglich durchzuführen. Nach der Vorstellung waren die beweglichen Teile der Maschine in exzellentem Zustand. Ein Teil der Rechengehilfen und Arbeiter, die sich neugierig eingefunden hatten, verlor das Interesse und zerstreute sich wieder.

Tauler ließ eben die Ladung über ihrem ursprünglichen Standort herunter, als der Sperrhaken, mit dem er die Abwärtsbewegung kontrollierte, urplötzlich und mit einem Stakkato gleich mehrere Zähne des Sperrads absplitterte. Der beladene Korb fiel ein Stück weit, ehe die Seiltrommel abgeblockt wurde; der Kran — mit Tauler an der Sperrvorrichtung — drohte zu kippen. Es kam nur deshalb nicht soweit, weil sich ein paar der umstehenden Arbeiter mit ihrem ganzen Gewicht auf das abhebende Fußgestell warfen und es wieder auf den Boden zwangen.

»Meinen Glückwunsch«, sagte Hargess ätzend, als Tauler von der knarrenden Konstruktion zurücktrat. »Wie hast du das nur fertiggebracht?«

»Erfindet erst mal ein Material, das stärker ist als verkrusteter Kornbrei, dann ...« Tauler stockte, als er an Hargess vorbeisah. Baron Glo war zu Boden gefallen, eine Gesichtshälfte auf einen Wulst getrockneten Lehms gepreßt, scheinbar unfähig, sich zu bewegen. Tauler, der befürchtete, Glo könne ein umherfliegender Radzahn getroffen haben, lief hin und kniete sich neben ihn. Glos blaßblaues Auge drehte sich in seine Richtung, doch der dickliche Körper rührte sich nicht.

»Ich bin nicht betrunken«, murmelte Glo mit dem halben Mund. »Bring mich hier fort, mein Junge. Ich glaube, ich bin schon halb tot.«

Fera Rivuh hatte sich inzwischen gut eingelebt in der Hofklause, doch nichts und niemand konnte sie dazu bewegen, sich rittlings auf ein Blauhorn zu setzen; mit den kleineren, von den Frauen bevorzugten Weißhörnern hielt sie es nicht anders. Wenn Tauler also mit ihr hinauswollte, sei es der frischen Luft oder nur der Abwechslung wegen, so war er gezwungen, zu Fuß zu gehen. Gehen war eine Art der körperlichen Betätigung und Fortbewegung, an der ihm wenig lag, weil sie zu zahm war und einen zu trägen Lauf der Dinge diktierte, aber Fera hatte keine andere Möglichkeit, in die Stadt zu kommen, wenn nicht gerade eine Kutsche fuhr.

»Ich habe Hunger«, verkündete sie auf dem Platz der Seefahrer nahe dem Zentrum von Ro-Atabri.

»Das bleibt nicht aus«, sagte Tauler. »Es ist schon fast eine Stunde her, seit du zum zweiten Mal gefrühstückt hast.«

Sie stieß ihm den Ellbogen in die Rippen und lächelte vielsagend. »Du willst doch, daß ich bei Kräften bleibe, oder?«

»Ist dir schon mal in den Sinn gekommen, daß es im Leben mehr gibt als Vögeln und Essen?«

»Ja — Wein.« Sie beschattete ihre Augen gegen die frühe Frühtagssonne und inspizierte den nächsten der Konditorstände, die um den Platz verstreut waren. »Ich glaube, ich nehme etwas Honigkuchen und vielleicht weißen Kaili zum Nachspülen.«

Taulers Proteste waren Scheingefechte, und so kaufte er, was er kaufen sollte, und sie setzten sich damit auf eine der Bänke, die das Gesicht den ruhmreichen Seefahrern aus der kolkorronischen Vergangenheit zugewandt hatten. Ein Gemisch aus öffentlichen Gebäuden und Geschäftshäusern säumte den Platz, von denen die meisten vermittels Mauerwerk und Backsteinfarbe das traditionelle kolkorronische Muster ineinandergreifender Karos zeigten. Bäume in den kontrastierenden Phasen ihrer Reifezyklen und die farbenfrohe Kleidung der Passanten trugen das ihre zu dem sonnenbeschienenen Helldunkel bei. Eine westliche Brise machte die Luft erquickend und belebend.

»Ich muß zugeben«, sagte Tauler nach einem Schluck kühlen und leichten Weins, »das hier ist viel angenehmer, als für Hargess zu arbeiten. Ich kann nicht begreifen, warum wissenschaftliche Forschungsarbeit immer mit üblen Gerüchen verbunden ist.«

»Du armes, verwöhntes Bürschchen!« Fera wischte sich einen Krümel vom Kinn. »Wenn du wissen willst, wie *richtiger* Gestank stinkt, mußt du mal auf dem Fischmarkt arbeiten.«

»Nein, danke — lieber gehe ich zu Hargess zurück«, erwiderte Tauler. Vor mehr als zwanzig Tagen hatte Baron Glo einen Schlaganfall erlitten. Seitdem war er linksseitig gelähmt und auf einen außerordentlich kräftigen Pfleger angewiesen. Tauler wußte die Veränderungen zu schätzen, die dieser Umstand in sein Leben gebracht hatte. Als ihm die Stellung angeboten wurde, hatte er sofort angenommen und war mit Fera in Glos geräumige Residenz am Westhang von Grünberg gezogen. Das hatte nicht nur den willkommenen Abschied von den Mardeyvinischen Kais zur Folge gehabt, es hatte auch die vertrackte Situation im Hause Marakain beendet, und seither gab Tauler sich redliche Mühe, zufrieden zu sein. Von Zeit zu Zeit trieb ihn zwar der Trübsinn um, wenn er seine sprichwörtliche Leibeigenschaft mit seinen Vorstellungen von einem lebenswerten Leben verglich; aber das war etwas, das er für sich behielt. Andererseits war der Erzphilosoph ein großzügiger Arbeitgeber; je mehr er sich wieder erholte, um so seltener nahm er Taulers Dienste in Anspruch.

»Der Baron war ja heute früh ziemlich beschäftigt«, sagte Fera. »Egal, wo ich war, ich konnte immer das Klickklack von diesem Sonnenschreiber hören.«

Tauler nickte. »Er hat sich in letzter Zeit viel mit Tansfo unterhalten. Ich glaube, er sorgt sich wegen der Berichte aus den Provinzen.«

»Wir kriegen hier doch keine Seuche, Tauler, oder?« Fera zog aus Ekel die Schultern nach vorn, wobei sich die Grube zwischen ihren Brüsten vertiefte. »Ich halte das nicht aus unter lauter Kranken.«

»Da kann ich dich beruhigen. Nach dem, was man so hört, brauchst du das auch nicht — jedenfalls nicht länger als zwei Stunden im Durchschnitt.«

»Tauler!« Fera war mit offenem Mund zurückgewichen und starrte ihn an, die Zunge mit einem feinen Schleim von Honigkuchen überzogen.

»Du brauchst keine Angst zu haben«, sagte Tauler beruhigend, obschon — wie er von Glo aufgeschnappt hatte — so etwas ähnliches wie eine Seuche gleichzeitig an acht weit voneinander entfernten Orten aufgeflammt war. Ausbrüche waren zuerst aus den Hofprovinzen Kail und Middak berichtet worden; dann aus den weniger bedeutenden und entlegeneren Regionen von Sorka, Merrill, Peddeyl, Bellyn, Yalrofak und Luhngl. Das war vor wenigen Tagen gewesen. Seither waren die Schrekkensmeldungen ausgeblieben, und die Behörden hegten die verzweifelte Hoffnung, daß das Unheil vorübergehender Natur gewesen war, die Krankheit sich verzehrt hatte und das Mutterland und die Metropole verschont würden. Tauler konnte die Hoffnung zwar verstehen aber nicht teilen. Wenn die Pterssa, wie man aus den Berichten schließen mußte, ihre Reichweite und ihre Fähigkeit zu töten in einem so schrecklichen Ausmaß erweitert hatte, dann würde sie ihre neuen Kräfte auch voll nutzen. Die Atempause konnte bedeuten, daß sich die Pterssa wie ein intelligenter und grausamer Feind verhielt, der eine neue Waffe getestet hatte und sich zurückzog, nur um sich neu zu formieren und den eigentlichen Angriff vorzubereiten.

»Wir sollten bald zur Feste zurückkehren.« Tauler schlürfte den letzten Tropfen Wein aus dem Porzellanbecher und stellte ihn unter die Bank, wo der Verkäufer ihn auflesen konnte. »Glo will vor Kurznacht noch baden.«

»Ich bin heilfroh, daß ich ihm dabei nicht zu helfen brauche.«

»Er hat so seine eigene Art von Mut, weißt du. Ich könnte jedenfalls ein Leben als Krüppel nicht ertragen, aber er hat sich noch mit keinem Wort beklagt.«

»Warum redest du die ganze Zeit von Krankheiten? Du weißt, daß ich das nicht ausstehen kann!« Fera war aufgestanden und glättete das wuschelige Gefieder ihres Kleides. »Komm, wir haben noch ein bißchen Zeit für die Weißen Brunnen, was meinst du?«

»Nur ein paar Minuten.« Tauler hakte sich bei ihr ein, und sie überquerten den Platz der Seefahrer und spazierten die geschäftige Allee hinunter, die zum Stadtpark führte. Die Brunnen aus schneeweißem padalianischen Marmor verbreiteten eine erfrischende Kühle.

Gruppen von Leuten, manche mit Kindern, bummelten zwischen den Inseln aus glänzendem Blattwerk, und ihr gelegentliches Lachen unterstrich die idyllische Stille des Ortes.

»Ich würde sagen, das hier ist der Inbegriff des zivilisierten Lebens«, sagte Tauler. »Das einzige, was mich daran stört — aber das ist meine ganz persönliche Meinung — das ist die ...« Er verstummte, als auf einem Dachfirst ganz in der Nähe ein kräftiges Horn zu heulen begann und sofort ein mehrstimmiges Echo in entfernteren Stadtteilen fand.

»Pterssas!« Tauler starrte in den Himmel.

Fera drängte sich an ihn. »Bestimmt ein Irrtum, Tauler. Sie kommen nicht in die Stadt.«

»Trotzdem sollten wir nicht im Freien bleiben«, sagte Tauler und drängte sie zu den Gebäuden an der Nordflanke des Parks. Überall standen die Leute und musterten den Himmel — ganz im Bann von Überzeugung und Gewohnheit — und nur wenige eilten davon, um Schutz zu suchen. Die Pterssa war ein unversöhnlicher natürlicher Feind, aber vor langer Zeit hatte man Bilanz gezogen, und die ganze Existenz der Zivilisation beruhte darauf, daß das Verhaltensmuster der Pterssa unverändert und vorhersagbar blieb. Es war unvorstellbar, daß die blindwütigen Blasen ihr Verhalten plötzlich radikal ändern könnten — für Tauler genauso wie für die Leute ringsum — aber die Nachrichten aus den Provinzen hatten die Saat des Zweifels tief in sein Bewußtsein gesät. Die Pterssa *hatte* ihr Verhalten geändert! Worauf *war* jetzt noch Verlaß?

Links, nicht weit von Tauler kreischte eine Frau. Der unartikulierte Laut war die Antwort auf seine Grübelei. Er blickte in die Richtung des Schreis und sah, wie eine einzelne Pterssa aus dem Strahlenkegel der Sonne fiel. Die purpurblaue Blase sank in einen bevölkerten Bereich des Parkzentrums, und jetzt schrien auch Männer. Das fortgesetzte Heulen der Alarmhörner zerrte an den

Nerven. Fera fuhr heftig zusammen, als sie mitbekam, wie die Pterssa zerplatzte.

»Komm!« Tauler packte ihre Hand und spurtete mit ihr zu den Arkaden der Stadthalle im Norden. Während sie über das offene Gelände rannten, blieb ihm keine Zeit, sich nach anderen Pterssas umzusehen, aber das war auch überflüssig. Denn die Blasen waren nicht mehr zu übersehen, wie sie überall im milden Licht der Sonne zwischen den Dachfirsten, Kuppeln und Kaminen trieben.

Fast alle Bürger Kolkorrons kannten den Alptraum, unter freiem Himmel von einem Schwarm Pterssas umzingelt zu sein. Doch was Tauler in der nächsten Stunde durchlebte, ging über diesen Alptraum hinaus. Die Pterssas demonstrierten ihre neue, furchterregende Dreistigkeit. Still und flimmernd kamen sie in der ganzen Stadt auf die Straßen herunter, drangen in Gärten und Vorhöfe ein, hüpften träge über öffentliche Plätze, lauerten in Torwegen und Kollonaden ... und wurden vom Pöbel in panischer Angst vernichtet. Und spätestens zu diesem Zeitpunkt ließ die Wirklichkeit den alten Alptraum weit hinter sich, denn die Invasoren, begriff Tauler mit schauriger Gewißheit, repräsentierten die neue Rasse der Pterssa.

Sie waren die Überträger der Seuche.

In der seit alters geführten Debatte über die Natur der Pterssa hatten jene, die der Ansicht waren, die Blasen verfügten über einen gewissen Verstand, sich immer darauf berufen, daß die Pterssas klugerweise Städte und größere Ortschaften mieden. Sie wären selbst in großen Schwärmen rasch zerstört worden, wenn sie sich in eine städtische Umgebung gewagt hätten, zumal bei guten Sichtverhältnissen. Man hatte argumentiert, daß sie offenbar weniger an ihrer Selbsterhaltung interessiert waren als daran, größere Verluste bei fruchtlosen Angriffen zu vermeiden — was ein klarer Beweis von Geistestätigkeit war — und es hatte einiges für diese Theorie gesprochen, solange die tödliche Reichweite auf einige Schritte begrenzt war.

Doch die fahlen Kugeln, die Ro-Atabri überfielen, waren Seuchenüberträger.

Auf jede einzelne zerstörte Pterssa kamen viele Einwohner, die dem neuen Giftstaub ausgesetzt wurden, der auf größere Entfernung tötete. Doch es kam noch schlimmer — denn die neue grausame Strategie zielte darauf ab, daß jedes dieser unmittelbaren Opfer in der kurzen Zeit, die ihm blieb, womöglich noch Dutzende anderer Einwohner anstecken und ins Grab bringen würde.

Eine Stunde verstrich, ehe die Windverhältnisse sich änderten und der erste Angriff auf Ro-Atabri zum Erliegen kam. Doch in einer Stadt, wo jeder Mann, jede Frau und jedes Kind plötzlich ein potentieller Todfeind war und als solcher behandelt werden mußte, war ein Ende von Taulers Alpdruck noch lange nicht in Sicht ...

Eine seltene Regenfront war letzte Nacht über die Region hinweggefegt, und jetzt, in den ersten stillen Minuten nach Sonnenaufgang blickte Tauler Marakain vom Grünberg auf eine ungewohnte Welt hinunter. Inseln und Fahnen von Bodennebel hingen über Ro-Atabri und versteckten die Stadt an manchen Stellen wirkungsvoller als die Decke aus Pterssa-Schirmen, die man nach dem ersten Angriff vor nahezu zwei Jahren über die Metropole gezogen hatte. Im Osten ragte aus goldgelbem Dunst der Kegel des Optelmer, die oberen Hänge von der rötlichen Sonne gefärbt, die ihn soeben erklettert hatte.

Tauler war früh aufgewacht. Von jener Rastlosigkeit getrieben, die ihm immer mehr zu schaffen machte, hatte er beschlossen, aufzustehen und allein nach draußen zu gehen.

Er schritt den inneren Verteidigungsschirm der Feste ab und überzeugte sich, daß die Netze sicher saßen. Vor dem Ansturm der Seuche hatten nur ländliche Wohnsitze Pterssa-Barrieren nötig gehabt, und man war mit einfachen Netzen und Gittern ausgekommen — doch mit einem Schlag war es in Stadt und Land erforderlich geworden, verbesserte Schirme zu errichten, die eine dreißig Meter tiefe Pufferzone um die geschützten Bereiche schufen. Als Überdachung reichte meist eine einzelne Netzlage, weil der Wind die Pterssa-Toxine horizontal verwehte, dagegen war es lebenswichtig, daß die Umfriedung aus einem doppelten Schirm bestand, mit weitem Zwischenraum und starken Traggerüsten.

Baron Glo war Tauler entgegengekommen, indem er ihm zusätzlich zu seinen normalen Pflichten die verantwortungsvolle und mitunter gefährliche Aufgabe übertragen hatte, den Bau der Schutzschirme für die Feste und anderen Gebäude der Philosophie zu beaufsichtigen. Das Gefühl, endlich etwas Wichtiges und Nützliches zu tun, hatte ihn ausgeglichener gemacht, und das Risiko, unter offenem Himmel zu arbeiten, hatte ihm nebenher noch eine gänzlich andere Art von Befriedigung verschafft. So war der einzige erwähnenswerte Beitrag von Borreat Hargess zur Anti-Pterssa-Bewaffnung die Entwicklung eines seltsam aussehenden L-förmigen Wurfholzes gewesen, das schneller und weiter flog als die standardmäßige kolkorronische Kreuzform und in den Händen eines guten Mannes Pterssas aus einer Entfernung von mehr als vierzig Metern zerstören konnte. Während Tauler den Bau der Schutzschirme überwacht hatte, hatte er es im Umgang mit der neuen Waffe bis zur Perfektion gebracht, und er konnte sich rühmen, keinen Arbeiter bei einem Pterssa-Angriff verloren zu haben.

Dieser Lebensabschnitt war nun, wie sollte es auch anders sein, zu Ende, und jetzt bedrückte ihn — trotz aller Erfolge — ein Gefühl, als habe er sich wie ein Fisch in den Netzen verfangen, an denen er selbst geknüpft hatte. Angesichts der Tatsache, daß mehr als zwei Drittel der Reichsbevölkerung durch die ansteckende neue Form der Pterssose dahingerafft worden war, hätte er sich eigentlich glücklich schätzen müssen, noch lebendig und gesund zu sein, Nahrung und Unterkunft zu haben, und eine fröhliche Frau, die sein Bett teilte — aber nichts von alledem konnte die hartnäckige Überzeugung besänftigen, daß sein Leben ungenutzt verstrich. Die Lehre der Kirche, Glied einer endlosen Kette von Wiedergeburten zu sein, ein endloses Hin und Her zwischen Jenland und Diesland vor sich zu haben, lehnte er instinktiv ab. Er hatte nur ein Leben, eine einzige kostbare Spanne der Existenz, und die Aussicht, den Rest davon zu vergeuden, war ihm unerträglich.

Trotz der erfrischenden Morgenluft mußte er plötzlich gegen eine Atembeklemmung kämpfen. Von einer irrationalen Panik bedroht, suchte er verzweifelt nach einem körperlichen Ventil für seine Empfindungen und reagierte, wie er es seit seinem Exil auf der Halbinsel Luhngl nicht mehr getan hatte. Er öffnete ein Gatter im inneren Schirm der Feste, durchquerte die Pufferzone und verließ den äußeren Schirm, um den ungeschützten Hang des Grünbergs zu betreten. Ein Streifen Weideland — dem philosophischen Orden vor langer Zeit übereignet — erstreckte sich hangabwärts und verlor sich nach mehr als einem Kilometer zwischen Bäumen und Nebel. Die Luft war nahezu reglos, mithin war es unwahrscheinlich, einer streunenden Pterssa zu begegnen. Doch der symbolische Akt der Herausforderung nahm etwas von dem psychischen Druck weg, der sich in ihm angestaut hatte.

Er hakte ein Pterssaholz vom Gürtel und schickte sich an, weiter hangabwärts zu gehen, als er eine Bewegung tief unten bei den Bäumen wahrnahm. Ein einsamer Reiter kam aus dem Waldstück, das den Grundbesitz der Philosophen vom angrenzenden Stadtteil Silarbri trennte. Tauler nahm sein sorgsam gehütetes Teleskop heraus und stellte mit seiner Hilfe fest, daß der Reiter auf seiner Brust das blauweiße Symbol aus Feder und Schwert trug, das ihn als königlichen Kurier auswies.

Taulers Interesse war geweckt, und er setzte sich auf eine gewachsene Felsbank, um den Besucher im Auge zu behalten. Damals hatte ihn die Ankunft eines königlichen Boten aus dem Elend der Forschungsstation auf Luhngl befreit, aber heute war nicht damals. Baron Glo wurde seit dem Debakel in der *Halle des Regenbogens* vom Großen Palast so gut wie totgeschwiegen. In alten Zeiten hätte das Überbringen einer Botschaft von Hand zu Hand bedeuten können, daß sie persönlicher Natur war und nicht dem Sonnenschreiber anvertraut werden konnte, doch jetzt war es nahezu unvorstellbar, König Pradt könne den Erzphilosophen überhaupt eines Wortes würdigen.

Der Reiter näherte sich gemächlich und unbekümmert. Hätte er einen kleinen Umweg in Kauf genommen, hätte er den ganzen Weg zu Glos Residenz unter den Netzen der städtischen Pterssa-Schirme zurücklegen können, doch es sah ganz so aus, als genieße er den kurzen Aufenthalt unter freiem Himmel, trotz des zugegeben kleinen Risikos eines Pterssa-Überfalls. Tauler fragte sich, ob er eine verwandte Seele vor sich hatte, die auch unter den strengen Anti-Pterssa-Vorkehrungen litt — Vorkehrungen, die dem Rest der Bevölkerung ein Überleben im Belagerungszustand ermöglichten.

Die große Zählung von 2622, vor nur vier Jahren, hatte ergeben, daß sich die Reichsbevölkerung auf etwa zwei Millionen kolkorronische Vollbürger und ungefähr vier Millionen tributpflichtige Bürger belief. Nach den ersten zwei Seuchenjahren wurde die gesamte Restbevölkerung auf weniger als zwei Millionen geschätzt. Eine Minorität der Überlebenden zeigte eine unerklärliche Immunität gegen die Sekundärinfektion, doch die meisten vegetierten in ständiger Angst um ihr Leben, das dem der niedrigsten Insekten in ihren Schlupflöchern gleichkam. Unbeschirmte Wohnhäuser waren mit luftdichten Verschlüssen ausgerüstet worden, die bei Ptersa-Alarm über Türen, Fenster und Kaminöffnungen geklemmt wurden; und außerhalb der Städte und Dörfer hatten die einfachen Leute ihre Höfe verlassen und lebten in Gehölzen und Wäldern, natürlichen Horten, die für die Blasen unzugänglich waren.

In der Folge waren die landwirtschaftlichen Erträge derart zurückgegangen, daß sie nicht einmal mehr die Grundbedürfnisse einer dezimierten Bevölkerung abdeckten. Tauler jedoch — mit der unbewußten Egozentrik der Jugend — scherte sich nicht um Zahlen, die ein Elend von nationalem Ausmaß beschrieben. Sie waren für ihn kaum mehr als Schattentheater, vage Bewegungen im Hintergrund des eigentlichen Dramas seiner persönlichen Belange. So war er nur auf seinen Vorteil bedacht, als er aufstand und den königlichen Kurier begrüßte.

»Guten Frühtag«, sagte er lächelnd. »Was führt dich zur Grünberg-Feste?«

Der Mann war hager und sein Blick weltverdrossen, aber er nickte durchaus freundlich, als er sein Blauhorn zügelte. »Die Nachricht, die ich bringe, ist nur für Baron Glo bestimmt.«

»Baron Glo schläft noch. Ich bin Tauler Marakain, Baron Glos rechte Hand und gebürtiges Mitglied des philosophischen Ordens. Ich will nicht neugierig sein, aber mein Meister fühlt sich nicht wohl und wäre ungehalten, würde ich ihn zu dieser Stunde aufwecken, es sei denn aus einem Grund, der keinen Aufschub duldet. Kenne ich den Anlaß der Botschaft, kann ich das weitere veranlassen.«

»Der Köcher ist versiegelt.« Der Kurier brachte ein gespielt trauriges Lächeln zustande. »Und der Inhalt geht mich nichts an.«

Tauler zuckte die Achseln und spielte das Spiel. »Schade — wir hätten uns das Leben leichter machen können.«

»Gute Weide«, sagte der Kurier, während er sich im Sattel drehte, um das Weideland zu taxieren, das er eben durchritten hatte. »Ich kann mir nicht vorstellen, daß der Haushalt des Barons sehr unter der Rationierung der Lebensmittel leidet ...«

»Du mußt hungrig sein nach dem langen Ritt«, sagte Tauler. »Ich würde dich zu gerne zum Heldenfrühstück einladen, aber vielleicht bleibt uns keine Zeit. Vielleicht muß ich Baron Glo sofort aus dem Bett scheuchen.«

»Vielleicht wäre es ratsamer, den Baron ausschlafen zu lassen.« Der Kurier schwang sich vom Blauhorn und stand neben Tauler. »Der König bestellt ihn zu einer Sondersitzung in den Großen Palast, doch der Termin ist erst in vier Tagen. Es scheint keine sehr dringende Angelegenheit zu sein.«

»Vielleicht hast du recht«, sagte Tauler stirnrunzelnd und versuchte die überraschende Neuigkeit zu verarbeiten. »Vielleicht auch nicht.«

7. Kapitel

»Ich bin mir durchaus nicht sicher, ob ich das Richtige tue«, sagte Baron Glo, als Tauler Marakain ihn in das Gehgestell schnallte. »Ich halte es noch immer für viel klüger — und im Grunde auch fairer dir gegenüber — wenn ich einen Diener mit zum Großen Palast nähme und ... hmm ... dich hierließe. Es gibt genug zu tun hier, genug um dir Ärger zu ersparen.«

»Das ist zwei Jahre her«, erwiderte Tauler, der auf keinen Fall zurückbleiben wollte. »Und Leddravohr ist inzwischen schon so viel durch den Kopf gegangen, daß er sich wahrscheinlich gar nicht mehr an mich erinnert.«

»Darauf würde ich mich nicht verlassen, mein Junge — der Prinz hat einen gewissen Ruf, was das angeht. Außerdem, so wie ich dich kenne, wirst du ihm bestimmt einen Wink geben.«

»Warum sollte ich wohl so töricht sein?«

»Ich habe dich neulich beobachtet. Du bist wie ein Brakkabaum, der sich nicht entladen kann.«

»Ich mache so etwas nie wieder.« Tauler machte den Einwand automatisch, wie so oft in der Vergangenheit. Aber seines Erachtens hatte er sich wirklich gründlich geändert seit seiner ersten Begegnung mit dem Militärprinzen. Seine gelegentlichen Perioden der Rastlosigkeit und Unzufriedenheit stellten die Veränderung unter Beweis; denn er wußte mit ihnen fertig zu werden. Anstatt sich in einen Zustand hineinzusteigern, in dem schon der leiseste Ärger eine Explosion auslösen konnte, hatte er es — wie andere Männer auch — gelernt, seine emotionalen Energien zu kanalisieren oder zu sublimieren. Er hatte sich darin geübt, die kleineren Freuden und Befriedigungen zu mehren, statt auf die große Erfüllung zu hoffen, die von so vielen ersehnt und so wenigen bestimmt war.

»Also gut, junger Mann«, sagte Glo und zog eine Schnalle fest. »Ich will dir noch einmal glauben. Aber bedenke bitte, diese Gelegenheit ist einzigartig in ihrer Bedeutung, und führe dich dementsprechend auf. Ich werde dich in diesem Punkt beim Wort nehmen. Du begreifst natürlich, warum der König es für richtig hält ... hmm ... mich kommen zu lassen?«

»Ist es ein Rückfall in die Zeiten, als man uns noch wegen der Geheimnisse des Lebens konsultierte? Will der König wissen, warum Männer Brustwarzen haben, aber nicht stillen können?«

Glo schniefte. »Dein Bruder hat auch diesen bedauerlichen Hang zu plumpem Sarkasmus.«

»Tut mir leid.«

»Tut es nicht; aber ich will dich trotzdem aufklären. Die Idee, die ich dem König vor zwei Jahren in den Kopf gesetzt habe, hat endlich Früchte getragen. Erinnerst du dich, als du gesagt hast, je höher ich fliege, desto ...? Nein, das war Leyn. Aber hier ist etwas, worüber du ... hmm ... nachdenken solltest, junger Tauler. Ich werde immer älter und mein Ende rückt näher — doch ich wette mit dir um tausend Korrons, daß ich den Fuß auf Jenland setzen werde, und zwar noch *vor* meinem Tod.«

»Ich würde niemals Euer Wort in Zweifel ziehen«, sagte Tauler diplomatisch und staunte über das Talent des alten Mannes, sich selbst zu täuschen. Jeder andere, vielleicht mit Ausnahme von Vorndal Sisstt, würde sich nur mit Scham an die Ratsversammlung erinnern. Die Philosophen waren derart in Ungnade gefallen, daß sie den Grünberg bestimmt hätten räumen müssen, wäre die Monarchie nicht vollauf mit der Seuche und ihren Folgen beschäftigt gewesen. Dennoch hegte Glo schon wieder die Überzeugung, daß er beim König hoch angesehen war und seine Phantastereien über die Kolonisierung von Jenland ernst genommen wurden. Seit seinem

Schlaganfall hatte Glo den Alkohol gemieden und sich seither besser in der Gewalt, aber seine Senilität verzerrte nach wie vor seinen Blick für die Realität. Tauler vermutete im stillen, daß Glo zum Palast bestellt worden war, um sich dafür zu verantworten, daß er immer noch nicht mit einer wirkungsvollen Anti-Pterssa-Waffe großer Reichweite aufwarten konnte, ohne die eine normale Landwirtschaft ausgeschlossen erschien.

»Wir müssen uns beeilen«, sagte Glo. »Kann mir keine Verspätung erlauben am Tag meines Triumphes.« Mit Taulers Hilfe zog er seine formelle graue Robe über und zerrte sie über das Rohrstockgerippe, ohne das er nicht stehen konnte. Sein ehemals dicklicher Körper war zu einer schmächtigen Gestalt mit loser Haut geschrumpft, aber Glo hatte die Kleidung nicht ändern lassen, damit sie über das Gestell paßte; er hoffte, so das Ausmaß seiner Hinfälligkeit kaschieren zu können. Das war eine der menschlichen Schwächen, die ihm Taulers Sympathie einbrachten.

»Wir werden Euch rechtzeitig abliefern«, beruhigte ihn Tauler, und er fragte sich, ob er gut daran tat, Glo zu der herben Enttäuschung zu verhelfen, die ihm möglicherweise bevorstand.

Sie verbrachten die Fahrt zum Palast schweigend. Glo nickte hin und wieder mit dem Kopf, während er die vorbereitete Ansprache einstudierte.

Es war ein feuchter und trüber Morgen, der durch die Anti-Pterssa-Schirme über ihnen noch trüber wurde. In Straßen, in denen ein Dach aus Netzen und Holzgittern genügt hatte, das von horizontalen Rohrstöcken zwischen den Dachtraufen getragen wurde, war die Helligkeit nicht sehr beeinträchtigt. Aber wo die benachbarten Dächer und Fenstersimse unterschiedlich hoch waren, hatte man schwere und komplizierte Gerüstbauten errichten müssen. Viele dieser Gerüste waren mit lackierten Textilien bespannt, um zu verhindern, daß der

Pterssa-Staub durch horizontale Luftströmungen und Fallwinde in die zahlreichen Lüftungslöcher gelangte, mit denen die hiesigen Gebäude dem äquatorialen Klima begegneten. Viele der einst strahlenden Promenaden im Herzen von Ro-Atabri waren jetzt von höhlenartiger Düsternis. Die allgegenwärtigen Schutzvorrichtungen verpferchten und verdeckten und erstickten die Architektur der Metropole.

Die Baitran-Brücke, die den Hauptfluß nach Süden zu überquerte, war vollkommen mit Brettern verkleidet und sah aus wie ein riesiges Lagerhaus. Sie mündete in einen tunnelartig umschlossenen Weg, der die Gräben durchquerte und zum Großen Palast führte, der jetzt völlig verhangen und überzeltet war. Daß diese Zusammenkunft nicht mit der zwei Jahre zurückliegenden zu vergleichen war, fiel Tauler zum ersten Mal auf, als er die Kutschen im zentralen Vorhof vermißte. In der Nähe des Eingangs parkte — abgesehen von einer Handvoll offizieller Staatskarossen — nur der leichte, geschlossene Zweiachser, den sich sein Bruder seit dem Verbot mehrspänniger Fahrzeuge zugelegt hatte. Leyn stand mit einer dünnen Papierrolle unterm Arm allein neben dem Wagen. Sein schmales Gesicht wirkte blaß und müde unter der welligen schwarzen Mähne. Tauler sprang ab und half Glo beim Verlassen der Kutsche, wobei er diskret das ganze Gewicht des Barons übernahm.

»Ihr habt mir nichts davon gesagt, daß es sich um eine Privataudienz handelt«, sagte Tauler, als Glo auf eigenen Füßen stand.

Glo sah ihn mit gespielter Verachtung an; er war in diesem Augenblick ganz der alte. »Ich muß dir nicht alles auf die Nase binden, junger Mann — als Erzphilosoph muß man eben hin und wieder reserviert und … hmm … rätselhaft sein.« Schwer auf Taulers Arm gestützt, hinkte er auf den geschnitzten Torbogen des Eingangs zu, wo Leyn sich ihnen anschloß.

Vor etwa vierzig Tagen hatte Tauler seinen Bruder zuletzt gesehen. Als man sich gegenseitig begrüßte, war er davon betroffen, wie erschöpft Leyn aussah. Er sagte: »Leyn, ich hoffe, du arbeitest nicht zuviel.«

Leyn zog ein schiefes Gesicht. »Zuviel Arbeit, zuwenig Schlaf. Gesalla ist wieder schwanger, und es nimmt sie mehr mit als beim letzten Mal.«

»Tut mir leid.« Tauler war überrascht zu hören, daß Gesalla nach der Fehlgeburt vor ungefähr zwei Jahren immer noch zur Mutterschaft entschlossen war. Das zeugte von einem Mutterinstinkt, den er nur schwer mit ihrem übrigen Charakter in Einklang bringen konnte. Abgesehen von dem kuriosen Augenblick damals bei seiner Rückkehr von der unheilvollen Ratsversammlung, hatte er in Gesalla immer nur die nüchterne, pedantische und selbstherrliche Frau gesehen, die kaum Freude daran haben konnte, Kinder aufzuziehen.

»Übrigens, sie läßt dich grüßen«, fügte Leyn hinzu.

Taulers Lächeln war so breit, wie sein Unglaube groß war, als sie zu dritt den Palast betraten. Glo dirigierte sie durch die gedämpfte Aktivität der Korridore zu einer Glasholztür, die ziemlich abseits vom Verwaltungstrakt lag. Die schwarz gepanzerten Pförtner zeugten davon, daß der König drinnen war. Tauler spürte, wie Glo sich versteifte und um eine würdevolle Haltung rang, und er verhielt sich entsprechend, indem er nur minimale Hilfestellung vortäuschte, als sie in das Audienzzimmer traten.

Der Raum war sechseckig und ziemlich klein, erhellt von einem einzigen Fenster, und das Mobiliar erschöpfte sich in einem einzigen sechseckigen Tisch mit sechs Stühlen. König Pradt saß bereits mit dem Gesicht zum Fenster, und an seiner Seite saßen die Prinzen Leddravohr und Chakkell, alle in einfachen lockeren Seidengewändern. Pradt unterschied sich von den beiden nur durch den großen blauen Edelstein, den er an einer gläsernen Halskette trug. Tauler, der sich sehnlichst wünschte, diesmal möge Leyn und Baron Glo zuliebe alles glatt verlaufen, vermied es tunlichst, in Leddravohrs Richtung zu schauen. Er hielt den Blick gesenkt, bis der König dem Baron und Leyn bedeutete, Platz zu nehmen, dann setzte er alles daran, das Knarren von Glos Gestell auf ein Minimum zu beschränken.

»Verzeiht die Umstände, Majestät«, sagte Glo, als er endlich saß. Er bediente sich des Hochkolkorronisch. »Wünscht Ihr, daß sich mein Begleiter zurückzieht?«

Pradt schüttelte den Kopf. »Er darf Euch zur Seite stehen, Baron Glo — ich war nicht über das Ausmaß Eurer ... ah ... Behinderung unterrichtet.«

»Eine gewisse Unbotmäßigkeit ... hmm ... der Glieder, mehr nicht«, erwiderte Glo mit Gleichmut.

»Nichtsdestoweniger bin ich Euch dankbar, daß Ihr die Mühe nicht gescheut habt, hierher zu kommen. Wie Ihr seht, verzichte ich auf alle Formalitäten, so daß wir unsere Ideen ungehindert austauschen können. Die Umstände unseres letzten Beisammenseins trugen wenig zu einer freimütigen Diskussion bei, nicht wahr?«

Tauler, der sich hinter Glos Stuhl gestellt hatte, wurde von der Liebenswürdigkeit und Aufgeräumtheit des Königs überrascht. Sein Pessimismus schien unbegründet zu sein, und Baron Glo schien eine neuerliche Erniedrigung erspart zu bleiben. Er sah zum ersten Mal direkt über den Tisch. Pradts Ausdruck war tatsächlich so ermutigend wie irgend möglich bei einem Gesicht, das von einem unmenschlichen marmorweißen Auge beherrscht wurde. Tauler ließ seinen Blick unwillkürlich zu Leddravohr gleiten, und erlebte einen tiefen psychischen Schock, als er gewahr wurde, daß ihn die Augen des Prinzen schon die ganze Zeit über mit ihrem Blick durchbohrten und unmißverständlich Haß und Verachtung schleuderten.

Ich bin jetzt ein anderer Mensch, sagte sich Tauler und unterband den trotzigen Reflex, der seine Schultern spreizen wollte. *Glo und Leyn werden durch mich keinerlei Schwierigkeiten bekommen.*

Er senkte den Kopf, doch vorher hatte er noch sehen können, wie dieses Lächeln mit einem leichten, blitzschnellen Aufzucken der Oberlippe in Leddravohrs Gesicht sprang. Tauler war unschlüssig, ob er reagieren sollte oder nicht. Alles, was man über Leddravohr tuschelte, schien wahr zu sein — daß er ein ausgezeichnetes Gedächtnis hatte für Gesichter und ein noch besseres für Beleidigungen. Tauler stand vor dem Problem: So entschlossen er auch war, sich nicht mit Leddravohr anzulegen, so wenig wollte er den halben oder ganzen Frühtag lang mit gesenktem Kopf dastehn. Und wenn er den Raum unter einem Vorwand verließ? Vielleicht um ...?

»Ich will über den Flug nach Jenland reden«, sagte der König. Die Worte wirkten wie ein plötzlicher Brakka-Ausbruch und fegten alles andere aus Taulers Bewußtsein. »Könnt Ihr, in Eurer offiziellen Eigenschaft als Erzphilosoph, bestätigen, daß so etwas machbar ist?«

»Das kann ich, Majestät.« Glo blickte Leddravohr an, dann Chakkell mit den dunklen Hängebacken, als wolle er sie zum Protest herausfordern. »Wir können nach Jenland fliegen.«

»Wie?«

»Mit sehr großen Heißluftballons, Majestät.«

»Fahrt fort!«

»Der Auftrieb der Ballons müßte durch Gasdüsen unterstützt werden — aber es ist vorhersehbar, daß letztere in der Region, wo die Ballons praktisch aufhören zu funktionieren, zum Hauptantrieb werden.« Glo sprach bestimmt und ohne zu zaudern, was er nur fertigbrachte, wenn er begeistert war. »Die Düsen würden auch dazu dienen, die Ballons auf halbem Weg umzudrehen, damit sie in der Lage sind, auf normale Weise abzusteigen.

Ich wiederhole, Majestät — wir können nach Jenland fliegen.«

Glos Worten folgte eine Stille, in der Tauler das Blut in seinen Ohren rauschen hörte. Benommen von dem Unfaßbaren blickte er auf seinen Bruder hinunter, um festzustellen, ob Leyn auch von dem Gerede über den Flug nach Jenland geschockt war. Aber Leyn schien überhaupt nicht überrascht, nur nervös und unruhig. Er und Glo mußten unter einer Decke stecken, und wenn Leyn glaubte, daß der Flug machbar war — dann war er machbar! Ein Gefühl von kecker Zuversicht stahl sich Taulers Rückgrat hinunter, geboren aus einer völlig neuen Erfahrung, die sein Verstand und sein Empfinden soeben gemacht hatten. *Ich habe eine Zukunft,* dachte er, *ich habe entdeckt, warum ich hier bin …*

»Erzählt uns mehr, Baron Glo«, sagte der König. »Dieser Heißluftballon, von dem Ihr sprecht — gibt es schon einen Plan?«

»Nicht nur den Plan, Majestät — die Archive zeigen, daß man tatsächlich bereits 2187 ein Exemplar gebaut hat. Es wurde in dem betreffenden Jahr mehrere Male erfolgreich von dem Philosophen Juseyder gefahren, und man nimmt an — wiewohl die Aufzeichnungen … hmm … in diesem Punkt etwas unklar sind — daß Juseyder 2188 wirklich den Versuch unternommen hat, damit nach Jenland zu fahren.«

»Was ist aus ihm geworden?«

»Man hat nichts mehr von ihm gehört.«

»Das klingt nicht sehr ermutigend«, warf Chakkell ein, der bislang geschwiegen hatte. »Eine Erfolgsmeldung ist das nicht.«

»Das kommt auf den Standpunkt an.« Glo ließ sich nicht entmutigen. »Wäre Juseyder wenig später wieder zurückgekehrt, wäre man berechtigt, den Flug als Fehlschlag abzutun. Die Tatsache, daß er *nicht* zurückkehrte, könnte bedeuten, daß er Erfolg hatte.«

Chakkell schnaubte. »Wohl eher, daß er ums Leben kam!«

»Ich behaupte nicht, daß solch ein Aufstieg ein Kinderspiel ist, oder daß er ohne jedes ... hmm ... Risiko wäre. Ich sage vielmehr, daß unsere gesammelten wissenschaftlichen Erkenntnisse die Risiken auf ein erträgliches Maß reduzieren könnten. Mit der nötigen Entschiedenheit — und der entsprechenden finanziellen und materiellen Förderung — können wir Schiffe bauen, die Jenland erreichen.«

Prinz Leddravohr seufzte vernehmlich und rutschte in eine neue Sitzposition, sagte aber kein Wort. Tauler vermutete, daß der König ihn vor dem Treffen kräftig unter Druck gesetzt hatte.

»Man könnte meinen, Ihr redet über einen Ausflug am Spättag«, sagte König Pradt. »Sind denn Diesland und Jenland nicht nahezu fünftausend Meilen voneinander entfernt?«

»Die besten Triangulationen ergeben 4650 Meilen, Majestät. Von Oberfläche zu Oberfläche, wohlgemerkt.«

»Wie lange würde die Fahrt von Oberfläche zu Oberfläche dauern?«

»Ich bedaure, aber das kann ich zum gegenwärtigen Zeitpunkt nicht mit Bestimmtheit sagen.«

»Das ist aber eine wichtige Frage, nicht wahr?«

»Ganz ohne Zweifel! Die Geschwindigkeit, mit der der Ballon aufsteigt, ist dabei von fundamentaler Bedeutung, Majestät, aber es müssen viele Variablen ... hmm ... berücksichtigt werden.« Glo bedeutete Leyn, die Papierrolle zu öffnen. »Mein Senior-Wissenschaftler, der mehr von der Mathematik versteht als ich, hat erste Berechnungen angestellt. Wenn Ihr erlaubt, wird er das Problem erläutern.«

Leyn breitete das Schaubild mit zittrigen Händen aus, und Tauler nahm erleichtert zur Kenntnis, daß sein Bruder daran gedacht hatte, diesmal schlaffes Leinenpapier ohne Appretur zu benutzen, das sofort flach liegenblieb. Ein Teil wurde von einer maßstabgerechten Darstellung eingenommen, die die Schwesterwelten und ihre räumlichen Beziehungen veranschaulichte; der Rest gehörte detaillierten Skizzen von birnenförmigen Ballons und komplizierten Gondeln. Leyn bekam Schluckbeschwerden, und Tauler verkrampfte sich, weil er befürchtete, seinem Bruder könne die Stimme wegbleiben.

»Dieser Kreis repräsentiert unsere eigene Welt ... mit einem Durchmesser von 4100 Meilen«, brachte Leyn endlich heraus. »Der andere, kleinere Kreis, repräsentiert unsere Schwesterwelt. Der Durchmesser von Jenland wird allgemein mit 3220 Meilen angenommen, ausgehend vom Schnittpunkt unseres Äquators mit dem Nullmeridian, der durch Ro-Atabri geht.«

»Aber das haben wir doch schon in der Schule gelernt«, sagte Pradt. »Warum kannst du nicht sagen, wie lange die Reise von hier bis dort dauert?«

Leyn schluckte schon wieder. »Majestät, die Größe des Ballons und das Gewicht, das er tragen muß, beeinflussen beide die freie Aufstiegsgeschwindigkeit. Ein weiterer Faktor ist die Temperaturdifferenz zwischen den Gasen im Ballon und der Atmosphäre außenherum, doch der wichtigste Bestimmungsfaktor ist die Menge der Kristalle, die für den Düsenantrieb verfügbar ist.

Es ließe sich Treibstoff sparen, indem man den Ballon aus eigener Kraft bis zur maximalen Höhe steigen läßt — während er die ganze Zeit über langsamer wird — und die Düsen erst einsetzt, wenn die Schwerkraft von Diesland nur noch schwach ist. Das würde freilich eine längere Fahrzeit bedeuten und demzufolge wieder ein größeres Gewicht an Lebensmitteln und Wasser, was andererseits ...«

»Genug, genug! Mir schwirrt der Kopf!« Der König hob beide Hände vom Tisch, die Finger leicht gekrümmt, als hielten sie einen unsichtbaren Ballon. »Nimm ein Schiff, das, sagen wir, zwanzig Leute trägt. Angenommen es gibt reichlich Kristalle. Also, wie lange wird es dauern, bis dieses Schiff Jenland erreicht? Du brauchst nicht präzise zu antworten — nenn mir einfach eine Zahl, die ich in meinem Schädel unterbringen kann.«

Leyn, blasser denn je, aber mit wachsendem Selbstvertrauen, ging mit dem Finger durch einige Zahlenkolonnen am Rand des Papiers. »Zwölf Tage, Majestät.«

»Endlich!« Pradt blickte vielsagend zu Leddravohr und Chakkell. »Nun — für das gleiche Schiff — wieviel Grün und Purpur wird man brauchen?«

Leyn hob den Kopf und blickte den König grübelnd an. Der König blickte zurück, ruhig und gespannt, während er auf die Antwort wartete. Tauler spürte die wortlose Verbindung und daß etwas im Gange war, das er nicht verstand. Sein Bruder schien all seine Nervosität und Unentschiedenheit überwunden und eine seltsame Autorität gewonnen zu haben, die ihn — zumindest für den Augenblick — mit dem Monarchen auf die gleiche Stufe stellte. Tauler begriff mit stolzgeschwellter Brust, daß der König Leyns neuen Status akzeptierte und ihm soviel Zeit einräumte, wie er brauchte, um die Antwort zu formulieren.

»Darf ich unterstellen, Majestät«, sagte Leyn schließlich, »daß wir nur über die Hinfahrt reden?«

Das weiße Auge des Königs verengte sich. »Du darfst.«

»In diesem Fall, Majestät, würde das Schiff annähernd dreißig Pfund Paikn und genausoviel Havl benötigen.«

»Danke. Du willst nicht noch daran herumtüfteln, daß ein höherer Anteil Havl günstiger ist für die Dauerverbrennung?«

Leyn schüttelte den Kopf. »Das würde jetzt zu weit führen — nein.«

»Du bist ein wertvoller Mann, Leyn Marakain.«

»Majestät, das will mir nicht in den Kopf«, protestierte Glo und sprach damit dem verwirrten Tauler aus der Seele. »Es gibt keinen vernünftigen Grund, ein Schiff nur mit Treibstoff für die Hinfahrt zu versorgen.«

»Für ein einzelnes Schiff nicht«, sagte der König. »Für eine kleine Flotte auch nicht. Aber wenn wir von ...« Er wandte sich wieder an Leyn. »Von wie vielen Schiffen sollten wir denn reden?«

Leyn brachte ein freudloses Lächeln zustande. »Eintausend scheint eine gute runde Zahl zu sein, Majestät.«

»Eintausend!« Von Glos Rohrstockgestell kam ein knarrendes Geräusch, als er einen fruchtlosen Versuch machte, aufzustehen, und als er wieder sprach, hatte sich ein gekränkter Unterton in seine Stimme geschlichen. »Bin ich der einzige hier, den man darüber im unklaren läßt, um was es geht?«

Der König machte eine beschwichtigende Geste. »Es gibt keine Verschwörung, Baron Glo — Euer Senior-Wissenschaftler — scheint allerdings Gedanken lesen zu können. Ich würde zu gerne wissen, wie er meine Gedanken erraten hat.«

Leyn starrte auf seine Hände und sprach fast geistesabwesend, wie jemand, der nur laut dachte: »Seit mehr als zweihundert Tagen ist es mir unmöglich, irgendwelche Zahlen über die landwirtschaftliche Produktion oder über Pterssa-Opfer zu bekommen. Die offizielle Verlautbarung ist, die Provinzverwalter seien viel zu überlastet, um derlei Anfragen zu beantworten — und ich habe versucht, mir einzureden, das sei der wirkliche Grund — doch die Ereignisse lassen sich hochrechnen, Majestät. Einesteils bin ich erleichtert, daß sich meine schlimmsten Befürchtungen bestätigt haben. Es gibt nur einen Weg, mit einer Krise fertig zu werden — man muß ihr ins Auge sehen.«

»Du hast recht«, sagte Pradt, »aber mir ging es darum, eine allgemeine Panik zu vermeiden, daher die Geheimhaltung. Ich mußte erst Gewißheit haben.«

»Gewißheit?« Glo wog den großen Kopf hin und her. »Gewißheit? Gewißheit?«

»Ja, Baron Glo«, sagte der König ernst. »Ich brauchte die Gewißheit, daß es mit unserer Welt zu Ende geht.«

Dieses schlichte Eingeständnis versetzte Tauler einen einzigen schmerzhaften Stich. Jegliche Angst wurde sogleich von Neugier und einem überschwenglichen, egozentrischen und blinden Selbstwertgefühl im Keim erstickt. Die folgenschwersten historischen Ereignisse waren seinetwegen inszeniert. Zum ersten Mal in seinem Leben war Tauler in die Zukunft verliebt.

»... als ob die Pterssa durch die Ereignisse der letzten zwei Jahre ermutigt worden wäre, ganz so wie ein Krieger, der seinen Widersacher geschwächt sieht«, sagte der König. »es werden immer mehr — und niemand kann sagen, ob ihr verpesteter Staub nicht immer bedrohlicher wird? Das ist einmal passiert und kann wieder passieren.

Ro-Atabri ist bislang noch glimpflich davongekommen, aber draußen im Reich werden die Leute von der heimtückischen neuen Pterssose dahingerafft, trotz all unserer Anstrengungen, die Blasen abzuwehren. Und die Neugeborenen, die unsere Zukunft sind, sind am verwundbarsten. Wahrscheinlich würden wir allmählich dahinschwinden zu einer Handvoll mitleiderregender, zum Untergang verurteilter, steriler alter Männer und Frauen — gäbe es nicht die drohende Aussicht auf eine Hungersnot. Die landwirtschaftlichen Regionen können nicht einmal mehr genug Nahrung produzieren, um unsere gewaltig dezimierte städtische Bevölkerung zu versorgen.«

Der König legte eine Pause ein und schenkte seinen Zuhörern ein dünnes, trauriges Lächeln. »Zwar behaupten manche, es gebe noch Hoffnung, das Schicksal werde sich erbarmen und gegen die Pterssa wenden — doch Kolkorron hat nicht seine Größe erlangt, indem es untätig auf eine günstige Fügung vertraut hat. Diese Eigenschaft ist unserem nationalen Charakter fremd. Zwingt man uns in einem Krieg dazu, eine Stellung aufzugeben, ziehen wir uns in eine sichere Zuflucht zurück, wo wir unsere Stärke und Entschlossenheit sammeln können, um aufs Neue vorzudringen und unsere Feinde zu überwältigen.

In der gegenwärtigen Situation gibt es, wie im äußersten Konflikt nicht anders zu erwarten, auch nur die äußerste Zuflucht — und ihr Name ist Jenland.

Es ist mein königlicher Beschluß, daß wir uns auf einen Rückzug nach Jenland vorbereiten — nicht etwa um uns vor dem Feind zu verkriechen, sondern um wieder an Zahl und Kraft zu wachsen, um Zeit zu gewinnen und die Mittel zu ersinnen für die Ausrottung der verhaßten Pterssa, und um dann — wann auch immer — als ruhmreiche und unbesiegbare Armee auf unsere Heimatwelt zurückzukehren, um triumphierend all das in Besitz zu nehmen, was von Natur aus und von Rechts wegen unser ist.«

Die Rhetorik des Königs, noch gesteigert durch die Floskeln des Hochkolkorronisch, hatte Tauler mitgerissen und ihm gänzlich neue Perspektiven erschlossen. Um so erstaunter war er, daß weder von seinem Bruder noch von Glo eine entsprechende Reaktion kam. Letzterer saß so still da, als sei er schon tot. Und Leyn starrte nach wie vor auf seine Hände, derweil er unaufhörlich den Brakka-Ring am sechsten Finger drehte. Tauler fragte sich mit einem Anflug von Schuldgefühl, ob Leyn wohl an das Baby dachte, das Gesalla in eine turbulente Zeit hineingebären würde.

Pradt brach das Schweigen, indem er — was Tauler merkwürdig fand — Leyn zum Sprechen aufforderte. »Was ist, Mitstreiter? Bist du wieder dabei, Gedanken zu lesen?«

Leyn hob den Kopf und sah dem König unverwandt ins Auge. »Majestät, selbst wenn unsere Armeen die stärksten wären, wir würden nicht gegen Chamtess vorgehen.«

»Mich stören die Hintergedanken dieser Bemerkung«, warf Prinz Leddravohr ein. »Ich verlange ...«

»Dein *Versprechen,* Leddravohr!« Der König drehte sich ärgerlich um zu seinem Sohn. »Dürfte ich dich an dein Versprechen erinnern. Hab Geduld! Du kommst bald zum Zuge.«

Leddravohr hob beide Hände in einer Geste der Resignation, als er sich in den Stuhl zurücklehnte. Sein brütender Blick ruhte jetzt auf Leyn. Tauler war innerlich aufgewühlt — weniger durch das alarmierende Gefühl, daß sein Bruder von nun an in Gefahr war, als durch die Erwähnung von Chamtess. Warum begriff er erst jetzt, was schon die ganze Zeit auf der Hand lag? Eine interplanetare Auswandererflotte, falls sie jemals gebaut wurde, würde solche Unmengen an Energiekristallen verschlingen, daß der Bedarf nur aus einer einzigen Quelle gedeckt werden konnte. Wenn die grandiosen Pläne des Königs einen Krieg gegen die entlegenen und abgekapselten Chamtessanier vorsahen, dann war die nahe Zukunft noch turbulenter, als Tauler imstande war, sich vorzustellen.

Chamtess war ein so riesiges Land, daß es gleichgültig war, ob man nach Osten oder Westen aufbrach, um in das *Land der Langen Tage* zu reisen, jene Hemisphäre von Diesland, die nicht von Jenlands Schatten verdunkelt wurde und wo es keine Kurznacht gab, die den Lauf der Sonne über den Himmel unterbrach. In ferner Vergangenheit hatten mehrere ehrgeizige Herrscher versucht, in Chamtess einzudringen, und das Ergebnis war so niederschmetternd gewesen, daß man Chamtess völlig aus dem nationalen Bewußtsein gestrichen hatte. Chamtess existierte, aber seine Existenz hatte — wie die von Jenland — keinerlei Bedeutung für die Tagesgeschäfte des kolkorronischen Reichs.

Bis jetzt, dachte Tauler, der alle Mühe hatte, sein Bild vom Universum zurechtzurücken. *Chamtess und Jenland gehören zusammen — ohne Chamtess kein Jenland — und ohne Jenland ...*

»Der Krieg gegen Chamtess ist unvermeidbar geworden«, sagte der König. »Einige meinen, er war es schon immer. Was meint Ihr dazu, Baron Glo?«

»Majestät, ich ...« Glo räusperte sich und richtete sich auf. »Majestät, ich habe mich immer für einen schöpferischen Denker gehalten, doch ich gebe freimütig zu, mir hat Eure grandiose und umfassende Vision den ... hmm ... Atem verschlagen. Als ich ursprünglich den Vorschlag machte, nach Jenland zu fahren, hatte ich im Auge, eine Gruppe von Pfadfindern auszuschicken, und in der Folge schrittweise eine Kolonie zu etablieren. Ich hatte nicht im Traum an eine Auswanderung von solchem Umfang gedacht, wie sie Euch vorschwebt, doch ich kann Euch versichern, daß ich den damit verbundenen Aufgaben gewachsen bin. Der Entwurf eines brauchbaren Schiffes und die Organisation aller erforderlichen ...« Glo hielt inne, als er sah, wie Pradt den Kopf schüttelte.

»Mein lieber Baron Glo, Ihr seid ein kranker Mann«, sagte der König, »und ich wäre mehr als unfair zu Euch, wenn ich zuließe, daß eine Aufgabe von solcher Größe Eure verbleibenden Kräfte verzehren würde.«

»Aber, Majestät ...«

Die Miene des Königs verhärtete sich. »Unterbrecht mich nicht! Die extreme Situation verlangt extreme Maßstäbe. Die gesamten Ressourcen von Kolkorron müssen reorganisiert und mobilisiert werden, und daher löse ich alle alten dynastischen Familienstrukturen auf. An ihre Stelle tritt — ab sofort — eine einzige Pyramide der Autorität. An ihrer exekutiven Spitze steht mein Sohn, Prinz Leddravohr, der jeden Aspekt unserer nationalen Angelegenheiten — ob militärisch oder zivil — kontrollieren und koordinieren wird. Ihm zur Seite steht Prinz Chakkell, der ihm verantwortlich ist für den Bau der Auswandererflotte.«

Der König legte eine Pause ein, und als er fortfuhr, hatte seine Stimme jede Menschlichkeit verloren. »Es versteht sich, daß Prinz Leddravohrs Autorität absolut ist, daß seine Macht unbeschränkt ist. Wer seinen Wünschen zuwiderhandelt, begeht Hochverrat.«

Tauler schloß die Augen. Er wußte, wenn er sie wieder öffnete, würde die Welt seiner Kindheit und Jugend der Geschichte angehören, und er würde sich in einem gefährlichen neuen Kosmos wiederfinden, in dem sein Aufenthalt allzu früh beendet sein mochte.

8. Kapitel

Leddravohr war geistig erschöpft nach der Audienz. Er hatte gehofft, sich bei der Mahlzeit entspannen zu können, doch sein Vater redete — mit jenem Überschuß an zerebraler Energie, den man häufig bei älteren Männern antraf — unaufhörlich auf ihn ein. Er wechselte rasch und mühelos von militärischer Strategie zu Plänen für die Lebensmittelrationierung und von dort zu technischen Besonderheiten des interplanetaren Flugs, wobei er begeistert ins Detail ging und einander ausschließende Wahrscheinlichkeiten sondierte. Leddravohr, der keinen Geschmack daran fand, mit Gedanken zu jonglieren, war erleichtert, als das Mahl vorüber war. Sein Vater ging hinaus auf den Balkon, um einen letzten Becher Wein zu trinken, bevor er sich in die privaten Gemächer zurückzog.

»Zum Henker mit dem Glas!« Pradt pochte gegen die durchsichtige Kuppel, die den Balkon umschloß. »Abends habe ich hier immer Luft geschöpft. Jetzt kann ich kaum noch atmen.«

»Ohne das Glas würdest du überhaupt nicht mehr atmen.« Leddravohrs Daumen deutete nach oben, wo drei Pterssas das glühende Antlitz von Jenland kreuzten. Die Sonne war untergegangen, und die Schwesterwelt trat in die bikonvexe Phase und warf ihr mildes Licht über die südlichen Stadtgebiete, die Arlbucht und die tiefen indigoblauen Wasser des Golfs von Tronom. Es war hell genug zum Lesen und würde ständig heller werden, während Jenland, mit der Rotation von Diesland Schritt haltend, sich der Opposition zur Sonne näherte. Obwohl der Himmel sich nur bis zu einem satten Mittelblau verdunkelt hatte, bildeten die Sterne, einige so hell, daß sie bei Tageslicht zu sehen waren, prächtig funkelnde Muster über dem Horizont.

»Dann zum Henker mit den Pterssas«, sagte Pradt. »Du mußt wissen, Sohn, die größte Tragödie der Vergangenheit ist, daß wir nie herausfanden, woher sie kommen. Selbst wenn sie sich irgendwo in der oberen Atmosphäre vermehren, hätten wir sie eines Tages aufspüren und mit Stumpf und Stiel ausrotten können. Jetzt ist es zu spät dazu.«

»Und deine triumphale Rückkehr von Jenland? Willst du die Pterssa von oben angreifen?«

»Zu spät für mich, fürchte ich. Ich werde nur als der große Auswanderer in die Geschichte eingehen.«

»Ah, ja — die Geschichte«, sagte Leddravohr, der sich einmal mehr darüber wunderte, wie versessen sein Vater auf die fade Pseudounsterblichkeit in Gestalt von Büchern und Inschriften war. Leben war etwas Vergängliches, das man nicht über den Tod hinaus verlängern konnte, und alle Mühe, die man darauf verwendete, war im Grunde eine Vergeudung dessen, was man erhalten wollte. Für Leddravohr gab es nur einen Weg, den Tod zu überlisten oder sich wenigstens mit ihm abzufinden: jedem Wunsch nachzugeben und jeden Appetit zu stillen, so daß die Preisgabe des Lebens am Ende nicht viel mehr bedeutete, als einen leeren Kürbis wegzuwerfen.

Es war sein größter Wunsch gewesen, das künftige Königreich nicht nur auf Chamtess, sondern auf ganz Diesland auszuweiten, aber das wurde nun durch eine Intrige des Schicksals vereitelt. Statt dessen stand ihm ein gewagter und gänzlich unnatürlicher Flug in den Himmel bevor, der ihn bestenfalls zu einem Stammesfürsten auf einer unbekannten Welt machte. Das regte ihn auf, erfüllte ihn mit einer schwelenden, alles verzehrenden Wut ohnegleichen, und irgend jemand würde ihm dafür büßen müssen ...

Pradt nippte sinnend an seinem Wein. »Hast du alle deine Depeschen fertig?«

»Ja — sobald es hell wird, machen sich die Kuriere auf

den Weg.« Leddravohr hatte bis kurz vor der Mahlzeit daran gesessen, eigenhändig Anordnungen für die fünf Generäle zu verfassen, die er sich für den Kommandostab ausgesucht hatte. »Ich habe ihnen permanenten Düsenantrieb verordnet, so daß wir bald in erlauchter Gesellschaft sind.«

»Ich nehme doch an, Dalakott ist dabei.«

»Er ist immer noch der beste Taktiker, den wir haben.«

»Hast du keine Angst, daß seine Klinge stumpf ist?« sagte Pradt. »Er muß jetzt siebzig sein, und daß er unten in Kail war, als die Seuche ausbrach, wird ihm zugesetzt haben. Hat er nicht gleich am ersten Tag eine Tochter und ein Enkelkind verloren?«

»Kann sein«, erwiderte Leddravohr sorglos. »Aber *er* ist nach wie vor gesund. Nach wie vor wertvoll.«

»Er muß immun sein.« Pradt lebte sichtlich auf, als sich ein neues Gesprächsthema bot. »Du weißt, Glo schickte mir Anfang des Jahres ein paar äußerst interessante Daten. Marakain hat sie geprüft. Beim Militär soll es prozentual etwas weniger Seuchenopfer geben als bei der Gesamtbevölkerung. Da man dort der Seuche mehr ausgesetzt ist als woanders, sollte man eigentlich das Gegenteil erwarten. Und bezeichnenderweise widerstehen lang dienende Soldaten und Luftleute eher als alle anderen. Marakain vermutet, daß der jahrelange Aufenthalt in der Nähe platzender Pterssas und die ständige Aufnahme geringer Staubmengen den Körper trainieren, der Pterssose zu widerstehen. Ein höchst interessanter Gedanke.«

»Vater, das ist ein total nutzloser Gedanke.«

»Das würde ich nicht sagen. Falls nämlich die Nachkommen immuner Männer und Frauen ebenfalls immun wären, von Geburt an, dann könntest du eine neue Rasse züchten, gegen die die Pterssa nichts ausrichten könnte.«

»Und was hätten wir beide davon?« sagte Leddravohr, das Argument aus egoistischer Sicht verwerfend. »Nein, für mich sind Glo und Marakain und die ganze Sippschaft nichts als Verzierungen, auf die wir verzichten können. Ich freue mich schon auf den Tag, da ...«

»*Genug!*« Sein Vater war mit einemmal König Pradt Neldihver, Herrscher über Kolkorron, groß und unnachgiebig, mit einem schrecklichen, blinden Auge und einem gleichermaßen gräßlichen, allwissenden Auge, das Leddravohr bis ins Mark durchschaute. »Unser Haus wird nicht in die Geschichte eingehen als ein Haus, das es verschmäht hat zu lernen. Du wirst mir dein Wort geben, Glo und Marakain kein Haar zu krümmen.«

Leddravohr zuckte die Achseln. »Du hast mein Wort.«

»Das geht dir zu leicht von den Lippen.« Sein Vater starrte ihn einen Moment lang skeptisch an, dann sagte er: »Du läßt auch die Finger von Marakains Bruder, dem Burschen, der jetzt Glo zur Seite steht.«

»Wie kommst du auf diesen Einfaltspinsel? Ich habe Wichtigeres zu tun.«

»Ich weiß. Ich habe dir unbeschränkte Macht verliehen, weil du der Richtige bist, dieses große Unterfangen zu einem erfolgreichen Abschluß zu bringen, und diese Macht darf nicht mißbraucht werden.«

»Verschone mich damit, Vater!« protestierte Leddravohr und lachte auf, um zu verbergen, wie sehr er es haßte, wie ein eigensinniges Kind ermahnt zu werden. »Ich werde unsere Philosophen mit dem verdienten Respekt behandeln. Morgen begebe ich mich für ein oder zwei Tage auf den Grünberg — um alles Wissenswerte über ihre Himmelsschiffe in Erfahrung zu bringen — und falls du Lust hast, Nachforschungen anzustellen, wirst du hören, daß ich nur Höflichkeit und Liebe ausgestrahlt habe.«

»Übernimm dich nicht.« Pradt schwenkte den Becher und trank ihn leer, setzte ihn dann auf die breite

Steinbalustrade und schickte sich an zu gehen. »Gute Nacht, Sohn. Und denke daran — die Zukunft setzt auf uns.«

Sowie der König gegangen war, tauschte Leddravohr seinen Wein gegen ein Glas feurigen paladianischen Branntweins, kehrte zum Balkon zurück und setzte sich auf das Ledersofa. Er sah verstimmt in den südlichen Himmel, wo die Schweife von drei großen Kometen die Sternfelder schmückten. *Die Zukunft setzt auf uns!* Sein Vater klammerte sich nach wie vor an die Idee, als zweiter König Baitran in die Geschichte einzugehen, und täuschte sich darüber hinweg, daß es wahrscheinlich gar keinen Geschichtsschreiber mehr geben würde, der sich mit seinen Großtaten befassen konnte. Die Geschichte Kolkorrons näherte sich einem bizarren und schmählichen Finale — gerade als die ruhmreichste Ära hätte anbrechen können.

Und ich bin derjenige, der das Nachsehen hat, dachte Leddravohr. *Ich werde niemals ein richtiger König.*

Während er weiterhin dem Branntwein zusprach und die Nacht immer heller wurde, fiel Leddravohr auf, wie ungereimt der Vergleich zwischen seinem Verhalten und dem seines Vaters ausfiel. Optimismus war das Vorrecht der Jüngeren, und doch war es der König, der mit Zuversicht in die Zukunft sah. Pessimismus war typisch für die Alten, und doch war er, Leddravohr, derjenige, der entmutigt war und sich düsteren Prophezeiungen hingab. Wieso?

Frönte sein Vater vielleicht zu sehr dem Enthusiasmus für alles Wissenschaftliche, um noch zugeben zu können, daß die Auswanderung unmöglich war? Leddravohr unterzog seine Gedanken einer kritischen Prüfung und war gezwungen, seine Theorie zu verwerfen. In einem fortgeschrittenen Stadium der Anhörung hatten ihn die Skizzen, Kurven und Zahlen überredet, und jetzt glaubte sogar er, daß ein Himmelsschiff die Schwesterwelt erreichen konnte. Wo lag die tiefere Ursache für

seinen Seelenkummer? Wo? Die Zukunft war gar nicht so trostlos — immerhin bestand Aussicht auf die endgültige Abrechnung mit Chamtess.

Als Leddravohr den Kopf in den Nacken legte, um sein Glas Branntwein auszutrinken, stieg sein Blick zum Zenit — und plötzlich wußte er die Antwort. Die große Scheibe von Jenland war inzwischen fast vollständig beleuchtet, und erste Farbveränderungen kündeten das allnächtliche Eintauchen in den Schatten Dieslands an. Tiefnacht begann — die Periode, in der wirkliche Finsternis über die Welt hereinbrach — und sie drang diesmal bis in die Seele des Prinzen.

Er war Soldat, von Berufs wegen gegen Furcht gefeit, und das erklärte, warum er so lange gebraucht hatte, dieses Gefühl, das fast den ganzen Tag über in ihm gelauert hatte, zu identifizieren, geschweige denn, es sich einzugestehen.

Er hatte *Angst* vor der Fahrt nach Jenland!

Was ihn bedrückte, war nicht in erster Linie die Besorgnis wegen der unleugbaren Risiken dieser Luftfahrt — es war das pure, primitive und entwürdigende Entsetzen, das ihn nur schon bei dem Gedanken befiel, Tausende von Meilen in das unversöhnliche Blau des Himmels aufsteigen zu müssen. Die Furcht war so gewaltig, daß er womöglich in dem schrecklichen Augenblick, da er an Bord gehen mußte, die Nerven verlieren würde. Er, Prinz Leddravohr Neldihver, würde womöglich zusammenbrechen und sich wie ein furchtsames Kind verkriechen, mußte womöglich unter den Augen Tausender an Armen und Beinen in das Himmelsschiff geschleppt werden ...

Leddravohr sprang auf die Füße und holte mit der Hand aus; sein Glas zersplitterte auf dem Steinboden des Balkons. Es lag eine häßliche Ironie in der Tatsache, daß seine erste Berührung mit der Furcht nicht auf dem Schlachtfeld stattgefunden hatte, sondern in der Stille eines kleinen Raums, angesichts stammelnder Nullen mit ihrem Geschreibsel und Gekritzel und ihren vagen Visionen des Unvorstellbaren.

Leddravohr sah zu, wie die Schwärze von Tiefnacht die Welt verschluckte, atmete tief und regelmäßig und gewann allmählich seine Fassung zurück. Und als er sich schließlich zurückzog, um schlafen zu gehen, hatte sein Gesicht wieder die gewohnte, gemeißelte Fassade angenommen.

9. Kapitel

»Es ist schon spät«, sagte Tauler. »Vielleicht kommt Leddravohr nicht.«

»Wir müssen eben warten.« Leyn lächelte kurz und widmete sich wieder den Papieren und mathematischen Utensilien auf seinem Schreibtisch.

»Tja.« Tauler betrachtete einen Moment lang eingehend die Zimmerdecke. »Das ist nicht gerade eine sprühende Unterhaltung, hm?«

»Das ist überhaupt keine Unterhaltung«, sagte Leyn. »Ich versuche zu arbeiten und du unterbrichst mich dauernd.«

»Tut mir leid.« Tauler wußte, er würde jetzt besser gehen, aber er blieb noch. Er war lange nicht mehr im Haus seiner Familie gewesen, und einige seiner deutlichsten Kindheitserinnerungen waren mit diesem Zimmer verbunden — seiner Vertäfelung aus Peretteholz und den glänzenden Keramiken — mit Leyn an denselbem Schreibtisch, mit den unbegreiflichen Verrichtungen eines Mathematikers befaßt. Tauler spürte instinktiv, daß sich ihre Lebenswege trennen würden, und er wollte mit Leyn zusammen sein, solange das noch möglich war. Er genierte sich wegen seiner Gefühle und hatte sie unausgesprochen gelassen, mit dem Erfolg, daß Leyn sich in seiner Haut nicht wohl fühlte und irritiert war durch die ständige Gegenwart des jüngeren Bruders.

Entschlossen zu schweigen, ging Tauler zu einem Stapel sehr alter Manuskripte, die man aus dem Grünberg-Archiv gebracht hatte. Er nahm einen in Leder gebundenen Folianten in die Hände und studierte den Titel. Wie gewöhnlich erschienen die Wörter als geradlinige Buchstabenzäune mit schwer erfaßbarem Inhalt, bis er den Trick anwandte, den Leyn sich früher einmal ausgedacht hatte. Er deckte den Titel mit der Handfläche ab und ließ die Hand langsam nach rechts gleiten, so daß sie ihm einen Buchstaben nach dem anderen enthüllte. Diesmal rückten die gedruckten Symbole mit ihrer Bedeutung heraus: *Aerostatische Flüge nach dem Fernen Norden*, von Mjuel Webbri, 2136.

Für gewöhnlich endete hier Taulers Interesse an einem Buch, doch von Ballonfahrten verstand er mehr denn je seit der folgenschweren Zusammenkunft vom Vortag, und seine Neugierde wurde noch mehr angestachelt, als er feststellte, daß das Buch fünfhundert Jahre alt war. Wie mochte das gewesen sein, sich über eine Welt zu erheben, noch bevor Kolkorron sich erhoben hatte, um ein gutes Dutzend kriegerischer Nationen zu einen? Er setzte sich und schlug das Buch nahe der Mitte auf, in der Hoffnung, Leyn zu beeindrucken, und begann zu lesen. Ein paar ungewöhnliche Schreibweisen und grammatikalische Konstruktionen machten den Text unwegsamer, als ihm lieb war, aber er gab nicht auf, ließ seine Hand Absatz um Absatz wandern, und erfuhr zu seiner Enttäuschung mehr über die vergangene Politik als über Luftschiffahrt. Er begann die Lust zu verlieren, als er auf eine Bemerkung über die Pterssa stieß: »... und fern zu unserer Linken stiegen die rosaroten Blasen der Pterssa empor.«

Tauler runzelte die Stirn und fuhr das Adjektiv mehrmals mit dem Finger ab, bevor er den Kopf hob. »Leyn, hier heißt es, die Pterssas sind *rosa*-rot.«

Leyn blickte nicht auf. »Lies das Wort noch einmal. Es heißt *purpur*-rot.«

Tauler studierte das Adjektiv noch einmal. »Nein, es heißt *rosa*-rot.«

»Bei subjektiven Beschreibungen muß man eine gewisse Ungenauigkeit in Kauf nehmen. Nebenbei, die Bedeutung eines Wortes ändert sich manchmal im Laufe einer langen Zeit.«

»Ja, aber ...« Tauler gab sich nicht zufrieden. »Du meinst also nicht, daß die Pterssas früher viell ...«

»Tauler!« Leyn warf seinen Federhalter hin. »Tauler, ich bin froh, daß du bei uns bist — aber warum hältst du dich ausgerechnet in meinem Arbeitszimmer auf?«

»Wir unterhalten uns nie«, sagte Tauler betreten.

»Also gut, worüber reden wir?«

»Egal worüber. Es bleibt vielleicht nicht mehr viel — Zeit.« Tauler überlegte. »Du könntest mir erklären, woran du arbeitest.«

»Das hätte nicht viel Sinn. Du würdest es nicht verstehen.«

»Immerhin hätten wir miteinander geredet«, sagte Tauler und erhob sich. Er legte das alte Buch auf den Stapel zurück. Er war auf dem Weg zur Tür, als sein Bruder sagte: »Es tut mit leid, Tauler — du hast ganz recht.« Leyn lächelte entschuldigend. »Weißt du, vor mehr als einem Jahr habe ich mit dieser Abhandlung begonnen, und ich will sie zu Ende bringen, bevor man mich mit anderen Aufgaben betraut. Doch wahrscheinlich ist das alles gar nicht so wichtig.«

»Es muß schon wichtig sein, wenn du all die Zeit daran gearbeitet hast. Ich werde dich in Frieden lassen.«

»Geh jetzt bitte nicht«, sagte Leyn schnell. »Willst du etwas wahrhaft Wundervolles sehen? Sieh her!« Er nahm eine kleine hölzerne Kreisschreibe, legte sie flach auf ein Blatt Papier und zeichnete mit einem Stift den Umfang nach. Er verrutschte die Scheibe seitwärts und zeichnete noch einen Kreis, der den ersten berührte, und daneben noch einen, der den zweiten berührte. Er griff die drei Kreise mit zwei Fingern ab und sagte: »Von hier bis da sind es exakt drei Durchmesser, richtig?«

»Richtig«, sagte Tauler unsicher und fragte sich, ob er etwas übersehen hatte.

»Nun zu dem erstaunlichen Teil.« Leyn markierte mit Tinte eine Stelle auf dem Rand der Scheibe und stellte sie senkrecht aufs Papier, sorgsam bedacht, daß die Markierung genau auf dem äußersten Punkt des ersten

Kreises stand. Nachdem er sich vergewissert hatte, daß Tauler ihm die gebührende Aufmerksamkeit schenkte, rollte er die Scheibe langsam und geradlinig über die drei Kreise. Die Markierung auf dem Rand beschrieb einen trägen Bogen und landete präzise auf dem äußersten Punkt des letzten Kreises.

»Demonstration beendet«, verkündete Leyn. »Und darüber schreibe ich unter anderem.«

Tauler sah ihn vorsichtig an. »Darüber, daß der Umfang eines Rades genauso lang ist wie drei Durchmesser?«

»Über die Tatsache, daß er *exakt* so lang ist wie drei Durchmesser. Diese Demonstration war ziemlich grob; aber selbst wenn man bis an die Grenze des Meßbaren geht, ist das Verhältnis von Umfang zu Durchmesser exakt gleich drei. Kommt dir das nicht reichlich komisch vor?«

»Warum sollte es?« sagte Tauler mit wachsender Verwirrung. »Wenn das so ist, dann ist das so.«

»Ja, aber wieso ist das Verhältnis *exakt* drei? Das und andere Dinge, wie die Tatsache, daß wir zwölf Finger haben, machen die Berechnungen in weiten Bereichen absurd einfach. Es ist, als ob das alles ein unverdientes Geschenk der Natur sei.«

»Aber ... aber das *ist* eben nun mal so. Wie könnte es anders sein?«

»Jetzt kommst du dem Thema meiner Abhandlung näher. Es könnte irgendeinen anderen ... *Ort* ... geben, wo das Verhältnis dreieinviertel oder auch bloß zweieinhalb beträgt. Tatsächlich gibt es keinen vernünftigen Grund, warum das Verhältnis nicht ebensogut eine völlig unvernünftige Zahl sein sollte, die den Mathematikern Kopfzerbrechen bereiten würde.«

»Irgendein anderer Ort«, sagte Tauler. »Du meinst eine andere Welt? Wie Fernland?«

»Nein.« Leyn sah ihn offenherzig und doch rätselhaft an. »Ich meine eine *ganz* andere Welt — wo sich selbst die physikalischen Gesetze und Konstanten von den unseren unterscheiden.«

Tauler erwiderte Leyns Blick, während er sich anstrengte, die Barriere, die sich zwischen sie gedrängt hatte, zu durchdringen. »Das ist alles sehr interessant«, sagte er. »Ich kann verstehen, warum du so lange an dieser Abhandlung gearbeitet hast.«

Leyn lachte laut auf und kam um den Schreibtisch herum, um Tauler in die Arme zu schließen. »Ich liebe dich, kleiner Bruder.«

»Ich liebe dich auch.«

»Gut! Und vergiß das nicht, wenn Leddravohr kommt. Ich bin überzeugter Pazifist, Tauler, und ich meide jede Gewalt. Die Tatsache, daß ich Leddravohr unterlegen bin, spielt dabei keine Rolle — ich würde mich ihm gegenüber nicht anders verhalten, wenn sein sozialer Status und seine körperliche Konstitution die meinen wären und umgekehrt. Leddravohr und seinesgleichen gehören der Vergangenheit an, wir hingegen repräsentieren die Zukunft. Gleichgültig wie beleidigend Leddravohr mir gegenüber auftritt, ich will dein Versprechen, daß du dich heraushältst und es strikt mir überläßt, wie ich damit fertig werde.«

»Ich bin nicht mehr so wie früher«, sagte Tauler und trat einen Schritt zurück. »Außerdem hat Leddravohr ja vielleicht gute Laune.«

»Ich will dein Wort, Tauler.«

»Das hast du. Außerdem liegt es ganz in meinem Interesse, wenn ich mit Leddravohr zurechtkomme; schließlich will ich Pilot eines Himmelsschiffs werden.« Tauler war im nachhinein erschrocken über seine Worte. »Leyn, warum nehmen wir all das so ruhig hin? Wir haben eben erfahren, daß die Welt, wie wir sie kennen, aus den Fugen geht ... daß einige von uns versuchen müssen, einen anderen Planeten zu erreichen ... und doch gehen wir unseren alltäglichen Beschäftigungen nach, als sei nichts geschehen. Das macht keinen Sinn.«

»Diese Reaktion ist vielleicht normaler als du denkst. Und vergiß nicht, die Auswandererflotte existiert bislang nur in unseren Köpfen — wer weiß, ob sie je startet.«

»Der Krieg gegen Chamtess wird stattfinden.«

»Das hat der König zu verantworten«, sagte Leyn. Seine Stimme klang plötzlich brüsk. »Das kann man mir nicht anlasten. Ich muß jetzt wieder an die Arbeit.«

»Und ich sollte nachsehen, wie es meinem Baron geht.« Während Tauler durch den Korridor zur Haupttreppe ging, fragte er sich erneut, warum Leddravohr es vorgezogen hatte, in die Hofklause zu kommen, anstatt Glo in der weit größeren Grünberg-Feste aufzusuchen. Der Sonnenschreiber des Palastes hatte lapidar mitgeteilt, die Prinzen Leddravohr und Chakkell würden zu ersten technischen Vorbesprechungen vor Kurznacht hier eintreffen. Somit war der gebrechliche Glo nicht gezwungen gewesen, sich auf den Weg zu machen, um sich rechtzeitig hier einzufinden. Es war längst Spättag, und Glo würde allmählich müde werden und sich nur noch mehr verausgaben bei dem Versuch, seine Schwäche zu verbergen.

Tauler stieg zur Eingangshalle hinunter und wandte sich nach rechts. Im Aufenthaltsraum hatte er Glo vorübergehend Feras Obhut überlassen. Die beiden hatten einen sehr unkomplizierten Umgang miteinander, wohl eher wegen — vermutete Tauler — und nicht trotz ihrer niedrigen Herkunft und ihrer ungeschliffenen Art. Das war eine weitere von Glos kleinen Vorlieben — auf diese Weise erinnerte er seine Umgebung daran, daß er nicht nur der zurückgezogene Philosoph war. Er saß an einem Tisch und las in einem kleinen Buch, und Fera stand am Fenster und blickte in das Maschenmosaik des Himmels. Sie trug ein einfaches, einteiliges Gewand aus blaßgrünem Batist, das ihre stattliche Figur zur Geltung brachte.

Sie drehte sich um, als sie Tauler eintreten hörte, und

sagte: »Ich habe die Warterei satt. Ich will jetzt nach Hause.«

»Ich dachte, du wolltest einen Prinzen zum Anfassen.«

»Jetzt nicht mehr.«

»Es kann nicht mehr lange dauern«, sagte Tauler. »Warum bist du nicht wie mein Baron und verbringst die Zeit mit Lesen?«

Feras Mund formte lautlos und überdeutlich die derben Worte, damit außer Zweifel stand, was sie von dem Vorschlag hielt. »Es wäre halb so schlimm, wenn es was zu essen gäb«, sagte sie laut.

»Aber du hast doch gegessen vor knapp einer Stunde!« Tauler ließ aus Spaß einen kritischen Blick über die Figur seiner Rangfrau huschen. »Kein Wunder, daß du Fett ansetzt.«

»Du lügst!« Sie schlug mit der flachen Hand auf ihren Bauch und zog den Magen zusammen, was ihre Brüste üppig in die Höhe trieb. Tauler genoß die Darbietung. Er konnte sich nur immer wieder wundern, daß Fera trotz ihres Appetits und der Unart, sich ganze Tage im Bett zu räkeln, noch so aussah wie vor zwei Jahren — mit einer Ausnahme. Ihr angebrochener Zahn wurde zusehends grau, und sie opferte viel Zeit, um ihn mit einem weißen Pulver zu polieren, das vom Samlju-Markt stammte und angeblich aus zermahlenen Perlen bestand.

Baron Glo sah von seinem Buch auf, und sein eingefallenes Gesicht munterte vorübergehend auf. »Nimm die Frau mit nach oben«, sagte er zu Tauler. »Sei froh, daß ich nicht fünf Jahre jünger bin.«

Fera griff die derbe Anspielung sofort auf und spann sie weiter. »Ich wünschte, Ihr wärt fünf Jahre jünger, mein Baron — nur schon das Treppensteigen würde meinen Gatten fix und fertig machen.«

Glo wieherte ergötzt.

»Also muß es hier geschehn«, rief Tauler. Er stürzte

vor, schlang die Arme um Fera und preßte sie in theatralischer Leidenschaft an sich. Zweifellos bezog Glo einen sexuellen Kitzel aus der Szene, aber das Leitmotiv der Dreierbeziehung, die sie aufgebaut hatten, hieß Geselligkeit und Clownerie. Nach wenigen Sekunden intimen Kontakts spürte Tauler jedoch, wie Fera sich in einem Anflug ernsthafter Absicht gegen ihn drängte.

Sie legte die Lippen an sein Ohr. »Hast du das alte Schlafzimmer noch in Gebrauch?« raunte sie. »Ich habe ein Gefühl, als ob ...« Sie verstummte, und obwohl sie in seinen Armen blieb, wußte er, daß jemand den Raum betreten hatte.

Er drehte sich um und sah Gesalla Marakain, die ihn mit kühler Verachtung betrachtete, ein Ausdruck, den er nur zu gut kannte und den sie sich eigens für ihn aufzuheben schien. Ihr dunkles hauchdünnes Kleid betonte ihre schlanke Figur. Sie begegneten sich heute zum ersten Mal seit nahezu zwei Jahren, und ihm fiel auf, daß sie sich, genau wie Fera, nicht erkennbar verändert hatte. Die Unpäßlichkeit, die mit ihrer zweiten Schwangerschaft einherging — der Grund, warum sie das Kurznachtmahl versäumt hatte — stattete ihre blasse Miene mit einer beinah göttlichen Würde aus, die ihm das unbestimmte Gefühl gab, allem, was von wirklicher Bedeutung war im Leben, wie ein Fremder gegenüberzustehen.

»Guten Spättag, Gesalla«, sagte er. »Wie ich feststelle, verstehst du dich nach wie vor darauf, genau im falschen Augenblick zu erscheinen.« Fera entzog sich seinen Armen. Er lächelte und sah auf Glo hinunter, von dem er moralische Unterstützung erwartete; doch der mimte den Ahnungslosen, indem er stur in sein Buch blickte und so tat, als sei er derart darin vertieft, daß er von Tauler und Fera nichts mitbekommen habe.

Gesallas Augen musterten Tauler sekundenlang; dann entschied sie, daß er keine Antwort verdiente, und wandte sich an Glo. »Mein Baron, Prinz Chakkells

Oberstallmeister ist im Vorhof. Er läßt melden, die Prinzen Chakkell und Leddravohr kämen den Hügel herauf.«

»Ich danke dir, meine Liebe.« Glo schloß sein Buch und wartete, bis Gesalla den Raum verlassen hatte, ehe er sich an Tauler wandte und die unteren Zahnruinen entblößte. »Ich dachte, du hättest ... hmm ... keine Angst vor ihr.«

Tauler war empört. »Angst? Weshalb sollte ich Angst haben?«

»Pah!« Fera hatte wieder ihre Position am Fenster eingenommen. »Was war denn falsch daran?«

»Wovon sprichst du?«

»Du hast gesagt, sie sei im falschen Augenblick gekommen. Was war falsch daran?«

Tauler starrte sie an, gereizt und sprachlos, als Glo ihn am Ärmel zupfte, zum Zeichen, daß er aufstehen wollte. In der Eingangshalle wurden Schritte laut, und eine Männerstimme war zu vernehmen. Tauler half Glo beim Aufstehen und Verriegeln der vertikalen Teile des Rohrstockgerüstes. Sie gingen zusammen in die Halle hinaus, wobei Tauler unauffällig einen Großteil von Glos Gewicht übernahm. Der Oberstallmeister, der um die Vierzig war und eine talgige Haut und wulstige leberfarbene Lippen hatte, sprach zu Leyn und Gesalla. Seine Tunika und seine Reithose waren dunkelgrün und geckenhaft mit Linien aus winzigen Glasperlen bestickt, und er trug das schmale Stoßschwert eines Duellanten.

»Ich bin Kanrell Zotiern und spreche für Prinz Chakkell«, verkündete er mit herrischem Gehabe, das eher zu seinem Herrn gepaßt hätte. »Baron Glo und die Mitglieder der Familie Marakain — niemand sonst — stellen sich hier in einer Reihe auf, mit dem Gesicht zur Tür, und warten auf die Ankunft des Prinzen.«

Tauler, schockiert von Zotierns Arroganz, half Glo zu dem angewiesenen Platz neben Leyn und Gesalla. Er sah Glo an, weil er von ihm erwartete, daß er dem Hofbeamten einen angemessenen Verweis erteilte, doch der alte Mann war zu sehr mit der mühsamen Mechanik des Gehens befaßt, als daß er irgendeine Unstimmigkeit in seiner Umgebung bemerkt hätte. Mehrere Hausangestellte spähten stumm aus der Tür, die zu den Küchen führte. Das Licht, das von draußen durch den Bogengang des Haupteingangs flutete, wurde von Chakkells berittenen Leibgardisten gestört. Tauler bemerkte, daß der Oberstallmeister ihn anblickte.

»Du! Der Leibdiener!« rief Zotiern. »Bist du taub? Scher dich in dein Quartier!«

»Mein Pfleger ist ein Marakain, und er bleibt bei mir«, sagte Glo fest.

Tauler hörte den Wortwechsel wie über einen Tumult hinweg. Das blutrote Pochen war etwas, das ihm lange Zeit nicht mehr widerfahren war, und er war entsetzt, daß seine kultivierte Immunität sich als Illusion erwies. *Ich bin nicht mehr wie früher,* redete er sich ein, während ein prickelndes Kältegefühl über seine Stirn lief. *Ich BIN jetzt ein anderer.*

»Und ich warne dich«, fuhr Glo fort. Er sprach Hochkolkorronisch und förderte etwas von seiner alten Autorität zutage, als er Zotiern die Stirn bot. »Die beispiellose Macht, die der König den Prinzen Leddravohr und Chakkell verliehen hat, erstreckt sich nicht, wie du zu glauben scheinst, auf ihre Lakaien. Ich werde deinerseits keinen weiteren Verstoß gegen das Protokoll hinnehmen.«

»Bitte tausendmal um Entschuldigung, Baron«, heuchelte Zotiern unbeeindruckt und befragte eine Liste, die er aus der Tasche gezogen hatte. »Ah, ja — Tauler Marakain — und eine Gattin namens Fera.« Er stolzierte zu Tauler. »Weil wir gerade beim Protokoll sind, Tauler Marakain, wo ist diese deine Gattin? Weißt du nicht, daß man alle weiblichen Mitglieder des Haushalts vorstellen muß?«

»Meine Frau hält sich bereit«, sagte Tauler kalt. »Ich

werde ...« Er verstummte, als Fera, die alles mitangehört haben mußte, in der Tür des Aufenthaltsraums erschien. Sie tat geziert und schüchtern, als sie zu ihm kam.

»Ja, ich kann verstehen, warum Ihr diese Gattin unterschlagen wolltet«, sagte Zotiern. »Ich muß mich im Namen des Prinzen näher mit ihr befassen.«

Als Fera an ihm vorüberkam, zwang er sie stehenzubleiben, indem er ihr ins volle Haar packte. Das Pochen in Taulers Kopf machte einer jähen Stille Platz. Tauler stieß mit der linken Hand zu und traf Zotiern an der Schulter. Zotiern verlor das Gleichgewicht, ging seitlich zu Boden, landete auf Händen und Knien und sprang augenblicklich wieder auf. Seine Rechte fuhr zum Schwert, und Tauler wußte, sobald sein Gegner wieder auf festen Füßen stand, würde er das Schwert gezogen haben. Instinkt, Wut und Furcht waren die Triebfedern, als Tauler auf seinen Gegner eindrang und ihm mit einer gewaltigen Rückhand den rechten Unterarm seitlich gegen den Hals schlug. Zotiern kreiselte davon, Blut sprühte aus seiner Nase, seine Glieder droschen die Luft wie die Blätter eines Pterssaholzes. Er krachte auf den Boden und schlitterte mehrere Meter auf der polierten Fläche. Als er zur Ruhe kam, lag er auf dem Rücken, regungslos, den Kopf fast bis zur Schulter abgewinkelt. Gesalla stieß einen klaren, hohen Schrei aus.

»Was geht hier vor?« Der zornige Ausruf stammte von Prinz Chakkell, der gerade durch den Bogengang kam, dicht gefolgt von vier Gardisten. Er ging mit großen Schritten zu Zotiern, beugte sich kurz über ihn — seine spärlich behaarte Glatze glitzerte vor Schweiß — und hob die Augen. Tauler war in der Kampfhaltung erstarrt.

»Du! Schon *wieder!*« Chakkells dunkelhäutige Miene wurde noch dunkler. »Was hat das zu bedeuten?«

»Er hat Baron Glo beleidigt«, sagte Tauler und sah dabei dem Prinzen direkt in die Augen. »Er hat außerdem mich beleidigt, und er hat meine Frau belästigt.«

»Genauso war es«, warf Glo ein. »Das Benehmen des Mannes war unent ...«

»*Ruhe!* Ich habe endgültig genug von diesem tölpelhaften Emporkömmling!« Mit einer energischen Armbewegung bedeutete Chakkell den Gardisten, gegen Tauler vorzugehen. »Tötet ihn!«

Die Gardisten zogen ihre schwarzen Schwerter und kamen. Tauler wich zurück, dachte an sein eigenes Schwert, das er zu Hause gelassen hatte, dann stieß er bereits mit dem Absatz gegen die Wand. Die Gardisten bildeten einen Halbkreis und rückten auf, die Augen verengt und wachsam unter den Rändern der Brakkahelme. Tauler sah Gesalla, die ihr Gesicht in Leyns Umarmung verbarg; er sah Glo, der wie angewurzelt dastand in seiner grauen Robe, eine Hand in nutzlosem Protest erhoben; er sah Fera, wie sie durch das Gitter ihrer Finger zu ihm herübersah. Bis zu diesem Augenblick hatten die Gardisten gleichen Abstand zu ihm gehalten, doch jetzt ergriff der rechte die Initiative, und die Spitze seines Schwertes begann eifrig kleine Kreise zu beschreiben, während er sich auf den ersten Stoß konzentrierte.

Tauler wollte sich nicht einfach abstechen lassen. Er suchte Kontakt mit der Wand und war bereit, sich nach vorne und unter den Schwertstoß zu werfen, fest entschlossen, seine Scharfrichter nicht ungeschoren davonkommen zu lassen. Die schwankende Schwertspitze kam zur Ruhe, zielte, und gab Tauler unmißverständlich zu verstehen, daß seine Zeit abgelaufen war. Sein gesteigertes Wahrnehmungsvermögen für alles und jedes in seiner Umgebung ließ ihn wissen, daß soeben ein anderer Mann die Halle betrat, und selbst auf der Schwelle des Todes vermochte er noch ein schmerzhaftes Bedauern zu empfinden. Seine Hinrichtung würde für Prinz Leddravohr eine Augenweide sein ...

»Laßt von diesem Mann ab!« befahl Leddravohr. Seine Stimme war nicht übermäßig laut, dennoch gehorchten die Gardisten ohne Zögern und wichen von Tauler zurück.

»Was zum ...!« Chakkell wirbelte herum und sah Leddravohr empört an. »Diese Männer gehören zu meiner Leibgarde und nehmen nur Befehle von mir entgegen.«

»Ist das so?« sagte Leddravohr sanft. Er zielte mit einem Finger auf die Soldaten und bewegte ihn langsam. Sowie der Finger haltmachte, setzten sich die Soldaten in Bewegung, als würden sie von einem unsichtbaren Kutscher kontrolliert, und bezogen ihre neue Position auf der anderen Seite der Halle.

»So begreif doch«, protestierte Chakkell. »Dieser Tolpatsch von Marakain hat Zotiern getötet.«

»Das hätte nicht passieren dürfen — Zotiern war bewaffnet und der Tolpatsch von Marakain nicht. Das kommt davon, mein lieber Chakkell, wenn man sich mit affektierten Schwachköpfen umgibt.« Leddravohr ging zu Zotiern, sah auf ihn hinab und gluckste leise. »Außerdem ist er gar nicht tot. Er wird sich zwar nicht mehr erholen, aber vergiß nicht, daß er noch ein bißchen lebt. Hab' ich recht, Zotiern?« Leddravohr verlieh seiner Frage Nachdruck, indem er den Daliegenden mit der Fußspitze schubste.

Aus Zotierns Mund drang ein schwaches Gurgeln, und Tauler bemerkte, daß die Augen des Mannes immer noch offen standen, obwohl der Körper wie tot dalag. Sie hatten einen irren und stieren Blick.

Leddravohr setzte eigens für Chakkell sein Lächeln auf. »Weil du soviel von Zotiern hältst, werden wir ihm die Ehre antun und ihm den *Pfad des Ruhms* gönnen. Vielleicht würde er uns darum bitten, wenn er noch sprechen könnte.« Leddravohr gab den vier aufmerksamen Soldaten einen Wink. »Bringt ihn nach draußen und kümmert euch darum!«

Die Soldaten, offensichtlich erleichtert, sich aus Leddravohrs Gegenwart entfernen zu können, salutierten hastig und beeilten sich, Zotiern hinaus in den Vorhof zu tragen. Chakkell machte Anstalten, ihnen zu folgen, ließ es dann aber sein. Leddravohr klopfte ihm aufmunternd auf die Schulter, legte eine Hand an den Schwertgriff und ging durch die Halle zu Tauler.

»Du bist wohl ganz versessen darauf, dein Leben aufs Spiel zu setzen«, sagte er. »Warum hast du das getan?«

»Prinz, er beleidigte Baron Glo. Er beleidigte mich. Und er belästigte meine Frau.«

»Deine Frau?« Leddravohr wandte den Kopf und erblickte. Fera. »Ah, ja. Und *wie* hast du Zotiern überwältigt?«

Tauler verwirrte der Tonfall des Prinzen. »Ich schlug zu.«

»Einmal?«

»Das genügte.«

»Ich verstehe.« Leddravohrs unmenschlich glattes Gesicht gab Rätsel auf. »Stimmt es, daß du mehrmals versucht hast, in den Militärdienst übernommen zu werden?«

»Das stimmt, Prinz.«

»Dann habe ich gute Nachricht für dich, Marakain«, sagte Leddravohr. »Du *bist* ab jetzt in der Armee. Ich verspreche dir, du wirst in Chamtess reichlich Gelegenheit haben, deine mühsam unterdrückte Kampfeslust zu stillen. Melde dich bei Tagesanbruch in der Mithold-Kaserne.«

Ohne eine Antwort abzuwarten, ließ Leddravohr ihn stehen und ging zu Chakkell zurück. Die Prinzen unterhielten sich leise. Tauler rührte sich nicht, den Rücken immer noch gegen die Wand gepreßt, und bemühte sich, das Chaos in seinem Innern unter Kontrolle zu bringen. Trotz seines unbeherrschten Temperaments hatte er bis jetzt nur ein einziges Mal menschliches Leben ausgelöscht. Er war in einer finsteren Straße in Flailyn, einem Stadtteil von Ro-Atabri, von Dieben überfallen worden und hatte zwei von ihnen getötet. Er hatte nicht einmal ihre Gesichter gesehen, und der Zwischenfall hatte ihn nicht weiter berührt; doch was Zotiern betraf, so ging ihm jetzt noch das entsetzliche Malmen der Wirbel nach, und er meinte die schreckgeweiteten Augen noch vor sich zu sehen. Die Tatsache, daß er den Mann nicht vollends getötet hatte, machte den Vorfall nur noch schlimmer — hilflos wie ein verstümmeltes Insekt, hatte Zotiern eine subjektive Ewigkeit lang auf den Todesstoß warten müssen. Eben noch war Tauler hin und her gerissen gewesen bei dem Versuch, mit sich ins reine zu kommen, da hatte Leddravohr seine verbale Bombe zum Platzen gebracht, und nun war Taulers Universum ein Chaos aus wirbelnden Bruchstükken.

»Prinz Chakkell und meine Wenigkeit werden uns mit Leyn Marakain zurückziehen«, verkündete Leddravohr. »Man soll uns nicht stören.«

Glo winkte Tauler zu sich und wandte sich an Leddravohr. »Wir haben alles für Euch vorbereitet, Prinz. Darf ich vorschlagen, daß ...?«

»Schlagt nichts vor, Baron Krüppel — Eure Anwesenheit ist zur Zeit überflüssig.« Leddravohrs Gesicht war ausdruckslos, als er Glo ansah, als ob er ihn nicht einmal für verachtenswert hielte. »Ihr werdet hierbleiben für den Fall, daß ich Euch später beteiligen muß — obwohl es mir zugegebenermaßen schwerfällt, mir vorzustellen, Ihr könntet jemals für irgendwen von irgendwelchem Nutzen sein.« Leddravohr lenkte seinen kalten Blick auf Leyn. »Wo?«

»Hier entlang, Prinz.« Leyn sprach leise, und er zitterte sichtlich, als er auf die Treppe zuging. Die Prinzen folgten ihm. Sobald die drei im oberen Korridor verschwunden waren, floh Gesalla aus der Halle und ließ Tauler mit Glo und Fera allein zurück. Nur wenige Minuten waren vergangen, seit sie im Aufenthaltsraum beisammen gewesen waren, und doch atmeten sie jetzt verschiedene Luft, bewohnten verschiedene Welten. Tauler ahnte, daß ihm die volle Tragweite der Veränderung erst später aufgehen würde.

»Bring mich zurück zu meinem ... hmm ... Sitzplatz, mein Junge«, sagte Glo. Er blieb stumm, bis er sich wieder in demselben Stuhl im Aufenthaltsraum eingerichtet hatte, dann sah er mit einem verschämten Lächeln zu Tauler auf. »Das Leben hört nie auf, interessant zu sein, hab' ich recht?«

»Es tut mir leid, Meister.« Tauler suchte nach passenden Worten. »Was hätte ich tun sollen?«

»Quäle dich nicht. Du bist gut weggekommen dabei — obwohl ich fürchte, daß Leddravohr dir keinen Gefallen tun wollte, als er dich in seine Dienste nahm.«

»Ich begreife das nicht. Als er auf mich zukam, dachte ich, er wollte selbst den Scharfrichter spielen.«

»Du wirst mir fehlen, mein Junge.«

»Und was ist mit mir?« sagte Fera. »Hat irgend jemand darüber nachgedacht, was aus mir wird?«

Tauler erinnerte sich an den Ärger mit ihr, bevor er mit Glo den Aufenthaltsraum verlassen hatte. »Mag sein, daß du es nicht mitbekommen hast, aber da sind noch ein paar andere Dinge, über die wir nachdenken müssen.«

»Du brauchst dir keine Sorgen zu machen«, sagte Glo zu ihr. »Du kannst so lange in der Feste bleiben, wie du ... hmm ... möchtest.«

»Danke, mein Baron. Ich möchte jetzt eigentlich dahin zurück.«

»Ich auch, meine Liebe, doch ich fürchte, das ist ausgeschlossen. Keiner von uns darf gehen, ehe ihn der Prinz nicht ausdrücklich entläßt. So ist es Sitte.«

»Sitte!« Feras verdrießlicher Blick schweifte unstet durch den Raum, bevor er auf Tauler landete. »Falscher Augenblick!«

Er drehte ihr den Rücken zu, nicht gewillt, dem Rätsel des weiblichen Verstandes die Stirn zu bieten, und ging an eins der Fenster. *Ich mußte den Mann töten, sonst hätte er mich getötet,* beruhigte er sich, *also brauche ich mir keine Vorwürfe zu machen.* Er wandte seine Gedanken dem mysteriösen Verhalten Leddravohrs zu. Glo hatte ganz recht — es war kein Akt der Güte gewesen, als ihn der Prinz kurzentschlossen zum Soldaten gemacht hatte. Im Krieg bezahlte der Draufgänger meist mit dem Leben. Aber warum hatte Leddravohr dann nicht die Gelegenheit beim Schopf gepackt und sich eigenhändig an ihm gerächt? Er hätte auch einfach zu Chakkell halten können, was den Tod des Hofbeamten anging, und das Problem wäre aus der Welt gewesen. Leddravohr war zwar sadistisch genug, einen Widersacher tausend Tode sterben zu lassen — aber gewiß nicht, wenn es sich dabei nur um das obskure Mitglied einer Philosophenfamilie handelte.

Der Gedanke an seine Herkunft brachte ihm die Tatsache, daß er jetzt in der Armee diente, noch einmal mit neuer, verblüffender Schärfe zu Bewußtsein. Es war schon eine Ironie des Schicksals, daß sich dieser Ehrgeiz, der ihn fast ein Leben lang beseelt hatte, auf solch bizarre Weise erfüllte, und das ausgerechnet, als dieser Ehrgeiz zu verblassen begann. Wie würde es weitergehen, wenn er sich morgen früh in der Mithold-Kaserne gemeldet hatte? Es war bestürzend, wenn man sich kein Bild von seiner Zukunft machen konnte; über Nacht würde der Spiegel in Scherben gehen ... Splitterbilder ... Leddravohr ... die Armee ... Chamtess ... die Himmelsflotte ... Jenland ... ein ungewisser Sog ins Ungewisse ...

Ein sanftes Schnarchen in seinem Rücken sagte Tauler, daß Glo eingenickt war. Er überließ es Fera, sich darum zu kümmern, daß der Baron bequem saß, und blickte weiter aus dem Fenster. Trotz der allgegenwärtigen Pterssa-Schirme konnte er verfolgen, wie die Schattengrenze über die große Scheibe Jenlands wanderte. Wenn der Terminator die Hälfte seines Weges zurückgelegt hatte, so daß er die Schwesterwelt in zwei Hemisphären gleicher Größer aber ungleicher Helligkeit teilte, dann würde die Sonne den Horizont berühren.

Dieser Zeitpunkt stand kurz bevor, als Prinz Chakkell die ermüdende Konferenz verließ und zu seiner Residenz im Tannoffern-Palast aufbrach, der östlich des Großen Palastes lag. Heutzutage, wo die Hauptstraßen von Ro-Atabri regelrechte Tunnel waren, hätte er durchaus länger in der Hofklause bleiben können, doch Chakkell war bekannt für sein inniges Verhältnis zu Frau und Kindern. Als er und sein Gefolge fort waren, herrschte vollkommene Stille im Vorhof, ein Zeichen, daß Leddravohr ohne Begleitung gekommen war. Der Militärprinz war dafür bekannt, immer allein unterwegs zu sein — teils, hieß es, weil es ihm niemand recht machen könne, vor allem aber, weil er den Schutz von Gardisten verschmähte. Er sei fest in dem Glauben, nichts könne ihn besser schützen als sein Ruf und sein Schwert, egal in welcher Stadt des Reiches er sich gerade aufhielt.

Tauler hatte gehofft, Leddravohr würde sich kurz danach auf den Weg machen, aber Stunde um Stunde verging und die Unterredung dauerte an. Leddravohr mußte sich entschlossen haben, soviel aeronautische Kenntnisse in sich aufzunehmen, wie das in der kurzen Zeit überhaupt möglich war.

Die von Gewichten in Gang gehaltene Glasholzuhr an der Wand zeigte die zehnte Stunde an, als ein Diener Platten mit einfachem Essen brachte, das hauptsächlich aus Fischklopsen und Brot bestand. Zugleich wurde eine Entschuldigung von Gesalla überbracht, die sich zu elend fühle, um ihren Pflichten als Gastgeberin nachzukommen. Fera hatte eine reich gedeckte Tafel erwartet und spielte die Empörte, als Glo erklärte, es könne so lange kein formelles Essen serviert werden, wie Leddravohr nicht von sich aus zu Tisch wolle. Das meiste, was sie bekommen konnte, aß sie einhändig, dann ließ sie sich in einen Stuhl fallen, der in einer Ecke stand, und gab vor zu schlafen. Glo sah immer wieder aus dem Buch auf, in dem er bei dem trüben Licht der Wandleuchter zu lesen versuchte, und starrte grimmig in eine imaginäre Ferne. Tauler gewann den Eindruck, daß Glos Selbstachtung durch Leddravohrs unerwartete Grausamkeit irreparablen Schaden davongetragen hatte.

Etwa zur elften Stunde kam Leyn in den Aufenthaltsraum. Er sagte: »Kommt bitte wieder in die Halle, verehrter Meister.«

Glo schreckte auf. »Also hat der Prinz endlich beschlossen aufzubrechen?«

»Nein.« Leyn schien leicht verwirrt. »Ich glaube, der Prinz will mir die Ehre erweisen, die Nacht in meinem Haus zu verbringen. Wir müssen uns jetzt bei ihm einfinden. Du und deine Frau auch, Tauler.«

Tauler konnte sich Leddravohrs ungewöhnliche Entscheidung nicht erklären. Er half Glo auf die Füße und brachte ihn aus dem Raum. In normalen Zeiten und unter normalen Umständen wäre es in der Tat eine große Ehre gewesen, wenn jemand aus der königlichen Familie in der Hofklause genächtigt hätte, zumal die Paläste nicht weit waren; aber Leddravohr hatte wohl kaum das Bedürfnis, sich von der höflichen Seite zu zeigen. Gesalla wartete schon am Fuß der Treppe, trotz offensichtlicher Schwäche in stolzer und aufrechter Haltung. Die anderen reihten sich neben ihr auf — Glo in der Mitte, flankiert von Leyn und Tauler — und warteten auf Leddravohr.

Der Prinz ließ mehrere Minuten auf sich warten, ehe er am Kopf der Treppe erschien. Er aß einen kalten Brathuhnschenkel und trieb seine Unhöflichkeit auf die Spitze, indem er in aller Ruhe fortfuhr, an dem Knochen zu nagen, bis kein Fetzchen Fleisch mehr daran war. Tauler ahnte nichts Gutes. Leddravohr warf den Knochen über die Schulter, wischte sich mit dem Handrükken den Mund ab und kam langsam die Treppe herunter. Er trug immer noch sein Schwert — eine weitere Taktlosigkeit — und sein glattes Gesicht zeigte kein Anzeichen von Müdigkeit.

»Nun, Baron Glo, es scheint, als hätte ich Euch heute ganz umsonst hier festgehalten.« Aus Leddravohrs Tonfall ging eindeutig hervor, daß er sich nicht entschuldigte. »Was ich wissen muß, habe ich zum größten Teil gelernt und werde wohl im Laufe des Morgens hier fertig werden. Ich muß mich noch um eine ganze Reihe anderer Dinge kümmern, und damit ich keine Zeit verliere mit dem Hin und Her zwischen Palast und Hofklause, werde ich diese Nacht hier schlafen. Ihr werdet Euch zur sechsten Stunde zur Verfügung halten. Ich denke, Ihr könnt um diese Zeit wieder auf den Beinen sein. Könnt Ihr?«

»Ich werde zur sechsten Stunde hier sein, Prinz«, sagte Glo.

»Das ist gut zu wissen«, erwiderte Leddravohr mit jovialem Sarkasmus. Er schlenderte an den Wartenden vorbei, blieb vor Tauler und Fera stehen und setzte wieder dieses vorgefertigte Lächeln auf, das nichts mit Humor zu tun hatte. Tauler sah ihm so ausdruckslos wie möglich ins Gesicht, wobei sich seine Vorahnung zu der Gewißheit verdichtete, daß ein Tag, der schlecht begonnen hatte, auch schlecht enden würde. Leddravohrs Lächeln verschwand so, wie es gekommen war. Der Prinz ging zur Treppe zurück und begann die Stufen hinaufzusteigen. Tauler fragte sich bereits, ob ihn das ungute Gefühl getrogen hatte, als Leddravohr auf der dritten Stufe innehielt.

»Was ist denn das?« grübelte er laut, während er der harrenden Gruppe den Rücken zukehrte. »Mein Hirn ist erschöpft, und doch verlangt mein Körper nach Betätigung. Da werde ich mich entscheiden müssen — nehme ich nun eine Frau oder nehme ich keine?«

Tauler, der die Antwort auf Leddravohrs rhetorische Frage schon kannte, brachte seinen Mund dicht an Feras

Ohr. »Das gilt mir«, wisperte er. »Leddravohr kann besser hassen, als ich dachte. Er will dich als Waffe gegen mich benutzen, und wir können nichts daran ändern. Du wirst mit ihm gehen müssen, ob du willst oder nicht.«

»Wir werden sehen«, sagte Fera ungerührt.

Leddravohr trommelte mit den Fingern auf dem Geländer, die Entscheidung hinauszögernd, dann drehte er sich um. »Du«, sagte er, auf Gesalla zeigend. »Komm mit mir!«

»Aber ...!« Tauler trat einen Schritt vor, die Reihe aufbrechend, sein Körper eine einzige dröhnende Blutsäule. Er starrte in hilfloser Schmach auf Gesalla, als sie Leyns Hand berührte und zur Treppe ging, mit unwirklich fließenden Bewegungen, als ob sie in Trance wäre und nicht wüßte, wie ihr geschah. Ihr schönes Antlitz leuchtete beinah in seiner Blässe. Leddravohr ging ihr voraus, und die beiden verschwanden im flackernden Halbdunkel der oberen Etage.

Tauler fuhr zu seinem Bruder herum. »Das ist deine Frau — und sie ist schwanger!«

»Danke für die Information«, sagte Leyn mit der Stimme und den Worten eines Blinden.

»Aber das ist alles *verkehrt!*«

»Das ist Kolkorron.« Unglaublich, aber Leyn brachte es fertig, mit seinen Lippen ein Lächeln zu formen. »Das ist einer der Gründe, aus dem uns die anderen Nationen verachten.«

»Was gehen uns die anderen ...?« Tauler stutzte. Fera starrte ihn, die Hände auf den Hüften, mit unverhüllter Wut an. »Was ist denn mit dir los?«

»Vielleicht wärst du zufriedener, wenn du mich nackt ausgezogen und dem Prinzen vor die Füße geworfen hättest«, sagte Fera mit leiser und fester Stimme.

»Was willst du damit sagen?«

»Daß du nichts Eiligeres zu tun hattest, als mich mit ihm zu verkuppeln.«

»Versteh doch«, protestierte Tauler. »Ich dachte, Leddravohr wollte *mich* damit treffen.«

»Und genau das ist ...« Fera stockte und blickte flüchtig auf Leyn, dann fuhr sie zu Tauler gewandt fort. »Du bist ein Idiot, Tauler Marakain. Ich wünschte, ich wäre dir nie begegnet.« Sie machte plötzlich auf dem Absatz kehrt, mit einer Überheblichkeit, die er an ihr nicht kannte, ging mit schnellen Schritten in den Aufenthaltsraum zurück und schlug die Tür hinter sich zu.

Einen Moment lang starrte Tauler ihr mit offenem Mund und ratlos hinterher, dann ging er eilig im Kreis durch die Halle und kehrte wieder zu Leyn und Glo zurück. Letzterer wirkte noch erschöpfter und zerbrechlicher als sonst und ergriff Leyns Hand.

»Ich richte mich ganz nach dir, mein Lieber«, sagte er sanft. »Ich könnte zur Feste zurückkehren, wenn du ungestört sein willst.«

Leyn schüttelte den Kopf. »Nein, verehrter Meister. Es ist schon spät. Wenn Ihr mir die Ehre erweisen wollt, in meinem Haus zu bleiben, lasse ich Euch die Zimmer herrichten.«

»Sehr schön.« Als Leyn ging, um die Hausangestellten zu unterrichten, drehte Glo seinen großen Kopf und sah Tauler an. »Du bist allerdings keine Hilfe für deinen Bruder, wenn du wie ein gefangenes Tier herumrennst.«

»Ich begreife ihn nicht«, murrte Tauler. »Warum *tut* denn niemand etwas?«

»Was ... hmm ... schlägst du vor?«

»Ich weiß nicht. *Irgend* etwas.«

»Würde es Gesalla helfen, wenn Leyn getötet würde?«

»Vielleicht«, sagte Tauler, sich Glos Logik verschließend. »Sie könnte zumindest stolz auf ihn sein.«

Glo seufzte. »Da drüben, bring mich zu dem Stuhl. Ich brauche etwas zum Aufwärmen. Hol mir ein Glas schwarzen Kaili.«

»Wein?« sagte Tauler ungläubig, obgleich er innerlich aufgewühlt war. »Ihr wollt Wein?«

»Du wolltest doch, daß jemand etwas tut, und ich werde jetzt Wein trinken«, sagte Glo gleichmütig. »Du wirst schon nach seiner Pfeife tanzen müssen.«

Tauler half Glo in den hohen Lehnstuhl, der an der Seitenwand der Halle stand, und ging, um einen Becher Wein aufzutreiben. Er konnte sich nicht abfinden mit dem Unsäglichen — das Verhalten des Prinzen ging ihm einfach wider die Natur. Und er brauchte lange, bis ihm endlich der rettende Gedanke kam. *Leddravohr spielt nur mit uns,* entschied er und klammerte sich an diese Hoffnung. *Gesalla kann nicht nach dem Geschmack eines Mannes sein, der sich von Kurtisanen verwöhnen läßt. Leddravohr hält sie nur in seinem Zimmer fest und lacht uns aus. Er kann seine Verachtung viel deutlicher zum Ausdruck bringen, indem er gar keine von unseren Frauen anrührt ...*

In der darauffolgenden Stunde trank Glo vier große Becher Wein, bis sein Gesicht glühte, und er beinah völlig hilflos in seinem Stuhl hing. Leyn hatte sich, ohne eine Spur von Erregung zu verraten, in die Einsamkeit seines Arbeitszimmers zurückgezogen, und Tauler war enttäuscht, als Glo den Wunsch äußerte, zu Bett zu gehen. Er selbst würde nicht schlafen können und hatte auch nicht das Verlangen, mit seinen Gedanken allein zu sein. Auf dem Weg zu den vorbereiteten Zimmern mußte er Glo mehr tragen als stützen. Dann half er ihm durch all die umständlichen Prozeduren vor und beim Zubettgehen. Als er auf dem Rückweg durch den langen Querflur kam, der die Hauptschlafzimmer verband, vernahm er zu seiner Linken ein leises Geräusch.

Er drehte sich um und sah Gesalla auf ihn zukommen. Sie war auf dem Weg zu ihren eigenen Räumen. Das schwarze Gewand, lang und wehend, und das fahle Gesicht verliehen ihr etwas Gespenstisches, doch ihre Haltung war aufrecht und würdevoll. Sie war immer noch die alte Gesalla Marakain — kühl, unnahbar und unbezwingbar — und bei ihrem Anblick durchfuhr ihn Besorgnis gepaart mit Erleichterung.

»Gesalla«, sagte er und ging auf sie zu, »bist du ...?«

»Komm mir nicht zu nahe«, fuhr sie ihn mit einem Ausdruck schlitzäugiger Boshaftigkeit an und ging an ihm vorüber, ohne den Schritt zu verlangsamen. Entsetzt vom schieren Abscheu in ihrer Stimme, sah er ihr nach, bis sie außer Sicht war, dann wurde sein Blick von dem hellen Mosaikboden angezogen. Die Spur blutiger Fußabdrücke erzählte eine Geschichte, die schrecklicher war als alles, was er versucht hatte, aus seiner Vorstellung zu verbannen.

Leddravohr, o Leddravohr, o Leddravohr, gelobte er im stillen. *Von nun an sind wir miteinander verbunden, du und ich. Du hast dich mir anvertraut ... und nur der Tod kann uns scheiden.*

10. Kapitel

Man hatte sich aus geographischen Gründen dafür entschieden, Chamtess von Westen her anzugreifen.

An der Westgrenze des kolkorronischen Reichs, etwas nördlich des Äquators, gab es eine Kette kleiner Vulkaninseln, die an einer flachen, dreieckigen Insel von ungefähr acht Meilen Seitenlänge endete. Oltock, so nannte man diese unbewohnte Insel in Kolkorron, war aus mehreren Gründen von strategischer Bedeutung. Ein Grund war der, daß sie wegen ihrer Nähe zu Chamtess eine hervorragende Basis abgab für eine Invasion von See her; ein anderer war, daß sie dicht bewaldet war mit Rafta- und Tallonbäumen, zwei hochwachsenden Spezies, die einen guten Schutz gegen die Pterssa boten.

Die Tatsache, daß die ganze Ferondis-Kette samt Oltock in einer überwiegend westlichen Luftströmung lag, war nur von Vorteil für die fünf kolkorronischen Armeen. Die Truppenfrachter kamen zwar nur langsam voran, und die Luftschiffe waren gezwungen, extensiv von ihren Gasdüsen Gebrauch zu machen, aber der ständige Wind, der über die offene See blies, machte es den Pterssas nahezu unmöglich, in die Nähe ihrer Beute zu gelangen. Die Teleskope enthüllten ganze Schwärme der fahlen Blasen, die in großer Höhe in Gegenströmungen drifteten; doch sowie die Blasen sich anschickten, in die tieferen Schichten der Atmosphäre vorzudringen, wurden sie mit wenigen Ausnahmen nach Osten abgetrieben. Im Planungsstadium der Invasion hatte das kolkorronische Oberkommando damit gerechnet, bis zu einem Sechstel der Streitkräfte durch Pterssose zu verlieren; die tatsächlichen Verluste fielen hingegen kaum ins Gewicht.

Während die Armeen westwärts vordrangen, veränderte sich allmählich aber wahrnehmbar die Einteilung von Tag und Nacht. Der Frühtag wurde kürzer und der Spättag länger, während Jenland vom Zenit abrückte und sich dem östlichen Horizont näherte. Schließlich blieb vom Frühtag nur noch ein kurzes blendendes Aufleuchten in allen Farben des Regenbogens, wenn die Sonne die schmale Kluft zwischen Horizont und Jenlands Scheibe überquerte; und bald darauf sah es so aus, als ob die Schwesterwelt auf Dieslands östlichem Rand nistete. Aus Kurznacht war eine kurze Verlängerung der Nacht geworden, und es herrschte eine hochgespannte Erwartung unter den Invasoren, als der Himmel ihnen offenbarte, daß sie das *Land der Langen Tage* betraten.

Die Einrichtung eines Landekopfes auf Chamtess war eine weitere Phase der Operation, in der man beträchtliche Verluste erwartet hatte, und die kolkorronischen Kommandeure konnten ihr Glück kaum fassen, als sie die bewaldeten Strände unbewacht und unverteidigt fanden.

Drei weit voneinander entfernte Invasionsspitzen trafen auf keinerlei Widerstand, bewegten sich aufeinander zu und vereinigten sich ohne jeden Verlust, abgesehen von den zufälligen Todesfällen und Verletzungen, die unvermeidbar sind, wenn sich große Massen von Männern und Material auf fremdem Territorium bewegen. Man stieß fast sofort auf Brakkahaine inmitten der anderen Baumarten, und innerhalb eines Tages waren Scharen nackter Schleimer hinter der vorrückenden Truppe am Werk. Sie weideten die Brakkabäume aus, und die Säcke mit grünen und purpurnen Kristallen wurden auf getrennte Frachter verladen — große Mengen von Paikn und Havl wurden nie zusammen transportiert — und in unglaublich kurzer Zeit waren die ersten Schritte getan, um eine Versorgungskette in Gang zu setzen, die bis Ro-Atabri zurückreichte.

Luftaufklärung unterblieb vorläufig, weil Luftschiffe

zu auffällig waren; doch mit Hilfe alter Karten waren die Invasoren in der Lage, ununterbrochen nach Westen vorzudringen. Das Terrain war mitunter sumpfig und wimmelte von giftigen Schlangen, stellte aber für gut ausgebildete Soldaten, deren moralische und physische Kondition nicht besser hätte sein können, kein ernsthaftes Hindernis dar.

Es war am zwölften Tag, als ein Spähtrupp ein Luftschiff von ungewöhnlicher Bauart bemerkte, das vor ihm ruhig über den Himmel zog.

Zu dieser Zeit verließ die Vorhut der Dritten Armee den schlickigen Küstenboden und betrat höher gelegenes Terrain, das durch eine Kette langgestreckter Schotter- und Geröllhügel gekennzeichnet war, die von Norden nach Süden verlief. Bäume und andere Vegetation waren hier nur spärlich. Es war die Art von Gelände, auf dem eine unbehelligte Armee schnell vorangekommen wäre — doch die ersten chamtessanischen Verteidiger lagen auf der Lauer.

Es waren drahtige Männer, dunkelhäutig und schwarzbärtig, die einen flexiblen Schuppenpanzer aus Brakkaplättchen trugen, und sie fielen mit einer Wildheit über die Invasoren her, die selbst die kampferfahrensten Kolkorronier erschreckte. Einige schienen Selbstmordkommandos zu bilden, die sich in den Kampf warfen, um ein Höchstmaß an Schaden und Verwirrung zu stiften, während andere Kommandos ihre Angriffe mit weitreichenden Waffen vortrugen — Kanonen, Mörsern und mechanischen Katapulten, die Paikn-Havl-Bomben schleuderten.

Die kolkorronischen Elitetruppen, fronterfahrene Veteranen, warfen die Chamtessanier im Laufe eines unübersichtlichen, verstreuten Kamptgeschehens nieder, das fast den ganzen Tag in Anspruch nahm. Man zählte weniger als hundert Tote in den eigenen Reihen, dagegen mehr als doppelt so viele beim Feind, und nachdem der folgende Tag ohne weitere Zwischenfälle verstrichen war, waren die Invasoren wieder in Höchststimmung.

Ab jetzt war ein Versteckspiel überflüssig, und man schickte den Frontsoldaten eine Luftsicherung durch Bomber und Aufklärer voraus, und die Männer am Boden fühlten sich sicher hinter der elliptischen Formation am Himmel.

Ihre Kommandeure waren nicht ganz so zuversichtlich; man war bislang nur auf eine örtliche Verteidigung gestoßen, und die Nachricht der Sonnenschreiber würde wie ein Blitz in das Herz von Chamtess gefahren sein. Die Streitmacht eines riesigen Kontinents wurde gegen den Eindringling mobilisiert.

11. Kapitel

General Risdel Dalakott entkorkte das winzige Giftfläschchen und roch daran.

Die klare Flüssigkeit hatte ein merkwürdiges Aroma, honigsüß und zugleich beißend wie Pfeffer. Es war ein Destillat aus Extrakten des Jungfernschatzes, dem Kraut, das Frauen regelmäßig kauen, wenn sie eine Schwangerschaft vermeiden wollen. In konzentrierter Form war es noch lebensfeindlicher und befreite auf sanfte, schmerzlose und absolut sichere Weise von aller Unbill des Fleisches. Es erfreute sich großer Beliebtheit bei all jenen in der kolkorronischen Aristokratie, die keinen Gefallen fanden an der zwar achtbaren aber ekelhaft blutigen Tradition, Selbstmord zu begehen.

Dalakott leerte das Fläschchen in seinen Becher mit Wein und nahm nach einem Anflug des Zögerns einen ersten zaghaften Schluck. Das Gift war kaum zu schmecken, und man hätte es ebensogut als Verfeinerung des herben Weins bezeichnen können, die ihm eine Andeutung von würziger Süße verlieh. Er nippte noch einmal und setzte den Becher beiseite, weil er nicht zu rasch enteilen wollte. Es gab eine letzte selbstauferlegte Pflicht, die er noch zu erfüllen hatte.

Er sah sich um. Das Zelt war mit Strohmatten ausgelegt und nur mit einem schmalen Bett, einem Schrankkoffer, seinem Feldschreibtisch und ein paar Klappstühlen möbliert. Andere Stabsoffiziere umgaben sich gerne mit Luxus, um sich die Unbilden der Schlacht zu erleichtern. Nicht so Dalakott. Er war immer ein Soldat gewesen und hatte gelebt, wie ein Soldat leben sollte, und der Grund, warum er es vorzog, durch Gift zu sterben anstatt durch das Schwert, war darin zu suchen, daß er nicht länger glaubte, den Tod eines Soldaten zu verdienen.

Es war düster im Zelt, das einzige Licht rührte von einer Feldlaterne, die sich selbst mit Brennstoff versorgte, indem sie Ölwanzen anlockte. Er zündete eine zweite Laterne an und stellte sie auf seinen Schreibtisch und fand es immer noch ein wenig befremdlich, soviel Umstände machen zu müssen, nur um bei Nacht lesen zu können. So weit westlich in Chamtess, jenseits des Gelbroten Flusses, hielt sich Jenland unter dem Horizont versteckt und der Tageszyklus bestand aus zwölf Stunden ununterbrochenen Sonnenlichts, gefolgt von zwölf Stunden ungelinderter Finsternis. Wäre Kolkorron in dieser Hemisphäre zu Hause gewesen, wäre wahrscheinlich längst ein wirkungsvolles Beleuchtungssystem erfunden worden.

Dalakott hob die Schreibtischklappe und nahm einen schmiegsamen grünen Lederband heraus, den letzten seines vielbändigen Tagebuches, den für das Jahr 2629. Er schlug das Buch vorne auf und wendete langsam die Seiten, jede ein Tag aus dem Feldzug gegen Chamtess, und las sich an den Schlüsselereignissen fest, die — zunächst unmerklich — zu seiner persönlichen Zersetzung als Soldat und als Mann geführt hatten …

84. TAG *Prinz Leddravohr war in merkwürdiger Stimmung bei der Stabskonferenz heute. Ich spürte, er war aufgeregt und in gehobener Stimmung, trotz der Meldungen über schwere Verluste an der Südfront. Ein ums andere Mal erwähnte er die Tatsache, daß es offenbar nur wenige Pterssas in diesem Teil des Landes gibt. Er ist nicht der Mann, der sein Innerstes nach außen kehrt, aber wenn ich alle bruchstückhaften und indirekten Anspielungen zusammennehme, habe ich den Eindruck, daß er sich mit dem Gedanken trägt, den König zu überreden, die ganze Idee einer Auswanderung nach Jenland fallenzulassen.*

Seine Grundidee scheint zu sein, daß ein so tollkühnes Unterfangen überflüssig ist, wenn sich herausstellt, daß die Umweltbedingungen im Land der Langen Tage — aus irgendei-

nem rätselhaften Grund — für die Pterssas ungünstig sind. In diesem Fall brauchte Kolkorron lediglich Chamtess zu unterwerfen, den Regierungssitz auf diesen Kontinent zu verlegen und die restliche Bevölkerung nach hier zu verfrachten — ein Unterfangen, das viel logischer und natürlicher ist als der Versuch, einen anderen Planeten zu erreichen …

93. TAG *Der Krieg nimmt einen schlimmen Verlauf. Diese Leute hier sind entschlossene, tapfere und erfahrene Kämpfer. Ich bringe es nicht fertig, auch nur die Möglichkeit einer Niederlage in Erwägung zu ziehen, aber — um der Wahrheit die Ehre zu geben — der Feldzug gegen Chamtess wäre selbst damals zu einer schweren Prüfung für uns geworden, als wir noch knapp eine Million gut ausgebildeter Männer ins Feld hätten schicken können. Heute haben wir nur ein Drittel dieser Stärke, mit einem unerfreulich hohen Anteil frisch ausgehobener Rekruten, und wir brauchen Glück bei all unserem Können und all unserem Mut, wenn der Krieg erfolgreich weitergeführt werden soll.*

Und doch haben wir schon soviel Glück, denn dieses Land ist so reich, insbesondere an Brakkabäumen und genießbaren Früchten. Die ohrenbetäubenden Pollenausbrüche der Brakkabäume werden von meinen Männern fortwährend mit Geschützfeuer oder Bombenexplosionen verwechselt, und wir haben einen Überfluß an Energiekristallen für unsere schweren Waffen. Die Armeen stehen gut im Futter, trotz der Anstrengungen des Feindes, die Feldfrüchte eher zu verbrennen, als sie uns zu überlassen.

Die chamtessanischen Frauen und selbst ganz kleine Kinder greifen zu dieser Form der Zerstörung, wenn man sie gewähren läßt. Wir können es uns nicht leisten, Kampftruppen als Wachbataillone abzustellen, und deshalb hat Leddravohr ausdrücklich angeordnet, keine Gefangenen zu machen, ohne Rücksicht auf Alter und Geschlecht.

Das ist gesundes militärisches Denken; doch die Schlächterei, die ich neulich mitangesehen habe, hat mich ganz krank gemacht. Selbst die hartgesottensten Soldaten verrichten ihr

Handwerk mit versteinerten grauen Gesichtern, und das Lachen in den Nachtlagern, das man sonst geflissentlich überhört, klingt gezwungen und unnatürlich.

Das ist ein zersetzender Gedanke, den ich nur und ausschließlich diesen Seiten anvertraue ... aber es ist eine Sache, abergläubischen und zerstrittenen Eingeborenen die Segnungen des Reiches zu bringen — und eine ganz andere, die Vernichtung einer großen Nation zu betreiben, deren einziges Vergehen darin bestand, sparsam mit ihren Brakka-Ressourcen umzugehen.

Ich habe nie Zeit für die Religion gehabt, aber nun — zum ersten Mal — fange ich an zu begreifen, was das Wort ›Sünde‹ bedeutet ...

Dalakott legte eine Pause ein und griff nach dem emaillierten Becher mit Wein. Er starrte auf die winzigen Perlen am Grund, dem Drang widerstehend, einfach auszutrinken, und nahm einen kontrollierten Schluck. Auf der anderen Seite der Kluft zwischen Lebenden und Toten schienen so viele nach ihm zu rufen — seine Frau Toriane, Ayssa Marakain, sein Sohn Oderan, Konna Dalakott und der kleine Hallie ...

Warum war er ausersehen, immer weiterzuleben, nun schon seit mehr als siebzig Jahren, gefeit durch den unverdienten Segen der Immunität, wenn andere das Geschenk des Lebens viel besser hätten nutzen können?

Unwillkürlich war seine rechte Hand in eine Tasche der Uniform geschlüpft und fingerte nach dem eigenartigen Objekt, das er vor all den Jahren am Ufer des Bes-Andar gefunden hatte. Sein Daumen beschrieb kleine Kreise auf der spiegelglatten Oberfläche, als er fortfuhr, die Seiten in seinem Tagebuch zu wenden.

102. TAG *Welche Laune des Schicksals.*

Nachdem ich mich tagelang davor gedrückt hatte, fing ich heute morgen an, den Stoß von Belobigungen auf meinem Schreibtisch zu unterzeichnen, und mußte entdecken, daß mein eigener Sohn — Tauler Marakain — als einfacher Soldat in einem Regiment dient, das mir direkt untersteht!

Man hat ihn gleich dreimal für die Tapferkeitsmedaille vorgeschlagen, obgleich er noch nicht lange dient und keine reguläre Ausbildung gehabt hat. Theoretisch dürfte ein Rekrut, und er muß einer sein, nicht so lange an der Front bleiben; aber vielleicht hat die Marakainfamilie ihre guten Beziehungen zum Hof genutzt, um es Tauler zu ermöglichen, seine verspätete militärische Karriere zu beschleunigen. Dieser Sache muß ich nachgehen, falls mir die Zwänge meines Kommandos jemals Zeit dazu lassen.

Die Zeiten haben sich wahrhaftig gewandelt, wenn die Militärkaste ihre Reihen bereits mit Außenseitern auffüllt, und sie dann noch in die äußerste Gefahrenzone katapultiert, wo sie finden, was man für Ehre hält.

Ich werde mein Bestes tun, um mit meinem Sohn zusammenzukommen, sofern sich das arrangieren läßt, ohne seinen Verdacht und das Gerede der anderen zu erregen. Die Begegnung mit Tauler wäre der einzige Lichtschimmer in der Tiefnacht dieses verbrecherischen Krieges.

103. TAG *Heute wurde eine Kompanie des 8. Bataillons bei einem Überraschungsangriff in Sektor C/11 vollständig überrannt. Nur eine Handvoll Männer entkam dem Gemetzel, und viele von ihnen waren so schwer verwundet, daß sie keine andere Wahl hatten, als den ›Pfad des Ruhms‹ zu gehen. Katastrophen wie diese sind nun fast an der Tagesordnung, so daß ich mich dabei ertappe, mich mehr mit den Berichten zu befassen, die heute morgen hier einliefen und die Vermutung nahelegen, daß unsere Schonfrist, was die Pterssa betrifft, bald zu Ende sein wird.*

Die Teleskope von Luftaufklärern weit östlich von hier, in der Nähe der Halbinsel Luhngl, enthüllten einige Tage zuvor, wie ganze Schwärme der Pterssa nach Süden über den Äquator trieben. Die Sichtungen sind lückenhaft, weil wir gegenwärtig nur wenige Schiffe im Fajellon Ozean haben, doch die Wissenschaftler scheinen der Meinung zu sein, daß die Pters-

sas nach Süden ziehen, um den Vorteil einer ›Windzelle‹ zu nutzen, die sie weit nach Westen tragen würde und dann wieder nach Norden — zu uns nach Chamtess.

Ich war nie ein Anhänger der Theorie, die Blasen besäßen eine rudimentäre Intelligenz, doch wenn sie wirklich zu solchem Verhalten fähig sind — also globale Wetterverhältnisse ausnutzen können —, ist die Hypothese, sie könnten eine bedrohliche Absicht verfolgen, nicht mehr von der Hand zu weisen. Vielleicht hat ihre Art als Ganzes, wie bei den Ameisen und ähnlichen Kreaturen, so etwas wie einen Kollektivverstand, während die Individuen als solche zu keinerlei Geistestätigkeit imstande sind.

106. TAG *Leddravohrs Traum von einem Kolkorron, ohne die Geißel der Pterssa, ist ausgeträumt. Die Blasen wurden von der Luftunterstützung der Ersten Armee gesichtet. Sie nähern sich der Südküste der Edryen-Region.*

Es gab auch einen merkwürdigen Bericht, allerdings noch unbestätigt, von meinem eigenen Schauplatz.

Zwei Frontsoldaten aus einem vorgeschobenen Posten behaupten, sie hätten eine Pterssa gesehen, die blaßrosa war. Wie sie erzählen, kam die Blase bis auf ungefähr vierzig Schritt an ihre Stellung heran, zeigte jedoch keine Neigung, näher heranzukommen, und sei schließlich aufgestiegen und nach Westen davongetrieben. Was soll man von solchen abwegigen Geschichten halten? Könnte es sein, daß sich zwei kampfesmüde Soldaten so etwas ausdenken, nur um sich ein paar Tage in der Geborgenheit des Basislagers ausfragen zu lassen?

107. TAG *Heute — obwohl ich kaum Anlaß zu Stolz oder Freude habe — konnte ich Prinz Leddravohrs Vertrauen in meine Fähigkeiten als Taktiker rechtfertigen.*

Die glänzende Operation, vielleicht der Höhepunkt meiner militärischen Karriere, fing damit an, daß ich einen Fehler beging, den jeder frischgebackene Leutnant vermieden hätte.

Das alles nahm seinen Anfang in der achten Stunde, als ich mit Hauptmann Keddal ungeduldig wurde, weil er ein offenes Terrain in Sektor D/14 noch immer nicht erkundet hatte. Er gab an, in der Deckung des Waldes geblieben zu sein, weil nach der übereilt angefertigten Luftkarte das Gelände von mehreren Wasserläufen durchkreuzt wurde, und er sie für tief eingeschnittene Furchen halte, in denen sich zahllose Feinde versteckt halten konnten. Keddal ist ein fähiger Offizier, und ich hätte ihn die Gegend auf seine Weise erkunden lassen sollen, doch ich befürchtete, daß zahlreiche Rückschläge ihn übervorsichtig gemacht hatten, und mich überkam der tollkühne Wunsch, für ihn und die Männer ein Exempel zu statuieren.

Also ritt ich höchstpersönlich mit einem Sergeanten und einem Dutzend Soldaten los. Das Gelände war wie geschaffen für die Blauhörner und wir kamen schnell voran. Zu schnell!

Wir hatten uns knapp eine Meile von unseren Linien entfernt, als der Sergeant sichtlich unruhig wurde, doch ich war zu erfolgstrunken, um auf ihn achtzugeben. Wir hatten zwei Wasserläufe durchquert, die der Karte entsprechend zu flach waren, um irgendwem als Deckung zu dienen, und ich war Feuer und Flamme bei der Vorstellung, Keddal das ganze Gebiet als Trophäe meiner Kühnheit zu präsentieren.

Ehe ich mich's versah, waren wir nahezu zwei Meilen voraus, und selbst in meinem Rausch von Größenwahn war die nagende Stimme des gesunden Menschenverstandes nicht mehr zu überhören, die mich warnte, genug sei genug, zumal wir eine schroffe Bodenwelle überquert hatten und für unsere Linien außer Sicht waren.

Dann traten die Chamtessanier in Erscheinung.

Sie sprangen zu beiden Seiten wie durch ein Wunder aus dem Boden, wiewohl natürlich keine Zauberei im Spiel war — denn sie hatten sich in genau den tiefen Furchen verborgen, deren Existenz ich mich just aufgemacht hatte zu widerlegen. Es waren mindestens zweihundert, anzusehen wie schwarze Reptilien in ihren Brakka-Harnischen. Wäre es nur Infanterie gewesen, hätten wir ihnen entkommen können, aber ein gutes

Viertel war beritten und schon losgeprescht, um uns den Rückzug abzuschneiden.

Ich bemerkte, wie mich meine Männer erwartungsvoll anstarrten, und die Tatsache, daß kein Anzeichen von Vorwurf in ihren Augen lag, machte meine persönliche Lage nur noch schlimmer. Mit meiner Arroganz und Dummheit hatte ich ihr Leben verspielt, und alles, was sie in diesem schrecklichen Augenblick von mir wollten, war eine Entscheidung, wo und wie sie sterben sollten!

Ich sah mich um und erblickte einen mit Bäumen bewachsenen Erdhügel etliche hundert Schritt vor uns. Er würde etwas Schutz bieten und die Möglichkeit, von hoch oben in einem Baum per Sonnenschreiber einen Hilferuf für Keddal abzusetzen.

Ich gab den entsprechenden Befehl, und wir galoppierten, was die Blauhörner hergaben, zu dem Hügel, und die Chamtessanier waren, wie der Zufall es wollte, verdutzt, denn sie hatten erwartet, wir würden in die entgegengesetzte Richtung fliehen. Wir erreichten die Bäume unbehelligt von unseren Verfolgern, die jedenfalls keine besondere Eile zeigten. Die Zeit war auf ihrer Seite, und ich wußte nur zu gut, daß uns auch eine Nachricht an Keddal nicht mehr helfen konnte.

Während einer der Männer mit dem Sonnenschreiber am Gürtel einen Baum erklomm, versuchte ich durch mein Feldglas den chamtessanischen Kommandanten ausfindig zu machen; vielleicht konnte ich erkennen, was er vorhatte. Falls er meinen Rang kannte, würde er womöglich versuchen, mich lebend in die Hände zu bekommen — und das durfte ich nicht zulassen. Und während ich mit dem starken Glas die Reihen der chamtessanischen Soldaten abfuhr, sah ich etwas, das mir selbst in diesem Moment höchster Gefahr das Herz zusammenkrampfte.

Pterssas!

Vier der purpur getönten Blasen näherten sich von Süden, getragen von der leichten Brise, die über das Gras strich. Sie waren deutlich sichtbar für den Feind — ich sah, wie mehrere Männer auf die Pterssas zeigten — doch zu meiner Überra-

schung machte man keinerlei Anstalten, sich zu verteidigen. Ich sah, wie sie den Chamtessaniern immer näher kamen, und ich mußte den tief verwurzelten Reflex unterdrücken, einen Warnschrei auszustoßen. Die erste Blase erreichte die Linie der Soldaten und hörte abrupt auf zu existieren, als sie mitten unter ihnen platzte.

Nach wie vor machte man keinerlei Anstalten, sich zu verteidigen oder zu entkommen. — Nur einmal sah ich, wie ein Soldat eher launig mit dem Schwert nach einer Pterssa schlug. — Alle vier Blasen hatten sich innerhalb weniger Sekunden aufgelöst und ihren tödlichen Staub mitten unter den Feinden entladen, die das offensichtlich wenig kümmerte.

Wenn mich das, was bis zu diesem Augenblick geschehen war, überrascht hatte, dann überraschten mich die Nachwirkungen noch mehr.

Die Chamtessanier waren im Begriff auszuschwärmen, um unsere unzulängliche Trutzburg zu umzingeln, als ich erste Anzeichen von Verwirrung in ihren Reihen bemerkte. Mein Glas verriet mir, daß sich einige der schwarz gepanzeren Soldaten am Boden wanden. So bald schon! Kameraden knieten neben ihnen, um zu helfen, und — nach mehreren Atemzügen — wälzten und krümmten auch sie sich am Boden!

Der Sergeant kam zu mir und sagte: »General, der Korporal sagt, er kann unsere Linien sehen. Welche Nachricht soll er absetzen?«

»Moment mal!« Ich hob mein Glas leicht an, so daß ich hinter die feindlichen Reihen blicken konnte, und hatte im nächsten Moment weitere Pterssas entdeckt, die unstet und flimmernd über dem Grasland schwebten. »Er soll Hauptmann Keddal informieren, daß wir auf eine große Abteilung des Feindes gestoßen sind. Aber Keddal soll bleiben, wo er ist. Er soll erst vorrücken, wenn ich den Befehl dazu gebe.«

Der Sergeant war viel zu diszipliniert, um sich einen Protest zu erlauben, doch er war sichtlich perplex, als er davonlief, um meinen Befehl weiterzugeben. Ich fuhr fort, die Chamtessanier zu beobachten. Inzwischen war ihnen wohl klar geworden, daß irgend etwas unbegreiflich Schreckliches im Gange war, denn die Soldaten rannten in Panik und Verwirrung hin und her. Männer, die gegen uns vorgerückt waren, drehten um und schlossen sich wieder — nichts ahnend, daß ihre einzige Überlebenschance in der Flucht lag — dem Hauptkontingent der Truppe an. Mit einer klammen Kälte im Gedärm sah ich zu, wie auch sie zu torkeln begannen und zusammenbrachen.

Ich vernahm hinter mir das schwere Atmen meiner Männer und ihre Laute der Verwunderung, während sie ohne Feldgläser mitansahen, wie die Chamtessanier durch irgendeine furchteinflößende und unsichtbare Macht dahingerafft wurden. In beängstigend kurzer Zeit war auch der letzte Feind zu Boden gestreckt, und nichts rührte sich mehr auf der Ebene außer den Blauhörnern, die in Gruppen unbekümmert zwischen den leblosen Körpern ihrer Herren grasten. (Wie kommt es, daß alle Tiere, außer ein paar höheren Affen, gegen das Pterssagift immun sind?)

Als ich genug von der fürchterlichen Szene hatte, wandte ich mich ab. Es fehlte nicht viel, und ich hätte lauthals gelacht, denn meine Männer starrten mich in einer Mischung aus Erleichterung, Respekt und Verehrung an. Sie hatten sich schon aufgegeben und jetzt — so funktioniert der gemeine Soldat nun mal — galt ihre ganze Dankbarkeit mir, als ob irgendeine meisterliche Strategie meinerseits sie vor dem sicheren Tod bewahrt hätte. Dabei schien ihnen die ganze Tragweite des Geschehens zu entgehen.

Vor drei Jahren war Kolkorron durch einen feindseligen Wandel in der Natur unseres uralten Widersachers in die Knie gezwungen worden, und nun schien es, als habe eine weitere und schlimmere Eskalation seiner todbringenden Kräfte stattgefunden. Die neue Form der Pterssose — denn nichts sonst konnte die Chamtessanier niedergestreckt haben — tötete nicht erst nach Stunden, sondern bereits in Sekunden und wies mit grimmigem Finger in eine düstere Zukunft.

Ich setzte eine Nachricht für Keddal ab, in der ich ihm riet, im Wald zu bleiben und sich vor Pterssas in acht zu nehmen, dann kehrte ich auf meinen Posten zurück. Mit dem Feldglas entdeckte ich einige Pterssas, die zu zweit oder dritt auf der aus südlicher Richtung wehenden Brise trieben. Dank der Bäume waren wir einigermaßen sicher vor ihnen, und so wartete ich, bis die Luft völlig rein war, ehe ich den Befehl gab, unsere Blauhörner zu holen und so schnell wie möglich hinter unsere Linien zurückzukehren.

109. TAG *Es spricht sich herum, daß ich völlig falsch lag, was die neue und schlimmere Bedrohung durch die Pterssa angeht.*

Leddravohr hat die Wahrheit auf seine Weise ans Licht gebracht. Auf einer Lichtung ließ er eine Reihe chamtessanischer Männer und Frauen an Pfähle binden, und daneben ließ er eine Gruppe unserer eigenen Verwundeten legen, Männer mit ohnehin geringer Überlebenschance. Sie wurden schließlich von umherirrenden Pterssas gefunden, und das Resultat ist vermittels Teleskopen verbürgt. Bei den Kolkorroniern dauerte es, trotz ihrer geschwächten Kondition, zwei Stunden, ehe sie der Pterssose erlagen — aber die unseligen Chamtessanier starben fast augenblicklich.

Wie ist diese eigenartige Anomalie zu erklären?

Eine Theorie, die mir zu Ohren kam, führt die Empfindlichkeit, mit der unsere Feinde auf die Pterssose reagieren, auf eine vererbte Schwäche der chamtessanischen Rasse zurück. Ich halte aber mehr von der weit komplizierteren Erklärung, die unsere ärztlichen Berater vertreten. Sie gehen von zwei verschiedenen Sorten von Pterssas aus — dem schwärzlich pigmentierten, purpurnen Typ, wie man ihn von alters her in Kolkorron kennt und der hochgiftig ist; und einem rosaroten Typ, der in Chamtess zu Hause ist und — relativ — harmlos zu sein scheint. (Es stellt sich heraus, daß die rosarote Art nicht erst hier und heute gesichtet wurde.)

Dieser Theorie zufolge war die gesamte Bevölkerung von Kolkorron während des jahrhundertelangen Krieges gegen die Pterssa, in dem Millionen Blasen vernichtet wurden, ständig mikroskopisch kleinen Mengen des giftigen Staubs ausgesetzt. Das hat uns Kolkorroniern eine geringfügige Widerstands-

kraft gegen das Gift verliehen, unsere Abwehrkraft gegen das Gift wachsen lassen — durch einen Mechanismus, ähnlich dem, der bewirkt, daß man einige Krankheiten nur einmal bekommen kann. Die Chamtessanier dagegen haben überhaupt keine Abwehrkraft, und die Begegnung mit einer giftigen Pterssa ist für sie viel katastrophaler als für uns.

Die zweite Theorie ließe sich auf dem Umweg unter Beweis stellen, Gruppen von Kolkorroniern und Chamtessaniern rosafarbenen Pterssas auszusetzen. Zweifellos wird Leddravohr rechtzeitig dafür sorgen, daß dieses Experiment durchgeführt wird, wenn wir erst in eine Region kommen, wo die rosarote Pterssa zahlreich vertreten ist.

Dalakott hörte auf zu lesen und warf einen Blick auf den Zeitmesser, den er am Handgelenk trug. Das Militär bevorzugte diese Art von Chronometern, wo keine kompakten und verläßlichen Geräte zur Verfügung standen. Der Marschierkäfer in dem gehärteten Glasröhrchen näherte sich der achten Teilung des markierten Rohrschößlings. Der Zeitpunkt für die letzte Unterredung rückte unaufhaltsam näher.

Dalakott nahm einen weiteren maßvollen Schluck aus dem Becher, ehe er sich dem letzten Eintrag in seinem Tagebuch zuwandte. Er hatte ihn vor vielen Tagen geschrieben und danach die lebenslange Gewohnheit aufgegeben, seine täglichen Aktivitäten und Gedanken niederzuschreiben.

Mit dieser symbolischen Selbstaufgabe hatte er sich innerlich auf diese Nacht vorbereitet …

114. TAG *Der Krieg ist vorbei.*

Die Pterssa-Seuche hat uns die Arbeit abgenommen.

Seit vor sechs Tagen die purpurne Pterssa über Chamtess aufgetaucht ist, hat die Seuche landauf und landab gewütet und die Millionen von Einwohnern dahingerafft. Ein rascher und müheloser Völkermord!

Wir müssen nicht mehr zu Fuß vordringen, nicht mehr je-

den Schritt einem achtbaren Feind abringen. Statt dessen kommen wir mit Luftschiffen voran, die Düsen im Dauerschub. So zu reisen, verschlingt Unmengen an Energiekristallen — sowohl in den Antriebsrohren als auch in den Anti-Pterssa-Kanonen — aber solche Überlegungen sind müßig.

Wir sind stolze Besitzer eines ganzen Kontinents aus reifem Brakka mit Bergen aus Grün und Purpur. Wir teilen unseren Reichtum mit niemandem. Leddravohr hat den Befehl, keine Gefangenen zu machen, nicht widerrufen, und die versprengten Gruppen verwirrter und demoralisierter Chamtessanier, auf die wir stoßen, werden niedergemacht.

Ich bin über Metropolen, Städte, Dörfer und Farmen geflogen, in denen nichts mehr lebt außer ein paar streunenden Tieren. Die Architektur ist beeindruckend — klar, wohlproportioniert, würdevoll — aber man kann alles nur aus der Ferne bewundern. Der Verwesungsgestank steigt auf zum Himmel.

Wir sind keine Soldaten mehr.

Wir sind die Überträger der Seuche.

Wir SIND die Seuche.

Ich habe nichts weiter zu sagen.

12. Kapitel

Am Nachthimmel, der insgesamt viel dunkler war als über Kolkorron, prangte ein riesiger Spiralnebel, dessen Arme nur so funkelten vor lauter weiß, blau und gelb strahlenden Sternen. Er wurde von zwei großen elliptischen Spiralen flankiert, und der Rest des Firmaments war großzügig mit kleinen Strudeln, Strähnen und Flecken aus lichtem Nebel und einer Handvoll glühender Kometenschweife gesprenkelt. Obwohl der *Baum* unsichtbar blieb, war der Himmel mit einem Netz hellerer Gestirne überzogen, die näher erschienen als all die anderen Himmelsobjekte und ein Gefühl von Tiefe vermittelten.

Tauler kannte solche Konfigurationen nur, wenn Diesland sich auf der anderen Seite der Bahn um die Sonne befand, und Jenland die anderen Objekte am Himmel verdeckte oder verblassen ließ. Er stand still in der Dunkelheit und beobachtete die zitternden Reflexe der Gestirne auf dem breiten, ruhigen Wasser des Gelbroten Flusses. Wohin er auch sah, glühten die Myriaden gedämpfter Lichter des Hauptquartiers der Dritten Armee durch die Lücken des Waldes; seit die Pterssa-Seuche Einzug gehalten hatte, gab es keine Lager mehr unter offenem Himmel.

Eine Frage hatte ihn den ganzen Tag über beschäftigt: *Wieso wollte General Dalakott ihn unter vier Augen sprechen?*

Er hatte mehrere Tage untätig in einem Durchgangslager zwanzig Meilen westlich zugebracht — als Angehöriger einer Armee, die plötzlich arbeitslos war — und hatte gerade damit begonnen, sich dem neuen Lebensrhythmus anzupassen, als der Bataillonskommandant ihm befohlen hatte, sich im Hauptquartier zu melden. Bei seiner Ankunft war er kurz von mehreren Offizieren vernommen worden; einer von ihnen war vermutlich Vorikt, der Generaladjutant, gewesen. Man hatte ihm gesagt, General Dalakott wünsche, ihm die Tapferkeitsmedaillen persönlich zu überreichen. Die Offiziere waren offenkundig verwirrt gewesen über das ungewöhnliche Verfahren und hatten versucht, Tauler diskret auszuhorchen, bis sie einsehen mußten, daß er sich das Ganze genausowenig erklären konnte wie sie.

Ein junger Hauptmann kam aus dem nahegelegenen Verwaltungsbezirk, näherte sich Tauler durch die glitzernde Dunkelheit und sagte: »Leutnant Marakain, der General will Euch jetzt sprechen.«

Tauler salutierte und ging mit dem Offizier zu einem Zelt, das wider Erwarten ziemlich klein und schmucklos war. Der Hauptmann geleitete ihn hinein und zog sich schnell wieder zurück. Tauler stand stramm vor einem hageren, ernst wirkenden Mann, der an einem Feldschreibtisch saß. Im schwachen Schein zweier Feldlaternen hätte das kurz geschorene Haar des Generals ebensogut weiß oder blond sein können, und er sah überraschend jung aus für einen Mann mit fünfzig verdienstvollen Jahren beim Militär. Nur seine Augen schienen alt, Augen, die mehr gesehen hatten, als sich träumen ließ.

»Setz dich, mein Sohn«, sagte er. »Die Unterredung ist ganz unformell.«

»Danke, General.« Tauler setzte sich auf den angewiesenen Stuhl, seine Verwirrung wuchs.

»Ich entnehme deiner Akte, daß du der Armee vor noch nicht einmal einem Jahr als einfacher Soldat beigetreten bist. Die Zeiten haben sich zwar geändert, aber war das nicht ungewöhnlich für einen Mann mit deinem sozialen Status?«

»Ich wurde von Prinz Leddravohr ausdrücklich so übernommen.«

»Ist Leddravohr ein Freund von dir?«

Ermutigt durch die offene aber freundliche Art des

Generals wagte Tauler ein schiefes Lächeln. »Das wäre zuviel der Ehre, General.«

»Gut!« Dalakott erwiderte das Lächeln. »Mithin hast du dir den Rang eines Leutnants in nicht einmal einem Jahr aus eigener Kraft erworben.«

»Es war eine Feldvollmacht, General. Vielleicht wird sie nicht voll bestätigt.«

»Sie wird.« Dalakott nahm sich Zeit, um einen kleinen Schluck aus einem emaillierten Becher zu trinken. »Verzeih mir, daß ich dir keine Erfrischung anbiete — das ist ein exotisches Gebräu, und ich glaube kaum, daß es nach deinem Geschmack wäre.«

»Ich bin nicht durstig, General.«

»Vielleicht ist das eher etwas für dich.« Dalakott öffnete ein Fach im Schreibtisch und brachte drei Tapferkeitsmedaillen zum Vorschein. Es waren kreisrunde Brakkascheiben, eingelegt mit weißem und rotem Glas. Er überreichte ihm die Auszeichnungen und lehnte sich zurück, um Taulers Reaktion zu studieren.

»Danke.« Tauler wog die Medaillen in der Hand und steckte sie weg. »Ich fühle mich geehrt.«

»Du verbirgst dein Gefühl recht gut.«

Tauler war verlegen und bestürzt. »General, es war nicht meine Absicht ...«

»Schon gut, mein Sohn«, sagte Dalakott. »Sag mal, ist das Leben in der Armee so, wie du es dir vorgestellt hast?«

»Von Kindesbeinen an hatte ich den Traum, ein Krieger zu werden, aber ...«

»Du warst zwar darauf vorbereitet, das Blut des Gegners vom Schwert zu wischen, aber nicht auch noch die Schmiere seiner letzten Mahlzeit.«

Offen erwiderte Tauler den Blick des Generals. »General, ich verstehe nicht, warum Ihr mich habt kommen lassen.«

»Um dir das hier zu geben, glaube ich.« Dalakott öffnete die rechte Hand und enthüllte ein kleines Objekt, das er auf Taulers Handfläche kippte.

Tauler war erstaunt über das Gewicht. Wie schwer es auf seiner Hand lag? Er hielt das Ding näher ans Licht und war gefesselt von Farbe und Glanz der polierten Oberfläche. Eine solche Farbe hatte er noch nie gesehen, weiß und doch nicht weiß, ähnlich der See, wenn sie die ersten Sonnenstrahlen schräg reflektierte. Das Ding war gerundet wie ein Kiesel und erinnerte vage an die Miniatur eines Schädels, dessen Einzelheiten vom steten Strom der Zeit abgetragen waren.

»Was ist das?« sagte Tauler.

Dalakott schüttelte den Kopf. »Ich weiß es nicht. Keiner weiß es. Ich fand es vor vielen Jahren in der Provinz Rendat, am Ufer des Bes-Andar, und keiner konnte mir bisher sagen, was es ist.«

Tauler schloß die Finger um das warme Objekt und sofort fing sein Daumen an, auf der glatten Oberfläche zu kreisen. »Aber ich verstehe immer noch nicht, General. Warum wollt Ihr — das ausgerechnet mir geben?«

»Weil ...« Dalakott zögerte und lächelte ihn seltsam an. »Weil man sagen könnte, es hat deine Mutter und mich zusammengeführt.«

»Ich verstehe«, sagte Tauler mechanisch aber nicht unwahrheitsgemäß, als die Worte des Generals durch seinen Kopf spülten und — so wie eine starke, klare Welle den Strand verändert — bruchstückhafte Erinnerungen auf neue Weise miteinander verknüpften. Die Muster waren unvertraut und doch nicht völlig fremd, weil sie der bisherigen Ordnung innegewohnt und nur einer einzigen plätschernden Erregung bedurft hatten, um sichtbar zu werden. Die Stille wurde nur unterbrochen von dem schwachen Knall, als eine Ölwanze blindlings gegen die Flammröhre einer Lampe flog und in den Behälter rutschte. Tauler starrte feierlich auf seinen Vater und bemühte sich, ein angemessenes Gefühl heraufzubeschwören, aber er war wie betäubt.

»Ich weiß nicht, was ich Euch sagen soll«, gab er schließlich zu. »Das kommt so ... spät.«

»Später als du denkst.« Dalakotts Gesicht nahm einen undeutbaren Ausdruck an, als er den Becher erneut an die Lippen hob. »Ich hatte mehrere Gründe, meine Vaterschaft ruhen zu lassen — einige waren egoistischer Natur, nicht alle. Bist du mir sehr böse, Tauler?«

»Nicht im geringsten, General.«

»Ich bin froh.« Dalakott erhob sich. »Wir werden uns nicht wiedersehen, Tauler. Wirst du mich umarmen ... einmal ... wie ein Mann seinen Vater umarmt?«

»Vater.« Tauler stand auf und legte die Arme um den schwertgeraden, älteren Mann. Während des kurzen Kontakts stieß ihm ein merkwürdiger Hauch von Würze auf. Er blickte flüchtig auf den Becher hinunter, der auf dem Schreibtisch wartete, und fühlte sich, ohne es zu wollen, an vergangene Zeiten erinnert; als sie sich voneinander lösten, um wieder ihre Plätze einzunehmen, brannten seine Augen.

Dalakott wirkte ruhig, vollkommen gefaßt. »Nun, mein Sohn, wie sind deine Pläne? Kolkorron und sein neuer Verbündeter — die Pterssa — haben ihren ruhmreichen Sieg errungen. Die Arbeit der Soldaten ist so gut wie getan; wie also stellst du dir deine Zukunft vor?«

»Ich glaube nicht, daß für mich eine Zukunft vorgesehen war«, sagte Tauler. »Es gab eine Zeit, da hätte Leddravohr mich am liebsten eigenhändig ausgelöscht, aber irgend etwas geschah, etwas, das ich nicht begriff. Er nahm mich in die Armee auf, und ich glaube, er wollte nur, daß die Chamtessanier ihm die Arbeit aus der Ferne abnahmen.«

»Du weißt, er steckt bis über beide Ohren in der Arbeit, und das zehrt an seinen Kräften«, sagte der General. »Ein ganzer Kontinent muß ausgebeutet werden, was bloß ein Vorspiel zum Bau von Pradts Auswandererflotte ist. Vielleicht hat Leddravohr dich längst vergessen.«

»Ich habe ihn nicht vergessen.«

»Du sinnst auf seinen Tod?«

»Früher ja.« Tauler entsann sich blutiger Fußabdrücke auf hellem Mosaik, doch die Erinnerung wurde undeutlich, wurde überlagert von Hunderten von blutigen Gemetzeln. »Jetzt bezweifle ich, ob das Schwert überhaupt eine Antwort auf irgend etwas ist.«

»Ich bin erleichtert, daß du es so siehst. Wenn Leddravohr auch nicht mit ganzem Herzen bei der geplanten Auswanderung ist, so ist er doch wahrscheinlich der beste Mann, das Ganze zu einem erfolgreichen Abschluß zu bringen. Es kann sein, daß die Zukunft unserer Rasse auf seinen Schultern ruht.«

»Ich bin mir dessen bewußt, Vater.«

»Und du glaubst, du kannst dein Problem ganz ohne meinen Rat meistern?« Der General zog den Mund schief. »Ich glaube, ich hätte meine Freude daran gehabt, dich bei mir zu haben. Doch zurück zu meiner Frage. Hast du überhaupt keinen Wunsch für die Zukunft?«

»Ich würde gerne ein Schiff nach Jenland steuern«, sagte Tauler. »Aber ich glaube, das ist ein vergeblicher Wunsch.«

»Wieso? Deine Familie hat doch Einfluß.«

»Mein Bruder ist zwar leitender Berater beim Entwurf der Himmelsschiffe, aber bei Prinz Leddravohr fast so unbeliebt wie ich.«

»Ist das etwas, das du dir von Herzen wünschst, dieses Steuern eines Himmelsschiffes? Heißt das, du willst *wirklich* Tausende von Meilen in den Himmel aufsteigen? Mit nichts als einem Ballon und ein paar Seilen und Holzplanken, die dich halten?«

Die Fragen überraschten Tauler. »Warum nicht?«

»Wahrhaftig, ein neues Zeitalter bringt neue Männer hervor«, sagte Dalakott leise und mehr zu sich selbst, dann schien er es mit einmal eilig zu haben. »Du mußt jetzt gehen — ich muß noch Briefe schreiben. Ich habe ein wenig Einfluß bei Leddravohr, und großen Einfluß bei Karranald, dem Oberbefehlshaber der Luftstreitkräfte. Falls du die erforderliche Eignung hast, wirst du ein Himmelsschiff steuern.«

»Ich weiß schon wieder nicht, was ich sagen soll, Vater.« Tauler stand auf, aber es widerstrebte ihm zu gehen. So viel war geschehen in nur wenigen Minuten, und seine Unfähigkeit zu antworten erfüllte ihn mit einem Gefühl von Schuld. Wie konnte man seinem Vater beinah im gleichen Atemzug zum ersten Mal begegnen und Lebewohl sagen?

»Niemand verlangt, daß du etwas sagst, mein Sohn. Beherzige, daß ich deine Mutter geliebt habe und ...« Dalakott brach jäh ab, sah bestürzt aus und musterte den Innenraum des Zelts, als befürchte er die Anwesenheit eines ungebetenen Gastes.

Tauler war erschrocken. »Ist Euch schlecht?«

»Es ist nichts. Die Nacht ist zu lang und zu finster in diesem Teil der Welt.«

»Vielleicht wenn Ihr Euch hinlegt«, sagte Tauler und wollte ihm helfen.

General Risdel Dalakott gebot ihm mit einem Blick Einhalt. »Abtreten, Leutnant Marakain!«

Tauler salutierte korrekt und verließ das Zelt. Als er sich anschickte, die Eingangsplane loszulassen, sah er, daß sein Vater die Feder aufgenommen hatte und bereits schrieb. Tauler ließ die Plane fallen, und der dreiekkige Ausschnitt trüben Lichts — ein Symbol ungelebter Leben und nie erzählter Geschichten, die durch die hauchdünnen Falten der Wahrscheinlichkeit sickerten — verschwand rasch. Er weinte, als er durch die bestirnte Dunkelheit davonging. Tiefe Wellen des Gefühls bahnten sich endlich ihren Weg, und seine Tränen flossen um so reichlicher, da sie zu spät kamen.

13. Kapitel

Die Nacht war wie immer die Zeit der Pterssa. Marnn Ibbler war schon mit Fünfzehn der Armee beigetreten und hatte — wie viele langdienende Soldaten — ein empfindliches inneres Warnsystem entwickelt, das sofort anschlug, wenn eine Pterssa in der Nähe war.

Er war sich der ständigen Wachsamkeit nur selten bewußt, doch er nahm permanent den vollen Umkreis seiner Umgebung wahr, und selbst wenn er erschöpft oder betrunken war, spürte er gleichsam instinktiv, wenn sich in seiner Nachbarschaft eine Pterssa herumtrieb.

So sollte er der erste Mann sein, der überhaupt etwas von dem neuerlichen Wandel in der Natur und im Verhalten des uralten Feindes der Kolkorronier bemerkte.

Er war auf Nachtwache im großen Basislager der Dritten Armee bei Trompha im südlichen Middak. Der Dienst war anspruchslos. Als Kolkorron in Chamtess einfiel, hatte man hier nur wenige Versorgungseinheiten zurückgelassen; die Basis lag nahe dem sicheren Kernland des Reichs, und nur ein Narr wagte sich bei Nacht auf offenes Gelände hinaus.

Zwei junge Wachposten standen bei Ibbler, die sich bitterlich beklagten, nicht zuletzt über das Essen und die Bezahlung. Was das Essen anging, mußte er ihnen insgeheim recht geben — soweit er zurückdenken konnte, hatte es noch nie so kärgliche und schwer verdauliche Rationen gegeben — doch in der Manier altgedienter Soldaten nahm er jeder Klage mit der passenden Geschichte über Entbehrungen in früheren Schlachten die Spitze. Sie hielten sich dicht am inneren Schutzschirm auf, den eine dreißig Schritt breite Pufferzone vom äußeren Schirm trennte. Durch die Maschen waren die fruchtbaren Ebenen von Middak zu sehen, die sich bis zum westlichen Horizont erstreckten, erhellt von einem Jenland zwischen halber und voller Phase.

Draußen im Zwielicht gab es nichts, was sich hätte rühren dürfen — abgesehen von den nahezu pausenlos aufblitzenden Sternschnuppen — und als Ibblers fein abgestimmte Sinne eine fast unmerkliche Verschiebung von Schatten auf Schatten registrierten, wußte er sofort, daß es sich um eine Pterssa handelte. Er behielt seine Entdeckung für sich — sie waren sicher hinter der doppelten Barriere — und fuhr in der Unterhaltung fort, als sei nichts gewesen; doch von nun an war ein Teil seines Bewußtseins anderweitig engagiert.

Im nächsten Moment bemerkte er eine zweite Pterssa, dann eine dritte, und innerhalb einer Minute hatte er eine Traube von acht Blasen gezählt. Sie ließen sich auf einer sanften Nordwestbrise hinaustragen, und er verlor sie weiter rechts aus seiner Sicht, wo die vertikalen Stränge der Netze zu einer scheinbar dicht gewebten Struktur verschmolzen.

Ibbler, wachsam aber immer noch unbekümmert, wartete darauf, daß die Pterssas wieder in seinem Blickfeld auftauchten. Wenn die Blasen auf den äußeren Schirm stießen, würden sie, der Luftströmung gehorchend, südwärts an der Peripherie des Lagers entlangschnüffeln und schließlich, da sie keine Beute fanden, ausscheren und sich zur Südwestküste und zum Otollischen Meer verziehen.

Diesmal schienen sie sich anders zu verhalten.

Nachdem Minuten verstrichen waren, in denen sich die Blasen nicht wieder gezeigt hatten, fiel Ibblers jungen Kameraden auf, daß er sich nicht mehr an der Unterhaltung beteiligt hatte. Was Ibbler ihnen dann zu erklären versuchte, fanden sie amüsant, und sie kamen zu dem Schluß, die Pterssas müßten — vorausgesetzt sie existierten nicht nur in Ibblers Einbildung — einen aufsteigenden Luftstrom erwischt haben und über das Netzdach des Lagers gestiegen sein. Ängstlich bedacht, nicht als nervöses altes Weib eingestuft zu werden, ließ Ibbler die Sache auf sich beruhen, obwohl es selten vorkam, daß Pterssas in der Nähe von Menschen so hoch flogen.

Am nächsten Morgen fand man fünf Erdarbeiter tot in ihrer Baracke. Pterssose! Der Soldat, der blindlings hineingestolpert war, starb ebenfalls, sowie zwei weitere, zu denen er in seiner Panik hingerannt war, ehe die Quarantänebestimmungen griffen, und alle, die im Verdacht standen, verseucht zu sein, durch Bogenschützen auf den *Pfad des Ruhms* geschickt wurden.

Es war Ibbler, der fand, daß die Baracke der Erdarbeiter ganz in der Nähe und in der Windrichtung der Stelle lag, wo die Gruppe der Pterssas letzte Nacht die Peripherie erreicht haben mußte. Er beschaffte sich eine Unterredung mit dem kommandierenden Offizier und unterbreitete ihm die Hypothese, daß die Pterssas den äußeren Schirm dazu benutzt hätten, sich als geschlossene Gruppe selbst zu zerstören, um so eine Giftwolke zu erzeugen, die konzentriert genug war, um noch jenseits der dreißig Schritt breiten Sicherheitszone wirksam zu sein. Ibblers Worte wurden reichlich skeptisch aufgenommen, doch sie sollten sich in den nächsten Tagen gleich mehrfach bewahrheiten.

Keiner der nachfolgenden Seuchenausbrüche wurde so schnell unter Kontrolle gebracht wie seinerzeit in Trompha, und viele hundert Menschen mußten sterben, ehe die Behörden begriffen, daß der Krieg zwischen dem kolkorronischen Volk und der Pterssa in eine neue Phase getreten war.

Die Bevölkerung bekam das zweifach zu spüren.

Obwohl die Pufferzonen doppelt so breit gemacht wurden, gab es keine Garantie für ihre Wirksamkeit. Eine leichte, beständige Brise war die am meisten gefürchtete Wetterbedingung, weil sie eine Handvoll des Pterssagiftes unbemerkt und weit in eine Wohngemeinde

hineintragen konnte, ehe der Staub seine tödliche Konzentration verlor. Und selbst bei stürmischem oder wechselndem Wind konnte eine ausreichend große Pterssatraube die tückische Hand des Todes nach einem schlafenden Kind ausstrecken, und am nächsten Morgen würde sich eine ganze Familie oder Wohngemeinschaft infizieren.

Der zweite Faktor, der die Dezimierung der Bevölkerung beschleunigte, war ein weiterer Rückgang in der landwirtschaftlichen Produktion. Regionen, die bislang nur die Rationierung von Lebensmitteln kannten, gerieten jetzt in eine regelrechte Hungersnot. Das überlieferte System kontinuierlicher Ernte zeigte sich von der Schattenseite; den Kolkorroniern fehlte jegliche Erfahrung in der Langzeitlagerung von Korn und anderen Früchten. In überstürzt hergerichteten Vorratskammern verfaulten die mageren Reserven oder wurden von Erregern befallen, und neue Krankheiten forderten ihren Tribut.

Der Transport riesiger Mengen von Energiekristallen aus Chamtess nach Ro-Atabri hielt unvermindert an, während die Krise im Reich immer schlimmere Ausmaße annahm. Auch das Militär bekam die Auswirkungen zu spüren; und nicht nur da, wo die fünf Armeen im fernen Chamtess standen. Für sie war die Rückkehr nach Kolkorron und in die Heimatprovinzen gesperrt, und sie mußten als Besatzung im *Land der Langen Tage* zurückbleiben, wo die Pterssa — als ob sie spüre, wie verletzlich die Armeen waren — in immer größeren Schwärmen auftrat. Nur die Einheiten, die mit dem Ausweiden der Brakkawälder und der Verschiffung der grünen und purpurnen Kristalle befaßt wurden, blieben unter der Schirmherrschaft von Leddravohrs Oberkommando.

Und Prinz Leddravohr hatte seine Meinung geändert.

Anfangs hatte er die Verantwortung für die Auswanderung nach Jenland fast ausschließlich aus Loyalität zu seinem Vater übernommen und seinen Widerwillen mit der Aussicht auf einen uneingeschränkten Krieg gegen Chamtess kompensiert. Während der ganzen Vorbereitungen zum Bau einer Himmelsflotte hatte er nie recht an den Erfolg dieses höchst unerquicklichen Abenteuers geglaubt und immer gehofft, es könne sich noch irgendeine weniger radikale Lösung für die Probleme Kolkorrons ergeben, die mehr in Einklang stand mit bewährten historischen Vorbildern.

Doch er war vor allem ein Realist, ein Mann, der wußte, daß es von noch vitalerer Bedeutung war, Wollen und Können in Einklang zu bringen; und als Kolkorrons Niederlage im Krieg gegen die Pterssa unvermeidlich erschien, änderte er seinen Standpunkt.

Die Auswanderung nach Jenland war jetzt Bestandteil seiner persönlichen Zukunft, und diejenigen in seiner Umgebung, die seine neue Einstellung zu spüren bekamen, begriffen schnell, daß ihr nichts in den Weg kommen durfte.

14. Kapitel

»Nicht ausgerechnet heute!« sagte Oberst Kartkang ärgerlich. »Ich nehme doch an, du weißt, daß für die zehnte Stunde dein Start geplant ist?«

Er war schmächtig für ein Mitglied der Militärkaste, hatte ein rundes Gesicht mit einem so großen Mund, daß zwischen all den Mausezähnchen eine deutliche Lücke geblieben war. Sein Talent zur Verwaltung und sein unfehlbarer Blick fürs Detail hatten ihm die Ernennung zum Befehlshaber des Testgeschwaders für Himmelsschiffe eingebracht, und es mißfiel ihm ganz deutlich zuzulassen, daß ein Testpilot kurz vor dem wichtigsten Testflug die Basis verließ.

»Oberst, ich werde zeitig genug zurück sein«, sagte Tauler. »Ihr wißt, daß ich in dieser Hinsicht nicht das kleinste Risiko eingehe.«

»Ja, aber ... Weißt du, daß Prinz Leddravohr vorhat, sich den Aufstieg höchstpersönlich anzusehen?«

»Ein Grund mehr für mich, wieder früh zur Stelle zu sein, Oberst. Ich will mich nicht des Hochverrats schuldig machen.«

Kartkang, immer noch unschlüssig, stieß ein Bündel Papiere auf seinem Schreibtisch zurecht. »War Baron Glo wichtig für dich?«

»Er hat mich gelehrt, mein Leben zu riskieren.«

»In diesem Fall solltest du ihm wohl besser deine letzte Ehre erweisen«, sagte Kartkang. »Aber vergiß den Prinzen nicht.«

»Danke, Oberst.« Tauler salutierte und verließ — aufgewühlt von widerstreitenden Gefühlen — das Büro. War es nicht eine grausame Ironie, ein Indiz für die Existenz einer hämischen Gottheit, daß Glo ausgerechnet an dem Tag begraben werden sollte, da ein Himmelsschiff sich anschickte, den Beweis zu erbringen, daß ein

Flug nach Jenland durchführbar war? Glo hatte die Idee in die Welt gesetzt und sich damals nur Hohn und Spott damit eingehandelt; schließlich hatte er sich gedemütigt zurückgezogen, und als ihm jetzt die persönliche Rechtfertigung winkte, da hatte ihn sein geplagter Leib im Stich gelassen. Und es würde keine dickbäuchige Statue in den Gärten des Großen Palastes geben, und es war zu bezweifeln, ob sich die Nation jemals an Glos Namen erinnern würde, obgleich er es war, der ihr dazu verholfen hatte, sich auf eine andere Welt zu retten. *Alles hätte ganz anders kommen müssen,* dachte Tauler.

Vor seinem geistigen Auge sah er, wie die Auswandererflotte auf Jenland herabsank, und ihn packte wieder — wie seit Tagen — diese eisige Erregung. Er war schon so lange von der Idee besessen, an der ersten interplanetarischen Mission teilzunehmen, und hatte mit solcher Hingabe geschuftet, damit die Wahl auf ihn fiel, daß er die wirklich erstaunlichen Aspekte des Unterfangens aus dem Blick verloren hatte. Seine Unrast hatte die Zeit nur noch träger verfließen lassen, so daß er unterschwellig zu glauben begonnen hatte, sein Ziel würde für immer unerreicht dort oben bleiben, wie ein schimmerndes Märchenland, und jetzt — jählings — war die Gegenwart mit der Zukunft kollidiert.

Der Zeitpunkt für die große Reise stand unmittelbar bevor, und es gab viel zu lernen auf dieser Reise, doch nicht alles würde mit der technischen Seite des interplanetaren Fluges zu tun haben.

Tauler verließ den Verwaltungstrakt der Testschwadron und stieg über eine Holztreppe an die Oberfläche der Ebene, die sich nördlich von Ro-Atabri bis zu den Ausläufern des Slaskitan-Gebirges erstreckte. Er verlangte ein Blauhorn vom Stallmeister und machte sich auf den Zweimeilenritt nach Grünberg. Das gelackte Leinen des tunnelartig überzelteten Weges glühte im Sonnenlicht des Frühtages, umgab ihn mit einem gelblichen diffusen Licht, und die eingeschlossene Luft war schwül und angefüllt mit dem schweren Geruch der Tierexkremente. Der Hauptverkehr führte aus der Stadt heraus, flache Frachtkarren mit Teilstücken von Gondeln und Düsenzylindern aus Brakka.

Tauler gelangte ziemlich schnell an den östlichen Knotenpunkt, bog in den Tunnel, der nach Grünberg führte, und erreichte bald eine Gegend, die noch von den älteren offenmaschigen Schirmen der Vororte von Ro-Atabri geschützt wurde. Er ritt durch eine Moräne verlassener Wohnhäuser auf der ungeschützten Flanke des Hügels und erreichte schließlich den kleinen privaten Friedhof, der an die Kollonaden des Westflügels der Grünbergfeste grenzte.

Mehrere Gruppen Trauernder waren bereits anwesend, unter ihnen sein Bruder und die schlanke, graugekleidete Gestalt von Gesalla Marakain. Er sah sie zum ersten Mal wieder seit der Nacht, in der sie von Leddravohr mißbraucht worden war, vor mehr als einem Jahr, und sein Herz überschlug sich beängstigend, weil er nicht wußte, wie er sich ihr gegenüber verhalten sollte.

Er stieg ab, rückte das bestickte blaue Wams zurecht — er trug die neue Uniform eines Kapitäns zum Himmel — und ging auf seinen Bruder und dessen Frau zu, immer noch seltsam nervös und befangen. Leyn schenkte ihm jenes stille, halbe Lächeln, aus dem Familienstolz mit einem Anflug von Ungläubigkeit sprach — wie so häufig in jüngster Zeit, wenn sie sich bei technischen Besprechungen trafen. Tauler freute sich, seinen älteren Bruder durch die Zielstrebigkeit überrascht und beeindruckt zu haben, mit der er jedes Hindernis, einschließlich seiner Leseschwäche, ausgeräumt hatte, um Pilot zu werden.

»Das ist ein trauriger Tag«, sagte er zu Leyn.

Gesalla, die ihn nicht hatte kommen sehen, fuhr herum, eine Hand am Hals. Er nickte ihr höflich zu und schwieg, um es ihr zu überlassen, ob sie mit ihm ins Gespräch kommen wollte oder nicht. Sie erwiderte sein

Nicken wortlos aber ohne Antipathie, und er fühlte sich ein wenig ermutigt. Er hatte sie in Erinnerung, als die Beschwerden der Schwangerschaft an ihrem Gesicht gezehrt hatten, aber jetzt waren ihre Wangen wieder voller und rosa angehaucht. Sie sah tatsächlich jünger aus als früher, und ihr Anblick nahm ihn gefangen.

Er bemerkte Leyns abwartenden Blick und sagte: »Warum war Glo nicht etwas mehr Zeit vergönnt?«

Leyn zuckte die Achseln, eine unerwartet gleichgültige Geste von jemandem, der dem Erzphilosophen so nahe gestanden hatte. »Hast du schon die Bestätigung für den Aufstieg?«

»Ja. Er findet zur zehnten Stunde statt.«

»Das weiß ich. Ich meine, ob klar ist, daß *du* ihn bekommst?«

»Selbstverständlich!« Tauler blickte in den vernetzten Himmel und auf die perlmutterfarbene Morgensichel von Jenland. »Ich bin bereit, Glos unsichtbare Berge zu besteigen.«

Gesalla wirkte belustigt und interessiert. »Was heißt das?«

»Wir wissen, daß die Atmosphäre zwischen unseren beiden Welten dünner wird«, sagte Tauler. »Man hat die Verdünnungsrate grob gemessen, indem man Gasballons aufsteigen ließ und ihre Ausdehnung durch geeichte Teleskope beobachtete. Dieser Sachverhalt muß natürlich durch den Testflug bestätigt werden, aber wir glauben, daß die Luft ergiebig genug ist, um darin leben zu können, selbst in der Mitte zwischen Diesland und Jenland.«

»Hört euch den frischgebackenen Experten an«, sagte Leyn.

»Ich habe die besten Lehrer gehabt«, erwiderte Tauler unbekümmert und wandte sich wieder Gesalla zu. »Baron Glo meinte, der Flug sei vergleichbar mit einer Klettertour zum Gipfel eines unsichtbaren Berges und dem anschließenden Abstieg — von einem anderen Berg.«

»Ich hätte ihm nie eine poetische Ader zugetraut«, sagte Gesalla.

»Da ist eine Menge, was man ihm nicht zugetraut hätte.«

»Ja — wie zum Beispiel deine Rangfrau aufzunehmen, als du fortgegangen bist, um Soldat zu spielen«, warf Leyn ein. »Was ist übrigens aus ihr geworden?«

Tauler starrte seinen Bruder einen Moment lang an, verwirrt und betrübt von dem gehässigen Unterton. Leyn hatte ihm diese Frage vor einiger Zeit schon einmal gestellt, und jetzt schien er die Rede nur deswegen auf Fera zu bringen, weil sie immer ein Stein des Anstoßes für Gesalla gewesen war. War Leyn womöglich eifersüchtig auf seinen ›kleinen Bruder‹, weil der sich für die Teilnahme am Testflug qualifiziert hatte, dem größten wissenschaftlichen Experiment aller Zeiten?

»Fera hat es nicht lange hier ausgehalten, und sie zog wieder in die Stadt«, sagte Tauler. »Vermutlich geht es ihr gut — ich *hoffe* es wenigstens — denn unsere Wege haben sich seither nicht wieder gekreuzt. Warum fragst du?«

»Ahmmm ... nur aus Neugier.«

»Und falls deine Neugier noch weiter geht — ich kann dir versichern, meine Zeit bei der Armee war alles andere als ein ›Spiel‹. Ich ...«

»Hört auf damit«, sagte Gesalla und legte beiden eine Hand auf den Arm. »Die Feierlichkeiten beginnen.«

Tauler erlitt soeben eine neue Verwirrung seiner Gefühle, als die Begräbnisgesellschaft aus den Kollonaden kam. Glo hatte in seinem Testament die kürzeste und einfachste Begräbnisfeier verfügt, die man einem kolkorronischen Aristokraten gewähren durfte. Der Leichenzug bestand nur aus Erzbischof Balauntar, gefolgt von vier Suffraganbischöfen in dunklen Roben, die den zylindrischen Block aus weißem Gips trugen, in den man Glos Körper eingebettet hatte. Balauntar, mit vorgestrecktem Kopf und schwarzen Gewändern, die eine knochige Gestalt drapierten, ähnelte einem Raben, während er langsam mit langen Schritten auf das kreisrunde Loch zuging, das man in das weiche Muttergestein des Friedhofs gebohrt hatte.

Psalmodierend überantwortete er Baron Glos sterbliche Hülle dem Mutterleib des Planeten, auf daß sie wieder darin eingehe, und erflehte für Glos Seele eine sichere Reise nach Jenland, auf daß ihr nach einer zufälligen Wiedergeburt ein langes und gedeihliches Leben auf der Schwesterwelt bevorstehe ...

Tauler wurde von Schuldgefühlen geplagt, während er zusah, wie der weiße Zylinder hinabgelassen und die Öffnung mit Zement aus einer verzierten Urne zugegossen wurde. Es war ein Abschied für immer, und er hätte von Trauer und Leid gequält sein sollen, doch seine widerspenstigen Gedanken kehrten immer wieder zu der Tatsache zurück, daß Gesalla — die ihn noch nie zuvor berührt hatte — ihrer Hand gestattet hatte, auf seinem Arm zu verweilen. Hieß das, sie hatte ihre Einstellung zu ihm geändert, oder hatte es damit zu tun, daß irgend etwas zwischen ihr und Leyn nicht mehr stimmte, der sich ein ums andere Mal sonderbar benommen hatte? Und hinter allem, was in ihm vorging, pochte die Erwartung, bald so weit in die blaue Kuppel des Himmels aufzusteigen, daß ihn selbst die stärksten Teleskope nicht mehr erreichen würden.

Deshalb war er auch erleichtert, als die kurze Zeremonie zu Ende ging und sich die Gruppen von Trauernden — die meisten waren Blutsverwandte — zerstreuten.

»Ich muß jetzt zur Basis zurück«, sagte er. »Es gibt noch viel zu ...« Er ließ den Satz unvollendet, als er bemerkte, daß sich der Erzbischof von seiner Begleitung gelöst hatte und auf sie zukam. Da Tauler annahm, Balauntar wolle mit Leyn sprechen, trat er diskret einen Schritt zurück. Er war bestürzt, als Balauntar direkt auf ihn zusteuerte, die engstehenden Augen bohrend und zornig, und ihm aus dem Handgelenk die baumelnden Finger vor die Brust schlug.

»Dich kenne ich doch«, sagte er. »Marakain! Du bist derjenige, der Hand an mich gelegt hat in der *Halle des Regenbogens,* vor den Augen des Königs.« Er schlug die Finger noch einmal gegen Tauler, in der Art einer symbolischen Vergeltung.

»Nun, da Ihr Euch revanchiert habt«, sagte Tauler leichthin, »kann ich irgend etwas für Euch tun, Hochwürden?«

»Ja, du kannst diese Uniform ausziehen — sie ist eine Verunglimpfung der ganzen Kirche und speziell meiner Person.«

»Auf welche Weise verunglimpft sie Euch?«

»Auf *jede* erdenkliche! Nur schon die Farbe, sie symbolisiert den Himmel, oder etwa nicht? Sie prahlt mit deiner Absicht, den *Heiligen Pfad* zu besudeln, oder etwa nicht? Auch wenn dein böser Plan zum Scheitern verurteilt ist, Marakain, diese blauen Fetzen sind eine Provokation für jeden rechtschaffenen Bürger dieses Landes.«

»Ich trage diese Uniform im Dienste für Kolkorron, Hochwürden. Alle Einwände dagegen solltet Ihr direkt dem König unterbreiten. Oder Prinz Leddravohr.«

»Hah!« In Balauntars Augen flackerte Haß auf, sein Gesicht zeugte von verhaltener Wut. »Du kommst nicht ungestraft davon, das sage ich dir. Auch wenn Leute wie du und dein Bruder der Kirche den Rücken kehren, in all eurer Sophisterei und Arroganz, werdet ihr am eigenen Leib zu spüren bekommen, daß das Volk so etwas nicht hinnimmt. Du wirst sehen! Die große Blasphemie, das *Böseste vom Bösen* bleibt nicht ungesühnt.« Er wirbelte herum und ging mit großen Schritten zum Friedhofstor, wo die vier Suffraganbischöfe warteten.

Tauler sah ihm nach und wandte sich mit hochgezogenen Brauen an die anderen. »Der Erzbischof scheint schlechte Laune zu haben.«

»Früher hättest du ihm die Hand zerquetscht, wenn

er dich so behandelt hätte.« Leyn imitierte Balauntars Geste, indem er die baumelnden Finger gegen Taulers Brust schlug. »Siehst du heute nicht mehr so schnell rot?«

»Vielleicht habe ich zuviel Rot gesehen.«

»O ja. Wie konnte ich das vergessen?« Der Spott in Leyns Stimme war jetzt unüberhörbar. »Das ist deine neue Rolle, hab' ich recht? Der Mann, der zu tief ins Glas der Erfahrung geschaut hat.«

»Leyn, ich habe keine Ahnung, womit ich dein Mißfallen erregt habe, und obwohl mich das traurig stimmt, habe ich jetzt keine Zeit mehr, der Sache auf den Grund zu gehen.« Tauler nickte seinem Bruder zu und verbeugte sich vor Gesalla, deren besorgter Blick zwischen den Brüdern hin und her ging. Als er sich anschickte zu gehen, brachte Leyn mit tränendunklen Augen seinen Bruder und seine Frau in einer spontanen Umarmung zusammen.

»Gib auf dich acht und werde nicht leichtsinnig da oben im Himmel, kleiner Bruder«, flüsterte Leyn. »Du bist es deiner Familie schuldig, gesund zurückzukehren, damit wir bei der Auswanderung alle zusammen nach Jenland fliegen können. Ich möchte Gesalla nur dem besten Piloten anvertrauen. Hast du verstanden?«

Tauler nickte und versuchte erst gar nicht zu sprechen. Die Berührung mit Gesallas grazilem Körper hatte nichts Sexuelles, wie es sich gehörte, aber *Rechtschaffenheit* lag darin, und sein Bruder schloß den Kreis der Seelen, der Trost und Heilung spendete und die Lebensenergien steigerte anstatt sie zu vergeuden.

Als Tauler sich aus der Umarmung löste, fühlte er sich leicht und stark, aufs beste gerüstet, sich in eine andere Welt emporzuschwingen.

15. Kapitel

Wir haben Sonnenschreibermeldungen aus fünfzig Meilen Gegenwind«, sagte Vaito Amdjuran, der Chefingenieur der T.G.H. »Die Posten sprechen von sehr geringer Pterssa-Aktivität — was das angeht, brauchst du dir keine Sorgen zu machen — nur die Windgeschwindigkeit ist etwas höher, als mir lieb ist.«

»Wenn wir auf perfekte Bedingungen warten, werden wie *nie* starten.« Tauler beschattete die Augen gegen die Sonne und musterte die weißblaue Himmelskuppel. Die helleren Sterne durchdrangen die hohen Wolkenstreifen, und die breite Sichel aus Helligkeit auf Jenlands Scheibe setzte die Zeit auf Mittfrühtag fest.

»Sicher, nur wirst du es mit falschem Auftrieb zu tun haben, wenn du ins Freie kommst. Du mußt aufpassen.«

Tauler grinste. »Ist es nicht ein bißchen spät für Lektionen in Aerodynamik?«

»Du hast gut reden — ich bin derjenige, der nachher alles erklären muß, wenn du dich umbringst«, sagte Amdjuran trocken. Er hatte stoppeliges Haar, und die plattgedrückte Nase und eine Schwertnarbe am Kinn ließen an einen pensionierten Soldaten denken, doch er war auf Grund seines technischen Talents von Prinz Chakkell persönlich in diese Stellung berufen worden. Tauler mochte ihn wegen seines beißenden Humors, und weil er nicht herablassend war zu Untergebenen, die weniger begabt waren als er.

»Dir zuliebe will ich versuchen, nicht umzukommen.« Tauler mußte den Lärm im Innenhof des gemauerten Kamins übertönen. Mitglieder der Bodenmannschaft kurbelten an einem großen Ventilator, dessen Getriebe und hölzerne Flügel mit einem Stakkato klackender Geräusche Normalluft in die Hülle des Himmelsschiffs zwangen, die man in Windrichtung unweit der Gondel ausgelegt hatte. Man erzeugte so einen Hohlraum innerhalb der Ballonhülle, damit später das Heißgas aus dem Energiekristallbrenner so eingeleitet werden konnte, daß es nicht direkt mit dem leichten Material in Berührung kam. Diese Methode hatte man entwickelt, um Hitzeschäden zu vermeiden, besonders an den Sockelbahnen rund um die Füllöffnung. Aufseher schnauzten Befehle für die Männer, die die allmählich schwellende Hülle an den Seiten hochhielten, und für andere, die die Tragleinen fierten.

Die viereckige, zimmergroße Gondel lag auf der Seite, bereits voll für den Flug ausgerüstet. Neben Nahrungsmitteln, Getränken und Treibstoff enthielt sie Sandsäkke mit dem Gewicht von sechzehn Männern, die zusammen mit der Testbemannung die Traglast auf das künftige Einsatzmaximum brachten. Die drei Männer, die mit Tauler fahren sollten, standen bei der Gondel, bereit, auf Kommando an Bord zu klettern. Tauler wußte, es waren nur noch Minuten bis zum Aufstieg, und der Gefühlsaufruhr in Verbindung mit Leyn und Gesalla und Glos Beerdigung verebbte zu einem Murmeln in seinem Unterbewußtsein. Im Geist war er schon unterwegs in der eisblauen Fremde, wie eine auswandernde Seele, und seine Träume waren nicht länger die eines gewöhnlichen an Diesland gefesselten Sterblichen.

Er vernahm Hufschlag in der Nähe und drehte sich um. Prinz Leddravohr ritt in den Innenhof ein, gefolgt von einer offenen Karosse, in der Prinz Chakkell mit seiner Gemahlin Desihn und den drei Kindern saß. Leddravohr war gekleidet wie für eine militärische Feier und trug einen weißen Küraß. An seiner Seite steckte das unvermeidliche Kampfschwert und auf seinem linken Unterarm ein langes Wurfmesser. Er stieg von seinem hochbeinigen Blauhorn, ließ seinen Blick schweifen, um jede Einzelheit des Treibens im Kaminhof aufzunehmen, und kam mit ruhigen Schritten auf Tauler und Amdjuran zu.

Während seiner Militärzeit hatte Tauler den Prinzen nicht ein einziges Mal zu Gesicht bekommen, und nur einmal aus der Entfernung, seit er wieder in Ro-Atabri war; ihm fiel auf, daß das glänzend schwarze Haar des Prinzen an den Schläfen grau wurde. Auch schien Leddravohr ein bißchen schwerer geworden, jedoch gleichmäßig über den ganzen Körper verteilt, was lediglich seine Muskeln ein wenig eingeebnet und sein statuenhaftes Gesicht noch glatter gemacht hatte.

Leddravohr nickte anerkennend. »Tja, Marakain, aus dir ist ein bedeutender Mann geworden, seit wir uns das letzte Mal gesehen haben. Ich denke, damit läßt sich's leichter leben.«

»Ich zähle mich nicht zu denen, die von Bedeutung sind, Prinz«, sagte Tauler in vorsichtig neutralem Ton, um Leddravohr zu testen.

»Aber du *bist* bedeutend! Du bist der erste, der ein Schiff nach Jenland bringt! Das ist eine große Ehre, Marakain, und du hast hart dafür gearbeitet. Einige waren der Meinung, du wärst zu jung und unerfahren für diese Mission — man solle sie lieber einem Offizier mit langer Ballonerfahrung anvertrauen, doch ich habe das Argument zurückgewiesen. Du hattest die besten Resultate in den Trainingskursen, und du stehst dir nicht selbst im Weg mit den überholten Kenntnissen und Praktiken eines Flugkapitäns, und du hast Mut, wie jeder weiß, der dich kennt — also habe ich entschieden, daß du die Führung des Testflugs übernimmst. Was hältst du davon?«

»Ich bin Euch zu tiefstem Dank verpflichtet, Prinz«, sagte Tauler.

»Dankbarkeit ist nicht gefragt.« Leddravohrs altbekanntes Lächeln, das nichts mit Freundlichkeit zu tun hatte, war so schnell wieder verschwunden, wie es aufgetaucht war. »Es ging nur darum, daß du auch die Früchte deiner Arbeit ernten solltest.«

Tauler begriff sofort, daß sich nichts geändert hatte, daß Leddravohr noch immer der Todfeind war, der niemals vergaß oder verzieh. Es war ihm ein Rätsel, warum der Prinz ihn im letzten Jahr verschont hatte, aber soviel stand fest: Derselbe Prinz trachtete ihm immer noch nach dem Leben. *Er rechnet damit, daß der Flug mißlingt!* *sagte er sich. Er glaubt, daß er mich in den Tod schickt!*

Die Intuition hatte ihm gänzlich unerwartet Leddravohrs Gedanken offenbart. Wenn er jetzt seine eigenen Gefühle gegenüber dem Prinzen analysierte, entdeckte er nichts als Gleichgültigkeit, mit vielleicht einer Spur von Mitleid mit einer Kreatur, die so eingekerkert wurde von negativen Emotionen, daß sie in ihrem eigenen Gift trieb und darin zu ertrinken drohte.

»Ich bin Euch trotzdem dankbar«, sagte Tauler, und ihm gefiel die Doppeldeutigkeit der Worte, die sich nur ihm erschloß. Er hatte sich davor gefürchtet, Leddravohr erneut gegenüberzutreten, doch die Begegnung bewies, daß er, Tauler, sein altes Selbst überwunden hatte, wahrhaftig und ein für allemal. Von nun an würde seine Seele sich so weit über Leddravohr und seinesgleichen aufschwingen, wie die Kontinente und Ozeane von Diesland unter seinem Himmelsschiff zurückbleiben würden. Wenn das kein Grund zur Freude war!

Leddravohr musterte einen Moment lang Taulers Gesicht, als wolle er darin lesen, dann richtete er sein Augenmerk auf das Schiff. Die Bodenmannschaft hob eben den Ballon auf die vier Beschleunigungsstützen, die den grundsätzlichen Unterschied zwischen einem Himmelsschiff und einem gängigen Luftschiff augenfällig machten. Jetzt zu drei Vierteln gefüllt, sackte der Ballon zwischen die Stützen wie irgendein grotesker Leviathan, den man seines Lebenssaftes beraubt hatte. Die gelackte Leinenhaut waberte schwach in den milden Luftströmungen, die durch die Maueröffnungen kamen.

»Wenn ich mich nicht irre«, sagte Leddravohr, »dann ist es jetzt Zeit, an Bord zu gehen, Marakain.«

Tauler salutierte, drückte Amdjurans Schulter und eilte zur Gondel. Auf sein Zeichen hin schwang sich Savotl an Bord, der Copilot und Protokollführer für den Flug, dicht gefolgt von Rillomainer, dem Mechaniker, und der winzigen Gestalt Flenns, des Taklers. Tauler ging als letzter an Bord und nahm seine Position am Brenner ein. Die Gondel lag immer noch auf der Seite, so daß er mit dem Rücken auf einer Trennwand aus Korbgeflecht liegen mußte, um den Brenner zu bedienen.

Die Hauptkomponente des Brenners hatte man aus einem kompletten, ganz jungen Brakkabaum gefertigt. Auf der linken Seite der zwiebelförmigen Basis saß ein kleiner Behälter voll Paikn, mit einem Ventil, das die Kristalle unter Luftdruck in die Reaktionskammer beförderte. Auf der gegenüberliegenden Seite regelte eine ähnliche Vorrichtung den Zustrom von Havl, und beide Ventile wurden durch einen einzigen Hebel bedient. Die Durchlaßöffnungen des rechten Ventils waren geringfügig größer, und damit auch der Anteil von Havl an der Reaktion, was erfahrungsgemäß für eine anhaltende Heißgasentwicklung günstiger war.

Tauler pumpte den Luftdruckbehälter von Hand auf, dann gab er dem Vormann der Bodenmannschaft zu verstehen, daß er bereit war, den Brenner zu starten. Der Geräuschpegel im Kaminhof sank ab, als die Männer am Gebläse das Kurbeln einstellten und die schwerfällige Maschine mitsamt dem Rüssel auf die Seite zogen.

Tauler schob den Kontrollhebel für etwa eine Sekunde vor. Es gab ein tosendes Fauchen, als die Energiekristalle miteinander reagierten und einen Stoß des heißen Miglyngases in das gähnende Maul des Ballons feuerten. Zufrieden mit der Arbeit des Brenners, erzeugte Tauler eine Reihe von Entladungen, die er kurz hielt, um Hitzeschäden am Gewebe zu vermeiden — und die weite Ballonhülle fing an, sich zu blähen und vom Boden zu lösen. Während sie sich allmählich aufrichtete, näherten sich die Männer, die die Kronseile hielten, und befestigten sie am Tragrahmen der Gondel, derweil andere die Gondel in die richtige Lage drehten. Auf einmal war das Himmelsschiff startbereit, nur noch gehalten von seinem zentralen Anker.

Eingedenk Amdjurans Warnung vor falschem Auftrieb, feuerte Tauler eine weitere Minute lang, und während das heiße Gas mehr und mehr die kältere Luft aus dem Ballonmund drängte, begann sich die Takelung zu straffen. Schließlich, viel zu beschäftigt, um sich der Bedeutung des Augenblicks zu widmen, drehte er den Ankerring, und das Himmelsschiff hob ab.

Es stieg bereits schnell, doch als das Krongewölbe des Ballons in den Wind hinausfuhr, der über den Kaminmauern wehte, erfuhr das Schiff einen derart ungestümen zusätzlichen Auftrieb, daß Rillomainer laut nach Luft rang, während es himmelwärts beschleunigte. Tauler, vorbereitet auf das Phänomen, feuerte einen langanhaltenden Heißgasstrom aus dem Brenner. In wenigen Sekunden lag der Ballon voll in der Luftströmung und ließ sich von ihr mitnehmen, und als die relative Luftbewegung über der Kuppe des Ballons auf Null fiel, verschwand auch der zusätzliche Auftrieb.

Zur selben Zeit trieb eine kräuselnde Verwerfung des Ballons, die noch vom ersten Aufprall des Windes rührte, etwas Gas aus dem Ballonmund, und nun verlor das Schiff sogar an Höhe, derweil es mit etwa zehn Stundenmeilen nach Osten davongetragen wurde. Die Geschwindigkeit war zwar vergleichsweise gering, aber das Himmelsschiff war nur für die vertikale Reise konstruiert, und jeder Bodenkontakt in diesem Stadium konnte verhängnisvoll sein.

Tauler begegnete dem unerwünschten Abstieg mit ausgedehnten Salven aus dem Brenner. Für eine bange Minute hielt die Gondel geradewegs auf die Reihe der

Elvartbäume am östlichen Rand des Startgeländes zu, als ob sie an eine unsichtbare Schiene gebunden sei, dann begann sich der Auftrieb des Ballons zu erholen. Der Boden fiel langsam zurück, und Tauler konnte dem Brenner eine Ruhepause gönnen. Er blickte zurück auf die Flut der Ballonkamine, von denen einige noch im Bau begriffen waren, und konnte unter den Hunderten von Schaulustigen den weiß schimmernden Fleck von Leddravohrs Küraß ausmachen; doch der Prinz verlor mit zunehmender Entfernung an Bedeutung und schien bereits jetzt der Vergangenheit anzugehören.

»Machst du mal bitte eine Notiz?« sagte Tauler zu Ilven Savotl. »Die maximale Windgeschwindigkeit für einen Start bei voller Ladung liegt offensichtlich bei zehn Meilen pro Stunde. Auch diese Bäume sollten verschwinden.«

Savotl sah kurz vom Korbtisch in seiner Nische auf. »Ich bin schon dabei, Kapitän.« Er war ein schmalköpfiger Bursche mit winzigen Knollenohren und permanentem Stirnrunzeln, auf seine Art pedantisch und empfindlich wie ein alter Mann, aber immerhin Veteran mehrerer Testflüge.

Tauler sah sich in der viereckigen Gondel um, prüfte, ob alles seine Ordnung hatte. Mechaniker Rillomainer hatte sich auf die Sandsäcke in einem der Passagierabteile plumpsen lassen, war blaß um die Nase und tat sich entschieden selbst leid. Rih Flenn, der Takler, saß wie ein langschwänziger Baumaffe auf der Reling der Gondel, emsig dabei, den Haltestrick an einer der freihängenden Beschleunigungsstreben zu kürzen. Taulers Magen zog sich vor Kälte zusammen; Flenn hatte seine Leine nicht an der Reling gesichert.

»Was soll das, Flenn?« sagte er. »Mach deine Leine fest!«

»Ich kann besser ohne arbeiten, Kapitän.« Ein Grinsen spaltete das perläugige, knopfnasige Gesicht des Taklers. »Ich habe keine Höhenangst.«

»Würdest du jetzt *bitte* Angst haben?« Tauler sprach sanft, fast liebenswürdig, aber Flenns Grinsen erlosch sofort, und er klinkte seinen Karabinerhaken an die Brakkareling. Tauler wandte sich ab, um sein Lächeln zu verbergen. Flenn schlug aus seiner zwergenhaften und komischen Erscheinung Kapital und verstieß fortwährend gegen die Disziplin, auf eine Weise, mit der andere sich die Prügelstrafe eingehandelt hätten; aber er leistete hervorragende Arbeit. Tauler hatte mit ihm einen guten Griff getan, und es lag auf der Hand, daß er eine ausgesprochene Schwäche für Rebellen und Außenseiter hatte.

Jetzt gewann das Schiff laufend an Höhe. Unter ihnen lagen die westlichen Vororte von Ro-Atabri. Die vertrauten Konturen der Stadt wurden entstellt und verhüllt durch die Decke aus Anti-Pterssa-Schirmen, die sich darüber ausgebreitet hatte wie ein Pilzgeflecht; doch die Arlbucht und der Golf waren so, wie Tauler sie aus seiner Kindheit von Exkursionen mit dem Luftschiff kannte. Ihr verklärtes Blau ging über in einen purpurnen Dunstschleier vor dem Horizont — darüber schimmerten, vom Licht der Sonne geschwächt, die neun Sterne des Baums.

Tauler konnte den Großen Palast erkennen, am Südufer des Borann, und er fragte sich, ob König Pradt in eben diesem Augenblick vielleicht an einem Fenster stand und hinaufstarrte zu dem zerbrechlichen Gebilde aus Tuch und Holz, mit dem er die Zukunft gewinnen wollte. Seit er seinem Sohn absolute Macht verliehen hatte, war der König regelrecht zum Einsiedler geworden. Einige meinten, seine Gesundheit habe sich verschlechtert, andere, er habe keine Lust, sich wie ein verängstigtes Tier in den vermummten Straßen seiner Residenzstadt herumzudrücken.

Tauler stellte betroffen fest, daß ihn die komplexe und abwechslungsreiche Szenerie in der Tiefe kaum mehr berührte — als habe er schon beim ersten Schritt auf dem fünftausend Meilen langen Pfad hinauf nach Jenland die Fesseln seiner Vergangenheit abgestreift. Ob er die Schwesterwelt bei einer späteren Fahrt wirklich erreichen und dort ein neues Leben beginnen würde, entschied die Zukunft — seine Gegenwart war auf die winzige Welt des Himmelsschiffes beschränkt. Die Miniaturwelt der Gondel, nur gut vier Schritt im Quadrat, würde für mehr als zwanzig Tage sein ganzes Universum sein, und er brauchte sich um nichts ...

Taulers Meditation wurde abrupt beendet, als er in einiger Entfernung gegen Nordwesten ein purpurnes Pigmentfleckchen am weiß gefiederten Himmel bemerkte.

»Auf die Beine, Rillomainer!« rief er. »Es wird Zeit, daß du anfängst, dir deinen Sold zu verdienen.«

Der Mechaniker erhob sich aus dem Passagierabteil. »Tut mir leid, Kapitän — der Start ist mir irgendwie auf den Magen geschlagen.«

»Bevor du richtig krank wirst, mach dich an die Kanone«, sagte Tauler. »Kann sein, daß wir bald Besuch bekommen.«

Rillomainer fluchte und schwankte zur erstbesten Kanone. Savotl und Flenn folgten unaufgefordert seinem Beispiel. Auf jeder Seite der Gondel waren zwei Anti-Pterssa-Kanonen montiert, deren Rohre — nach der Art von Fässern — aus feinen Brakkastreifen bestanden, die durch eine Glasfadenwicklung in Harz aufs innigste miteinander verbunden waren. Unterhalb jeder Waffe befand sich ein Magazin, das mit gläsernen Energiekapseln und Projektilen bestückt war. Letztere waren eine erprobte Neuentwicklung — gebündelte Klauen aus Holzstäbchen, die sich im Flug radial öffneten. Die neuen Kanonen erforderten zwar mehr Sorgfalt als die älteren Streuwaffen, hatten dafür aber eine größere Reichweite.

Tauler blieb am Brenner und feuerte in kurzer Folge Hitzestöße in den Ballon, um die Steiggeschwindigkeit zu halten. Er war nicht besonders beunruhigt wegen der einen Pterssa, aber seine Warnung hatte wenigstens Rillomainer aufgescheucht. Man nahm allgemein an, daß die Blasen größere Entfernungen nur mit Hilfe von Luftströmungen überwinden konnten. Sie schienen die horizontale Komponente ihrer Bewegung nicht kontrollieren zu können — mit einer fatalen Ausnahme. Hatten sie ihre Beute erst einmal nahe genug vor sich, schienen sie in der Lage zu sein, die restliche Distanz willentlich zu überbrücken. *Wie* sie das anstellten, war nach wie vor ein Rätsel. Eine Theorie besagte, daß die Pterssa auf der dem Opfer abgewandten Seite eine kleine Öffnung in ihrer Haut erzeuge. Es sei der Ausstoß von inneren Gasen, der die Blase auf das Opfer zutreibe, bis sich schließlich ihre gesamte Struktur auflöse, um den giftigen Staub freizusetzen. Man blieb dabei auf Vermutungen angewiesen, da man eine Pterssa schlecht aus der Nähe studieren konnte.

Jetzt und hier war die Blase ungefähr vierhundert Schritt vom Schiff entfernt und würde wahrscheinlich diese Distanz beibehalten, weil beide — Schiff und Pterssa — von derselben Luftströmung getragen wurden. Tauler wußte aber auch, daß eine Pterssa die vertikale Komponente ihrer Bewegung recht gut beherrschte. Beobachtungen mit geeichten Teleskopen hatten ergeben, daß eine Pterssa ihre Lage regulieren konnte, indem sie ihre Größe anschwellen oder schrumpfen ließ, also ihre Dichte änderte, und Tauler hätte zu gerne ein doppeltes Experiment angestellt, das für die spätere Auswanderung von Nutzen sein konnte.

»Behalte die Blase im Auge!« sagte er zu Savotl. »Sie scheint sich auf unserer Höhe zu halten, und falls sie das wirklich tut, haben wir den Beweis, daß sie uns wahrgenommen hat — aus dieser Entfernung. Ich will auch wissen, wie hoch sie steigt, bevor sie aufgibt.«

»Sehr gut, Kapitän.« Savotl nahm sein Fernglas und ließ sich nieder, um die Pterssa zu beobachten.

Tauler sah sich in seinem engen Reich um und versuchte sich vorzustellen, wie eng es hier erst sein würde bei einer vollen Belegung, mit zwanzig Leuten an Bord. Die Passagierunterkünfte bestanden aus zwei schmalen, brusthohen Abteilen, die der Balance wegen an gegenüberliegenden Seiten der Gondel plaziert waren. Etwa neun Leute mußten sich in jedem Abteil zusammenpferchen, würden sich weder richtig hinlegen noch die Beine vertreten können, und ihre physische Kondition würde am Ende der langen Reise erbärmlich sein.

Eine Ecke der Gondel wurde von der Kombüse eingenommen, und die diagonal gegenüberliegende von einer primitiven Toilette, die kaum mehr als ein Loch im Boden war, mit einigen sanitären Hilfen. Das Zentrum wurde von den vier Mannschaftsabteilen beansprucht, die die Brennereinheit und den abwärts gerichteten Düsenantrieb umgaben. Der restliche Innenraum war größtenteils mit Paikn- und Havl-Magazinen angefüllt. Weitere Kristallmagazine, sowie die Nahrungs- und Trinkvorräte und verschiedene Spinde mit Ausrüstungsgegenständen befanden sich an den beiden gegenüberliegenden Seiten zwischen den Passagierabteilen.

Es war abzusehen, dachte Tauler, daß die Auswanderung, wie manche andere historische und ruhmreiche Unterfangen vor ihr, von Elend und Entwürdigung begleitet sein würde; sie würde eine körperliche und seelische Strapaze werden, die nicht alle überleben konnten.

Im Gegensatz zu der armseligen und überfüllten Gondel war das obere Element des Himmelsschiffs von majestätischer, dünnhäutiger Leere, eine gigantische, beinah substanzlose Form. Man hatte die Leinenbahnen der Ballonhülle dunkelbraun gefärbt, um die Wärme der Sonnenstrahlen zu absorbieren und so zusätzlichen Auftrieb zu gewinnen; doch als Tauler hinaufsah in das offene Maul des Ballons, sah er Licht durch das Gewebe glühen. Die Nähte und die horizontalen und vertikalen

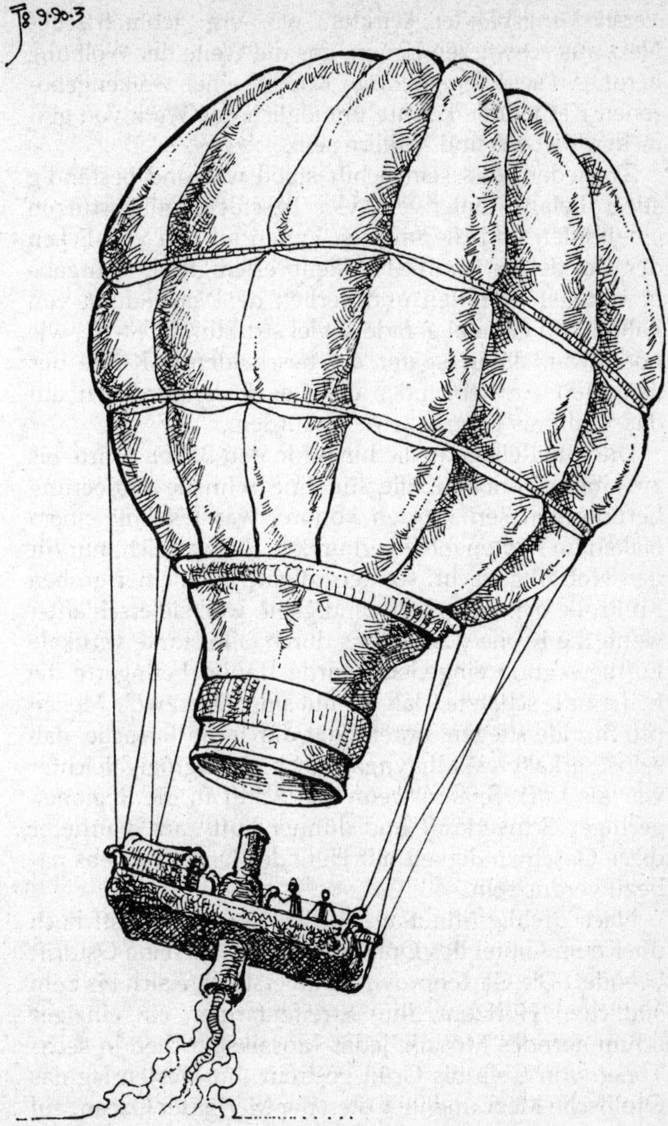

Verstärkungsbänder wirkten wie ein geometrisches Netz aus schwarzen Linien, das die Weite der Wölbung betonte. Diese feingliedrige Kuppel einer wolkengeborenen Kathedrale konnte unmöglich das Werk von einfachen Webern und Nähern sein.

Zufrieden, daß sein Schiff stabil war und beständig stieg, befahl Tauler, die vier Beschleunigungsstützen einzuholen und die unteren Enden an den vier Ecken der Gondel zu verankern. Flenn erledigte die Aufgabe in wenigen Minuten und verlieh der Verbindung von Ballon und Gondel gerade soviel strukturelle Steife, wie nötig war, damit später die bescheidenen Kräfte des zentralen Antriebs oder der Lagekorrekturdüsen auf das Schiff als Ganzes wirken würden.

Die rote Reißleine, die hinauf in den Ballon führte bis zu einer Kronbahn, die für eine schnelle Entleerung heruntergerissen werden konnte, war fest mit einem Haken im Pilotenabteil verbunden. Sie war nicht nur für den Notfall gedacht, sondern diente auch einer groben Kontrolle der Steiggeschwindigkeit, weil sie erschlaffte, wenn die Krone des Ballons durch eine starke vertikale Luftbewegung eingedellt wurde. Tauler befingerte die Leine und schätzte, daß sie mit ungefähr zwölf Meilen pro Stunde stiegen, unterstützt durch die Tatsache, daß selbst erkaltetes Miglyngas noch geringfügig leichter war als Luft. Später, wenn das Schiff in die Regionen geringer Schwerkraft und dünner Luft kam, würde er diese Geschwindigkeit mit Hilfe des Düsenantriebs nahezu verdoppeln.

Nach dreißig Minuten Fahrtzeit war das Schiff hoch über dem Gipfel des Optelmer und hatte seine Ostdrift beendet. Die Gartenprovinz Kail erstreckte sich bis zum südlichen Horizont, ihre Streifenfarmen ein einziges schimmerndes Mosaik, jedes Mosaiksteinchen in sechs Tönen von Gelb bis Grün gestreift. Im Westen lag das Otollische Meer und im Osten der Merlgiffer Ozean, auf ihren kurvenreichen Wasserzungen hier und da die

Tupfer von Segelschiffen. Das ockerfarbene Gebirge von Hochkolkorron beherrschte den Ausblick nach Süden, die Gipfelketten und Senken durch die Perspektive zusammengedrängt. Einige Luftschiffe, die wie winzige, ovale Juwelen glühten, befuhren die Handelslinien tief unten.

Aus einer Höhe von etwa sechs Meilen sah Diesland friedlich und schmerzlich schön aus. Nur die relative Seltenheit der Luft- und Segelschiffe deutete darauf hin, daß die gesamte Landschaft, die scheinbar im milden Licht der Sonne döste, in Wahrheit ein Kriegsschauplatz war, eine Arena, in der die Menschheit einen vernichtenden Kampf geführt und verloren hatte.

Tauler tastete wie gewöhnlich, wenn er in Gedanken versunken war, nach dem merkwürdig schweren Objekt, das er von seinem Vater bekommen hatte, und rieb den Daumen an der glänzenden Oberfläche. Er fragte sich, wie viele Jahrhunderte wohl bei einem normalen Verlauf der Geschichte verstrichen wären, ehe die Menschen eine Reise nach Jenland gewagt hätten? Hätten sie es überhaupt jemals versucht, wenn sie nicht vor der Pterssa hätten fliehen müssen?

Der Gedanke an den uralten und unversöhnlichen Feind veranlaßte Tauler, sich umzusehen und die Position der einzelnen Pterssa von vorhin zu prüfen. Ihr seitlicher Abstand vom Schiff war unverändert, und — was interessanter war — sie paßte sich nach wie vor der Steiggeschwindigkeit an. War das ein Beweis für Wahrnehmung und Absicht? Und wenn, warum hatte sich die Spezies der Pterssa ausgerechnet den Menschen als Erzfeind ausgesucht? Wie kam es, daß alle anderen Lebewesen auf Diesland, mit Ausnahme des Sorka-Gibbon, gegen Pterssose immun waren?

Als ob Savotl Taulers neu erwachtes Interesse an der Blase gespürt hätte, senkte er sein Fernglas und sagte: »Meint Ihr, daß sie größer aussieht, Kapitän?«

Tauler nahm sein eigenes Glas an die Augen und beobachtete den schmutzigen Purpurfleck; die Transparenz der Blase machte es schwer, ihre Größe genau zu bestimmen. »Schwer zu sagen.«

»Wir haben bald Kurznacht«, meinte Savotl. »Der Gedanke, das Ding im Dunkeln um uns herum zu haben, paßt mir gar nicht.«

»Ich glaube, sie kann uns nicht erreichen — das Schiff hat eine ähnliche Form und reagiert ziemlich ähnlich auf einen Seitenwind.«

»Hoffentlich habt Ihr recht«, sagte Savotl düster.

Rillomainer sah sich von seinem Ausguck an der Kanone um und sagte: »Wir haben seit Tagesanbruch nichts gegessen, Kapitän.« Er war ein bleicher und aufgeschwemmter Bursche, dessen enormer Appetit selbst nicht vor der scheußlichsten Nahrung haltmachte, und es hieß, er habe erst richtig zugenommen seit der allgemeinen Rationierung, weil er all die verdorbenen Lebensmittel, die seine Arbeitskameraden verweigerten, in sich hineingeschaufelt hatte. Obwohl er den Schüchternen spielte, war er ein guter Mechaniker und ungeheuer stolz auf seine Kentnisse.

»Ich bin froh, daß es deinen Eingeweiden wieder besser geht«, sagte Tauler. »Der Gedanke wär' mir unerträglich, ich könnte dir einen bleibenden Schaden zugefügt haben.«

»Ich wollte nicht Euren Start kritisieren, Kapitän — ich leide schon immer unter einem nervösen Magen.«

Mit ein paar Zungenlauten heuchelte Tauler Mitleid. Er wandte sich an Flenn: »Du solltest den Mann lieber füttern, bevor er uns umkippt.«

»Bin schon unterwegs, Kapitän.« Als Flenn auf die Füße sprang, öffnete sich sein Hemd auf der Brust, und der grüngestreifte Kopf eines Karbels spähte heraus. Flenn bedeckte die pelzige Kreatur hastig mit der Hand und schob sie in ihr Versteck zurück.

»Was hast du da?« fuhr Tauler ihn an.

»Sie heißt Tinny, Kapitän.« Flenn holte den Karbel

hervor und wiegte ihn in den Armen. »Ich wußte nicht, wohin mit ihr.«

Tauler machte seinem Ärger Luft. »Das ist eine wissenschaftliche Mission und keine ... Ist dir klar, daß jeder andere Kommandant das Tier über Bord werfen würde?«

»Ich schwöre, sie macht keinen Ärger, Kapitän.«

»Das möchte ich ihr auch nicht raten. Jetzt mach was zu essen.«

Flenn grinste und verschwand flink wie ein Affe in der Kombüse, um die erste Mahlzeit zuzubereiten. Er war so klein, daß ihn der brusthohe, geflochtene Verschlag völlig den Blicken der anderen entzog. Tauler ließ sich am Brenner nieder, um seine Kontrolle über den Aufstieg des Schiffes zu verfeinern.

Er entschied sich dafür, die Geschwindigkeit zu steigern, und verlängerte die Brennersalven von drei auf vier Sekunden und wartete auf die zeitverzögerte Reaktion des Ballons hoch oben. Mehrere Minuten verstrichen, ehe der neue Auftrieb, den er erzeugte, das Beharrungsvermögen der vielen Tonnen Gas in der Hülle überwunden hatte und die Reißleine merklich lockerer wurde. Zufrieden mit der neuen Steiggeschwindigkeit von rund achtzehn Meilen pro Stunde, konzentrierte er sich darauf, den Rhythmus des Brenners — vier Sekunden feuern und zwanzig Sekunden Pause — zu einem Teil seiner selbst zu machen, indem er ihn mit seinen inneren Uhren von Herzschlag und Atmung verglich. Er mußte die leiseste Abweichung darin entdecken können, auch wenn er schlief und Savotl ihn an den Kontrollen vertrat.

Das Essen, das Flenn brachte, stammte von den begrenzten Frischvorräten und war besser, als Tauler erwartet hatte — im eigenen Saft gebratene Streifen mageren Rindfleisches, Hülsenfrüchte, Körnerpfannkuchen und Becher mit heißem Grünen Tee. Tauler ließ den Brenner ausgeschaltet, während er aß, und das

Schiff still von seinem Auftrieb zehren. Die Wärme, die von der schwarzen Reaktionskammer ausging, zusammen mit den aromatischen Gerüchen aus der Kombüse verwandelten die Gondel in eine heimelige Oase inmitten azurblauer Leere.

Beim Essen flog von Westen her Kurznacht heran, ein kurzes Aufblitzen der Farben des Regenbogens ging einer schlagartigen Finsternis vorauf, und während sich die Augen der Mannschaft an die Dunkelheit gewöhnten, erwachte das Firmament rundum zu glitzerndem Leben. Sie reagierten auf das Überirdische ihrer Situation mit einem Gefühl inniger Kameradschaft. Es herrschte die unausgesprochene Überzeugung, daß lebenslange Freundschaften geboren wurden, und in dieser Atmosphäre war jede Anekdote interessant, jede Prahlerei glaubhaft und jeder Scherz ungemein lustig. Und selbst als die Unterhaltung schließlich erstarb und einer allgemeinen Befremdung wich, blieben sie auf einer anderen Ebene in Verbindung.

Tauler hatte sich nicht restlos auf die anderen einlassen können, weil er die ganze Verantwortung trug, aber er fühlte wie sie. Aus seiner sitzenden Position heraus lag der Rand der Gondel in Augenhöhe, und es war dahinter nichts zu sehen außer rätselhaften Lichtwirbeln, Kometenschweifen, Sternen und Sternen und nochmals Sternen. Das einzige Geräusch war das gelegentliche Knarren eines Taus. Die einzige wahrnehmbare Bewegung rührte von Meteoren, die ihre Botschaften mit flüchtiger Kreide auf die Brakkatafeln der Nacht schrieben.

Es fiel ihm nicht schwer, sich in die mit Leuchtbaken befeuerten Tiefen des Universums hineinzuträumen, als sich mit einemmal und aus unerfindlichen Gründen das Verlangen einstellte, eine Frau an seiner Seite zu haben, eine weibliche Nähe zu spüren, die der Reise irgendwie Bedeutung verleihen würde. Er hätte jetzt zwar ganz gerne Fera bei sich gehabt, doch ihr sinnliches Wesen hätte kaum zu seiner Stimmung gepaßt. Unter einer richtigen Frau verstand er eine, die die mystischen Seiten der Erfahrung zu steigern vermochte. Eine Frau wie ...

Tauler ließ seiner Phantasie die Zügel schießen, blindlings, sehnsüchtig. Und einen Augenblick lang glaubte er, Gesalla Marakains schlanken Körper zu spüren. Entsetzt sprang er auf, fühlte sich schuldig, war verwirrt und hatte das Gleichgewicht der Gondel gestört.

»Was ist, Kapitän?« sagte Savotl, der kaum auszumachen war in der Dunkelheit.

»Nichts. Ein Wadenkrampf, das ist alles. Übernimm du eine Weile den Brenner. Vier zu Zwanzig brauchen wir.«

Tauler ging an die Seite der Gondel und lehnte sich an die Reling. Was ist los mit mir? dachte er. Leyn sagte, ich würde nur eine Rolle spielen — aber wie konnte er das wissen? Der neue, überlegene und unerschütterliche Tauler Marakain ... der Mann, der zu tief ins Glas der Erfahrung geschaut hat ... der auf Prinzen herabsieht ... der den Abgrund zwischen den Welten nicht scheut ... und der sich, nur weil die Monofrau seines Bruders die Hand auf seinen Arm legt, sofort von jugendlichen Phantasien hinreißen läßt! War Leyn mit seiner unheimlichen Wahrnehmung in der Lage, in mir den Betrüger zu *sehen*, der ich bin? War es das, was ihn gegen mich aufbrachte?

Die Finsternis unter dem Himmelsschiff war undurchdringlich, als ob Diesland bereits von allen Menschen verlassen sei; doch während Tauler noch in die Schwärze starrte, erschien am westlichen Horizont ein dünner Streifen aus rotem, grünem und violettem Feuer. Er weitete sich, wurde immer heller, und plötzlich fegte mit atemberaubender Geschwindigkeit eine Flutwelle aus purem Licht über die Welt und erschuf Ozeane und Landmassen in all ihrer Farbigkeit und bis ins letzte Detail noch einmal. Tauler zog unmerklich den

Kopf ein, als erwarte er eine heftige Windbö, als der rasende Terminator das Schiff erreichte, es mit gleißendem Sonnenlicht überschüttete, und weiterjagte zum östlichen Horizont. Der säulenförmige Schatten Jenlands hatte seinen täglichen Lauf über Kolkorron vollendet, und Tauler hatte ganz den Eindruck, daß er soeben noch einer anderen Verfinsterung entkommen war, einer Kurznacht in seinem Verstand.

Mach dir keine Sorgen, geliebter Bruder, dachte er. *Selbst in Gedanken werde ich dich niemals betrügen. Niemals!*

Ilven Savotl richtete sich am Brenner auf und hielt Ausschau nach Nordwesten. »Was haltet Ihr jetzt von der Blase, Kapitän? Ist sie größer oder näher? Oder beides?«

»Ein klein wenig näher vielleicht«, sagte Tauler, nachdem er sein Fernglas auf die Pterssa eingestellt hatte. Er war froh, seine Gedanken wieder auf ein äußeres Ziel konzentrieren zu können. »Merkst du, wie das Schiff ein bißchen tanzt? Es könnte zu einer Verwirblung von Warm- und Kaltluft gekommen sein, als Kurznacht vorüberging, und das könnte sich zum Vorteil der Blase ausgewirkt haben.«

»Sie ist immer noch auf gleicher Höhe mit uns — obwohl wir unsere Geschwindigkeit geändert haben.«

»Ja. Ich glaube, sie hat es auf uns abgesehen.«

»Ich weiß, auf wen *ich* es abgesehen habe«, verkündete Flenn, als er an Tauler vorbei zur Toilette schlüpfte. »Ich habe die Ehre, als erster den langen Weg auszuprobieren — und hoffe bloß, daß Pjuhilter alles auf den Kopf kriegt.« Er meinte damit einen Aufseher, der sich mit seinen kleinen Sticheleien bei den Technikern der T.G.H. unbeliebt gemacht hatte.

Rillomainer schnaubte beifällig. »Dann hat er wenigstens *einmal* Grund, sich zu beklagen.«

»Bei dir ist das schon schlimmer — wahrscheinlich evakuieren sie ganz Ro-Atabri, wenn du anfängst, sie zu bombardieren.«

»Paß du auf, daß du nicht durchs Loch fällst«, brummte Rillomainer, dem die Anspielung auf seine Diätprobleme nicht gefiel. »Es ist nicht für Zwerge gemacht.«

Tauler ließ die beiden gewähren. Sie wollten sowieso nur testen, welchen Führungsstil er auf der Reise bevorzugte. Eine enge Auslegung der Vorschriften schloß grundsätzlich jedes Wortgeplänkel unter der Mannschaft aus, zumal Grobheiten, aber ihn interessierte nur, ob die Männer tüchtig, redlich und mutig waren. In ein paar Stunden würde das Schiff höher sein als irgendein Schiff je zuvor — abgesehen von dem halb mythischen Juseyder vor einem halben Jahrtausend — und er würde mit ihnen in wildfremde Regionen vorstoßen, wo jede menschliche Erleichterung willkommen war.

Nebenbei waren in den Offiziersunterkünften über diesen Punkt schon tausend Witze gerissen worden, seit die platzsparende Ausstattung der neuen Gondel bekannt geworden war. Er hatte sich im stillen darüber amüsiert, wie oft ihn das Bodenpersonal daran erinnert hatte, die Toilette erst zu benutzen, wenn die vorherrschenden Westwinde das Schiff von der Basis fortgetragen hatten ...

Der Zerplatzen der Pterssa kam überraschend für Tauler.

Er studierte eben noch das vergrößerte Bild der Blase, als sie einfach zu existieren aufhörte; da der Hintergrund keinen Kontrast bot, markierte nicht einmal ein flüchtiger Staubfleck ihre ursprüngliche Position. Obwohl man aufs Beste gegen den Feind gewappnet war, nickte er zufrieden. Sie würden ohnehin kaum Schlaf finden in der ersten Nacht hier oben, auch ohne die Angst vor launischen Luftströmungen, die eine lautlose Pterssa in tödliche Nähe tragen mochten.

»Notiere, daß sich die Pterssa einfach selbst aufgelöst hat«, sagte er zu Savotl und — um seine Erleichterung auszudrücken — fügte er eine persönliche Bemerkung hinzu: »Halte fest, daß es nach rund vier Stunden Fahrtzeit passiert ist ... gerade als Flenn die Toilette benutzte ... aber daß es wahrscheinlich keine Verbindung zwischen den beiden Vorkommnissen gibt.«

Tauler wurde kurz nach Tagesanbruch von einer lebhaften Diskussion inmitten der Gondel geweckt. Er kniete auf den Sandsäcken und rieb sich die Arme, unsicher ob die Kühle von außen kam oder eine Nachwirkung des Schlafs war. Das regelmäßige Tosen des Brenners war so aufdringlich gewesen, daß er mehr gedöst als geschlafen hatte, und jetzt war er kaum frischer, als wenn er die ganze Nacht auf dem Posten geblieben wäre. Er bewegte sich auf Knien zum Einlaß des Passagierabteils und hielt Ausschau nach den Männern.

Savotl hob den schmalen Kopf. »Ihr solltet Euch das ansehn, Kapitän«, sagte er. »Der Höhenmesser funktioniert tatsächlich!«

Tauler lavierte seine Beine in den engen zentralen Bereich und ging zur Pilotenstation, wo Flenn und Rillomainer neben Savotl standen. Der Höhenmesser war auf einem leichten Tisch befestigt. Das Gerät bestand aus nichts weiter als einem kleinen Gewicht, das an einer empfindlichen Spirale hing, die aus einem haarfeinen Brakkaspan gewunden war; dahinter befand sich eine vertikale Skala. Am letzten Morgen, als der Flug seinen Anfang genommen hatte, hatte das Gewicht vor der niedrigsten Marke der Skala gehangen, und jetzt hing es mehrere Teilstriche höher.

Tauler starrte angestrengt auf das Meßgerät. »Hat sich jemand daran zu schaffen gemacht?«

»Niemand hat es angerührt«, versicherte Savotl. »Das bedeutet, daß alles, was man uns gesagt hat, stimmen muß. Alles wird leichter, während wir höher steigen! Wir werden leichter!«

»Das war zu erwarten«, sagte Tauler, der nicht zugeben wollte, sich im stillen immer gegen diesen Gedanken gesträubt zu haben, auch wenn Leyn sich Zeit genommen hatte, ihm die Theorie in privaten Nachhilfestunden einzutrichtern.

»Ja, aber das bedeutet, daß wir in drei oder vier Tagen überhaupt nichts mehr wiegen. Wir können dann in der Luft herumschweben wie ... wie Pterssas! Das ist alles *wahr,* Kapitän!«

»Welche Höhe zeigt das Gerät an?«

»Rund dreihundertfünfzig Meilen — und das stimmt gut mit unseren Berechnungen überein.«

»Ich fühle keinen Unterschied«, warf Rillomainer ein. »Ich behaupte, die Feder hat sich zusammengezogen.«

Flenn nickte. »Ich auch.«

Tauler brauchte Zeit, um seine Gedanken zu ordnen. Er ging an die Seite der Gondel und erlebte ein kurzes Schwindelgefühl, als er Diesland sah, wie er es noch nie gesehen hatte — eine ungeheure kreisförmige Wölbung, eine Hälfte in nahezu vollkommener Dunkelheit, die andere ein funkelnder blauer Ozean mit fein schattierten Kontinenten und Inseln.

Alles wäre ganz anders, wenn du aus dem Zentrum von Chamtess starten und in den offenen Raum emporsteigen würdest, hallte Leyns Stimme in ihm nach. Doch auf der Reise zwischen den beiden Welten wirst du bald eine mittlere Zone erreichen — in Wahrheit etwas näher an Jenland als an Diesland — wo die Anziehungskraft des einen Planeten die des anderen ausgleicht. Unter normalen Bedingungen, wenn die Gondel schwerer ist als der Ballon, hat das Schiff die Stabilität eines Pendels — doch wo alles sein Gewicht verliert, wird das Schiff instabil, und du mußt die seitlichen Düsen benutzen, um seine Lage zu kontrollieren.

Leyn hatte die ganze Reise in Gedanken vorweggenommen, begriff Tauler, und alles, was Leyn vorausgesagt hatte, würde eintreten. Sie drangen ohne Zweifel in unbekannte Regionen vor, doch Männer wie Leyn Marakain hatten das Gelände bereits mit Hilfe ihres Verstandes sondiert, und man durfte ihnen ruhig vertrauen ...

»Nun sei nicht so aufgeregt, daß du gleich den Brenner aus dem Rhythmus bringst«, sagte Tauler ruhig, während er sich nach Savotl umdrehte. »Und vergiß nicht die Anzeige des Höhenmessers zu prüfen, indem du viermal am Tag den scheinbaren Durchmesser von Diesland bestimmst.«

Er heftete seinen Blick auf Rillomainer und Flenn. »Und was euch betrifft — warum hat sich die T.G.H. wohl die Mühe gemacht, euch Spezialunterricht zu erteilen? Die Spiralfeder hat *nicht* ihre Kraft geändert. Wir werden leichter, während wir höher steigen, und ich werde jeden Disput über diese Tatsache als Insubordination betrachten. Ist das klar?«

»Ja, Kapitän.«

Beide hatten einstimmig geantwortet, aber Tauler bemerkte einen bekümmerten Ausdruck in Rillomainers Augen und fragte sich, ob der Mechaniker Schwierigkeiten hatte, sich mit dem Gedanken an seine zunehmende Gewichtslosigkeit anzufreunden. *Das ist Sinn und Zweck einer Testfahrt,* rief er sich ins Gedächtnis. *Wir testen nicht nur das Schiff, sondern auch uns.*

Bis zum Einbruch der Nacht war das Meßgewicht des Höhenmessers fast bis zur Skalenmitte geklettert, und die Auswirkungen reduzierter Schwerkraft waren offenkundig und standen nicht mehr zur Diskussion.

Ließ man einen kleinen Gegenstand fallen, so fiel er wesentlich langsamer auf den Boden der Gondel, und alle Männer berichteten von einem merkwürdig flauen Gefühl im Magen. Zweimal fuhr Rillomainer mit einem Schreckenslaut aus dem Schlaf und erklärte später, er habe das Gefühl gehabt zu fallen.

Tauler bemerkte die traumhafte Leichtigkeit, mit der er sich umherbewegen konnte, und ihn durchfuhr der Gedanke, daß sie gut daran täten, sich bald grundsätzlich anzuleinen. Die Vorstellung, eine zu schwungvolle Bewegung könnte einen Mann vom Schiff entfernen, wollte er lieber nicht vertiefen.

Er beobachtete auch, daß das Schiff trotz Gewichtsverlust dazu neigte, langsamer zu steigen. Der Effekt war richtig vorausgesagt worden — als Resultat der schwindenden Gewichtsdifferenz zwischen dem heißen Gas in der Ballonhülle und der umgebenden Atmosphäre. Um die Steiggeschwindigkeit zu halten, änderte er den Brennerrhythmus auf vier zu achtzehn, dann auf vier zu sechzehn. Die Paikn- und Havlspender am Brenner wurden immer häufiger nachgefüllt, und trotz reicher Reserven wünschte Tauler sich, bald die Höhe von dreizehnhundert Meilen zu erreichen. Dort würde das Schiffsgewicht, das im Quadrat abnahm, nur noch ein Viertel des Normalwertes betragen, und dann war es ökonomischer, auf Düsenantrieb umzustellen, bis man die Zone der Schwerelosigkeit hinter sich hatte.

Die Notwendigkeit, so vieles in der trockenen Sprache von Mathematik, Technik und Wissenschaft zu bedenken, widerstrebte Taulers natürlicher Reaktion auf seine neue Umwelt. Er lehnte manchmal lange an der Reling, völlig regungslos, fasziniert, wie gelähmt von purer Ehrfurcht. Jenland hing direkt über ihm, wurde aber von der beharrlichen und unermüdlichen Weite des Ballons verdeckt; und tief unten lag die Heimatwelt, die fast schon geheimnisvoll aussah, weil ihre vertrauten Züge von gut tausend Meilen Atmosphäre verwischt wurden.

Bis zum dritten Tag des Aufstiegs nahm der Himmel, obwohl oben und unten unverändert, rundum allmählich ein tieferes Blau an, in dem immer mehr Sterne glitzerten.

War Tauler in seinen Tagträumen versunken, hörte er die Stimmen der Männer und selbst das Tosen des Brenners nicht mehr, und er war allein im Universum, und all die funkelnden Schätze darin gehörten nur ihm. Einmal während der Stunden der Dunkelheit, als er in der Pilotenstation stand, sah er *unter* dem Schiff einen Meteor durch den Himmel schießen. Er zog eine Feuerspur scheinbar vom einen Ende der Unendlichkeit bis zum anderen, und Minuten später folgte ihm eine einzelne niederfrequente Schwingung — verzerrt, dumpf und trauervoll — die das Schiff zaghaft erfaßte und einem der schlafenden Männer ein Murmeln des Protestes entlockte. Instinktiv, aus einer Art geistigen Habsucht heraus behielt Tauler das Ereignis für sich.

Während des weiteren Aufstiegs war Savotl mit seinen wortreichen Flugprotokollen beschäftigt, und viele seiner Eintragungen befaßten sich mit physiologischen Effekten. Selbst auf dem höchsten Berggipfel von Diesland gab es keinen spürbaren Rückgang des Luftdrucks; nur ein paar Besatzungsmitglieder früherer Höhenrekordfahrten hatten von einem Gefühl leichter Luftverdünnung berichtet und davon, tiefer durchatmen zu müssen. Der Effekt war unbedeutend gewesen, und die Wissenschaftler waren der Ansicht, daß die Atmosphäre bis zur Mitte zwischen den beiden Planeten atembar blieb; aber es war lebenswichtig, diese Vorhersage zu bestätigen.

Tauler fand es beinah ermutigend, als am dritten Tag ihrer Fahrt seine Lunge spürbar heftiger arbeiten mußte — ein Beweis mehr, daß man die Probleme des interplanetaren Ballonfahrens korrekt vorausgesehen hatte — und er fand es daher weniger erfreulich, als er sich gänzlich unerwartet mit einem anderen Phänomen konfrontiert sah. Zeitweise war ihm deutlich kalt gewesen, aber er war der Sache nicht weiter auf den Grund gegangen. Mittlerweile jedoch klagten die anderen in der Gondel fast laufend über die Kälte, und die Schlußfolgerung war unausweichlich — so wie das Schiff an Höhe gewann, wurde die Luft in der Umgebung kälter.

Die Wissenschaftler der T.G.H., auch Leyn Marakain, waren der Meinung gewesen, die Temperatur werde ansteigen, wenn das Schiff in dünnere Luft käme, weil diese es weniger wirksam gegen die Sonnenstrahlen abschirme. Als Äquatorial-Kolkorronier wußte Tauler gar nicht, was richtige Kälte war, und so hatte er sich nichts dabei gedacht, nur mit Hemd, Hose und einem ärmellosen Wams bekleidet auf eine interplanetare Reise zu gehen. Und obwohl er noch nicht einmal zitterte, mußte er jetzt ständig an das wachsende Übel denken, und ein entsetzlicher Gedanke beschlich ihn: Der ganze Flug könnte scheitern, nur weil ihnen Wollzeug fehlte.

Er erlaubte der Mannschaft, alle verfügbaren Kleidungsstücke unter der Uniform zu tragen, und wies Flenn an, auf Verlangen Tee aufzubrühen. Die letzte Entscheidung, weit davon entfernt, die Lage an Bord zu verbessern, löste eine Reihe von Diskussionen aus. Ein ums andere Mal beharrte Rillomainer darauf, Flenn würde aus Bosheit oder Unfähigkeit entweder den Tee aufgießen, bevor das Wasser richtig kochte, oder ihn kalt werden lassen, bevor er ihn ausgebe. Und erst als Savotl, der genauso unzufrieden war, den Brühvorgang kritisch verfolgte, kam die Wahrheit ans Licht — das Wasser begann zu sieden, ehe es die gewünschte Brühtemperatur hatte. Es war heiß, aber nicht *kochendheiß.*

»Das macht mir Kopfzerbrechen, Kapitän«, sagte Savotl, als er den entsprechenden Eintrag im Logbuch beendete. »Ich kann es mir nur so erklären, daß leichteres Wassers bei niedrigerer Temperatur siedet. Und *falls* das so ist — was passiert mit uns, wenn erst alles so leicht ist, daß nichts mehr Gewicht hat? Wird dann die Spucke im Mund sieden? Werden wir Dampf pinkeln?«

»Wir wären gezwungen zurückzukehren, bevor du diese Demütigung zu erleiden hättest«, sagte Tauler, die negative Einstellung des anderen offen mißbilligend, »aber ich glaube nicht, daß es soweit kommt. Es muß irgendeinen anderen Grund geben — vielleicht hat es etwas mit der Luft zu tun.«

Savotl sah skeptisch aus. »Ich kann mir nicht vorstellen, wie die Luft das Wasser beeinflussen sollte.«

»Ich auch nicht — also vertrödele ich keine Zeit mit unnützen Spekulationen«, sagte Tauler schroff. »Und solltest du gerade nichts besseres vorhaben, dann sieh dir mal den Höhenmesser an. Er sagt, wir sind elfhundert Meilen gestiegen — und wenn das korrekt ist, dann haben wir den lieben langen Tag unsere Geschwindigkeit kräftig unterschätzt.«

Savotl studierte das Gerät, befühlte die Reißleine und sah hinaus in den Ballon, dessen Inneres in der einbrechenden Dämmerung trübe und geheimnisvoll wirkte. »Also das könnte mit der Luft zu tun haben«, sagte er. »Ich glaube, ich weiß jetzt, was Ihr herausgefunden habt; die dünnere Luft drückt bei einer bestimmten Geschwindigkeit die Krone der Hülle weniger stark ein — und macht uns weis, daß wir langsamer steigen, als wir es in Wirklichkeit tun.«

Tauler überdachte die Hypothese und lächelte. »*Du* hast das herausgefunden — und nicht ich — also erwähne dich lobend in deinem Bericht. Ich würde sagen, du bist der Erste Pilot auf deiner nächsten Fahrt.«

»Danke, Kapitän«, sagte Savotl sichtlich erfreut.

»Das ist nicht mehr, als du verdient hast.« Tauler berührte Savotl an der Schulter, um die Gereiztheit von vorhin wiedergutzumachen. »Bei dieser Gelegenheit haben wir die Dreizehnhundert-Meilen-Marke bis zum Tagesanbruch geschafft — dann können wir uns erst mal vom Brenner erholen und probieren, wie das Schiff auf den Düsenantrieb reagiert.«

Später, als er sich auf den Sandsäcken schlafen legte, dachte er noch einmal über den Wortwechsel mit Savotl nach und erkannte die wahre Ursache für die schlechte Laune, die er an seinem Copiloten ausgelassen hatten. Es war das Zusammentreffen unvorhergesehener Phänomene gewesen — die zunehmende Kälte, das merkwürdige Verhalten des Wassers, die irreführende Anzeige der Ballongeschwindigkeit. Es war die wachsende Einsicht gewesen, daß er sich zu sehr auf die Voraussagen der Wissenschaftler verlassen hatte. Leyn insbesondere hatte sich in dreierlei Hinsicht geirrt, und wenn sein überragender Intellekt so früh in seine Schranken gewiesen wurde — bereits auf der Schwelle zum Unbekannten — wer wußte dann, was ihnen noch alles bevorstand auf ihrem Weg über die gefährliche, gesprungene Glasbrücke zu einer anderen Welt?

Bis zu diesem Moment, erkannte Tauler, hatte er mit naivem Optimismus in die Zukunft geblickt, überzeugt, daß die Testfahrt zu einer erfolgreichen Auswanderung führen würde, und zur Gründung einer Kolonie, wo auf seine persönlichen Schützlinge ein langes und erfülltes Leben warten würde. Es war eine läuternde Erkenntnis, daß diese Vision weitgehend auf seiner Selbstgefälligkeit beruhte — daß das Schicksal nicht verpflichtet war, das sichere Geleit zu garantieren, das er Leuten wie Leyn und Gesalla zugedacht hatte — daß der Lauf der Dinge sich nicht darum scherte, ob er ihn für undenkbar hielt.

Mit einemmal wurde die Zukunft von Ungewißheit und Gefahr überschattet.

Und wenn das so war, überlegte Tauler eindämmernd, mußte man andere Orientierungshilfen suchen. Alltägliche Bagatellen ... wie locker eine Leine saß ... Blasen in einem Wasserkessel ... Das waren dürftige Anhaltspunkte ... geflüsterte Warnungen, fast zu leise, um ...

Am Morgen zeigte der Höhenmesser vierzehnhundert Meilen an, und die zusätzliche Skala verriet, daß die Schwerkraft weniger als ein Viertel des Normalwertes betrug.

Tauler, irritiert durch die Leichtigkeit seines Körpers, testete die Verhältnisse, indem er hochsprang; aber es war ein Experiment, das er nicht wiederholen würde. Er stieg nämlich viel höher als beabsichtigt, und in dem Moment, da er in der Luft zu hängen schien, überfiel ihn das schreckliche Gefühl, sich für immer vom Schiff getrennt zu haben. Die offene Gondel mit ihren brusthohen Wänden enthüllte sich als ein brüchiges Gefüge, dessen gestutzte Verstrebungen und Korbfüllungen gänzlich ungeeignet waren für ihren Zweck. Er hatte Zeit, sich auszumalen, was passieren würde, wenn bei seiner Landung eine Bodenfüllung nachgab und ihn in die dünne blaue Luft vierzehnhundert Meilen über Diesland entließ.

Er würde lange brauchen für diese Distanz, bei klarem Verstand, nur damit beschäftigt, den Planeten zu betrachten, der sich hungrig unter ihm auftat. Auch der tapferste Mann würde irgendwann zu schreien beginnen ...

»Scheint, daß wir heut' nacht ein gutes Stück an Fahrt verloren haben, Kapitän«, berichtete Savotl von der Pilotenstation. »Die Reißleine ist ziemlich straff — auch wenn darauf kein Verlaß mehr ist.«

»Es ist sowieso Zeit für den Düsenantrieb«, sagte Tauler. »Bis zum Wendemanöver benutzen wir den Brenner nur noch zum Nachblasen. Wo ist Rillomainer?«

»Hier, Kapitän.« Der Mechaniker kam aus dem anderen Passagierabteil. Seine schwammige Gestalt schwankte, er klammerte sich an die Trennwände und hielt den Blick auf den Boden geheftet.

»Was ist mit dir, Rillomainer? Ist dir schlecht?«

»Mir ist nicht schlecht, Kapitän. Ich ... ich will nur nicht nach draußen sehen.«

»Warum nicht?«

»Ich kann nicht, Kapitän. Ich fühle, wie es mich über Bord zieht. Es ist, als würde ich hinaustreiben.«

»Du weißt, daß das Unsinn ist, oder?« Tauler dachte an vorhin, da er selbst von Furcht übermannt gewesen war, und zeigte Verständnis. »Kannst du trotzdem arbeiten?«

»Natürlich, Kapitän. Arbeit wird mir helfen.«

»Gut! Du führst eine vollständige Inspektion des Hauptdüsenantriebs und der Seitendüsen durch, und — was besonders wichtig ist — wir brauchen eine *völlig* reibungslose Kristallzufuhr. In diesem Stadium können wir uns keinen Schluckauf leisten.«

Rillomainer salutierte gleichsam vor dem Boden und ging vornübergebeugt, um sein Werkzeug zu holen. Es folgte eine Stunde, in der sie voll und ganz vom Brenner verschont blieben, weil Rillomainer die Kontrollmechanismen überprüfte, die zum Teil sowohl zum Brenner als auch zum abwärtsgerichteten Düsenantrieb gehörten. Flenn bereitete und verteilte ein Frühstück aus Mehlsuppe mit Würfelchen aus gepökeltem Schweinefleisch, immerzu über die Kälte mäkelnd und darüber, wie schwer es war, das Herdfeuer in Gang zu halten. Seine Laune besserte sich ein wenig, als er feststellte, daß Rillomainer nichts aß, und er belegte den Mechaniker mit einem Sperrfeuer aus Witzeleien, die diesmal nichts mit dem Klosett zu tun hatten, sondern mit der bedrohlichen Perspektive, zu einem Skelett abzumagern.

Getreu seiner früheren Prahlerei, schien Flenn gänzlich unberührt zu sein von der seelendörrenden Leere, die durch die Ritzen im Deck schimmerte. Nach dem Essen zog er es auch prompt vor, auf der Gondelwand zu sitzen, einen Arm lässig um eine Beschleunigungsstrebe geschlungen, und hörte nicht auf, den unglücklichen Rillomainer zu sticheln. Flenn hatte sich zwar angeleint, aber wie er da oben auf dem Rand saß, den Himmel im Hintergrund, verursachte er einen solch eiskalten Aufruhr in Taulers Eingeweiden, daß der den Anblick nur wenige Minuten ertrug, bevor er dem Takler befahl, da herunterzukommen.

Als Rillomainer mit der Arbeit fertig war und sich auf die Sandsäcke zurückzog, bezog Tauler seine Position in der Pilotenstation. Er leitete die neue Antriebsart ein, indem er die zentrale Düse in weiten Abständen zwei Sekunden lang feuern ließ und die Auswirkungen auf den Ballon studierte. Jeder Stoß ließ die Streben und die Takelage knarren, aber die Ballonhülle reagierte längst nicht so wie bei Probeläufen in niedriger Höhe. Ermutigt variierte Tauler die Zeiten und entschied sich schließlich für einen zwei-zu-vier Rhythmus, der so ähnlich wie Dauerantrieb wirkte, aber keine übermäßig hohe Geschwindigkeit aufbaute. Eine kurze Salve aus dem Brenner alle zwei oder drei Minuten hielt den Ballon in Form und verhinderte, daß die Krone zu sehr einsackte, während sie durch die Atmosphäre geschubst wurde.

»Das Schiff funktioniert gut«, sagte er zu Savotl, der fleißig ins Logbuch schrieb. »Sieht aus, als hätten wir beide ein leichtes Spiel für ein, zwei Tage — bis die Instabilität einsetzt.«

Savotl neigte den schmalen Kopf. »Ist auch für die Ohren leichter zu ertragen.«

Tauler nickte zustimmend. Obwohl die Düse pro Minute öfter feuerte, als der Brenner es getan hatte, zielte der Ausstoß nicht in den großen Schalltrichter des Ballons. Das Geräusch war flacher und nicht so aufdringlich, wurde rascher von der ozeanischen Stille rundum absorbiert.

Da sich das Schiff so gehorsam und berechenbar verhielt, kam Tauler zu dem Schluß, daß seine Vorahnungen vom Vorabend nichts weiter als ein Symptom wachsender Müdigkeit gewesen waren. Und er verweilte bei der unvorstellbaren Vorstellung, in nur sieben oder acht Tagen, wenn alles gutging, einen fremden Planeten aus der Nähe betrachten zu können. Das Schiff durfte nicht landen auf Jenland, weil man dazu die Reißbahn lösen mußte, und ohne Gebläse und Bodenmannschaft war ein Rückstart nicht möglich. Aber das Schiff würde nur ein paar Schritt weit von der Oberfläche wegbleiben und den letzten Schleier des Geheimnisses lüften, der noch über den Lebensbedingungen auf Jenland lag.

Die Tausenden von Meilen Luft zwischen den beiden Welten hatten es den Astronomen nicht leicht gemacht; so konnten sie nicht viel mehr sagen, als daß es einen äquatorialen Kontinent gab, der die sichtbare Hemisphäre überspannte. Man hatte immer angenommen, zum Teil aus religiösen Gründen, daß Jenland und Diesland ganz ähnlich beschaffen waren, aber es war nicht auszuschließen, daß die Schwesterwelt unwirtlich war, weil es Oberflächenmerkmale geben mochte, die jenseits des Auflösungsvermögens der Teleskope lagen. Und es gab außerdem die Möglichkeit — ein Glaubensartikel für die Kirche, ein Streitpunkt bei den Philosophen —, daß Jenland bereits bewohnt war.

Wie würden die Jenländer aussehen? Waren sie Städtebauer? Und wie würden sie auf eine Flotte fremder Schiffe reagieren, die aus dem Himmel fiel?

Tauler wurde aus seiner Grübelei gescheucht, als er spürte, daß die Kälte in der Gondel in den letzten Minuten sprunghaft zugenommen hatte. Zur gleichen Zeit kam Flenn auf ihn zu, seinen Lieblingskarbel an die Brust gepreßt und sichtbar zitternd. Das Gesicht des kleinen Mannes war bläulich verfärbt.

»Das bringt mich um, Kapitän«, sagte er mit einem mißglückten Lächeln. »Die Kälte ist ganz plötzlich schlimmer geworden.«

»Du hast recht.« Der Gedanke, sie könnten eine unsichtbare, gefährliche Grenze in der Atmosphäre passiert haben, versetzte Tauler in Alarmbereitschaft; dann kam ihm die Erleuchtung. »Es ist, seit wir den Brenner seltener benutzen. Wir haben vom Rückstau des Miglyn profitiert.«

»Und vergeßt nicht«, fügte Savotl hinzu. »Die Luft, die über den heißen Ballon herunterkam, hat uns auch mit Wärme versorgt.«

»Verdammt!« Tauler blickte stirnrunzelnd in das geometrische Tuchwerk des Ballons hinauf. »Das bedeutet, wir brauchten nur mehr Hitze da hineinzustecken.

Grün und Purpur haben wir genug — das geht also —, aber dafür haben wir später ein Problem.«

Savotl nickte düster. »Der Abstieg.«

Tauler nagte an der Unterlippe, weil er sich schon wieder mit Schwierigkeiten konfrontiert sah, die die landgebundenen Wissenschaftler der T.G.H. nicht vorhergesehen hatten. Ein Heißluftballon konnte nur an Höhe verlieren, wenn er Hitze *los* wurde — etwas, das die Mannschaft dringend brauchte — und, was die Sache noch schlimmer machte, die Luftbewegung würde beim Abstieg umgekehrt verlaufen und die Abwärme nach oben mitnehmen, fort von der Gondel. Es sah so aus, als würden sie tagelang Bedingungen ausgesetzt sein, die sehr viel schlimmer waren, als die jetzigen — und es war nicht ausgeschlossen, daß ihnen der Tod einen Strich durch die Rechnung machte.

Ein Dilemma mußte gelöst werden.

War die Tatsache, daß so viel vom Gelingen der Testfahrt abhing, Grund genug, um immer weiter und weiterzumachen, auch auf die Gefahr hin, unbemerkt an einen Punkt zu kommen, von wo es kein Zurück mehr gab? Oder gab es eine höhere Verpflichtung, Klugheit walten zu lassen und mit dem hart errungenen Schatz an Erfahrungen umzukehren?

»Heute ist dein Glückstag«, sagte Tauler zu Rillomainer, der ihn aus der üblichen Schräglage in einem der Passagierabteile im Auge behielt. »Du wolltest Arbeit, um auf andere Gedanken zu kommen; hier ist noch mehr davon. Finde heraus, wie man etwas von der Hitze, die aus dem Brenner kommt, abzweigen und in die Gondel umlenken kann.«

Der Mechaniker setzte sich verdutzt auf. »Wie soll man das machen, Kapitän?«

»Keine Ahnung. Für sowas haben wir dich dabei. Bastle dir eine Kelle, irgendwas Schaufelartiges, aber fang jetzt gleich damit an — ich bin es leid, dich wie eine trächtige Muttersau herumliegen zu haben.«

Flenns Augen glänzten. »Ist das eine Art, mit einem Passagier zu reden, Kapitän?«

»Du hast auch zuviel auf deinem Hintern gesessen«, ließ Tauler ihn wissen. »Hast du Nadel und Faden dabei?«

»Ja, Kapitän. Dicke Nadeln, dünne Nadeln, genug Faden und Garn, um ein ganzes Segelschiff zu flicken.«

»Dann sieh zu, daß die Sandsäcke leer werden, und mach daraus Überwürfe. Handschuhe brauchen wir auch.«

»Laßt mich nur machen, Kapitän«, sagte Flenn. »Ich werde uns prächtig einkleiden.« Offenkundig glücklich, etwas Konstruktives zu tun zu haben, stopfte Flenn den Karbel unter die Kleidung, ging zu seinem Spind und begann in den verschiedenen Fächern zu stöbern. Dabei pfiff er in einem zittrigen Vibrato vor sich hin.

Tauler sah ihm einen Moment lang zu, dann wandte er sich an Savotl, der in die Hände hauchte. »Machst du dir immer noch Sorgen um deine Notdurft bei Gewichtslosigkeit?«

Savotl stutzte. »Warum fragt Ihr, Kapitän?«

»Das solltest du nämlich — bleibt nur die Frage, ob du Dampf oder Schnee produzierst.«

Knapp vor Kurznacht des fünften Flugtages registrierte der Höhenmesser 2600 Meilen und eine Anziehungskraft gleich Null.

Die vier Mitglieder der Mannschaft saßen an ihre Korbstühle gefesselt rund um die Energie-Einheit, die Füße gegen die warme Basis des Düsenrohres gestreckt. Sie waren in grobe Überwürfe aus braunem ausgefransten Sackleinen gehüllt, die ihre menschliche Gestalt vermummten und das Pumpen ihres Brustkorbes verbargen. Die einzigen Anzeichen von Bewegung innerhalb der Gondel waren die Atemnebel der Männer, die sich mühten, mit der dünnen und eisigen Luft auszukommen; und draußen flackerten Meteore in der tiefblauen Unermeßlichkeit, flüchtig und zufällig Stern mit Stern verbindend.

»Da wären wir nun«, brach Tauler ein längeres Schweigen. »Der härteste Teil der Fahrt liegt hinter uns, wir sind mit jeder unangenehmen Überraschung, die der Himmel für uns bereithielt, fertig geworden, und wir sind immer noch bei guter Gesundheit. Ich würde sagen, wir haben einen Anspruch darauf, beim nächsten Essen vom Branntwein zu trinken.«

Wieder folgte ein ausgedehntes Schweigen, als wären selbst die Gedanken starr vor Kälte, dann sagte Savotl: »Der Abstieg bereitet mir immer noch Sorge, Kapitän — trotz Heizung.«

»Wenn wir bis jetzt überlebt haben, werden wir weiterleben.« Tauler warf einen Blick auf die Heizung, die Rillomainer sich ausgedacht und mit Savotls Unterstützung installiert hatte. Der Mechaniker hatte kurze Abschnitte einer Brakkaröhre mit Glasfaden und feuerfestem Ton zu einer verlängerten S-Form zusammengefügt. Die Röhre kam in einem Bogen aus der Mündung des Brenners und führte neben der Pilotenstation zum Deck hinunter, wo sie befestigt war. Sie lenkte einen kleinen Anteil von jedem Brennerausstoß in die Gondel zurück, wo das sengendheiße Miglyngas umherwaberte und das Temperaturniveau beträchtlich anhob. Obwohl der Einsatz des Brenners beim kommenden Abstieg eingeschränkt werden mußte, glaubte Tauler, daß die abgezweigte Wärme immer noch ausreichen würde, um die beiden härtesten Tage zu überstehen.

»Es ist Zeit für den Gesundheitsbericht«, sagte er und wies Savotl mit einem Wink an, Notizen zu machen. »Wie fühlt sich jeder?«

»Ich habe immer noch das Gefühl zu fallen, Kapitän.« Rillomainer klammerte sich seitlich am Stuhl fest. »Mir ist ganz schwindelig davon.«

»Wie können wir fallen, wenn wir kein Gewicht haben?« sagte Tauler plausibel und ignorierte die flatternde Leichtigkeit in seinem eigenen Magen. »Du wirst dich daran gewöhnen müssen. Und was ist mit dir, Flenn?«

»Mir geht es gut — je höher desto besser.« Flenn streichelte den grün gestreiften Karbel, der sich auf seiner Brust kuschelte und nur den Kopf aus dem Sackleinen steckte. »Tinny geht es auch gut. Wir wärmen uns gegenseitig.«

»Ich finde meinen Zustand ganz passabel.« Savotl machte einen Eintrag ins Logbuch; er schrieb unbeholfen, weil er den Handschuh dabei anbehielt. Er hob den Kopf und sah Tauler vorwurfsvoll an. »Soll ich Eure fabelhafte Verfassung vermerken, Kapitän? Bei bester Gesundheit?«

»Ja, und du kannst noch so sarkastisch sein, meine Entscheidung steht fest — unmittelbar nach Kurznacht werde ich das Schiff wenden.« Tauler wußte, daß der Copilot nach wie vor der Meinung war, sie sollten nach dem Durchgang durch die Gewichtslosigkeit mit dem Wendemanöver noch warten, einen vollen Tag oder auch länger; auf diese Weise würde man die Region größter Kälte schneller überwinden können und von der Abwärme des Ballons profitieren. Tauler sah wohl, daß der Vorschlag einiges für sich hatte, aber er durfte seine Befugnisse nicht überschreiten.

Sobald du die Mitte zwischen den Planeten überschritten hast, beginnt Jenland dich anzuziehen, hatte Leyn ihm eingeschärft. *Die Anziehung wird zunächst sehr schwach sein, nimmt dann aber schnell zu. Wenn du dieser Anziehung noch den Düsenantrieb hinzufügst, wirst du bald die Grenzgeschwindigkeit des Schiffes überschreiten — und das darfst du auf keinen Fall zulassen.*

Savotl hatte argumentiert, die Wissenschaftler der T.G.H. hätten weder die lebensbedrohliche Kälte vorausgesehen, noch hätten sie die Tatsache berücksichtigt, daß die dünne Luft der mittleren Passage eine geringere Kraft auf die Ballonhülle ausübe, was die zulässige

Höchstgeschwindigkeit erhöhe. Tauler hatte sich nicht erweichen lassen. Als Kapitän des Schiffes hatte er zwar unumschränkte Vollmacht, aber er dürfte nicht gegen grundsätzliche Anweisungen der T.G.H. verstoßen.

Er hatte verschwiegen, daß ihn eine instinktive Abneigung, das Schiff kopfüber zu fliegen, in seinem Entschluß bestärkt hatte. Obwohl er sich nie mit dem Begriff der Gewichtslosigkeit hatte anfreunden können, verstand er durchaus, daß das Schiff in dem Augenblick, da es die Mitte zwischen den beiden Planeten überschritten hatte, in den Anziehungsbereich von Jenland geriet. Die erste Etappe der Reise war dann zu Ende, denn — abgesehen davon, daß das ganze Unterfangen ein Produkt kolkorronischen Willens war — unterlagen sie von da an nicht mehr dem Einfluß der Heimatwelt. Diesland würde sie ausgestoßen haben, und im Sinne der Himmelsphysik würden sie auf der zweiten Etappe Wesen von Jenland sein.

Tauler war zu dem Schluß gekommen, daß ein Hinauszögern des Wendemanövers bis unmittelbar nach Kurznacht der einzige Spielraum war, der ihm zur Verfügung stand. Während des ganzen Aufstiegs hatte Jenland, verdeckt durch den Ballon, beständig an scheinbarer Größe zugenommen, und demzufolge war Kurznacht immer länger geworden. Die kommende würde länger als drei Stunden dauern, und bis sie zu Ende war, würde das Schiff bereits damit begonnen haben, der Schwesterwelt in die Arme zu fallen. Die fortschreitende Veränderung im Wechselspiel von Tag und Nacht erinnerte Tauler unablässig an die Weite der Reise, auf die er sich begeben hatte. Der geschulte Verstand fand nichts Überraschendes daran, doch das Kind in Tauler stand benommen und ehrfürchtig vor dem Geschehen. Die Nacht wurde kürzer, während Kurznacht länger wurde, und bald würde die natürliche Ordnung der Dinge umgekehrt sein. Dann würde aus Dieslands Nacht Jenlands Kurznacht werden …

Während sie auf den Einbruch der Dunkelheit warteten, spürten Tauler und seine Männer dem Wunder der Gewichtslosigkeit nach. Es ging eine seltene Faszination davon aus, kleine Gegenstände in die Luft zu hängen und zu erleben, wie sie dort verharrten. Allen Erfahrungen des Alltags zum Trotz, bis der nächste Düsenschub sie mit Verspätung absinken ließ.

Es ist beinah so, als gebe ihnen der Düsenantrieb einen Bruchteil ihres natürlichen Gewichts zurück, hatte Savotl ins Logbuch geschrieben, *aber das ist freilich nur eine phantasievolle Betrachtung des Phänomens. Die richtige Erklärung ist, daß sie auf unsichtbare Weise an ihren Ort gebunden sind, und der Düsenschub das Schiff dazu bewegt, sie einzuholen.*

Kurznacht kam rascher denn je, hüllte die Gondel in eine juwelenbesetzte und mit Feuerfäden durchwobene Schwärze, und die vier Männer unterhielten sich in gedämpftem Ton, und es entstand noch einmal die Stimmung ihrer ersten Mahlzeit unter den Sternen. Das Geplauder reichte vom Klatsch über die Zeiten bei der T.G.H. bis hin zu Spekulationen darüber, was für merkwürdige Dinge man auf Jenland finden würde, und einmal gab es sogar den Versuch, die Probleme eines Fluges nach Fernland zu erörtern; der Planet stand im Westen und war wie ein grüner Lampion anzusehen. Niemand, spürte Tauler, hatte Lust, darüber nachzudenken, daß man zwischen zwei Welten hing, in einem verletzlichen, offenen Korb, an dessen Rand ein unermeßliches Meer von Leere nagte.

Es machte Tauler nichts aus, daß die Männer ihn jetzt duzten. Das betraf nicht seine Autorität — vielmehr kam darin ungewollt zum Ausdruck, daß sich hier vier gewöhnliche Männer ins Ungewöhnliche hinauswagten, in fremde Regionen, wo sie aufeinander angewiesen waren, ohne Ansehen der Person ...

Ein Aufblitzen in allen Farben des Regenbogens brachte das Universum des Tages zurück.

»Hattet Ihr nicht Branntwein erwähnt, Kapitän?« sagte Rillomainer. »Ein bißchen Wärme könnte meinem verflucht zartbesaiteten Magen nichts schaden. Branntwein soll da Wunder wirken.«

»Den Branntwein gibt es bei der nächsten Mahlzeit.« Tauler blinzelte und sah sich um, dann war er wieder ganz derjenige, der mit einer historischen Mission betraut war. »Vorher wird das Schiff gewendet.«

Er hatte bereits gute Erfahrungen gemacht mit den seitlichen Düsen. Die vorhergesagte Instabilität des Schiffes nahte und in der Zone der Gewichtslosigkeit hatte sich mühelos damit kontrollieren lassen. Es waren schließlich nur noch gelegentliche Seitenschübe von einer halben Sekunde Länge nötig gewesen, um den Rand der Gondel in der gewünschten Lage zu den Hauptsternen zu halten. Jetzt aber mußte das Schiff — oder das Universum — auf den Kopf gestellt werden. Er pumpte das Druckluftreservoir voll auf, bevor er volle drei Sekunden lang Kristalle an die nach Osten zeigende Düse verfütterte. Das Geräusch aus der kleinen Mündung wurde von der Unermeßlichkeit verschluckt.

Einen Moment lang sah es so aus, als ob der schwache Schub keinerlei Wirkung auf die Schiffsmasse habe, dann — zum ersten Mal seit Beginn des Aufstiegs — glitt die große Scheibe Jenlands hinter dem Bauch des Ballons hervor, bis sie voll und ganz zu sehen war, der eine Rand eine feurige Sichel, die fast die Sonne berührte.

Zur selben Zeit stieg auf der gegenüberliegenden Seite, wo die kleine Düse noch warm sein mochte, Diesland über den Rand der Gondel empor, und als der Luftwiderstand den Impuls ausglich, verharrte das Schiff in einer Lage, die der Mannschaft den Anblick von zwei Welten bescherte.

Sah Tauler nach dort, konnte er Jenland sehen, größtenteils verfinstert durch die scheinbare Sonnennähe; und in der anderen Richtung sah er die sinnenbetörende

Konvexität der Heimatwelt, heiter und zeitlos, in Sonnenlicht gebadet, außer am östlichen Rand, wo in einem zurückweichenden, gewölbten Bereich noch Kurznacht herrschte. Er verfolgte gebannt, wie Jenlands Schatten sich von Diesland trennte, und kam sich vor wie am Drehpunkt eines Lichtbalkens, einer immateriellen Maschine, die die Kraft hatte, Planeten zu bewegen.

»Um Himmels willen, Kapitän«, schrie Rillomainer heiser, »bringt das Schiff wieder ins Lot.«

»Dir kann gar nichts passieren.« Tauler feuerte wieder aus derselben Seitendüse, und Diesland trieb majestätisch empor, um sich hinter dem Ballon zu verstekken, während Jenland unter den Rand der Gondel sank. Die Takelage knarrte ein paarmal, als Tauler die gegenüberliegende Seitendüse benutzte, um das Schiff in der neuen Lage auszubalancieren. Er erlaubte sich ein zufriedenes Lächeln, denn er war der erste Mann in der Geschichte, der ein Himmelsschiff auf den Kopf gestellt hatte. Das Manöver war vollbracht, schnell und reibungslos — und ab jetzt würden ihm die Naturkräfte die meiste Arbeit abnehmen.

»Notiere«, sagte er zu Savotl. »Mittlere Zone erfolgreich überwunden. Ich rechne nicht mehr mit größeren Hindernissen beim Abstieg nach Jenland.«

Savotl zog die Schutzkappe von seinem Stift. »Wir frieren immer noch, Kapitän.«

»Das ist kein größeres Hindernis — wenn nötig lassen wir etwas Grün und Purpur direkt hier auf dem Deck schmoren.« Tauler, der mit einemmal heiter und optimistisch war, wandte sich an Flenn. »Na, wie fühlt sich der höhensüchtige Takler? Kann er es aufnehmen mit den neuen Bedingungen?«

Flenn grinste. »Wenn Ihr etwas zu essen wollt, Kapitän, bin ich Euer Mann. Ich könnte schwören, an meinem Arschloch sind Spinnweben.«

»Wenn das so ist, dann kümmere dich um die Mahlzeit.« Diese Order, wußte Tauler, würde besonders willkommen sein, denn die Mannschaft hatte mehr als einen Tag lang freiwillig auf Essen und Trinken verzichtet, nur um der Demütigung, der Unannehmlichkeit und schieren Widerlichkeit aus dem Weg zu gehen, das Klosett bei faktischer Gewichtslosigkeit benutzen zu müssen.

Er beobachtete wohlwollend, wie Flenn den Karbel in das warme Asyl der Kleidung zurückstopfte und sich vom Stuhl losband. Der kleine Mann rang sichtlich nach Atem, während er in die Kombüse schwankte, doch die schwarzen Mugelsteinchen seiner Augen glänzten vor guter Laune. Er kam noch einmal zurück, nur um Tauler die einzige kleine Flasche mit Branntwein auszuhändigen, die man auf die Reise mitgenommen hatte; dann hörte man ihn lange Zeit mit dem Kochgeschirr hantieren und immerzu keuchen und fluchen. Tauler hatte eben einen kleinen Schluck von dem Branntwein genommen und die Flasche an Savotl weitergegeben, als ihm dämmerte, daß Flenn versuchte, ein warmes Mahl zuzubereiten.

»Du brauchst nichts warmzumachen«, rief er laut. »Uns reicht kaltes Dörrfleisch mit Brot.«

»Ist schon gut, Kapitän«, kam Flenns kurzatmige Erwiderung. »Die Holzkohle glüht noch ... und man muß nur ... tüchtig wedeln. Ich werde Euch ... ein wahres Festmahl servieren. Ein Mann muß etwas ... *Scheiße!*«

Bei dem letzten Wort hatte es ein klapperndes Geräusch gegeben. Tauler wandte sich der Kombüse zu, gerade rechtzeitig um ein brennendes Stück Holz jenseits der Trennwand senkrecht in die Luft steigen zu sehen. Sich träge drehend, eingehüllt in eine blaßgelbe Flamme, segelte es aufwärts und prallte an einer unteren, einwärts laufenden Bahn des Ballons ab. Ohne Schaden anzurichten, schien es ins Blaue abgelenkt zu sein, als es von einer Luftströmung erfaßt und dorthin getrieben wurde, wo eine der vier Beschleunigungsstreben fest mit der Ballonhülle verbunden war. Es trudelte in den keilförmigen Zwischenraum und blieb unter der Verbindungsstelle hängen, immer noch brennend.

»Es gehört mir!« schrie Flenn. »Ich hole es!«

Er tauchte auf der Gondelbrüstung hinter der Kombüse auf, hakte seine Leine aus und kletterte geschwind an der Strebe hoch, nur seine Hände gebrauchend, in einer merkwürdigen, gewichtslosen Hampelei. Taulers Herz und Verstand streikten, als sich bräunliche Rauchwölkchen von dem gelackten Ballongewebe lösten. Flenn erreichte das brennende Holzstück. Er packte es mit der behandschuhten Hand und schleuderte es mit einer schwungvollen Armbewegung fort, und plötzlich war auch Flenn vom Schiff getrennt; in der dünnen Luft taumelnd, die Arme vergebens nach der Strebe strekkend, trieb er langsam ab.

Taulers Entsetzen war ein doppeltes; aus Angst um sein eigenes Leben ließ er den rauchenden Fleck im Ballongewebe nicht aus den Augen, bis er sah, daß sich die Flamme selbst gelöscht hatte, und war sich zugleich stillschreiend der lichten Leere bewußt, die sich zwischen Flenn und dem Ballon auftat.

Der anfängliche Schwung war nicht heftig gewesen; dennoch war Flenn gut dreißig Schritt abgetrieben, ehe ihn der Luftwiderstand zum Halten gebracht hatte. Er hing im leeren Blau, kaum noch als menschliches Wesen zu erkennen in dem ausgefransten Überwurf aus Sackleinen, glühend im Sonnenlicht, während die Gondel im Schatten des Ballons lag.

Tauler ging an die Brüstung und legte die Hände trichterförmig an den Mund. »Flenn! Bist du in Ordnung?«

»Macht Euch keine Sorge um mich, Kapitän.« Flenn winkte mit dem Arm und, man hielt es nicht für möglich, er klang beinahe fröhlich dabei. »Ich kann die Hülle von hier aus gut sehen. Rund um die Befestigung der Stütze ist das Material versengt, aber da ist kein Loch.«

»Wir holen dich zurück.« Tauler drehte sich nach Savotl und Rillomainer um. »Er ist nicht verloren. Wir müssen ihm eine Leine rüberwerfen.«

Rillomainer saß übereinandergesunken im Stuhl. »Ich kann nicht, Kapitän«, sagte er matt. »Ich kann da nicht hinausgucken.«

»Du wirst hinausgucken und du wirst mit anpacken!« versicherte ihm Tauler grimmig.

»Ich bin ja auch noch da«, sagte Savotl und verließ seinen Stuhl. Er öffnete den Spind des Taklers und nahm mehrere Rollen Seil heraus. Tauler, dem alles nicht schnell genug ging, schnappte sich ein Seil. Er sicherte das eine Ende und schleuderte die Rolle hinaus in Flenns Richtung, doch dabei hob er mit beiden Füßen vom Deck ab, und was ein kraftvoller Wurf werden sollte, fiel schwach aus und ging in die falsche Richtung. Das Seil entrollte sich nur zum Teil und blieb nutzlos und gewellt in der Leere stehen.

Tauler holte das Seil ein, und während er es wieder aufrollte, warf Savotl seine Leine mit ähnlichem Mißerfolg. Rillomainer, der mit jedem Atemzug vor Schwäche stöhnte, schleuderte eine dünnere Leine, die aus Glasfaden geflochten war. Sie entrollte sich vollständig und ungefähr in der richtigen Richtung, war aber zu kurz.

»Zu nichts zu gebrauchen!« machte Flenn sich über ihn lustig, scheinbar unbeeindruckt von den Tausenden von Meilen Nichts, die unter ihm gähnten. »Deine alte Großmutter könnte es besser, Rillo.«

Tauler zog die Handschuhe aus und unternahm einen erneuten Versuch, die Leere zu überbrücken; doch obwohl er sich gegen eine Trennwand verkeilt hatte, spulte sich das vor Kälte steife Seil wieder nicht richtig ab. Und während er es einholte, machte er eine entnervende Feststellung. Zu Beginn der Rettungsversuche war Flenn auf gleicher Höhe mit dem oberen Ende der Beschleunigungsstrebe gewesen — jetzt dagegen fehlte nicht mehr viel, und er war nur noch auf gleicher Höhe mit dem Rand der Gondel.

Tauler begriff sofort, daß Flenn fiel. Das Schiff fiel auch, aber solange Wärme im Ballon war, würde es einen gewissen Auftrieb behalten und langsamer fallen als ein massiver Körper. In der mittleren Zone zwischen den Planeten war die Relativgeschwindigkeit zwar vernachlässigbar klein, aber das änderte nichts daran, daß Flenn fest im Griff von Jenlands Anziehungskraft war und den langen Sturz zur Oberfläche begonnen hatte.

»Hast du bemerkt, was passiert?« sagte Tauler leise zu Savotl. »Wir haben keine Zeit mehr.«

Savotl versuchte, die Lage einzuschätzen. »Und wenn wir die Seitendüsen benutzen?«

»Wir würden uns nur überschlagen.«

»Dann wird es brenzlig«, sagte Savotl. »Erst demoliert Flenn den Ballon — dann nimmt er Reißaus, anstatt ihn zu reparieren.«

»Ich glaube nicht, daß er das vorhatte.« Tauler fuhr zu Rillomainer herum. »Die Kanone! Such etwas Schweres, das hineinpaßt. Vielleicht können wir ihm die Leine rüber*schießen.*«

Flenn hatte sich bis jetzt ruhig verhalten. Eben mußte er seine allmähliche Lageveränderung relativ zum Schiff bemerkt und daraus die entsprechenden Schlüsse gezogen haben, denn er fing an zu zappeln und machte Verrenkungen und übertriebene Schwimmbewegungen, die unter anderen Begleitumständen komisch gewirkt hätten. Als er einsehen mußte, daß ihn all das nicht von der Stelle brachte, wurde er wieder still, abgesehen von einer unwillkürlichen Bewegung seiner Hände, als Savotls zweiter Versuch fehlschlug, ihm ein Seil zuzuwerfen.

»Ich bekomme Angst, Kapitän.« Obgleich Flenn schrie, wirkte seine Stimme schwach, ihre Kraft schien sich in der unermeßlichen Weite zu verlieren. »Ihr wolltet mich doch wieder nach Hause bringen.«

»Wir werden dich zurückholen. Uns bleibt ...« Tauler ließ den Satz verwehen. Er hatte Flenn versichern wollen, daß ihnen eine Menge Zeit blieb, doch seine Stimme hätte nicht überzeugt geklungen. Es wurde immer deutlicher, daß Flenn nicht nur an der Gondel vorbeifiel, sondern — in Übereinstimmung mit den unveränderlichen Gesetzen der Physik — immer schneller fiel. Die Beschleunigung war kaum wahrnehmbar, aber ihre Wirkung war kumulativ. Kumulativ und tödlich ...

Rillomainer berührte Taulers Arm. »Es gibt nichts, was in die Kanone passen will, Kapitän, aber ich habe zwei Glasleinen aneinandergeknotet und hieran festgemacht.« Er brachte einen Hammer mit einem großen Brakkakopf zum Vorschein. »Ich schätze, damit erreiche ich ihn.«

»Guter Mann!« sagte Tauler anerkennend, weil der Mechaniker seine Höhenangst überwand, als Not am Mann war. Er machte Rillomainer Platz. Der Mechaniker knotete das freie Ende der Glasleine an die Reling, schätzte die Richtung ab und schleuderte den Hammer hinaus in den Raum.

Tauler sah sofort, daß Rillomainer den Fehler gemacht hatte, den Wurf so hoch zu halten, als müsse er den Fall des Hammers unter voller Anziehungskraft kompensieren. Das Wurfgeschoß schleppte die Leine hinter sich her und kam wenige quälende Schritte über Flenn zum Halten, der wie wild mit den Armen ruderte in dem vergeblichen Versuch, den Hammer zu erreichen. Rillomainer schaukelte an der Leine, um den Hammer nach unten zu bewegen, mit dem Erfolg, daß er ihn ein Stück weit zum Schiff zurückzog.

»Das bringt nichts«, sagte Tauler scharf. »Schnell, hol ihn wieder ein und ziel das nächste Mal direkt auf Flenn.« Er versuchte das wachsende Gefühl von Panik und Verzweiflung zu unterdrücken. Flenn war bereits deutlich tiefer als die Gondel, und es wurde immer unwahrscheinlicher, daß der Hammer ihn je erreichte, weil die Entfernung ständig zunahm und der Winkel immer ungünstiger wurde für einen gezielten Wurf. Was Flenn dringend brauchte, war irgendein Hilfsmittel, das ihn wieder näher an die Gondel heranbrachte ... und so etwas gab es nicht, es sei denn ... es sei denn ...

Eine vertraute Stimme sprach in Taulers Kopf. *Wirkung und Gegenwirkung,* sagte Leyn, *das ist das universelle Prinzip ...*

»Flenn, du kannst dich selbst näher heranbringen«, schrie Tauler. »Nimm den Karbel! Wirf ihn geradewegs vom Schiff fort, so kräftig wie du kannst. Du wirst dabei in unsere Richtung getrieben.«

Es entstand eine Pause, ehe Flenn antwortete. »Das kann ich nicht, Kapitän.«

»Das ist ein Befehl«, brüllte Tauler. »Schmeiß den Karbel, und zwar sofort! Du hast keine Zeit mehr.«

Es gab wieder eine zermürbende Pause, dann sah man Flenn auf seiner Brust nesteln. Sonnenlicht fiel in die geöffnete Kleidung, während er langsam das grüngestreifte Tier zum Vorschein brachte.

Tauler fluchte, weil er nichts tun konnte. »Schneller, *schneller!* Sonst verlieren wir dich.«

»Ihr habt mich schon verloren, Kapitän.« Flenn klang resigniert. »Aber ich will, daß Ihr wenigstens Tinny mit nach Hause nehmt.«

Es gab eine plötzliche heftige Bewegung seines Arms, und er trudelte rückwärts, während der Karbel auf das Schiff zusegelte — zu niedrig. Tauler sah betäubt zu, wie das entsetzte Tier, miauend und ins Leere grapschend, unter der Gondel verschwand. Es war ihm, als habe der bohrende Blick aus den gelben Augen ihm gegolten. Flenn ließ sich noch ein Stück weit hinaustreiben, ehe er sich stabilisierte, indem er Arme und Beine ausbreitete. Er kam schließlich in der Haltung eines Ertrunkenen zur Ruhe, mit dem Gesicht nach unten auf einem unsichtbaren Ozean treibend, den Blick auf die Schwesterwelt gerichtet, die ihn unwiderruflich über

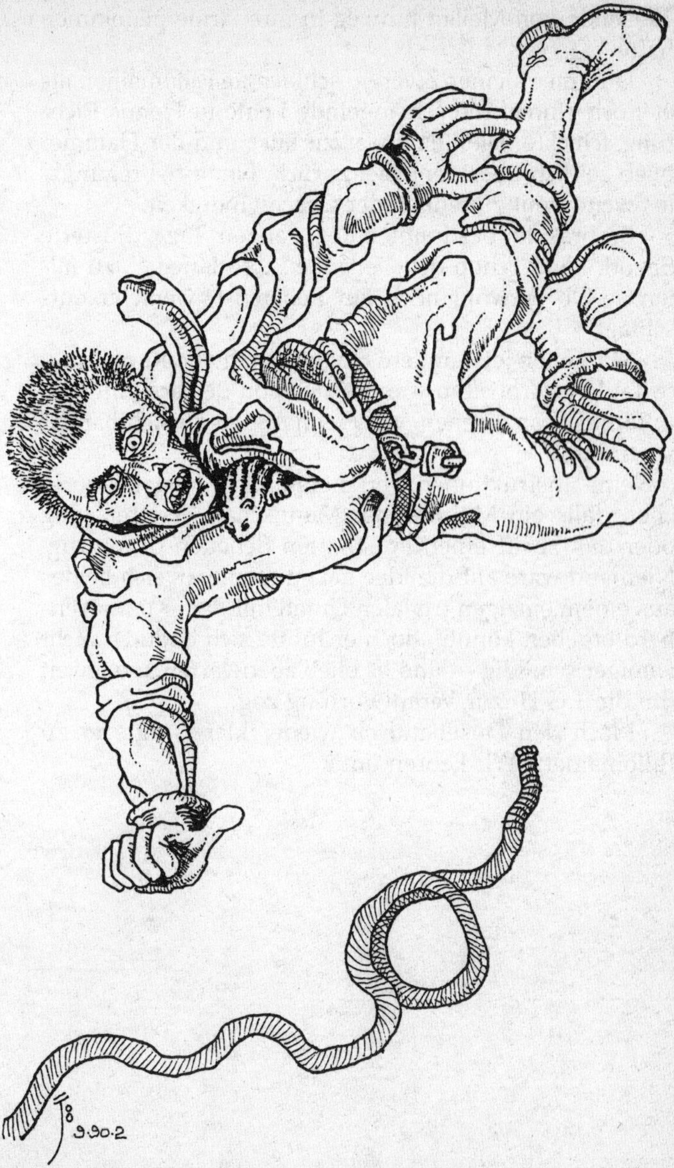
9.90.2

Tausende von Meilen hinweg in ihre Arme genommen hatte.

»Dummer kleiner Zwerg«, schluchzte Rillomainer, als er noch einmal die schlängelnde Leine in Flenns Richtung schickte. Die Leine war zu kurz und der Hammer blieb seitlich über dem Ziel zurück. Flenn fiel regungslos weiter, mit zunehmender Geschwindigkeit.

»Er braucht bestimmt einen ganzen Tag«, flüsterte Savotl. »Nur schon der Gedanke ... so lange ... zu fallen ... Ob er wohl noch am Leben ist, wenn er aufschlägt?«

»Mir gehen jetzt andere Fragen durch den Kopf«, sagte Tauler schroff und wandte sich von der Brüstung ab, unfähig mitanzusehen, wie Flenn bis zur Unsichtbarkeit schrumpfte.

Seine Instruktionen verlangten, den Flug abzubrechen, falls ein Mitglied der Mannschaft verloren ging oder das Schiff einen ernsthaften Schaden davontrug. Niemand wäre auf die Idee gekommen, daß sich beides aus einem einzigen trivialen Unfall mit dem Kombüsenherd ergeben könnte; doch er fühlte sich dadurch nicht weniger schuldig — und es blieb abzuwarten, inwieweit ihn die T.G.H. zur Verantwortung zog.

»Mach den Düsenantrieb wieder klar«, sagte er zu Rillomainer. »Wir kehren um.«

DRITTER TEIL

Fremde Region

16. Kapitel

Die Höhle lag in der Flanke eines zerklüfteten Berges, wo zahlreiche tief ausgewaschene Rinnen, Felsvorsprünge und eine Unmenge an Dornengestrüpp Mensch und Tier das Vorwärtskommen erschwerten.

Leyn Marakain überließ es dem Blauhorn, den besten Weg durch das unwegsame Gelände zu finden, und benutzte nur hin und wieder die Zügel, um es auf die orangerote Fahne auszurichten, die die Lage der Höhle markierte. Die vier Soldaten seiner Leibgarde, obligatorisch für jeden höheren Beamten des T.G.H., ritten kurz hinter ihm; das Gemurmel ihrer Unterhaltung vermischte sich mit dem schweren Summen der Insekten. Kurznacht war noch nicht lange vorüber, und die hochstehende Sonne dörrte den Boden und legte eine zitternde, purpurn getönte Decke aus heißer Luft über den Horizont.

Leyn fühlte sich ungewöhnlich entspannt; er war froh, dem Getriebe der Basis entkommen zu sein und sich auf andere Dinge besinnen zu können, die nichts zu tun hatten mit Weltkrisen und Problemen des interplanetaren Fluges. Taulers vorzeitige Rückkehr vom Testflug lag zehn Tage zurück. Leyn hatte eine zermürbende Runde von Zusammenkünften, Beratungen und langwierigen Erörterungen der neuen Fakten hinter sich. Eine Clique der T.G.H.-Verwaltung hatte einen zweiten Testflug verlangt, mit einem erfolgreichen Abstieg und einer detaillierten kartographischen Erfassung des Zentralkontinents. Unter normalen Umständen wäre Leyn einer von ihnen gewesen, doch angesichts der sich rapide verschlimmernden Lage in Kolkorron hatte er sich über alle Vorbehalte hinweggesetzt ...

Dank Leddravohr und Chakkell und dem unerbittlichen Druck der Verhältnisse hatte man das Produktionsziel in Gestalt von eintausend Himmelsschiffen — und ein paar Ersatzfahrzeugen — erreicht.

Fünfzig Schiffe waren für die Königsfamilie und die Aristokraten reserviert worden, die in kleinen Familiengruppen vergleichsweise luxuriös reisen würden, obwohl sich keineswegs der gesamte Adel zur Auswanderung entschlossen hatte. Weitere zweihundert waren als Frachtschiffe für Lebensmittel, Vieh, Saatgut, Waffen und notwendige Maschinen und Grundstoffe vorgesehen; und weitere hundert waren für das Militär bestimmt. Somit blieben sechshundertundfünfzig Schiffe, die — bei einer auf zwei Mitglieder reduzierten Mannschaft — fast zwölftausend Kolkorronier nach Jenland transportieren konnten.

Bereits in einem frühen Stadium des großangelegten Unterfangens hatte König Pradt verkündet, daß die Auswanderung auf rein freiwilliger Basis durchgeführt werde, mit gleichem Anteil an Frauen und Männern, und daß ein bestimmter Teil der verfügbaren Plätze Männern mit Schlüsselberufen vorbehalten sei.

Lange Zeit hatte die eher pragmatische Bürgerschaft das ganze Vorhaben überhaupt nicht ernstgenommen, hatte es als Ablenkungsmanöver des Königs betrachtet, als närrischen Einfall, über den man sich in den Tavernen lustig machen sollte. Die wenigen, die sich vormerken ließen, wurden zum Ziel des Gespötts, und es hatte ganz so ausgesehen, als würde man die Menschen mit der Schwertspitze in die Himmelsschiffe treiben müssen.

Pradt hatte die Zeit für sich arbeiten lassen, weil er genau wußte, daß stärkere Kräfte am Werk waren, als er jemals aufbieten konnte. Die Pterssaplage, die Hungersnot und das unaufhaltsame Zerbröckeln der sozialen Ordnung leisteten wirkungsvolle Überzeugungsarbeit, und — trotz des Bannspruchs der Kirche — schwollen die Register mit den Namen der Auswanderungswilligen an. Doch die Kolkorronier waren derart konservativ, und die Lösung ihrer Probleme war so radikal, daß es immer noch eine gewisse Zurückhaltung zu überwinden galt, ein unterschwelliges Gefühl, als seien alle Entbehrungen und Gefahren auf Diesland nichts im Vergleich zu dem schier unausweichlichen und höchst unnatürlichen Tod in den blauen Abgründen des Himmels.

Dann war bekannt geworden, daß ein T.G.H.-Schiff mehr als die Hälfte des Weges nach Jenland zurückgelegt hatte und wieder heil zurückgekehrt war.

Innerhalb von Stunden waren auch die letzten Plätze der Flotte ausgebucht gewesen, und mit einemmal waren die eingeschriebenen Auswanderer das Ziel von Neid und Haß. Es gab einen Umschwung in der öffentlichen Meinung, rasch und irrational, und viele, die mit Verachtung auf die bloße Erwähnung einer Fahrt zur Schwesterwelt reagiert hatten, fühlten sich nun diskriminiert.

Selbst die apathische Mehrheit, die sich sonst nie um weitreichende historische Angelegenheiten scherte, reagierte verstimmt auf Geschichten über Wagenladungen mit rationierten Lebensmitteln, die durch die Tore des Areals für Himmelsschiffe verschwanden ...

Vor diesem Hintergrund hatte Leyn die Ansicht vertreten, daß der Testflug durch das erfolgreiche Wendemanöver und das Überschreiten der Mitte zwischen den Planeten seinen Hauptzweck erfüllt habe. Der Abstieg nach Jenland sei im Vergleich dazu nur noch ein passiver und überschaubarer Vorgang; und den Skizzen, die Savotl mit Hilfe des Fernglases angefertigt hatte, sei hinlänglich zu entnehmen, daß es weder Berge noch andere Oberflächenmerkmale gebe, die eine sichere Landung auf dem Zentralkontinent gefährden könnten.

Und aus dem Verlust eines Mannschaftsmitgliedes sei lediglich die Lehre zu ziehen, keinesfalls zu kochen bei Gewichtslosigkeit. Dem Kommandanten des Schiffes gebühre Dank für die Leitung einer unvergleichlich strapaziösen Mission, hatte Leyn seine Stellungnahme beschlossen, und der Auswanderung stehe nun so gut wie nichts mehr im Wege.

Man war seiner Argumentation gefolgt.

Der Aufstieg der ersten Schwadron von vierzig Himmelsschiffen, die hauptsächlich Soldaten und Bauarbeiter befördern sollte, war für den 80-sten Tag des Jahres 2630 geplant.

Bis dahin blieben noch sechs Tage, und während sich sein Reittier einen Weg bergan zur Höhle suchte, dachte Leyn, daß er dem Flug nach Jenland eigentlich viel zu gelassen entgegensah. Wenn alles nach Plan verlief, würden er und Gesalla bei der zehnten Schwadron sein, die — Verzögerungen durch widriges Wetter oder hohe Pterssa-Aktivität in Rechnung gestellt — Diesland spätestens in zwanzig Tagen verlassen sollte. Warum ließ ihn das bevorstehende Ereignis so gleichgültig — das größte Abenteuer seines Lebens, eine einzigartige wissenschaftliche Chance, das kühnste Unternehmen in der gesamten Menschheitsgeschichte?

Fürchtete er sich so sehr, daß er jeden Gedanken daran verdrängte? Hatte die wachsende Kluft zwischen Gesalla und ihm — die er zwar nicht wahrhaben wollte, die ihm aber stets gegenwärtig war — einen Lebensborn ausgetrocknet und ihn emotional welken und stumpf werden lassen? Oder war es ein simples Versagen der Vorstellungskraft bei einem Mann, der sich zu den intelligentesten zählte?

Der Strom von Fragen und Zweifeln versiegte, als das Blauhorn ein Plateau voller Felsbrocken erreichte und Leyn weiter vorn den Höhleneingang sah. Dankbar für die seelische Verschnaufpause stieg er ab und wartete auf die Soldaten. Die Gesichter unter den stirntiefen Lederhelmen waren schweißüberströmt. Die vier Männer waren sichtlich verwirrt, daß er sie an diesen trostlosen Ort geführt hatte.

»Du wartest hier auf mich«, sagte Leyn zu dem stämmigen Sergeanten. »Wo willst du die Wachen postieren?«

Der Sergeant beschattete die Augen vor den fast senkrecht einfallenden Sonnenstrahlen, die an der feurig bekränzten Scheibe von Jenland vorbeistachen. »Oben auf dem Berg, Herr. Von dort müßten sie fünf oder sechs Beobachtungsposten weit sehen können.«

»Gut! Ich gehe jetzt in diese Höhle da und will nicht gestört werden. Rufe mich nur, wenn es eine Pterssawarnung gibt.«

»Ja, Herr.«

Während der Sergeant abstieg und seine Männer einwies, öffnete Leyn die Tragkörbe, die an sein Blauhorn geschnallt waren, und nahm vier Öllaternen heraus. Er zündete die Dochte mit Hilfe einer Linse an und nahm die Laternen an ihren Glasseilschlingen mit zur Höhle. Der Zugang war ziemlich niedrig und auf der ganzen Länge so eng wie eine einfache Tür. Einen Moment lang war die Luft sogar wärmer als draußen, dann trat er in ein kühles Halbdunkel, wo die Wände zurückwichen und eine geräumige Kammer bildeten. Er stellte die Laternen auf den Erdboden und wartete darauf, daß sich seine Augen an das kümmerliche Licht gewöhnten.

Die Höhle war im Frühjahr von einem Geometer entdeckt worden, der in dieser Gegend nach einem günstigen Standort für einen Beobachtungsposten gesucht hatte. Vielleicht aus echter Begeisterung, vielleicht auch nur, weil Baron Glo für seine Gastfreundlichkeit bekannt war, hatte sich der Geometer auf den Weg nach Grünberg gemacht und dort eine Beschreibung des unglaublichen Inhalts der Höhle hinterlassen. Der Bericht hatte kurze Zeit später Leyn erreicht, der sofort beschlossen hatte, sich selbst von dem Fund zu überzeugen, sobald ihm die Arbeit Zeit dazu ließ. Jetzt, umgeben von abflauenden Nachbildern, fand Leyn es bezeichnend, daß er diesen dunklen Ort aufgesucht hatte.

Er wandte sich Dieslands Vergangenheit zu und von Jenlands Zukunft ab und gestand sich ein, daß er mit der ganzen Auswanderung und dem, was danach kam, im Grunde nichts zu tun haben wollte.

Die Bilder an den Höhlenwänden nahmen Gestalt an.

Es herrschte keine Ordnung in den dargestellten Szenen. Es sah so aus, als wären die größten und glattesten Stellen zuerst bemalt worden, und als hätten nachfolgende Künstlergenerationen die dazwischenliegenden Stellen mit szenischen Fragmenten gefüllt, wobei ihre Phantasie die Buckel, Mulden und Schrunden mit zur Darstellung herangezogen hatte.

Das Ergebnis war eine labyrinthische Montage, die das Auge zwang, unaufhörlich umherzuwandern zwischen halbnackten Jägern, Familiengruppen, stilisierten Brakkabäumen, fremdartigen und vertrauten Tieren, erotischen Szenen, Dämonen, Kochtöpfen, Blumen, menschlichen Skeletten, Waffen, stillenden Müttern und geometrischen Formen, Fischen, Schlangen, unbekannten Gegenständen und unergründlichen Symbolen. In einigen Fällen waren die Umrisse in den Felsen gemeißelt und mit Pech ausgefüllt worden, so daß die Bilder förmlich ins Auge sprangen; es gab doppeldeutige Farbflecken, die durch ihre wechselnde Intensität entweder eine menschliche oder eine tierische Gestalt erkennen ließen. Die Pigmente waren zum größten Teil immer noch kraftvoll, wo der Künstler es beabsichtigt hatte, und zurückhaltend, wo er subtil hatte sein wollen, doch an einigen Stellen hatte die Zeit mit Feuchtigkeit und Pilzwuchs selbst zur verwirrenden Vielfalt der Bilder beigetragen.

Leyn war, wie nie zuvor, durch ein Empfinden von Alter überwältigt.

Die kolkorronische Religion ging davon aus, daß Diesland und Jenland schon immer existiert hatten und schon immer das gewesen waren, was sie auch heute noch waren, nämlich die Wechselpole für die kontinuierliche Wiedergeburt der menschlichen Seele. Vor vier Jahrhunderten war ein Krieg geführt worden, um die Bissianische Irrlehre auszurotten, die behauptete, ein Mensch werde für ein tugendhaftes Leben auf der einen Welt nach seiner Wiedergeburt auf der anderen mit einem höheren Status belohnt. Der Widerstand der Kirche galt hauptsächlich der Idee einer fortschreitenden Veränderung, die der fundamentalen Lehre widersprochen hätte, daß die gegenwärtige Ordnung unveränderlich und ewig war. Leyn fiel es nicht schwer zu glauben, daß der Makrokosmos schon immer so gewesen war, wie er war; aber auf der kleinen Bühne der menschlichen Geschichte war die Veränderung nicht zu übersehen, und wenn man sie zurückdachte, weit genug, mochte man auf ... *das* ... hier stoßen!

Er konnte nicht sagen, wie alt diese Höhlenmalereien waren, aber er dachte instinktiv in Jahrtausenden und nicht in Jahrhunderten. Hier war der Beweis, daß die Menschen früher einmal unter völlig anderen Umständen existiert hatten und ganz anders gedacht hatten und den Planeten mit Lebewesen geteilt hatten, die es längst nicht mehr gab. Er verspürte geistige Erregung und schmerzliches Bedauern in einem, als er sich klarmachte, daß es hier in der schlichten Begrenztheit eines felsigen Hohlraums genug Stoff für eine Lebensarbeit gab. Er hätte seine abstrakte mathematische Arbeit mit dem Studium der eigenen Spezies ergänzen können, eine Aussicht, die unendlich viel natürlicher und lohnender erschien, als auf eine andere Welt zu fliehen.

Was hindert mich daran, einfach hierzubleiben?

Der Gedanke, obwohl halbherzig, ließ das Innere der Höhle noch kühler erscheinen, und Leyn hob die Schultern, weil ihn fröstelte. Er ertappte sich in jüngster Zeit öfter bei dem Versuch, seine Entscheidung für den Flug nach Jenland zu analysieren.

War es die nüchterne, rationale Entscheidung des Philosophen in ihm — oder fühlte er sich verpflichtet,

Gesalla und seinen künftigen Kindern eine bessere Zukunft zu ermöglichen? Bis zu dem Augenblick, da er begonnen hatte, nach seinen Motiven zu fahnden, schienen die Alternativen klar umrissen — fliege nach Jenland und umarme die Zukunft oder bleibe auf Diesland und sterbe mit der Vergangenheit.

Doch die Mehrheit der Bevölkerung hatte gar keine Alternative gehabt. Sie würde einem sehr menschlichen Verhaltensmuster gehorchen und sich schlicht weigern, im Bett zu bleiben, bis sie tot war — sie würde schlicht die defätistische Meinung ignorieren, die blindwütige und strohdumme Pterssa könnte am Ende über Diesland triumphieren. Tatsächlich wäre der Exodus gar nicht durchführbar ohne die Kooperation mit Menschen, die zurückblieben — den Bodenmannschaften, den Männern in den Pterssa-Beobachtungsposten, dem Militär, das das Areal für Himmelsschiffe verteidigen und die Ordnung im Reich auch dann noch durchsetzen mußte, wenn der König und sein Staat im Himmel verschwunden waren.

Das menschliche Leben, begriff Leyn, würde nicht über Nacht von Diesland verschwinden. Viele Jahre oder gar Jahrzehnte der Dezimierung und Entbehrung würden folgen, und vielleicht würde sich am Ende ein bescheidener, harter Kern von Resistenten herauskristallisiert haben, die in unvorstellbarer Not unter der Oberfläche hausten. Nicht daß Leyn unbedingt an diesem bitteren Schicksal teilhaben wollte — aber er mochte vielleicht eine Nische unter den Überlebenden finden. Er mochte durchaus die ihm zugeteilte Lebensspanne auf dem Planeten seiner Geburt ausleben können, wo sein Dasein Sinn und Zweck hatte. Aber er mußte den Willen dazu aufbringen.

Und wie würde Gesalla dazu stehen?

Sie war ihm so treu ergeben, daß sie gar nicht auf die Idee kommen würde, ohne ihn aufzubrechen. Da sie sich geistig voneinander entfernt hatten, würde sie um so entschlossener an seiner leibhaftigen Gegenwart festhalten, ganz wie es das eheliche Gelübde verlangte. So war ihr Charakter. Sie wollte nicht wahrhaben …

Leyns Blick, der über das Panorama irrte, das ihn umgab und das so alt schien wie die Zeit selbst, blieb an dem Bild eines kleinen spielenden Kindes hängen. Es war eine Vignette, die die Ecken von drei größeren Szenen verband; sie stellte einen kleinen Jungen dar, beschäftigt mit etwas, das er in der Hand hielt und das aussah wie eine Puppe. Mit der anderen Hand langte er zur Seite, als ob er sie sorglos nach einem wohlvertrauten Haustier ausstreckte, und dicht unter der Hand war ein einfacher Kreis zu sehen. Der Kreis war farblos und hätte mehrere Dinge darstellen können — einen großen Ball, einen Ballon, ein launig plaziertes Jenland — doch Leyn konnte nicht umhin, darin eine Pterssa zu sehen.

Er nahm eine Laterne und trat näher an die Wand heran. Die hellere Beleuchtung bestätigte, daß der Kreis nie ein Farbpigment enthalten hatte, was immerhin merkwürdig war, wenn man sah, mit welcher Gewissenhaftigkeit und Feinheit die längst verschollenen Künstler andere und weniger wichtige Details ausgearbeitet hatten. Das hieß, seine Interpretation mußte falsch sein, zumal das Kind in dieser kleinen Szene keinerlei Anzeichen von Panik oder Angst verriet; es machte vielmehr einen ausgesprochenen sorglosen und zufriedenen Eindruck.

Leyns Gedankengänge wurden von einem Geräusch am Eingang gestört. Er runzelte verärgert die Stirn, hob die Laterne, und trat unwillkürlich einen Schritt zurück, als er sah, wer der Neuankömmling war. Das Kampfschwert schabte an der Wand, als Prinz Leddravohr mit seinem kurzlebigen Lächeln aus dem engen Durchlaß trat. Er sah sich in der Höhle um.

»Guten Spättag, Prinz«, sagte Leyn, der mit Entsetzen bemerkte, wie er zu zittern anfing. Im Laufe seiner

Arbeit für die T.G.H. war er Leddravohr oft begegnet. Doch in der schnöden Büroatmosphäre und in Gesellschaft anderer Mitarbeiter hatte er es mit der Zeit fertiggebracht, angesichts des Prinzen seine Fassung einigermaßen zu bewahren; hier aber, in der Enge der Höhle, kam ihm Leddravohr riesig, unmenschlich, machtvoll und furchteinflößend vor. Der Prinz war innerlich und äußerlich weit genug von Leyn entfernt, daß er ebensogut einem der primitiven Wandbilder entstiegen sein konnte, die rundum im Dämmerlicht glühten.

Leddravohr verschaffte sich einen flüchtigen Überblick. »Man sagte mir, hier gebe es etwas Bemerkenswertes zu sehen, Marakain. Hat man mich falsch informiert?«

»Ich glaube nicht, Prinz.« Leyn hoffte, seiner Stimme einen festen Klang gegeben zu haben.

»Du glaubst nicht? Wo ist denn das, was deinem erlesenen Hirn auffällt und meinem nicht?«

Leyn suchte nach einer Antwort, die nicht der Beleidigung entsprach, die Leddravohr ihm in den Mund gelegt hatte. »Ich hatte noch keine Zeit, die Bilder eingehend zu studieren, Prinz — aber interessant ist, daß sie offenbar sehr alt sind.«

»Wie alt?«

»Vielleicht drei- oder viertausend Jahre.«

Leddravohr schnaubte amüsiert. »Das ist doch Unsinn. Du sagst also, diese Kritzeleien seien viel älter als Ro-Atabri selbst?«

»Das ist nur meine bescheidene Meinung, Prinz.«

»Du irrst dich. Die Farben sind viel zu frisch. In einem der Bürgerkriege war diese Höhle ein Schlupfwinkel. Einige Aufrührer hielten sich hier draußen versteckt und ...« Leddravohr hielt inne, um sich eine Zeichnung aus nächster Nähe anzusehen, die zwei Menschen in einer sexuellen Verrenkung zeigte. »Und hier siehst du, womit sie sich die Zeit vertrieben haben. Ist es das, was dich so fasziniert, Marakain?«

»Nein, Prinz.«

»Verlierst du jemals die Beherrschung, Marakain?«

»Ich hoffe nicht, Prinz.«

Leddravohr schnaubte wieder, schritt die Wände ab und kam zu Leyn zurück. »Ist schon gut, du kannst aufhören zu zittern — ich werde dich nicht anrühren. Vielleicht interessiert es dich zu erfahren, daß ich hier bin, weil mein Vater von diesem Spinnenloch gehört hat. Er will die Zeichnungen akkurat kopiert haben. Wie lange dauert das?«

Leyns Blick überflog die Wände. »Vier tüchtige Zeichner könnten in einem Tag fertig sein, Prinz.«

»Veranlasse das!« Leddravohr sah ihn mit einem undeutbaren Ausdruck seines glatten Gesichts an. »Warum schert sich überhaupt jemand um diesen Ort? Mein Vater ist alt und gebrechlich; ihm steht der Flug nach Jenland ins Haus; der größte Teil der Bevölkerung ist von der Seuche dahingerafft worden, und der Rest rottet sich zusammen; selbst ein paar Einheiten der Armee werden aufsässig, jetzt wo sie Hunger leiden und ihnen dämmert, daß ich bald nicht mehr da bin, um mich um sie zu kümmern — und die größte Sorge meines alten Herrn ist es, dieses elende Gekritzel mit eigenen Augen zu sehen. Warum, Marakain, *warum?*«

Leyn war auf die Frage nicht vorbereitet. »König Pradt scheint die Natur eines Philosophen zu haben, Prinz.«

»Du meinst, er ist wie du?«

»Ich hatte nicht die Absicht, mich auf die gleiche ...«

»Laß das! Du willst also sagen: Mein Vater will etwas wissen, weil er etwas wissen will?«

»Das ist die Haltung des Philosophen, Prinz.«

»Aber ...« Leddravohr brach ab, als er im Eingang zur Höhle ein Klappern von Ausrüstung hörte und der Sergeant von Leyns Leibgarde erschien. Er salutierte vor Leddravohr und wartete aufgeregt auf Sprecherlaubnis.

»Na, los, Mann!« sagte Leddravohr.

»Prinz, im Westen frischt der Wind auf. Wir wurden vor Pterssas gewarnt.«

Leddravohr entließ den Sergeanten mit einem Wink. »In Ordnung — wir brechen bald auf.«

»Der Wind frischt kräftig auf, Prinz«, sagte der Sergeant, ganz und gar unglücklich darüber, daß er seiner Entlassung trotzte.

»Und ein schlauer, alter Soldat wie du will natürlich kein überflüssiges Risiko eingehen.« Leddravohr legte dem Sergeanten die Hand auf die Schulter und schüttelte ihn spielerisch, eine Vertraulichkeit, die er nicht einmal für den edelsten Adligen übrig hatte. »Nehmt Eure Männer und zieht ab, Sergeant!«

In den Augen des Sergeanten blitzten Dankbarkeit und Verehrung auf, dann eilte er hinaus. Leddravohr sah ihm nach, bis er fort war, dann wandte er sich an Leyn.

»Du warst eben dabei, diese Leidenschaft für unnützes Wissen zu erklären«, sagte er. »Fahr fort!«

»Ich ...« Leyn versuchte, seine Gedanken zu ordnen. »In meinem Beruf gibt es kein unnützes Wissen.«

»Wieso nicht?«

»Alles Wissen ist Teil eines Ganzen ... einer strukturellen Einheit ... und wenn diese Struktur vollständig ist, ist auch der Mensch vollständig und wird sein Schicksal selbst in die Hand nehmen können.«

»Schöne Worte!« Leddravohrs unzufriedener Blick heftete sich auf den Wandabschnitt, der Leyns Standort am nächsten war. »Glaubst du im Ernst, die Zukunft unserer Rasse hängt von dem Balg ab, der da mit seinem Ball spielt?«

»Das habe ich nicht gesagt, Prinz.«

»Das habe ich nicht gesagt, Prinz«, äffte Leddravohr ihn nach. »Rein gar nichts hast du mir gesagt, Philosoph.«

»Es tut mir aufrichtig leid, daß Ihr nichts gehört habt«, sagte Leyn ruhig.

Augenblicklich erschien Leddravohrs Lächeln. »War

das nun eine Beleidigung oder nicht? Wissensliebe muß eine feurige Leidenschaft sein, wenn sie dir das Rückgrat stärkt, Marakain. Wir werden auf dem Rückritt weiterreden. Komm!«

Leddravohr schleuste sich seitlings durch den engen Durchlaß. Leyn blies die vier Laternen aus, ließ sie, wo sie waren, und folgte Leddravohr nach draußen. Von Westen wehte eine spürbare Brise über die rauhen Konturen des Berges. Leddravohr war schon im Sattel und sah amüsiert zu, wie Leyn den Saum der Robe zusammenraffte und sich unbeholfen in den Sattel des anderen Blauhorns zog. Nach einem forschenden Blick in den Himmel ritt Leddravohr den Berg hinunter, sein Reittier mit der aufrechten Nonchalance des geborenen Reiters führend.

Leyn drängte, einem Impuls folgend, sein Blauhorn auf einem mehr oder minder parallelen Pfad voran, darauf bedacht, mit dem Prinzen auf gleicher Höhe zu bleiben. Sie waren fast halbwegs den Berg hinunter, als er bemerkte, daß er sein Tier ziemlich schnell in einen Bereich mit losem Schiefer hineintrieb. Er versuchte, das Blauhorn nach rechts zu ziehen, mit dem einzigen Erfolg, daß er es aus dem Gleichgewicht riß. Es belferte angstvoll, als es auf dem trügerischen Grund den Halt verlor und auf die Seite stürzte. Leyn hörte noch das Bein des Tieres knacken, als er sich abstieß. Er hatte ein gelbes Büschel Gras angepeilt, das glücklicherweise da war, wo er es brauchen konnte. Er rollte einmal um seine Längsachse und sprang augenblicklich wieder auf die Füße, unverletzt aber entsetzt über das qualvolle Geheul des Blauhorns, das hilflos auf die Steinplatten eindrosch.

Leddravohr schwang sich von seinem Reittier, zog das Schwert und kam mit ausholenden Schritten zu dem gestürzten Blauhorn und trieb ihm das schwarze Blatt in den Bauch, den Stoß voranwinkelnd, bis die Spitze von innen in die Brusthöhle drang. Das Blauhorn bäumte sich auf und gab einen geifernden, krächzenden Laut von sich, als es starb. Leyn hielt sich die Hand vor den Mund, während er die quälenden Aufwallungen seines Magens niederkämpfte.

»Hier ist ein neuer Leckerbissen an nützlichem Wissen für dich«, sagte Leddravohr ruhig. »Wenn du ein Blauhorn töten mußt, ziele niemals direkt auf das Herz, oder du wirst von oben bis unten mit Blut besudelt. So aber entlädt sich das Herz in die Körperhöhlen, und es gibt nur sehr wenig Schmutz. Siehst du?« Leddravohr zog sein Schwert heraus, wischte es an der Mähne des Kadavers ab und breitete die Arme aus, um Leyn seine makellose Kleidung zu demonstrieren. »Findest du nicht auch, daß das alles sehr ... philosophisch ist?«

»Ich habe es zu Fall gebracht«, schluckte Leyn.

»Es war nur ein Blauhorn.« Leddravohr steckte das Schwert in die Scheide, kehrte zu seinem Reittier zurück und schwang sich in den Sattel. »Komm schon, Marakain — worauf wartest du?«

Leyn sah den Prinzen an, der eine Hand ausgestreckt hielt, um ihm zu helfen. Er empfand eine unüberwindliche Abneigung vor dem körperlichen Kontakt. »Danke, Prinz — aber es wäre nicht rechtens, wenn jemand von meinem Status mit Euch reiten würde.«

Leddravohr brach in Gelächter aus. »Wovon redest du da, du Narr? Wir sind hier draußen in der wirklichen Welt — der Welt des Soldaten — und die Pterssas sind unterwegs.«

Der Hinweis auf die Pterssas durchfuhr Leyn wie ein Eisdolch. Er machte einen zögernden Schritt voran.

»Sei nicht so schüchtern«, sagte Leddravohr. Vergnügen und Verachtung sprachen aus seinen Augen. »Außerdem ist es nicht das erste Mal, daß wir beide uns dieselbe Stute teilen.«

Leyn blieb stehen. Schweiß kühlte seine Stirn. Er hörte sich sagen: »Ich habe es mir überlegt — ich möchte doch lieber zu Fuß zum Areal zurückgehen.«

»Ich verliere die Geduld mit dir, Marakain.« Leddravohr beschattete die Augen und musterte den westlichen Himmel. »Ich werde nicht darum betteln, dein Leben beschützen zu dürfen.«

»Für mein Leben bin ich selbst verantwortlich, Prinz.«

»Es muß euch Marakains im Blut liegen«, sagte Leddravohr achselzuckend und bezog sich auf einen nicht anwesenden Dritten. Er wendete sein Blauhorn nach Osten und spornte das Tier zu einem leichten Galopp an. Nach wenigen Sekunden war er hinter einem Felsvorsprung verschwunden.

Leyn war allein in einer schroffen Landschaft, die plötzlich so fremdartig und unversöhnlich erschien wie ein ferner Planet. Er stieß ein wankelmütiges, ungläubiges Lachen aus, als er seine mißliche Lage überdachte, in die er sich durch einen einzigen Verstoß gegen die Vernunft gebracht hatte.

Warum erst jetzt? fragte er sich. *Warum habe ich bis jetzt gewartet?*

Es gab ein kullerndes Geräusch in der Nähe. Leyn wirbelte erschrocken herum und sah, wie sich die farblosen Vielfüßer bereits allseits aus ihren Erdlöchern wanden, kleines Geröll mitnehmend in ihrer gierigen Hast, das tote Blauhorn zu erreichen. Mit mehreren Sätzen brachte Leyn sich aus der Nähe des widerlichen Spektakels. Einen Moment lang überlegte er, ob er zur Höhle zurückkehren sollte. Sie bot bei Tageslicht nur wenig Schutz, und nach Einbruch der Nacht würde der ganze Berg nur so wimmeln von geduldig witternden und sondierenden Pterssas. Das Beste war, sich sofort auf den Weg nach Osten zu machen, um so schnell wie möglich das Areal für Himmelsschiffe zu erreichen — bevor der Wind die Pterssa brachte.

Entschlossen begann Leyn durch die surrende Hitze zu laufen. Nahe am Fuß des Berges kam er auf einen offenen Hang hinaus und hatte freien Blick nach Osten.

Eine weit entfernte Staubfahne markierte Leddravohrs Weg und weit vor dem Prinzen, beinah an der sandsteinfarbenen Grenze des Areals, zeigte eine größere Staubwolke, wie weit die vier Soldaten schon gekommen waren. Erst jetzt wurde Leyn bewußt, wie langsam er im Vergleich zu einem galoppierenden Reiter war. Er würde schneller vorankommen, wenn er das flache Grasland erreicht hätte; aber auch dann würde er bestimmt eine Stunde brauchen, ehe er in Sicherheit war.

Eine Stunde!

Habe ich überhaupt eine Chance, so lange zu überleben?

Um sich von der zunehmenden körperlichen Pein abzulenken, suchte er Zuflucht bei seiner Mathematik. Die Statistik, wenn man sie nüchtern betrachtete, war ermutigender als er zunächst erwartet hatte.

Tageslicht und flaches Terrain waren ungünstige Bedingungen für die Pterssas. Sie waren praktisch unfähig, sich aus eigener Kraft horizontal fortzubewegen, und waren von Luftströmungen abhängig, die sie über Land trugen. Mithin hatte ein Läufer auf offenem Gelände wenig von ihnen zu befürchten. Unter der Voraussetzung, daß sie die Gegend nicht förmlich bedeckten — was am hellichten Tag kaum zu erwarten war — brauchte er die Blasen lediglich wachsam im Auge zu behalten und auf die Windrichtung zu achten. Wenn ihn eine Pterssa bedrohte, brauchte er einfach nur abzuwarten, bis er *fast* in ihrer tödlichen Reichweite war, dann ein Stück weit rechtwinklig zur Windrichtung zu laufen und die Blase hilflos vorbeitreiben zu lassen.

Strauchelnd kam er in einer tiefen Rinne zum Stehen; die Erschöpfung pumpte ihm salzigen Schaum in den Mund. Er stützte sich auf einen Felsbrocken, um wieder zu Atem zu kommen. Wenn er die Ebene erreichte, war es lebenswichtig, daß er noch Kraftreserven hatte und flink auf den Füßen war. Während der Aufruhr in seiner Brust allmählich verebbte, gab er sich ganz der Vorstellung hin, wie sich seine nächste Begegnung mit Leddravohr abspielen würde, und er spürte — zu seiner eigenen Verwunderung — wie sein klaffender Mund zu grinsen versuchte. Das war der Gipfel der Ironie! Derweil der berühmte Militärprinz sein Heil in der Flucht gesucht hatte, war der weichliche Philosoph in die Stadt zurückspaziert, mit nichts als seiner Intelligenz bewaffnet. Das war nun in der Tat der Beweis, daß er kein Feigling war, ein Beweis vor aller Augen, ein Beweis, den sogar seine Frau ...

Ich bin übergeschnappt! Leyn stöhnte laut auf vor Zerknirschung. Ich habe wahrhaftig den Verstand verloren!

Ich habe zugelassen, daß ein Wilder mit all seiner Roheit und Bosheit, seiner selbstgefälligen Borniertheit und seiner unverhohlenen Ignoranz meine Abwehr durchbrach. Ich ließ mich von ihm so lange demütigen, bis ich bereit war, in einem Anfall von Haß und Stolz mein Leben wegzuwerfen — welch löbliche Regungen! — und jetzt träume ich mit offenen Augen von kindischer Vergeltung, so betrunken von meiner Überheblichkeit, daß ich nicht einmal die einfachste Vorsicht walten lasse und mich davon überzeuge, daß keine Pterssa in der Nähe ist!

Leyn richtete sich auf und blickte — von schmerzlicher Vorahnung erfüllt — zurück in die Rinne.

Die Pterssa war kaum zehn Schritt entfernt, bereits in tödlicher Nähe, und die Brise wehte die Rinne herauf und trieb die Blase genau auf ihn zu, mit lähmender Schnelligkeit.

Sie schwoll heran und füllte sein Gesichtsfeld, gleißend, transparent, mit purpurnen und schwarzen Pigmenten. In einem Winkel seines Herzens flackerte eine perverse Dankbarkeit auf, daß nun sein Schicksal besiegelt war, rasch und endgültig. Es hatte keinen Zweck davonzulaufen, keinen Zweck sich zu wehren. Er sah die Pterssa, wie er nie zuvor eine gesehen hatte, sah die fahlgrauen Wirbel des giftigen Staubs im Innern. Zeichnete sich da nicht eine Struktur ab? Eine Blase in der Blase? Opferte sich hier eine feindselige Proto-Intelligenz wissentlich, nur um ihn zu vernichten?

Die Pterssa füllte Leyns Universum.

Sie war überall ... und dann nirgends mehr.

Er nahm einen tiefen Atemzug und sah sich mit dem traurig friedlichen Blick eines Mannes um, der nur noch eine letzte Entscheidung zu treffen hat.

Nicht hier, dachte er. *Nicht an diesem blinden und engen Ort — er taugt überhaupt nicht dazu.*

Er erinnerte sich an den Hang weiter oben, der ihm den freien Blick nach Osten gewährt hatte, und ging den Weg im Bett des längst versiegten Stroms zurück, wählte seine Schritte mit Bedacht und seufzte gelegentlich. Als er wieder auf dem Hang war, setzte er sich auf den Boden, den Rücken an einen nicht unbequem geformten Felsblock gelehnt, und drapierte seine Robe in hübschen Falten rund um die ausgestreckten Beine.

Die Welt seines letzten Tages breitete sich vor ihm aus. Der Kegel des Opelmer Berges schwebte tief am Himmel, als habe er sich von den horizontalen Streifen und gesprenkelten Bändern der Metropole und der verlassenen Vororte an der Arl-Bucht losgesagt. Näher und tiefer lag die künstliche Ortschaft des Areals für Himmelsschiffe, mit ihren Dutzenden von Ballonkaminen eine fiktive Stadt aus rechtwinkligen Türmen. Am südlichen Himmel glitzerte der *›Baum‹*, dessen neun Sterne dem Licht der Sonne trotzten, und im Zenit dehnte sich unmerklich eine breite Sichel milden Lichts über Jenlands Scheibe aus.

Dieser Ausblick umspannt mein ganzes Leben und meine ganze Arbeit, sinnierte Leyn. Ich habe mein Schreibzeug dabei und sollte versuchen, ein Resümee zu ziehen ... nicht daß die letzten Gedanken eines Mannes, der sein Ableben auf solch alberne Weise inszeniert hat, für irgend jemand von Interesse oder Bedeutung wären ... ich könnte höchstens aufschreiben, was schon bekannt ist — daß die Pterssose keinen schlimmen Tod bringt ... so wie Tode sonst sind — will sagen ... die Natur kann barmherzig sein ... so wie bei den fürchterlichsten Haifischbissen oft der Schmerz ausbleibt, so kann das Einatmen des Staubs manchmal eine seltsame Resignation erzeugen, einen chemischen Fatalismus ... zumindest in dieser Hinsicht kann ich mich glücklich schätzen ... außer daß mir Gefühle vorenthalten werden, auf die ich einen ureigenen Anspruch habe ...

Ein Brennen meldete sich unterhalb der Brust und strahlte nach allen Seiten aus. Gleichzeitig schien die Luft rundum abzukühlen, als ob die Sonne ihre Wärme verloren habe. Er griff in eine Tasche der Robe, brachte etwas, das aussah wie ein Säckchen aus gelbem Leinen, zum Vorschein und breitete es auf seinen Schoß. Es gab eine letzte Pflicht, die er zu erfüllen hatte — aber das konnte noch warten ...

Ich wünschte, Gesalla wäre hier ... Gesalla und Tauler ... damit ich sie zusammenführen könnte, oder sie bitten könnte, einander anzunehmen ... eine Ironie türmt sich auf die andere ... Tauler hatte immer anders sein wollen, mehr so wie ich ... und als er der neue Tauler wurde, machte man aus mir den alten Tauler ... so daß ich schließlich der Ehre zu Ehren mein Leben wegwarf — eine Geste, die angebracht gewesen wäre, als Leddravohr sich anschickte, meine schöne und schwangere Monofrau zu schänden ... Tauler hatte ganz recht, und ich — mit meiner sogenannten Weisheit — gab ihm unrecht ... Gesallas Verstand war auf meiner Seite — aber ihr Herz war bei Tauler ...

Der Schmerz fuhr wie ein Dolchstoß ins Herz. Ein Schüttelfrost ließ Leyn erschauern. Die Aussicht vor ihm war merkwürdig flächig. Er konnte jetzt mehr Pterssas sehen. Sie trieben zu zweit oder dritt auf die Ebene hinunter; doch für das, was von ihm übrig war, hatten sie ihre Bedeutung verloren. Seine Realität war der Traumflug unvollendeter Gedanken ...

Armer Tauler ... aus ihm wurde, wonach er sich gesehnt hatte, und wie habe ich es ihm vergolten? ... mit Unmut und Neid ... am Tag von Glos Beisetzung habe ich ihn verletzt, und ich hätte ihn nicht verletzen können, wenn er mich nicht lieben würde; doch er begegnete meiner kindischen Gehässigkeit mit Würde und Nachsicht ... Brakka und Pterssa vertragen sich ... ich liebe meinen ›kleinen‹ Bruder, und ich frage mich, ob Gesalla auch schon bemerkt hat, daß sie ihn liebt ... so etwas kann lange brauchen ... natürlich vertragen sich Brakka und Pterssa — sie leben in Symbiose ... jetzt begreife ich auch, warum ich im Grunde meines Herzens gar nicht nach Jenland wollte ... dort ist die Zukunft, und die Zukunft gehört Gesalla und Tauler ... war das der tiefere Grund, warum ich es abgelehnt habe, mit Leddravohr zu reiten, warum ich ›meinen‹ Pfad des Ruhms gewählt habe? ... habe ich Tauler Platz gemacht? ... habe ich lediglich einen störenden Faktor aus der Gleichung eliminiert? ... Gleichungen haben mir früher soviel bedeutet ...

Der Brand in seiner Brust wurde heißer, griff um sich. Leyn rang nach Atem. Er war naß geschwitzt, und doch fühlte die Haut sich leichenkalt an, und die Welt war wie auf ein kräuselndes Tuch gemalt. Es war Zeit für die gelbe Kapuze.

Leyn nahm sie mit tauben Fingern und zog sie über den Kopf — zur Warnung für jedermann, der vorbeikam, daß hier jemand an Pterssose gestorben war. Vor Ablauf von fünf Tagen durfte sich niemand seinem Leichnam nähern. Die Augenschlitze saßen nicht da, wo sie hingehörten, doch er ließ die Hände neben sich auf den Boden fallen, ohne den Sitz der Kapuze zu korrigieren, und verharrte in seinem privaten Universum aus gestaltlosem und nichtssagendem Gelb.

Zeit und Raum verliefen ineinander in diesem anspruchslosen Mikrokosmos.

Jawohl, ich hatte recht mit den Höhlenmalereien ...

der Kreis stellt eine Pterssa dar ... eine farblose Pterssa ... eine die noch nicht diese besonderen Toxine entwickelt hat ... wer war es gleich, der mich danach gefragt hat, ob die Pterssas früher rosa waren? ... und was habe ich erwidert? ... habe ich gesagt, der nackte kleine Junge hätte deswegen keine Angst vor der Pterssa, weil er wüßte, wie harmlos sie ist? ... in einer Hinsicht habe ich Tauler immer enttäuscht — ich habe nie körperlichen Mut bewiesen — Ehre war mir immer gleichgültig ... doch jetzt kann er stolz auf mich sein ... ich wünschte, ich könnte sein Gesicht sehen, wenn er hört, daß ich lieber gestorben bin, als mitzureiten ... ist es nicht seltsam, daß die Antwort auf das Rätsel der Pterssa schon immer am Himmel zu sehen war? ... der ›Baum‹ und Jenlands Scheibe — als Symbol für die Pterssa — existieren in Harmonie miteinander ... die Pollenentladung des Brakka ernährt die Pterssa mit ... womit? ... Pollen, Grün und Purpur, Miglyn? ... und als Gegenleistung spürt die Pterssa den Feind des Brakka auf und zerstört ihn ... Tauler sollte vor Prinz Leddravohr geschützt werden ... er hält sich für ebenbürtig mit dem Prinzen, aber ich fürchte ... ICH FÜRCHTE, ICH HABE MIT NIEMANDEM ÜBER DIE SYMBIOSE VON BRAKKA UND PTERSSA GESPROCHEN! ... seit wann weiß ich davon? ... träume ich? ... wo bist du, geliebte Gesalla? ... meine Hände, kann ich sie noch bewegen? ... und meine ...

17. Kapitel

Prinz Leddravohr blickte stirnrunzelnd in den Handspiegel. Selbst im Großen Palast verzichtete er auf Leibdiener, und so nahm seine Morgentoilette ziemlich viel Zeit in Anspruch. Er hatte das Brakka-Rasierblatt geschärft und die Bartstoppeln gründlich mit heißem Wasser eingeweicht, mit dem ärgerlichen Ergebnis, daß er an der Kehle zuviel Haut abgeschabt hatte. Er hatte sich nicht richtig geschnitten, aber Bluttröpfchen drangen durch die Haut, und je öfter er sie wegtupfte, desto mehr kamen nach.

Das kommt davon, wenn man wie ein verwöhntes Gör lebt, sagte er sich, ein feuchtes Handtuch an den Hals pressend. Er würde mit dem Anziehen warten, bis die Blutung gestillt war. Der Spiegel, der aus zwei verschiedenen Glasschichten bestand, reflektierte fast vollkommen, aber wenn man sich damit zum Fenster drehte, konnte man die hellen Rechtecke durch die Doppelschicht erkennen, als beanspruchten sie denselben Platz wie der Körper.

Das paßt, dachte er. *Ich verliere an Substanz, werde zum Geist, und alles für den Flug nach Jenland. Mein richtiges Leben, das einzige Leben, das überhaupt von Bedeutung ist, wird aus und vorbei sein, wenn ...* Seine Gedanken wurden unterbrochen vom Geräusch eiliger Schritte im angrenzenden Zimmer. Er drehte sich um und sah in der Türöffnung des Badezimmers die breitschultrige Gestalt von Major Jachimalt. Der Mann war der verantwortliche Adjutant für den Nachrichtenverkehr zwischen dem Palast und dem Areal für Himmelsschiffe. Jachimalt reagierte mit einem bangen Blick auf die Tatsache, daß Leddravohr nackt war, und machte Anstalten, rücklings den Raum zu verlassen.

»Vergebt mir, Prinz«, sagte er. »Ich wußte nicht ...«

»Was ist los mit dir, Mann?« fuhr ihn Leddravohr an. »Wenn du eine Nachricht hast, spuck sie aus!«

»Eine Meldung von Oberst Hippern, Prinz. Er sagt, der Mob sammelt sich vor dem Haupteingang des Areals.«

»Er hat ein ganzes Regiment zur Verfügung, oder nicht? Warum sollte ich mich persönlich um den Pöbel kümmern?«

»Die Meldung sagt, der Erzbischof wiegelt sie auf«, erwiderte Jachimalt. »Oberst Hippern ersucht um Eure Autorität, Prinz, um ihn unter Arrest zu stellen.«

»Balauntar! Dieser elende Knochensack!« Leddravohr warf den Spiegel beiseite und ging zum Kleiderständer. »Sag Oberst Hippern, er soll die Stellung halten, aber nichts gegen Balauntar unternehmen, bis ich da bin. Ich werde mich persönlich um die Erzkrähe kümmern.«

Jachimalt salutierte und verschwand aus dem Türrahmen. Leddravohr ertappte sich dabei, wie er lächelte, während er sich rasch anzog und seinen weißen Küraß umschnallte. Fünf Tage vor Abflug der ersten Schwadron waren praktisch alle Vorbereitungen für die Auswanderung getroffen, und unfreiwilliger Müßiggang war das, was er am wenigsten brauchen konnte. Wenn es nichts zu erledigen gab, wandten sich seine Gedanken allzu leicht der unnatürlichen Nagelprobe zu, die vor ihm lag, und immer dann setzten die bleichen Maden der Furcht und des Selbstzweifels heimtückisch zum Angriff an. Er konnte dem randalierenden Erzbischof geradezu dankbar sein für die Ablenkung und die Gelegenheit, noch einmal richtig in Schwung zu kommen.

Leddravohr schnallte sein Schwert um die Hüfte und das Wurfmesser an den rechten Arm, dann verließ er eilig seine Zimmerflucht und steuerte auf dem kürzesten Weg die Treppen hinunter zum zentralen Vorhof. Er wollte einer Begegnung mit seinem Vater aus dem Weg gehen. Der König unterhielt einen ausgezeichneten Nachrichtendienst und würde todsicher über Leyn Marakains selbstmörderisches Verhalten am vergangenen Spättag unterrichtet sein. Leddravohr hatte jetzt keine Lust, sich über den absurden Vorfall ausfragen zu lassen. Er hatte einem Trupp Zeichner befohlen, die Höhle aufzusuchen und die Wandbilder zu kopieren. Er wollte seinem Vater die Kopien überreichen können, wenn er das nächste Mal mit ihm zusammentraf. Sein Instinkt sagte ihm nämlich, daß der König verärgert und mißtrauisch sein würde, falls Marakain tot war. Und daß Marakain überlebt hatte, war so gut wie ausgeschlossen. Dann waren die Höhlenbilder ein Faustpfand, mit dem er seinen Vater besänftigen konnte.

Sowie er in den Vorhof kam, gab er einer Torwache mit einem Wink zu verstehen, ihm das gescheckte Blauhorn zu bringen, das er normalerweise ritt, und nach Sekunden galoppierte er bereits in Richtung des Areals. Aus dem doppelten Kokon aus Netzen, der den Palast umhüllte, gelangte er in einen der rohrartig überzelteten Wege, die die vier Ziergräben durchquerten. Die Hülle aus gelacktem Leinen war undurchlässig für Pterssastaub und gewährte einen sicheren Zugang zu Ro-Atabri. Aber hier eingepfercht zu sein und sich dem Zug der Herde anpassen zu müssen, zerrte an den Nerven. Er war froh, als er die Stadt erreichte und der Uferstraße des Borann nach Westen folgen konnte, wo er wenigstens den Himmel durch die Maschen der Netze sah.

Es waren nicht viele Bürger unterwegs, die meisten in Richtung des Areals, anscheinend mit einem sechsten Sinn ausgestattet, der sie bedeutsame Ereignisse aus großer Entfernung wittern ließ. Es war ein heißer und windstiller Morgen, und es gab keine Bedrohung durch Pterssas. Als er die westliche Stadtgrenze erreichte, ignorierte er den geschützten Weg, der zum Areal führte, und ritt südlich davon unter freiem Himmel in Richtung der Menge, die sich um den Haupteingang drängte. Die Seitenbahnen des Leinentunnels waren aufgerollt worden, so daß die Menge das ganze Schutztor abriegeln konnte. Hinter dem Tor hob sich eine Phalanx von Piken gegen den Himmel ab, und Leddravohr nickte beifällig — die Pike war eine gute Waffe, um aufsässige Zivilisten auf ihren Irrtum hinzuweisen.

Während er näherritt, zügelte er sein Blauhorn auf Schrittempo. Als man sein Kommen bemerkte, teilte sich die Menge respektvoll, um ihn durchzulassen, und er war überrascht, wie viele von den Leuten in Lumpen gehüllt waren. Das Elend der einfachen Bürger von Ro-Atabri war offensichtlich schlimmer, als er gedacht hatte. Unter Flüstern und Drängeln wich die Menge seitlich aus und schloß sich hinter ihm zu einem Halbkreis, in dessen Brennpunkt die schwarz gewandete Gestalt Balauntars stand.

Der Erzbischof, der einem Offizier auf der anderen Seite des geschlossenen Tores eine Predigt gehalten hatte, wandte sich Leddravohr zu. Er fuhr sichtlich zusammen beim Anblick des Prinzen, aber der Ausdruck von Zorn in dem zerfurchten Gesicht blieb unverändert. Leddravohr ritt gemächlich zu ihm, stieg mit jenem betonten Selbstvertrauen ab, das jede Hast und jede Zielstrebigkeit aus der Bewegung verbannte, und gab ein Zeichen, damit man ihm das Tor öffne. Zwei Soldaten zogen das schwere Tor einwärts, und nun standen Leddravohr und Balauntar im Mittelpunkt einer öffentlichen Arena.

»Nun, Priester«, sagte Leddravohr ruhig, »was führt Euch hierher?«

»Ich denke, Ihr wißt, warum ich hier bin ...« Balauntar ließ volle drei Sekunden verstreichen, ehe er die königliche Anrede »... Prinz« hinzufügte, wodurch er sie von seiner Bemerkung trennte und eine wohlerwogene Beleidigung inszenierte.

Leddravohr lächelte. »Falls Ihr um eine Berechtigung

zur Auswanderung ersucht, kommt Ihr zu spät — alle Plätze sind vergeben.«

»Ich ersuche um gar nichts«, sagte Balauntar und erhob seine Stimme, wobei er sich mehr an die Menge wandte als an Leddravohr. »Ich bin hier, um Forderungen zu stellen. Unabdingbare Forderungen.«

»Forderungen!« Noch nie hatte es jemand gewagt, dieses Wort an ihn zu richten, und als Leddravohr es wiederholte, passierte ihm etwas Merkwürdiges. Aus seinem Körper wurden zwei Körper — der eine physisch und fest, mit beiden Füßen am Boden — der andere gewichtslos und ätherisch, scheinbar anfällig für die sanfteste Brise. Das letztere Selbst löste sich aus der Verbindung beider, indem es einen Schritt zurücktrat. Ihm war, als sei er nicht länger in Kontakt mit dem Boden und schwebe über den Spitzen der Grashalme, wie eine Pterssa, mit einem umfassenden aber gesonderten Blick für alles, was stattfand. Von diesem bevorzugten Standpunkt aus sah er zu, gleichwohl verwirrt, wie sein physisches Selbst ein rohes Spiel trieb ...

»Wage es nicht, mir mit Forderungen zu kommen!« schrie der Leddravohr aus Fleisch und Blut. »Hast du vergessen, welche Autorität mir der König verliehen hat?«

»Ich spreche mit höherer Autorität«, beharrte Balauntar, keinen Schritt zurückweichend. »Ich spreche im Namen der Kirche, im Namen der Großen Permanenz, und ich befehle Euch, die Vehikel zu zerstören, mit denen Ihr den Heiligen Pfad entweihen wollt. Außerdem müssen alle Lebensmittel und Kristalle und alle anderen lebenswichtigen Güter, die Ihr dem Volk gestohlen habt, demselben unverzüglich zurückgegeben werden. Das ist mein letztes Wort.«

»Du bist näher an der Wahrheit, als du ahnst«, sagte Leddravohr tonlos. Er zog sein Kampfschwert, doch ein Rest von Achtung vor den Regeln des Gesetzes riet ihm davon ab, das Schwert in den Erzbischof zu stoßen.

Statt dessen ließ er Balauntar stehen, ging zu den wachsamen Armeeoffizieren in der Nähe und wandte sich an Oberst Hippern, der mit versteinertem Gesicht dastand.

»Nehmt den Verräter fest«, sagte er mit schneidender Stimme.

Hippern gab ein leises Kommando, und zwei Soldaten liefen mit gezogenen Schwertern zu Balauntar. Ein erregtes Murmeln und Murren stieg aus der Menge, als die Soldaten den Erzbischof bei den Armen packten und ihn trotz Gegenwehr hinter die Grenze des Areals brachten. Hippern sah Leddravohr fragend an.

»Worauf wartet Ihr?« Leddravohr stieß den Zeigefinger nach unten, was dem Befehl gleichkam, den Erzbischof auf die Knie zu zwingen. »Ihr kennt die Strafe für Hochverrat. Handelt danach!«

Hipperns Gesicht unter dem reich verzierten Helm zeigte keine Regung, als er wieder zu den Offizieren in seiner Nähe sprach, und wenige Sekunden später lief ein stämmiger Obersergeant zu den beiden Soldaten, die Balauntar festhielten. Der Erzbischof verdoppelte seine Anstrengungen, um freizukommen, und seine schwarz verhüllte Gestalt unternahm unmenschliche Verrenkungen, als die beiden Soldaten ihn zu Boden zwangen. Er hob das Gesicht gegen den Vollstrecker. Sein Mund öffnete sich weit, als er ein Gebet oder einen Fluch ausstoßen wollte, und der Sergeant nutzte im todbringenden Moment skrupellos das Ziel. Das Schwert stieß in Balauntars Mund und trat unter der Schädelbasis aus, das Rückenmark durchtrennend, das Leben des Erzbischofs zwischen zwei Herzschlägen beendend. Die beiden Soldaten ließen seinen Körper fahren und traten zurück, als die Menge bestürzt aufstöhnte. Ein Stein kam in hohem Bogen durch die Luft geflogen und sprang nahe bei Leddravohrs Füßen durch den Staub.

Einen Augenblick lang sah es so aus, als wolle der Prinz sich selbst auf den Mob stürzen, ihn eigenhändig angreifen, dann wirbelte er zu dem Obersergeanten

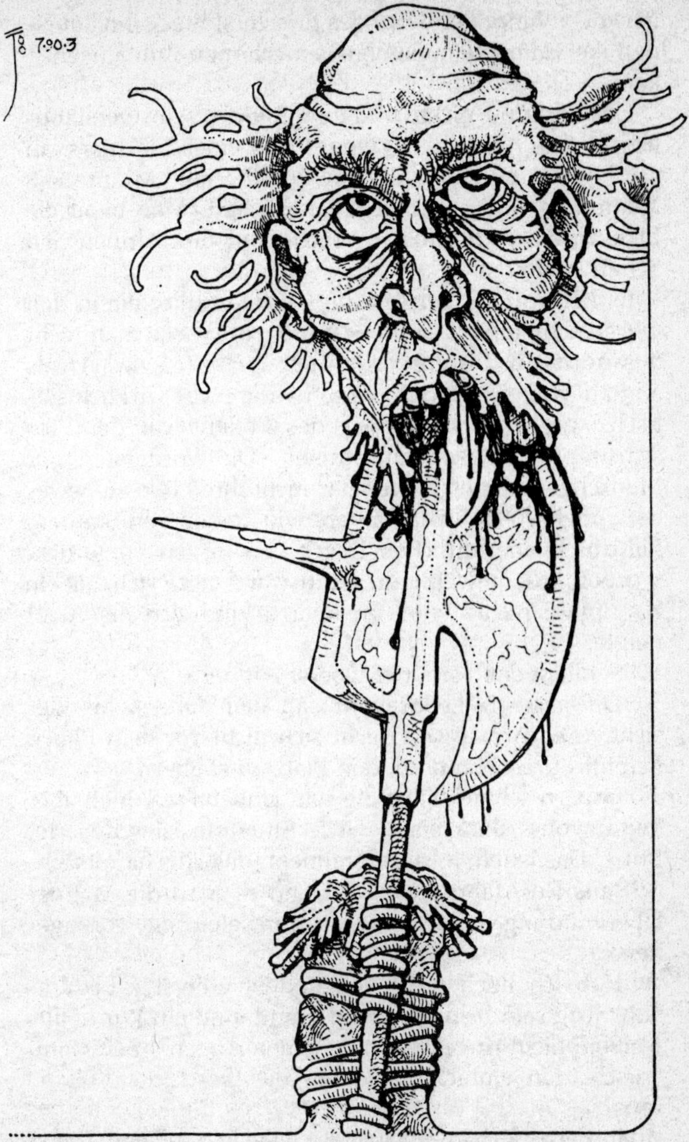
7·90·3

herum. »Nimm den Kopf des Priesters! Steck ihn auf eine Pike, damit sein Gefolge weiterhin zu ihm aufsehen kann.«

Der Sergeant nickte und ging mit der selbstverständlichen Geschicklichkeit eines Schweineschlächters an sein grausiges Werk, und innerhalb einer Minute saß Balauntars Kopf auf einem Pikenschaft. Man band die Pike an einen Torpfosten. Bäche von Blut rannen den Schaft hinunter.

Es herrschte äußerste Stille — eine Stille, die in den Ohren schmerzte — und es schien, als wisse man nicht aus noch ein. Dann wurde man auf seiten des Areals allmählich gewahr, daß die Situation nicht wirklich statisch war — der Halbkreis des Bodens vor dem Tor schrumpfte langsam zusammen. Die Vordersten der Menschenmenge schienen gar nicht ihre Füße zu bewegen, obgleich sie näherkamen, wie Reihen von Statuen, die durch unerbittlichen Druck von hinten vorgerückt wurden. Wie gewaltig die Kraft war, zeigte sich, als ein Zaunpfahl rechts vom Tor knarrte und sich ins Areal neigte.

»Schließt das Tor!« rief Oberst Hippern.

»Offenlassen!« Leddravohr sah dem Oberst ins Gesicht. »Die Armee verkriecht sich nicht vor dem Pöbel. Befehlt Euren Männern, den Platz zu säubern.«

Hippern schluckte, zeigte sein Unbehagen, hielt aber Leddravohrs Blick stand. »Die Situation ist schwierig, Prinz. Das ist ein lokales Regiment, das sich hauptsächlich aus Ro-Atabri rekrutiert, und es wird die Männer Überwindung kosten, gegen ihresgleichen vorzugehen.«

»Hab ich Euch recht verstanden, Oberst?« Leddravohr wog sein Schwert in der Hand, und ein Wurm aus weißem Licht ringelte sich in seinen Augen. »Seit wann entscheiden einfache Soldaten die Geschicke Kolkorons?«

Hipperns Kehlkopf arbeitete wieder, aber der Oberst

verlor nicht den Mut. »Seit sie hungern müssen, Prinz. Das war schon immer so.«

Wider Erwarten lächelte Leddravohr. »Das sagt Euch Euer erfahrener Sachverstand, nicht wahr, Oberst? Nun seht mir genau zu — ich werde Euch jetzt etwas über die prinzipielle Natur der Befehlsgewalt lehren.« Er wandte sich ab, ging mehrere Schritte auf die dreifache Reihe wartender Soldaten zu und hob sein Schwert.

»Zerstreut die Meute!« rief er und schwang das Schwert gegen die vordringende Menge, um die Richtung der Attacke vorzugeben. Sofort traten Soldaten aus der Reihe und liefen los, um sich die vordersten Eindringlinge vorzunehmen, und die relative Stille, die das Geschehen durchdrungen hatte, ging in einem plötzlichen Aufruhr unter. Die Menge fiel zurück, doch anstatt sich in kopfloser Flucht zu zerstreuen, schloß man sich wieder zusammen. Man war nicht weit zurückgewichen, und erst jetzt sprang ein bedeutsamer Umstand ins Auge — daß nämlich nur ein Drittel der Soldaten Leddravohrs Befehl gefolgt war. Die anderen hatten sich kaum bewegt und starrten unglücklich auf ihre nächsten Unteroffiziere. Auch die Soldaten, die auf den Mob losgegangen waren, hatten das nur zurückhaltend und halbherzig getan. Sie ließen sich so leicht überwältigen, verloren so schnell ihre Waffen, daß sie der vordrängenden Masse geradezu in die Hände spielten. Beifallsrufe waren zu hören, als ein großes Stück des Leinentunnels zu Boden ging, und man sich aus dem Gerippe noch mehr Waffen brach ...

Der andere Leddravohr — kühl, ätherisch und unbeteiligt — sah mit gelindem Interesse zu, wie der leibhaftige Leddravohr zu einem blutjungen Leutnant lief und ihm befahl, den Männern mit gutem Beispiel voranzugehen. Der Leutnant erwiderte etwas, schüttelte den Kopf, und eine Sekunde später war er tot, fast enthauptet durch einen einzigen Schwertstreich des Prinzen. Leddravohr war kein Mensch mehr, hatte aufgehört, wie ein Mensch zu empfinden. Mit vorgerecktem Kopf, im Ganterschritt, versprühte er mit seinem schwarzen Schwert das Blut von Offizieren und Männern, ging um wie ein schrecklicher Dämon, der nichts als Vernichtung im Sinn hat.

Wie lange geht das noch so? sann der andere Leddravohr. *Gibt es denn nichts, wovor der Mann haltmacht?*

Ein anderes Phänomen zog plötzlich seine Aufmerksamkeit auf sich. Der Himmel im Osten verdunkelte sich, weil aus mehreren Stadtteilen Rauchsäulen aufquollen. Das konnte nur bedeuten, daß die Pterssaschirme brannten und ein paar Stadtbewohner aus Zorn und Verzweiflung zum Äußersten griffen, um gegen die geltende Ordnung zu protestieren.

Ihre Botschaft war unmißverständlich — sie würden alle mit in den Untergang nehmen — reiche und arme — König und Bettler.

Bei dem Gedanken an König Pradt, der allein und hilflos im Großen Palast saß, verlor der ätherische Leddravohr seine Gelassenheit. Er mußte sich kümmern, er mußte handeln; er hatte Verpflichtungen, die weit wichtiger waren als der Konflikt zwischen ein paar hundert Bürgern und Soldaten.

Mit einem Schritt war er bei seinem komplementären Selbst, und er hatte das Gefühl zu fallen, Raum und Zeit verschwammen ...

Prinz Leddravohr Neldihver öffnete die Augen gegen die Flut aus grellem Sonnenlicht. Der Schwertgriff lag feucht in seiner Hand, und rundum herrschten die Geräusche eines Tumults und die Bilder eines Blutbads. Er musterte das Geschehen einen Moment lang, blinzelnd, während er sich an der veränderten Realität orientierte, dann steckte er das Schwert in die Scheide und lief zu seinem wartenden Blauhorn.

18. Kapitel

Tauler starrte seit etwa zehn Minuten regungslos auf den Leichnam mit der gelben Kapuze und wußte nicht, wie er den Schmerz bewältigen sollte.

Das hat Leddravohr getan, dachte er. *Das habe ich nun davon, daß ich das Monster am Leben ließ. Er hat meinen Bruder den Pterssas ausgeliefert!*

Die Frühtagssonne stand noch niedrig im Osten, aber es war windstill und der felsige Hang begann bereits Wärme abzustrahlen. Tauler wurde hin und her gerissen zwischen heftiger Gemütsbewegung und Besonnenheit — dem Verlangen, zu seinem Bruder zu laufen, und dem Gebot der Vernunft, in sicherer Distanz zu bleiben. Durch den Schleier von Tränen sah er einen weißen Schimmer auf der eingesunkenen Brust; es sah aus, als habe die schmächtige Hand es unter die Leibkordel der grauen Robe gesteckt.

Papier? Ist das vielleicht, Taulers Herz schlug schneller bei dem Gedanken, *eine Anklage gegen Leddravohr?*

Er nahm das gedrungene Teleskop, das er seit seiner Kindheit bei sich trug, und richtete es auf das weiße Rechteck. Seine Tränen verbündeten sich mit der grimmigen Helligkeit des Papiers und machten es ihm nicht leicht, die gekritzelten Wörter von Leyns Mitteilung zu entziffern:

> PTERSSA UND BRAK FREUNDE. TÖTEN UNS WEIL WIR BRAK TÖT. BRAK ERNÄHREN PTERS. DAFÜR BESCHÜT P B. GLASKLAR → ROSA → PURPUR: P ENTWICK GIFT. WIR MÜSS MIT B IN HARMONIE LEBEN. SEHT ZUM HIMMEL

Tauler ließ das Teleskop sinken. Die Erkenntnis, daß Leyns Vermächtnis von einer unübersehbaren Tragweite war, ging in dem fürchterlichen Aufruhr seines Kummers unter. Er war jetzt nicht in der Lage, sich damit zu befassen. Er war vielmehr unsäglich enttäuscht. Warum hatte Leyn den Rest seiner Lebensenergie nicht genutzt, um den Mörder anzuklagen, damit man kurzen Prozeß mit ihm machen konnte? Tauler überlegte. Dann ging ihm ein Licht auf, und ein anerkennendes und respektvolles Lächeln stahl sich in sein Gesicht. Leyn war selbst noch im Tod der unbeirrte Pazifist gewesen, der jeden Gedanken an Vergeltung weit von sich wies. Er hatte sein Licht so erlöschen lassen, wie es zu seinem Leben paßte — und Leddravohr kam wieder ungeschoren davon …

Er wandte sich ab und ging quer über den Hang zu dem Sergeanten, der bei den Blauhörnern wartete. Tauler hatte sich voll unter Kontrolle, und es gab keine Tränen mehr, die die Sicht verschleierten. Aber sein Denken wurde von einer neuen Frage beherrscht, die sein Hirn zermarterte mit der Kraft und Ausdauer von Wellen, die ans Ufer schlugen.

Wie kann ich ohne meinen Bruder leben? Die Hitze, die von den Steinplatten zurückstrahlte, drückte auf die Augen, drang in den Mund. *Es wird ein langer, heißer Tag heute, und wie werde ich ihn ohne meinen Bruder überstehen?*

»Ich trauere mit Euch, Kapitän«, sagte Engluh. »Euer Bruder war ein guter Mensch.«

»Ja.« Tauler starrte den Sergeanten an, versuchte seine Antipathie zu unterdrücken. Dieser Mann war formell für Leyns Sicherheit verantwortlich gewesen und lebte noch, während Leyn tot war. In diesem Gelände hätte der Sergeant wenig gegen die Pterssas ausrichten können, und war, wie er selbst angab, von Leddravohr fortgeschickt worden; und doch war es für den primitiven Teil von Taulers Charakter eine Zumutung, daß der Mann noch unter den Lebenden weilte.

»Wollt Ihr jetzt wieder zurück, Kapitän?« Engluh zeigte sich unbeeindruckt von Taulers prüfendem Blick. Er sah aus wie ein hartgesottener Veteran, zweifellos begabt in der Kunst, die eigene Haut zu retten, aber Tauler hatte nicht den Eindruck, daß der Mann unzuverlässig war.

»Noch nicht«, sagte Tauler. »Ich will erst das Blauhorn finden.«

»Sehr gut, Kapitän.« Es flackerte tief in den braunen Augen des Sergeanten, weil er genau wußte, daß Tauler Leddravohrs knappe Darstellung der Ereignisse vom Vortag nicht völlig akzeptiert hatte. »Ich zeige Euch den Weg, den wir geritten sind.«

Tauler bestieg sein Blauhorn und ritt hinter Engluh den Berg hinauf. Auf halber Höhe kamen sie in einen Bereich mit dünn geschichtetem Fels, an dessen Fuß sich Plattenscherben häuften. Das Blauhorn lag auf dem losen Material, abgenagt bis auf das Skelett durch Vielfüßer und andere Aasfresser. Selbst Sattel und Zaumzeug waren stellenweise zerfetzt und angeknabbert. Tauler fühlte, wie Kälte in sein Rückgrat kroch, als er sich vorstellte, daß Leyn dasselbe Schicksal ereilt hätte, wenn nicht das Pterssagift in seinem Körper gewesen wäre. Sein Blauhorn warf den Kopf hoch und wurde nervös, aber er führte es näher an das Skelett heran und runzelte die Stirn, als er das gebrochene Schienbein sah. *Mein Bruder lebte noch, als das passierte — und jetzt ist er tot.* Als der Schmerz ihn mit neuer Kraft durchtobte, schloß Tauler die Augen und versuchte, über das Unvorstellbare nachzudenken.

Nach dem, was man ihm erzählt hatte, waren Sergeant Engluh und die anderen drei Soldaten zum westlichen Eingang des Areals geritten, nachdem Leddravohr sie weggeschickt hatte. Dort hatten sie auf Leyn gewartet und waren erstaunt gewesen, als Leddravohr allein zurückgekehrt war.

Der Prinz war in einer sonderbaren Verfassung gewesen, verärgert und vergnügt zugleich, und zu Engluh sollte er gesagt haben: »Macht Euch auf eine lange Wartezeit gefaßt, Sergeant — Euer Schützling hat sein Reittier zuschanden geritten und jetzt spielt er Verstecken mit den Pterssas.« Weil Engluh angenommen hatte, das werde von ihm erwartet, hatte er sich freiwillig angeboten, mit einem Ersatztier zum Berg zurückzugaloppieren, aber Leddravohr hatte gesagt: »Bleibt wo Ihr seid! Er hat es vorgezogen, mit seinem Leben zu spielen — und das ist kein Zeitvertreib für gute Soldaten.«

Tauler hatte sich den Bericht mehrmals von dem Sergeanten wiederholen lassen, und es sah tatsächlich so aus, als habe man Leyn sicheres Geleit angeboten, und Leyn habe es willentlich vorgezogen, mit dem Tod zu liebäugeln. Leddravohr hatte es nicht nötig zu lügen, egal was er tat — und trotzdem konnte Tauler nicht akzeptieren, was man ihm erzählt hatte. Leyn Marakain, von dem es hieß, daß er ohnmächtig wurde, wenn er Blut sah, wäre der letzte Mensch auf der Welt gewesen, sich mit den Blasen anzulegen. Hätte er sich das Leben nehmen wollen, hätte er einen besseren Weg gefunden — aber er hatte überhaupt keinen Grund gehabt, Selbstmord zu begehen. Er hatte so viel, für das es sich zu leben gelohnt hätte. Nein, irgend etwas Mysteriöses mußte sich gestern hier abgespielt haben, und Tauler kannte nur einen Menschen, der das aufklären konnte. Leddravohr mochte nicht gelogen haben, doch er wußte mehr als …

»Kapitän!« flüsterte Engluh verdutzt. »Seht dahinten!«

Tauler sah in die Richtung, in die Engluhs Zeigefinger wies, und blinzelte, als er die unverwechselbare dunkelbraune Gestalt eines Ballons sah, der über Ro-Atabri aufstieg. Wenige Sekunden später folgten drei weitere in geschlossener Formation, gerade so als ob der Massenaufstieg nach Jenland Tage vor der festgelegten Zeit beginnen sollte.

Irgend etwas stimmt nicht, dachte Tauler, bevor ihn ein Gefühl ohnmächtiger Wut befiel. Leyns Tod zu verkraften, wäre mehr als genug gewesen, aber hinzu kamen die Zweifel, die alles noch schlimmer machten — und nun stiegen vorzeitig Himmelsschiffe vom Areal auf, obwohl man die ganze Auswanderung bis ins Detail durchgeplant hatte. Soviel konnte kein Mensch auf einmal verkraften, und das Universum war unverschämt genug, sich keinen Deut darum zu kümmern.

»Ich muß zurück«, sagte er und trieb sein Blauhorn voran. Sie ritten den Berg hinunter, umrundeten einen mit Dorngestrüpp bewachsenen Felsvorsprung und erreichten den offenen Hang, wo Leyns Körper saß. Der unbehinderte Ausblick nach Osten zeigte, daß dort noch mehr Ballons aus den gemauerten Kaminen des Areals stiegen, doch Leyns Blick wurde auf die getüpfelten Wellen der Stadt dahinter gelenkt. Dunkle Rauchsäulen quollen aus den zentralen Stadtteilen.

»Das sieht wie ein Krieg aus, Kapitän«, sagte Engluh verwundert und stellte sich in die Steigbügel.

»Vielleicht ist es einer.« Tauler warf einen letzten Blick auf die zusammengesunkene und anonyme Gestalt, die einmal sein Bruder gewesen war — *Du wirst in mir weiterleben, Leyn* — dann spornte er sein Reittier in Richtung Stadt an.

Ihm war die zunehmende Rastlosigkeit unter der schwer geprüften Bevölkerung von Ro-Atabri nicht entgangen; aber wie konnten Unruhen unter der Zivilbevölkerung den geordneten Lauf der Dinge im Areal beeinträchtigen? Leddravohr hatte eine Sichel von Militäreinheiten zwischen die Basis für Himmelsschiffe und den Stadtrand gelegt und sie Offizieren unterstellt, auf die selbst unter den besonderen Umständen der Auswanderung Verlaß war. Die Kommandanten waren Männer, die selbst nicht den Wunsch hatten, nach Jenland zu fliegen, und fest entschlossen waren, Ro-Atabri wie einen einzigen, großen Organismus zu beschützen, komme was da wolle. Tauler hatte die Basis für sicher gehalten, selbst für den Fall, daß es zu einem totalen Aufstand kam, aber die Himmelsschiffe starteten lange vor dem festgelegten Zeitpunkt ...

Auf dem flachen Grasland spornte er das Blauhorn zu gestrecktem Galopp an und hielt gespannt Ausschau. Die Grenzbefestigung des Areals nahm mehr und mehr sein Gesichtsfeld ein. Der westliche Zugang wurde selten benutzt, weil er nur unter freiem Himmel zu erreichen war; doch als Tauler näherkam, sah er Scharen von berittenen Soldaten und Infanterie hinter dem Tor, und Wagen mit Versorgungsgütern, die den Schutz der Doppelschirme verließen, um nach Norden und Süden abzubiegen. Weitere Schiffe stiegen in den Morgenhimmel, und das hohle Fauchen ihrer Brenner mischte sich in das Stakkato der Gebläse und das Gebrüll der Aufseher.

Man riß die Außentore für Tauler und den Sergeanten auf und schlug sie wieder zu, sobald sie in der Pufferzone waren. Tauler zügelte sein Blauhorn, als ein Armeekommandant auf ihn zukam, der den Helm mit dem orangeroten Kamm unter dem Arm trug.

»Seid Ihr Himmelskapitän Tauler Marakain?« sagte er, sich den Schweiß von der Stirn wischend.

»Ja. Was ist passiert?«

»Prinz Leddravohr befiehlt, Ihr sollt Euch sofort in Kamin 12 melden.«

Tauler nickte. »Was ist passiert?«

»Wie kommt Ihr darauf, daß etwas passiert ist?« sagte der Kommandant verbittert. Er wandte sich ab und schritt davon, unwirsche Befehle an die nächststehenden Soldaten austeilend, die offenkundig mürrisch reagierten.

Tauler überlegte noch, ob er ihm nachgehen sollte, um ihm eine aufschlußreichere Antwort zu entlocken, als er am Innentor eine blau uniformierte Gestalt bemerkte, die ihm zuwinkte. Es war Ilven Savotl, der kürzlich zum Kapitänleutnant befördert worden war.

Tauler ritt zu ihm und stieg ab, wobei ihm auffiel, wie blaß und besorgt der junge Mann aussah.

»Bin ich froh, daß du zurück bist, Tauler«, sagte Savotl bekümmert. »Ich hörte, du wärst draußen, um nach deinem Bruder zu sehen. Ich bin hier, um dich vor Prinz Leddravohr zu warnen.«

»Leddravohr?« Tauler sah nach oben, als ein Himmelsschiff kurz die Sonne verdunkelte. »Was ist mit Leddravohr?«

»Er ist wahnsinnig«, sagte Savotl, wobei er sich umsah, um sicherzugehen, daß niemand die an Hochverrat grenzenden Worte mitanhören konnte. »Er ist in den Ballonkaminen ... treibt die Lastträger und Gebläsemannschaften an ... mit dem Schwert in der Hand ... Ich habe gesehen, wie er einen Mann niederstach, der zwischendurch einen Schluck trinken wollte.«

»Er ...?« Taulers Bestürzung und Verwirrung nahmen zu. »Wie ist es zu all dem gekommen?«

Savotl sah überrascht zu ihm auf. »Du weißt nichts davon? Dann mußt du das Areal verlassen haben, bevor ... Alles war eine Sache von Stunden, Tauler.«

»*Was ist passiert?* Raus mit der Sprache, Ilven, sonst gibt es gleich einen zweiten Wahnsinnigen hier!«

»Erzbischof Balauntar führte einen Trupp Bürger zur Basis. Er forderte, alle Schiffe müßten vernichtet und die Vorräte an das Volk verteilt werden. Leddravohr ließ ihn festnehmen und auf der Stelle köpfen.«

Tauler verengte die Augen, als er sich ein Bild von der Szene machte. »Das war ein Fehler.«

»Ein schlimmer«, stimmte Savotl zu, »aber das war nur der Anfang. Balauntar hatte die Gemüter erhitzt, mit Religion und Versprechungen von Lebensmitteln und Kristallen. Als sie sein Haupt auf einer Hellebarde sahen, fingen sie an, unsere Schutzschirme niederzureißen. Leddravohr setzte die Armee gegen sie ein, aber ... ob du es glaubst oder nicht, Tauler ... die meisten Soldaten verweigerten den Gehorsam.«

»Sie widersetzten sich Leddravohr?«

»Es waren Männer von hier — die meisten rekrutierten sich aus Ro-Atabri — und ihnen wurde befohlen, die eigenen Leute zu massakrieren.« Savotl hielt inne, als ein Himmelsschiff über ihren Köpfen ein fürchterliches Fauchen von sich gab. »Außerdem sind die Soldaten hungrig und haben das Gefühl, daß Leddravohr sie im Stich läßt.«

»Selbst wenn ...« Tauler konnte sich kaum vorstellen, daß einfache Soldaten gegen den Militärprinzen rebellierten.

»An dem Punkt muß Leddravohr regelrecht den Verstand verloren haben. Er soll eigenhändig mehr als ein Dutzend Offiziere und Soldaten getötet haben. Sie wollten ihm nicht gehorchen ... wollten sich aber auch nicht gegen ihn zur Wehr setzen ... und er schlachtete sie ab« — Savotls Stimme versagte — »wie Schweine, Tauler, einfach wie Schweine.«

Trotz dieser Ungeheuerlichkeiten wuchs in Tauler das undefinierbare Gefühl, einen anderen und dringenderen Grund zur Besorgnis zu haben. »Wie ging es aus?«

»Die Brände in der Stadt. Als Leddravohr den Rauch sah ... begriff, daß die Pterssaschirme brannten ... kam er wieder zu sich. Er zog all die Männer, die ihm treu ergeben waren, in das Areal zurück, und jetzt will er die ganze Himmelsflotte vom Boden bekommen, bevor sich die Rebellen organisieren und in die Basis eindringen.« Unter gesenkten Brauen betrachtete Savotl die Soldaten in der Nähe. »Dieser Haufen soll das Westtor verteidigen, aber wenn du mich fragst, dann sind sich die Jungs nicht besonders sicher, auf welcher Seite sie stehen. Blaue Uniformen sind hier nicht mehr gern gesehen. Wir sollten so schnell wie möglich zu den Ballon ...«

Tauler hörte nicht mehr zu, als sich seine Gedanken überschlugen, bis sie an der Quelle des unterbewußten Alarms landeten. *Die Brände in der Stadt ... lodernde Pterssaschirme ... es hat seit vielen Tagen nicht geregnet ...*

ohne die Schirme ist die Stadt schutzlos preisgegeben ... die Flotte muß *sofort auf den Weg gebracht werden ... und das bedeutet ...*

»Gesalla!« platzte Tauler in einem Anfall von Panik und Selbstvorwürfen heraus. Wie hatte er sie nur so lange vergessen können? Sie würde zu Hause in der Hofklause warten ... immer noch im Ungewissen über Leyns Schicksal ... und die Flucht nach Jenland war schon im Gange ...

»Hast du gehört?« sagte Savotl. »Wir sollten hier ...«

»Warte«, fiel Tauler ihm ins Wort. »Wie steht es mit der Benachrichtigung der Auswanderer und ihrem Transport hierher?«

»Der König und Prinz Chakkell sind schon in den Kaminen. Alle anderen aus der königlichen Familie und vom Adel müssen sich unter dem Schutz ihrer eigenen Garden nach hier begeben. Alles geht drunter und drüber, Tauler. Die gewöhnlichen Auswanderer müssen sehen, wie sie durchkommen, und so wie die Dinge da draußen liegen, bezweifle ich, ob ...«

»Ilven, ich bin dir wirklich dankbar, daß du mich hier aufgesucht hast«, sagte Tauler, schon mit einem Fuß im Steigbügel. »Ich habe im Kopf, als hättest du mir da oben — wo wir zähneklappernd die Meteore gezählt haben — gesagt, daß du keine Familie hast. Stimmt das?«

»Ja.«

»Dann solltest du zu den Kaminen gehen und das erste beste Schiff nehmen. Ich kann noch nicht weg hier.«

Savotl trat näher, als Tauler sich in den Sattel schwang. »Leddravohr will uns beide als königliche Piloten, Tauler. Besonders dich, weil sonst noch keiner ein Schiff gewendet hat.«

»Vergiß, daß du mich gesehen hast«, sagte Tauler. »Ich bin so schnell wie möglich wieder zurück.«

Er ritt in die Basis, wobei er sich tunlichst von den Ballonkaminen fernhielt. Die Pterssanetze über ihm warfen ihr Schattenmuster auf eine Szenerie konfuser und irrsinniger Aktivität. Eigentlich sollte die Auswandererflotte in geordneter Weise aufsteigen, verteilt über einen Zeitraum von zehn bis zwanzig Tagen, je nach Wetterlage. Was jetzt stattfand, war ein Wettrennen, bei dem es darum ging, wie viele Schiffe noch abgefertigt werden konnten, ehe das Areal von Dissidenten überrannt wurde; und was die Situation noch verschlimmerte, war die Tatsache, daß die empfindlichen Pterssaschirme attackiert worden waren. Zum Glück gab es keine spürbare Luftbewegung — ein Umstand, der den Schiffsmannschaften zugute kam und die Pterssa-Aktivität auf ein Minimum beschränkte — doch mit Einbruch der Nacht würden die fahlen Blasen zu Hauf kommen.

In ihrer Hast, die Lastkarren mit Vorräten zu beladen, rissen die Arbeiter die hölzernen Lagerschuppen mit bloßen Händen nieder. Soldaten des neugebildeten Jenland-Regiments — deren Loyalität garantiert war, weil sie mit Leddravohr fliegen mußten — durchstreiften das Gebiet und feuerten das Personal der Basis lautstark an und packten, wo es nötig war, mit an. Hie und da inmitten des Chaos irrten kleine Gruppen von Männern, Frauen und Kindern umher, die ihre Auswanderung in einer Provinz beantragt und sich vorzeitig auf dem Areal eingefunden hatten. Alles wurde überlagert und durchdrungen vom Krach der Gebläseventilatoren, dem entnervenden, stoßweisen Fauchen der Schiffsbrenner und dem morastigen Geruch freien Miglyngases.

Tauler erregte kaum Aufmerksamkeit, während er durch die Lager- und Werkstattbereiche ritt; doch als er an den Tunnelweg kam, der nach Osten in die Stadt führte, fand er den Eingang von einem großen Aufgebot an Soldaten bewacht. Die Offiziere unter ihnen befragten jeden Passanten. Tauler wich seitlich aus und benutzte sein Teleskop, um sich den entfernten Ausgang zur Stadt anzusehen. Was er sah, war wegen der mangelnden Bildtiefe nur schwer zu deuten, aber er konnte eine Menge Infanterie und ein paar Gruppen Kavallerie ausmachen, und hinter ihnen, da wo die Stadt richtig begann, drängten sich Menschenmengen in den ansteigenden Straßen. Es gab kaum Anzeichen von Unruhe, aber es war deutlich, daß eine Konfrontation stattfand und die normale Route in die Stadt unpassierbar war.

Er überlegte, was er tun sollte, als ihm Farbtupfer auffielen, die sich in dem mit dichten Gestrüpp bewachsenen Gelände bewegten, das sich nach Südosten erstreckte, in Richtung des Vororts Grünberg. Das Teleskop ließ Zivilisten erkennen, die auf das Zentrum der Basis zuliefen. Der hohe Anteil an Frauen und Kindern ließ auf Emigranten schließen, die den Grenzzaun weitab vom Haupteingang durchbrochen hatten. Tauler ließ von dem Tunnelweg ab, machte einen Nebenausgang im doppelten Pterssanetz ausfindig und ritt hinaus und den Bürgern entgegen. Als er nicht mehr weit von den Anführern entfernt war, schwenkten sie ihre blauweißen Berechtigungsscheine.

»Geht weiter zu den Ballonkaminen!« rief er ihnen zu. »Man wird euch fortbringen.«

Die Männer und Frauen hatten angstvolle Gesichter, riefen ihren Dank und eilten weiter, einige trugen oder zerrten kleine Kinder mit sich. Als Tauler sich noch einmal nach ihnen umsah, hatte man ihre Ankunft bereits entdeckt, und berittene Männer ausgeschickt. Der Himmel hinter den Reitern bot ein einzigartiges Schauspiel. Vielleicht fünfzig Schiffe waren über den Ballonkaminen in der Luft; mit bedrohlich überfüllten Gondeln trieben sie auseinander, während sie in den Zenit stiegen.

Er überzeugte sich nicht mehr davon, welchen Empfang man den Auswanderern bereitete, und spornte sein Blauhorn zum Galopp in Richtung Grünberg an. Weit entfernt zu seiner Rechten, in Ro-Atabri, schienen sich die Brände auszudehnen. Die Stadt war aus Stein erbaut, aber der Kokon aus Holzgerüsten und Textilien, der die Pterssas abwehren sollte, war leicht entflammbar, und die Feuer waren inzwischen groß genug, um durch Konvektion an Boden zu gewinnen. Und Tauler wußte, es brauchte nur eine leichte Brise aufzuspringen, und die ganze Stadt war in Minutenschnelle ein Flammenmeer.

Er gab seinem Blauhorn die Sporen, der Richtung folgend, aus der die Flüchtlinge kamen, und erspähte schließlich die Stelle, wo die Grenzbarrikade niedergerissen war. Er ritt durch die Lücke, ignorierte die bangen Blicke der Leute, die über die Holzstreben kletterten, und wählte den direkten Weg bergauf zur Hofklause. Die Straßen, in denen er als Junge herumgestreunt war, lagen verlassen da, voller Plunder und Abfall, Teil einer verschollenen Vergangenheit.

Er war eine Minute im Grünbergviertel unterwegs, als er um eine Ecke bog und auf eine Bande von fünf Zivilisten stieß, die sich mit Stöcken bewaffnet hatten. Und obwohl sie offensichtlich keine Auswanderer waren, schienen sie es eilig zu haben, zum Areal zu kommen. Tauler argwöhnte sofort, daß sie nichts anderes im Sinn hatten, als Auswandererfamilien, denen er begegnet war, zu terrorisieren und womöglich zu berauben.

Sie verteilten sich, um die enge Straße zu blockieren, und ein großmäuliger, ungeschlachter Kerl in einem Umhang, der mit getrockneten Perlschlangen benäht war, sagte: »Was hast du hier zu suchen, Blauwams?«

Tauler, der den Mann leicht hätte niederreiten können, zügelte sein Blauhorn. »Weil du so freundlich nachfragst, will ich es dir verraten: *Dich*. Und jetzt überlege ich, ob ich dich töten oder laufen lassen soll.«

»*Töte* mich!« Der Kerl pochte überheblich mit dem Stock auf den Boden, anscheinend überzeugt, alle Himmelsflieger seien unbewaffnet unterwegs. »Und weißt du auch schon, wom ...?«

Tauler zog sein Schwert mit einem horizontalen

Streich, der den Stock dicht über der Faust abschnitt. »Das hätte ebenso leicht dein Handgelenk oder dein Nacken sein können«, sagte er sanft. »Sucht noch jemand Streit?«

Die vier anderen sahen sich an und wichen zur Seite.

»Wir haben keinen Grund zum Streit mit Euch, Herr«, sagte der Kerl mit dem Umhang und rieb sich die Hand, die von der heftigen Erschütterung schmerzen mußte. »Wir werden friedlich unserer Wege gehn.«

»Nein.« Tauler wies mit dem Schwert auf eine Allee, die vom Areal für Himmelsschiffe wegführte. »Ihr werdet diesen Weg da nehmen und euch in euren Löchern verkriechen. Ich komme in wenigen Minuten wieder zum Areal zurück — und ich schwöre euch, sollte mir einer von euch unter die Augen kommen, lasse ich mein Schwert reden. *Haut ab!*«

Sowie die Männer außer Sicht waren, steckte er sein Schwert weg und ritt weiter bergauf. Er bezweifelte, ob die Warnung eine nachhaltige Wirkung auf die Schurken haben würde, aber er hatte wenigstens einen Vorsprung herausgeschunden für die Auswanderer, denen ohnedies einiges bevorstand. Ein flüchtiger Blick auf die abnehmende Sichel von Jenland sagte ihm, daß in gut einer Stunde Kurznacht hereinbrach, und er mußte Gesalla vorher noch zur Basis bringen.

Nachdem er Grünberg erklommen hatte, galoppierte er durch die stillen Alleen zur Hofklause und schwang sich in dem ummauerten Vorhof vom Blauhorn. Er betrat die Eingangshalle und wurde von Sanni, der dicken Köchin, und einem fast glatzköpfigen Diener empfangen, den er nicht kannte.

»Meister Tauler!« rief Sanni aufgeregt. »Habt Ihr Nachricht von Eurem Bruder?«

Tauler wurde von einem Schmerz aufgewühlt, der sich unter dem Druck der Ereignisse gestaut hatte. »Mein Bruder ist tot«, sagte er. »Wo ist denn deine Herrin?«

»In ihrem Schlafzimmer.« Sanni hielt beide Hände an den Hals gepreßt. »Das ist ein furchtbarer Tag für uns alle.«

Tauler lief zur Haupttreppe, hielt aber auf der ersten Stufe inne. »Sanni, ich kehre in wenigen Minuten zu den Himmelsschiffen zurück. Ich rate dir und ...« Er blickte fragend auf den Diener.

»Harribent, Herr.«

»... dir und Harribent und allen anderen Hausangestellten, die noch hier sind, mitzukommen. Die Auswanderung hat Hals über Kopf begonnen; auch wenn ihr keine Berechtigungsscheine habt, kann ich euch bestimmt noch Plätze auf einem Schiff besorgen.«

Sowohl Sanni als auch Harribent wichen einen Schritt zurück. »Ich will nicht in den Himmel, bevor meine Zeit gekommen ist«, sagte Sanni. »Das ist wider die Natur. Das ist nicht recht.«

»In der Stadt herrscht Aufruhr und die Pterssaschirme brennen.«

»Es kann kommen, was will, Meister Tauler. Wir bleiben hier, wo wir hingehören.«

»Überlegt euch das gut!« sagte Tauler. Er stieg die Treppe hinauf und ging den vertrauten Korridor zur Südseite hinunter; es fiel ihm schwer, sich damit abzufinden, die in den Nischen glühenden Keramikminiaturen nie wieder zu Gesicht zu bekommen, oder das schemenhafte Spiegelbild, das ihn wie ein Geist in der Glasholzvertäfelung begleitete. Die Tür zum Schlafzimmer stand offen.

Gesalla stand am Fenster und sah hinaus auf die scheinbar starren Säulen aus grauem und weißem Rauch, die das Stadtbild beherrschten und die blauen und grünen Horizontalen der Bucht Arle und des Golf von Tronom zerstückelten. Tauler hatte Gesalla noch nie so gesehen. Sie trug Weste und Reithose aus grauem Gabardine und eine hellgraue Hemdbluse — die Kleidung erschien ihm wie ein gedämpftes Echo seiner eigenen Uniform. Eine plötzliche Scheu hinderte ihn, irgend etwas zu sagen oder an die Tür zu klopfen. Wie teilte man jemandem mit, was er mitzuteilen hatte?

Gesalla drehte sich um und sah ihn mit wissenden und dunklen Augen an. »Danke, daß du gekommen bist, Tauler.«

»Es ist wegen Leyn«, sagte er und trat ins Zimmer. »Ich fürchte, ich bringe eine schlechte Nachricht.«

»Ich habe gewußt, daß er tot war, als ich bis zum Einbruch der Nacht keine Nachricht erhielt.« Ihre Stimme klang kühl, beinah lebhaft. »Ich brauchte nur noch die Bestätigung.«

Tauler war nicht auf ihre nüchterne Reaktion vorbereitet. »Gesalla, ich weiß nicht, wie ich es dir beibringen soll ... zumal jetzt ... aber du hast das Feuer in der Stadt gesehen. Uns bleibt keine andere Wahl. Wir ...«

»Wir können gehen«, sagte Gesalla und griff nach einem eng gerollten Bündel, das auf einem Stuhl lag. »Darin ist alles, was ich brauche. Nicht zuviel, oder?«

Er starrte einen Moment lang in ihr schönes, gefaßtes Gesicht, während er gegen den vernunftlosen Groll ankämpfte. »Hast du überhaupt eine Ahnung, wohin es geht?«

»Nach Jenland, wohin sonst? Die Himmelsschiffe starten bereits. Nach allem, was ich von den Meldungen entziffern konnte, die aus dem Großen Palast geblinkt werden, bricht in Ro-Atabri der Bürgerkrieg aus, und der König ist bereits geflohen. Für wie dumm hältst du mich, Tauler?«

»Dumm? Nein, du bist sehr intelligent — sehr logisch.«

»Hast du gedacht, ich bin zynisch — du müßtest mich aus dem Haus tragen — ich würde zetern aus Angst vor deinem Himmel — der Domäne des heroischen Tauler Marakain? Sollte ich heulen und um Zeit betteln, damit ich erst noch Blumen über den Leichnam meines Gatten streuen kann?«

»Nein, ich habe nicht erwartet, daß du heulst.« Tauler war erschrocken über seine Worte, konnte aber nicht an sich halten. »Ich erwarte nicht, daß du Trauer vortäuschst.«

Gesalla schlug ihm ins Gesicht, wobei ihre Hand so schnell war, daß er dem Schlag nicht ausweichen konnte. »Sag so etwas nie wieder zu mir. Diese Unterstellung will ich *nie* wieder aus deinem Mund hören! Also, brechen wir nun auf oder reden wir hier den ganzen Tag?«

»Je eher wir aufbrechen, desto besser«, sagte er versteinert und widerstand dem Drang, nach der brennenden Wange zu tasten. »Ich nehme dein Bündel.«

Gesalla riß ihm das Bündel aus der Hand und warf es sich über die Schulter. »Das ist *mein* Gepäck — du hast genug zu tun.« Sie schlüpfte an ihm vorbei in den Korridor, leichtfüßig und erstaunlich flink, und hatte die Haupttreppe erreicht, ehe er sie einholte.

»Was wird aus Sanni und den anderen Bediensteten?« sagte er. »Sie hierlassen, paßt mir nicht.«

Sie schüttelte den Kopf. »Leyn und ich haben ihnen gut zugeredet, sich um die Auswanderung zu bemühen, aber es war zwecklos. Du kannst die Leute nicht zwingen, Tauler.«

»Wahrscheinlich hast du recht.« Er ging mit ihr zum Eingang, sah sich noch ein letztes schmerzliches Mal in der Halle um, ehe er sich abwandte und hinaus in den Vorhof ging, wo sein Blauhorn wartete. »Wo ist dein Wagen?«

»Ich weiß nicht — Leyn hat ihn gestern benutzt.«

»Heißt das, wir müssen beide auf meinem Blauhorn reiten?«

Gesalla seufzte. »Ich habe jedenfalls nicht vor, neben dir herzutrotten.«

»Also dann.« Tauler fühlte sich seltsam befangen. Er stieg in den Sattel, streckte eine Hand nach Gesalla aus und war überrascht, wie behende sie aufsaß, und er war noch überraschter, als sie die Arme um seine Taille schlang und sich an seinen Rücken lehnte. Ein gewisser Körperkontakt war erforderlich, aber es kam ihm so vor, als ... Er verscheuchte den Gedanken, ehe er zu Ende gedacht war, entsetzt über seine obszöne Bereitschaft, sich sexuell mit Gesalla zu befassen, und spornte das Blauhorn an zu einem schnellen Trab.

Er verließ den Vorhof und wandte sich nach Nordwesten. Zahlreiche Schiffe waren inzwischen über dem Areal zu sehen, viele bereits zu Punkten geschrumpft, die sich in den blauen Tiefen der oberen Atmosphäre verloren. Die Schiffe zeigten eine leichte Drift nach Osten, und das hieß, das Chaos des Abflugs würde bald noch chaotischer werden durch das Eintreffen der Pterssas. Weit zu seiner Linken wurden die Türme aus Rauch, die aus der Stadt quollen, von den oberen Luftströmungen abgedrängt und verschmiert. Brennende Bäume erzeugten gelegentlich Staubexplosionen.

Tauler ritt so schnell den Berg hinunter, wie er es verantworten konnte. Die Straßen waren genauso leer wie vorhin, doch voraus schwollen unverkennbar tumultartige Geräusche heran. Als er aus dem letzten Ring des verlassenen Viertels hinausritt, sah er, daß sich die Lage an der Arealgrenze geändert hatte.

Der Durchbruch in der Barrikade war erweitert worden, und Gruppen von insgesamt etwa hundert Zivilisten hatten sich angestaut, denen der Zugang zur Basis von gestaffelter Infanterie verwehrt wurde. Steine und Holzstücke wurden gegen die Soldaten geschleudert, die, obwohl mit Schwert und Wurfspieß bewaffnet, keine Vergeltung übten. Mehrere berittene Offiziere hatten hinter ihnen Stellung bezogen, und ihre Schwertmanschetten und grünen Blitze auf den Schulterstücken verrieten Tauler, daß sie zu einem Sorka-Regiment gehörten; es waren Männer, die Leddravohr treu ergeben waren und die nichts Persönliches mit Ro-Atabri verband. Die Situation konnte jeden Augenblick in ein Blutbad umschlagen, und dann würden bestimmt rebellierende

Soldaten auf der Bildfläche erscheinen und hier einen Miniaturkrieg vom Zaun brechen.

»Halt dich fest und zieh den Kopf ein«, sagte er zu Gesalla, als er sein Schwert zog. »Wir müssen uns durchschlagen.«

Er feuerte das Blauhorn zum Galopp an. Das kraftvolle Tier reagierte unverzüglich und nahm den trennenden Zwischenraum im Sturm. Tauler hatte gehofft, die Aufrührer überrumpeln und einfach durch ihre Reihen hindurchbrechen zu können, aber der Hufschlag auf dem harten Lehmboden erregte die Aufmerksamkeit der Männer, die sich umgedreht hatten, um Steine aufzusammeln.

»Da ist ein Blauwams«, ertönte der Schrei. »Schnappt euch das miese Blauwams!«

Man sprang dem schweren, vorwärtspreschenden Tier und Taulers Kampfschwert zwar entsetzt aus dem Weg, aber es gab keinen Schutz vor dem regellosen Hagel von Wurfgeschossen. Tauler wurde hart an Oberarm und Schenkel getroffen, und ein wirbelndes Stück Schiefer entblößte die Knöchel der Zügelhand. Er trieb das Blauhorn in das Gehölz der Barrikade und hatte fast die Soldaten erreicht, als er einen dumpfen Schlag hörte und spürte, wie Gesallas Körper den Aufprall an ihn weitergab. Sie rang nach Atem, und für einen bangen Moment erschlafften ihre Arme, ehe sie wieder Kraft fand, sich festzuhalten. Die Reihen der Soldaten teilten sich, um ihm Platz machen, und er brachte das Blauhorn zum Stehen.

»Ist es schlimm?« sagte er über die Schulter, unfähig sich im Sattel zu drehen oder abzusteigen, weil Gesalla ihn umklammert hielt.

»Es ist nichts Ernstes«, erwiderte sie so leise, daß er sie kaum verstand. »Du mußt weiter.«

Ein bärtiger Leutnant kam zu ihnen, salutierte und hielt das Blauhorn am Zaumzeug fest. »Seid Ihr Himmelskapitän Tauler Marakain?«

»Der bin ich.«

»Ihr sollt Euch unverzüglich bei Prinz Leddravohr in Kamin 12 melden.«

»Genau das hatte ich vor, Leutnant«, sagte Tauler. »Nur steht Ihr mir dabei im Weg.«

»Kapitän, Prinz Leddravohr hat nichts von einer Frau gesagt.«

Tauler zog die Brauen hoch und sah dem Leutnant in die Augen. »Na, und?«

»Ich … Nichts, Kapitän.« Der Leutnant ließ das Zaumzeug los und trat zurück.

Tauler spornte das Blauhorn an und ritt mit Gesalla auf die ferne Reihe der Ballonkamine zu. Es hatte sich gezeigt, wiewohl niemand eine Erklärung dafür hatte, daß durchbrochene Wände die Ballons besser vor Luftturbulenzen schützten als geschlossene. Der offene westliche Himmel schien durch die rechteckigen Öffnungen und ließ die Kamine mehr denn je wie eine Phalanx von luftigen Türmen erscheinen, zu deren Füßen eine brodelnde Aktivität von Tausenden von Arbeitern, Mannschaftsmitgliedern und Emigranten mit all ihrem Gepäck und Material herrschte.

Es sprach für das Organisationstalent von Leddravohr und Chakkell mitsamt ihren Gefolgsleuten, daß unter solch extremen Bedingungen nicht alles in einem heillosen Chaos unterging. Nach wie vor hoben Schiffe zu zweit oder dritt ab, und es war ein Wunder, daß es noch nicht zu ernsthaften Unfällen gekommen war.

In diesem Augenblick, als hätte der Gedanke das Ereignis heraufbeschworen, streifte die Gondel eines zu schnell steigenden Schiffes den Rand des Kamins. Das Schiff pendelte heftig, während es in die Freiheit schoß und in einer Höhe von zweihundert Fuß ein anderes Schiff überholte, das Sekunden zuvor gestartet war. Am Umkehrpunkt eines Pendelschlags schwang die Gondel seitlich in den Ballon des langsameren Fahrzeugs. Dessen Hülle riß auf und verlor ihre Symmetrie, flatterte und schlabberte wie eine verwundete Kreatur aus den Meerestiefen, und das Schiff stürzte mit lose nachschlenkernden Beschleunigungsstreben ab. Es schlug geradewegs auf einen Troß von Versorgungskarren. Der Aufprall mußte die Zuleitungen des Brenners zerrissen haben, denn es sprühten augenblicklich Flammen und schwarzer Rauch auf, und das Gebelfer verletzter oder in Panik geratener Blauhörner mischte sich in den allgemeinen Tumult.

Tauler vermied es, an die Menschen an Bord zu denken. Der fürchterlich schlechte Start des anderen Schiffs sah nach dem Werk eines Anfängers aus, was die Vermutung nahelegte, daß manche der eintausend qualifizierten Piloten, die man eigens ausgebildet hatte, nicht erreichbar waren, möglicherweise gestrandet in dem Drunter und Drüber in der Stadt. Neue Gefahren kamen zu dem stattlichen Aufgebot an Risiken hinzu, das ohnehin auf die Reisenden zwischen den Welten lauerte.

Er spürte Gesallas Kopf an seinem Rücken liegen, während sie zu dem befohlenen Kamin ritten, und seine Besorgnis wuchs. Ihr leichter Knochenbau war schlecht gewappnet gegen einen so wuchtigen Schlag, wie er ihn nur indirekt zu spüren bekommen hatte. Als er sich dem zwölften Kamin näherte, stellte er fest, daß dieser und die drei nördlich angrenzenden von starker Infanterie und Kavallerie umringt waren. In dieser gesicherten Zone ging es vergleichsweise ruhig zu. Vier Ballons warteten in den Kaminen, die Gebläsemannschaften hielten sich bereit, und Trauben von kostbar gekleideten Männern und Frauen warteten neben Stapeln von verzierten Truhen und Kästen und anderen Habseligkeiten. Einige Männer nippten an Getränken, während sie den Hals nach dem abgestürzten Schiff reckten, wobei ihnen kleine Kinder um die Beine rannten, als handle es sich um einen Familienausflug.

Tauler hatte rasch die Gruppe entdeckt, in deren Mitte Leddravohr, Chakkell und Pautsch um den sitzenden König Pradt standen. Der Herrscher saß zusammengesunken auf einem gewöhnlichen Stuhl und starrte offenbar völlig teilnahmslos zu Boden. Er sah alt und entmutigt aus und erinnerte kaum noch an den energischen König, den Tauler kannte.

Tauler zügelte das Blauhorn, als ihm ein blutjunger Kommandant entgegenkam. Der Mann tat überrascht beim Anblick von Gesalla, half ihr jedoch bereitwillig und wortlos herunter. Tauler stieg ab und bemerkte, daß alle Farbe aus ihrem Gesicht gewichen war. Sie schwankte leicht, und ihre Augen hatten einen kühlen, abwesenden Blick, der ihm sagte, daß sie schwere Schmerzen litt.

»Vielleicht sollte ich dich tragen«, sagte er, als sich die Reihen der Soldaten auf ein Zeichen des Kommandanten teilten.

»Ich kann gehen, ich *kann* gehen«, keuchte sie. »Nimm die Hände weg, Tauler — diese Bestie soll nicht sehen, daß mir jemand hilft.«

Tauler nickte, beeindruckt von ihrer Tapferkeit, und ging ihr voraus auf die köngliche Gruppe zu. Leddravohr drehte sich um, und diesmal blieb der Schlangenschlag seines Lächelns aus. Seine Augen glühten in dem marmorglatten Gesicht. Der weiße Küraß war blutbespritzt und die Schwertscheide blutverkrustet. Dennoch verriet Leddravohrs Gebaren eher verhaltenen Zorn als wahnsinnige Raserei, wie Savotl das ausgedrückt hatte.

»Ich habe vor Stunden nach dir geschickt, Marakain«, sagte er frostig. »Wo warst du?«

»Die Überreste meines Bruders in Augenschein nehmen«, sagte Tauler, die vorgeschriebene Form der Anrede bewußt unterlassend. »Irgend etwas ist höchst verdächtig an seinem Tod.«

»Du weißt, was du da sagst?«

»Ja.«

»Wie ich sehe, bist du wieder ganz der alte.« Leddravohr trat nahe an ihn heran und senkte die Stimme. »Mein Vater hat mir einmal das Versprechen entlockt, dir nichts anzutun, Marakain, aber auf Jenland betrachte ich mich von diesem Versprechen entbunden. Dann bekommst du, was du dir schon immer verdient hast — doch bis dahin gibt es Wichtigeres zu tun.«

Leddravohr ließ ihn stehen, ging davon und gab den Startmeistern ein Zeichen. Sofort gingen die Gebläsemannschaften an die Kurbeln und weckten die großen Ventilatoren zu geräuschvollem Leben. König Pradt schreckte auf, hob den Kopf und sah sich mit seinem einen bekümmerten Auge um. Verschiedenen Adligen kam die zur Schau getragene Geselligkeit abhanden, als ihnen das Geknatter der Gebläse unmißverständlich mitteilte, daß der beispiellose Flug ins Unbekannte kurz bevorstand. Familien rückten enger zusammen, die Kinder hörten auf zu spielen und Diener bereiteten sich darauf vor, das Gepäck ihrer Herrschaften zu den Schiffen zu bringen, die gleich nach der königlichen Flottille starten würden.

Jenseits des abgeriegelten Bereichs brodelte die See scheinbar führungsloser Aktivität, mit der die Auswandererflotte weiterhin abgefertigt wurde. Überall liefen Männer, fegten Proviantwagen zwischen den rumpelnden Flachbettkarren hindurch, auf denen die Himmelsschiffe zu den Kaminen transportiert wurden. Weiter entfernt auf dem offenen Gelände des Areals, waren Frachtschiffpiloten dank der nahezu perfekten Wetterbedingungen dabei, ihre Ballons aufzublasen und ohne den Schutz von Windbrechern zu starten. Der Himmel war jetzt voller Schiffe, die sich wie eine Wolke sonderbarer Flugsporen gegen die feurige Sichel von Jenland erhoben.

Das schiere Drama dieses Schauspiels erfüllte Tauler mit ehrfürchtigem Staunen; wenn es um ihre Existenz ging, besaß seine Spezies die Kühnheit und die Fähigkeit, Göttern gleich mit einem einzigen großen Schritt von der einen zur anderen Welt zu gehen; doch er war auch verwirrt durch Leddravohrs Worte von vorhin.

Das Versprechen, das Leddravohr erwähnt hatte, erklärte gewisse Ungereimtheiten — war aber selbst nicht minder ungereimt. Wie kam der König dazu, einen seiner Untertanen allen anderen vorzuziehen und ihn unter seinen persönlichen Schutz zu stellen? Gebannt von dem neuen Geheimnis blickte Tauler nachdenklich in die Richtung des dasitzenden Königs und erlebte eine eigentümliche Erregung, als er sah, daß Pradt ihn direkt anstarrte. Einen Augenblick später zeigte der König mit dem Finger auf ihn, ungeachtet der Umstehenden eine psychische Verbindung zu ihm schaffend — und winkte ihn heran. Die neugierigen Blicke des Gefolges ignorierend ging Tauler zum König und verbeugte sich.

»Du hast mir gute Dienste geleistet, Tauler Marakain«, sagte Pradt mit müder aber fester Stimme. »Und jetzt habe ich vor, dir eine weitere Verantwortung zu übertragen.«

»Sagt mir nur, worum es sich handelt, Majestät«, erwiderte Tauler, und sein Gefühl von Unwirklichkeit wuchs, als Pradt ihn mit einer stummen Geste aufforderte, ganz nahe heranzukommen und sich zu bücken, um eine vertrauliche Mitteilung entgegenzunehmen.

»Achte darauf«, flüsterte der König, »daß man sich auf Jenland an meinen Namen erinnert.«

»Majestät ...« Tauler richtete sich auf, völlig verwirrt. »Majestät, wie soll ich das verstehen?«

»Du wirst es noch verstehen — jetzt geh auf deinen Posten!«

Tauler verbeugte sich und zog sich rücklings zurück. Er kam nicht mehr dazu, über den kurzen Wortwechsel nachzudenken, denn Oberst Kartkang, vormals Leiter der T.G.H.-Verwaltung, rief ihn zu sich. Nach Auflösung der Testschwadron war der Oberst mit der Koordinierung des Abflugs der königlichen Flottille beauftragt worden, ohne zu ahnen, diese Aufgabe unter solch widrigen Umständen ausführen zu müssen. Seine Lippen bewegten sich wortlos, während er Tauler zu der Stelle dirigierte, wo Leddravohr auf drei Piloten einredete. Einer von ihnen war Ilven Savotl und ein anderer Gollav Amber — ein erfahrener Mann aus der engeren Wahl für den Testflug. Der dritte war ein untersetzter rotbärtiger Vierziger, der die Uniform eines Himmelskommandanten trug. Nach kurzem Zögern identifizierte Tauler ihn als Holsn Kaddlo, einen früheren Flugkapitän und königlichen Boten.

»... beschlossen, in getrennten Schiffen zu reisen«, sagte Leddravohr gerade, als sein Blick zu Tauler zuckte. »Marakain — der einzige Offizier, der Erfahrung damit hat, wie man ein Schiff über den Wendepunkt bringt — wird die Verantwortung für das Schiff meines Vaters übernehmen. Ich werde mit Savotl fliegen, Prinz Chakkell mit Kaddlo und Prinz Pautsch mit Amber. Ihr geht jetzt zu euren Schiffen und trefft alle Vorbereitungen, damit wir noch vor Kurznacht aufsteigen können.«

Die vier Piloten salutierten und wollten eben auf dem Absatz kehrtmachen, um zu ihren Kaminen zu gehen, als Leddravohr sie mit erhobener Hand stoppte. Er musterte sie auffallend lang und unschlüssig, was nicht seine Art war, ehe er schließlich sagte: »Mir ist eingefallen, Kaddlo hat meinen Vater viele Male geflogen in seiner langen Dienstzeit. *Er* wird das Schiff des Königs übernehmen, und Prinz Chakkell wird mit Marakain fliegen. Das ist alles.«

Tauler salutierte noch einmal, drehte sich um und ging. Was hatte dieser Tausch zu bedeuten? Als er vorhin Leyns Tod als verdächtig bezeichnet hatte, hatte Leddravohr die Anspielung sofort durchschaut. *Mein Bruder ist tot!* War das ein Hinweis auf Leddravohrs Schuld? Schreckte Leddravohr in einer grotesken Anwandlung davor zurück, das Leben seines Vaters in die Hände eines Mannes zu legen, dessen Bruder er ermordet oder zumindest in den Tod getrieben hatte?

Das unmißverständliche Geräusch einer schweren Kanone, die irgendwo in der Ferne abgefeuert wurde, erinnerte Tauler daran, daß er keine Zeit für Spekulationen hatte. Er sah sich nach Gesalla um. Sie stand allein da, isoliert von dem Treiben rundum, und schien immer noch Schmerzen zu leiden. Er lief zur Gondel, wo Prinz Chakkell mit Gemahlin, Tochter und zwei kleinen Söhnen wartete. Die Kinder und Prinzessin Desihn, deren Haar unter einer enganliegenden Perlenhaube verborgen war, sahen mit vorsichtigem Argwohn zu ihm auf, und auch Chakkell schien unsicher in seinem Verhalten. Sie hatten alle schreckliche Angst, begriff Tauler; sie waren sich darüber im klaren, daß die Art des Umgangs letztlich von demselben Mann diktiert wurde, von dem auch ihr Leben abhing — und sein Verhalten war so ungewiß wie alles, was auf sie zukam.

»Nun, Marakain«, sagte Chakkell, »können wir aufbrechen?«

Tauler nickte. »Wir könnten alle gut und gerne in wenigen Minuten unterwegs sein, Prinz — aber es gibt da ein persönliches Problem.«

»Ein persönliches Problem? Was für ein Problem?«

»Gestern ist mein Bruder gestorben.« Tauler hielt inne, um die frische Angst auszunutzen, die er plötzlich in Chakkells Augen bemerkte. »Ich kann meiner Verpflichtung gegenüber seiner Witwe nur nachkommen, indem ich sie mit auf die Reise nehme.«

»Tut mir leid, Marakain, aber das ist ausgeschlossen«, sagte Chakkell. »Dieses Schiff ist nur für mich und meine Familie bestimmt.«

»Das weiß ich, Prinz, doch Ihr seid ein Mann, der Verständnis hat für Familienbande, und Ihr könnt mir sicher nachfühlen, daß ich unmöglich die Witwe meines Bruders im Stich lassen kann. Wenn sie nicht mit uns reisen darf, müßte ich die Ehre ablehnen, Euer Pilot zu sein.«

»Du sprichst von Verrat«, sagte Chakkell scharf und

wischte sich den Schweiß von der braunen Glatze. »Ich ... Leddravohr würde dich auf der Stelle hinrichten lassen, wenn er wüßte, daß du dich seinen Befehlen widersetzt.«

»Das ist mir schon klar, Prinz, und es wäre sehr schade für alle Beteiligten.« Tauler schenkte den wachsam blickenden Kindern ein dünnes Lächeln. »Dann müßt Ihr Euch und Eure Familie von einem unerfahrenen Piloten durch die fremde Region zwischen den Welten lotsen lassen. Ich dagegen kenne all die Schrecken und Tücken der mittleren Passage — seht Ihr — und ich könnte Euch darauf vorbereiten.«

Die zwei Buben starrten unverwandt zu ihm auf, doch das Mädchen verbarg sein Gesicht in den Rockschößen der Mutter. Chakkell sah mit schmerzerfüllten Augen auf seine Tochter und scharrte in qualvoller Frustration mit den Füßen, weil er zum ersten Mal in seinem Leben darüber nachzudenken hatte, ob er sich dem Willen eines einfachen Mannes unterordnen sollte oder nicht. Tauler lächelte ihn an, heuchelte Mitgefühl und dachte: *Wenn das Macht ist, werde ich sie hoffentlich nie mehr gebrauchen müssen.*

»Die Witwe deines Bruders darf in meinem Schiff mitreisen«, sagte Chakkell schließlich. »Aber ich werde dir das nicht vergessen, Marakain.«

»Auch ich werde mich stets in Dankbarkeit an Euch erinnern«, sagte Tauler. Und während er in die Pilotenstation der Gondel kletterte, fand er sich damit ab, Chakkells alte Feindschaft nur noch vertieft zu haben, aber diesmal hatte er keine Gewissensbisse. Er hatte — im Gegensatz zu dem alten Tauler Marakain — besonnen und konsequent nur das getan, was getan werden mußte, und er hatte dazu noch den Trost, mit der Realität in Einklang zu stehen. Leyn — *Mein Bruder ist tot!* — hatte einmal gesagt, Leddravohr und seinesgleichen gehörten der Vergangenheit an, und Chakkell hatte soeben, ohne es zu wissen, diese Worte bestätigt. Trotz des katastrophalen Zusammenbruchs handelten Männer wie Leddravohr und Chakkell so, als gelte es, auf Jenland wieder das alte Kolkorron zu errichten. Nur der König schien zu ahnen, daß alles anders kommen würde.

Rücklings auf einer Trennwand liegend gab Tauler der Gebläsemannschaft durch ein Zeichen zu verstehen, daß er bereit war, den Brenner zu starten. Sie hörten auf zu kurbeln und zerrten den Ventilator auf die Seite, daß Tauler einen unverstellten Blick ins Balloninnere hatte. Die Hülle, zum Teil mit kühler Luft gefüllt, sackte und wälzte sich zwischen den aufgerichteten Beschleunigungsstützen. Er feuerte eine Reihe von Heißgassalven in den Ballonmund. Alle anderen Geräusche ertranken in dem Tosen. Die Hülle blähte sich und löste sich vom Boden. Als der Ballon die vertikale Position erreichte, schlossen die Männer mit den Kronseilen auf und befestigten sie am Tragrahmen der Gondel, die von anderen Männern aufgerichtet wurde. Die riesige Kombination aus Ballon und Gondel, bereits leichter als Luft, zerrte sanft an ihrem zentralen Anker, so als ob sie den fernen Ruf Jenlands verspüre.

Tauler sprang aus der Gondel und nickte Chakkell und dem wartenden Gefolge zu, zum Zeichen, daß Passagiere und Gepäck an Bord konnten. Er ging zu Gesalla, und diesmal hatte sie nichts dagegen, als er ihr das Bündel von der Schulter nahm.

»Es ist gleich soweit«, sagte er. »An Bord kannst du dich hinlegen und ausruhen.«

»Aber das ist ein königliches Schiff«, erwiderte sie, unversehens zurückbleibend. »Es war geplant, daß ich auf einem der anderen Schiffe Platz finde.«

»Gesalla, bitte vergiß alles, was geplant war. Viele Schiffe werden erst gar nicht starten, und die anderen werden bestimmt nicht ohne Blutvergießen besetzt. Du mußt jetzt kommen.«

»Ist der Prinz einverstanden?«

»Es ist besprochene Sache, und es wäre ihm gar nicht recht, wenn er ohne dich starten müßte.« Tauler hakte Gesalla unter und ging mit ihr zur Gondel. Er stieg an Bord und fand, daß sich Chakkell, Desihn und die Kinder stillschweigend mit einem der beiden Passagierabteile begnügt hatten. Gesalla fuhr vor Schmerzen zusammen, als er ihr über die Brüstung half, und sobald er ihr das freie Abteil gezeigt hatte, rollte sie sich auf dem Stapel mit Wolle gefütterter Steppdecken zusammen.

Er schnallte sein Schwert ab, legte es neben Gesalla und kehrte in die Pilotenstation zurück. Der ferne Donner einer schweren Kanone wurde abgelöst vom Fauchen des Brenners. Das Schiff war nur leicht beladen im Vergleich zum Testschiff, und schon nach knapp einer Minute drehte Tauler den Ankerring. Es gab ein sanftes Wanken, und die Kaminwände begannen nach unten zu gleiten. Der Ballon stieg gleichmäßig und übergangslos aus dem Kamin ins Freie, und Sekunden später hatte Tauler den vollen Überblick über das Areal. Die drei anderen Schiffe der königlichen Flottille — die Gondeln waren an dem weißen Querstreifen zu erkennen — hatten bereits die Kamine verlassen und hingen knapp über ihm. Alle anderen Starts waren vorübergehend unterbunden worden, und trotzdem kam ihm der Luftraum überfüllt vor. Er behielt die drei anderen Schiffe besorgt im Auge, bis die Vorläufer einer westlichen Brise etwas Auflockerung brachten.

In einer Massenfahrt bestand immer das Risiko einer Kollision von Schiffen mit unterschiedlicher Geschwindigkeit. Da der Ballon die Sicht nach oben versperrte, hatte in der Regel das obere von zwei Schiffen dafür zu sorgen, daß der Abstand nach unten gewahrt blieb. Das war gut und schön, solange es sich nur um zwei Schiffe handelte; aber jetzt hielt Tauler diese Faustregel geradezu für verfänglich. Denn in der Steigphase gab es fast nur eine Möglichkeit auszuweichen, nämlich schneller zu steigen und damit die Gefahr heraufzubeschwören, mit einem dritten Schiff zu kollidieren. Dieses Risiko wäre minimal gewesen, wäre die Flotte nach Plan abgefertigt worden, doch so hatte er die ungute Gewißheit, Teil eines unberechenbaren, vertikalen Schwarms zu sein.

Während das Schiff an Höhe gewann, enthüllte die Szenerie am Boden ihre ganze atemberaubende Komplexität.

Ballons, aufgeblasen oder flach auf dem Gras ausgelegt, waren das beherrschende Element in einer Matrix aus Pfaden und Wagenspuren, Vorratsdepots, Karren, Tieren und Tausenden von Menschen, die es umtrieb in anscheinend zielloser Aktivität. Sie erinnerten Tauler an ein Insektenvolk, das hektische Vorbereitungen traf, um seine aufgedunsenen Königinnen vor irgendeiner drohenden Katastrophe zu bewahren. Weiter im Süden bildeten Menschentrauben eine buntgescheckte Masse am Haupteingang der Basis, aber die perspektivische Verkürzung machte es unmöglich zu sagen, ob der Kampf zwischen den frisch gespaltenen Militäreinheiten bereits im Gange war.

Von mehreren Stellen an der Peripherie des Areals sickerten Rinnsale aus Menschen, vermutlich entschlossene Auswanderer, ins zentrale Startgelände. Jenseits, in Ro-Atabri griffen die Brände, durch die auffrischende Brise begünstigt, immer schneller um sich und beraubten die Stadt ihrer wehrhaften Bekleidung. Im Kontrast zu dem brodelnden Aufruhr, den die Menschen und ihr Zubehör erzeugten, bildeten die Arl-Bucht und der Golf von Tronom einen friedlichen Hintergrund aus Türkis und Blau. Ein zweidimensionaler Opelmer schwebte in diesiger Ferne, erhaben und unberührt.

Tauler, der den Brenner mit Hilfe des Verlängerungshebels bediente, stand an der Reling der Gondel und versuchte von diesem Anblick Abschied zu nehmen. Doch in seinem Innern war nur eine vibrierende Leere, eine unterschwellige Unruhe, die von anderen, unterdrückten Regungen sprach. Zuviel war auf ihn eingestürmt an einem einzigen Frühtag. — *Mein Bruder ist tot!* — Schmerz und Trauer hatten sich angestaut und warteten nur darauf, daß er zur Ruhe kam.

Auch Chakkell sah von seinem Abteil aus nach draußen. Er hatte die Arme um Desihn und seine Tochter gelegt, die zwölf Jahre alt sein mochte. Tauler, der ihn immer für einen Mann gehalten hatte, der sich nur von seinem Ehrgeiz leiten ließ, fragte sich, ob er seine Meinung nicht ändern mußte. Die Leichtigkeit, mit der Chakkell sich hatte zwingen lassen, Gesalla mitzunehmen, deutete darauf hin, daß ihm seine Familie über alles ging.

Auch an der Reling von zwei anderen königlichen Schiffen gab es Zuschauer — König Pradt und sein persönliches Gefolge hier und der introvertierte Prinz Pautsch mit Gefolgsleuten dort. Nur Leddravohr, der offenbar beschlossen hatte, ohne Begleitung zu reisen, blieb unsichtbar. Savotl, eine einsame Gestalt an den Kontrollen von Leddravohrs Schiff, winkte Tauler zu und fing an, die Beschleunigungsstreben einzuholen und an der Gondel zu befestigen. Weil sein Schiff die geringste Last zu tragen hatte, konnte er ziemlich lange Brennerpausen einlegen, ohne zurückzufallen.

Tauler, der einen Rhythmus von Zwei-zu-zwanzig brauchte, hatte nicht soviel Bewegungsfreiheit. Zuletzt hatte man das Plansoll für Passagiere und Fracht noch einmal auf Kosten der Mannschaftsstärke erhöht; man hatte sich nach den Erfahrungen des Testflugs zu der Überzeugung durchgerungen, daß die Auswandererschiffe durchaus von einem Piloten allein geflogen werden konnten. In den Ruheperioden sollte der Pilot nur noch den Antriebsrhythmus überwachen, während er die Bedienung von Brenner oder Düsen einem Passagier überließ.

»Prinz, gleich kommt Kurznacht«, sagte Tauler höflich, um die frühere Insubordination wiedergutzumachen. »Ich will vorher die Stützen sichern und muß Euch ersuchen, mich am Brenner abzulösen.«

»Na, schön.« Chakkell schien beinahe erleichtert, sich nützlich machen zu können, als er den Verlängerungshebel übernahm. Die dunkelhaarigen Buben, immer noch furchtsam nach Tauler schielend, kamen an die Seite ihres Vaters. Sie hörten aufmerksam zu, während Chakkell ihnen die Arbeitsweise des Brenners erklärte. In der Zeit, in der Tauler die vier Streben einholte und in den Ecken der Gondel festzurrte, brachte Chakkell den Jungen sogar bei, den Brennerrhythmus mit einem Liedchen auszuzählen.

Da alle drei intensiv beschäftigt waren, ging Tauler in das Abteil, wo Gesalla lag. Ihre Augen waren hellwach, und die Anspannung war aus ihrem Gesicht gewichen. Sie streckte eine Hand aus und hielt ihm eine aufgerollte Bandage hin, die aus ihrem Bündel stammen mußte.

Er kniete sich auf das Lager aus weichen Steppdecken nieder, mit sich hadernd wegen der sexuellen Erregung, die in ihm aufflammte, und nahm die Bandage. »Wie fühlst du dich?« sagte er ruhig.

»Ich glaube nicht, daß eine Rippe gebrochen ist, aber sie müssen bandagiert werden, wenn ich mich nützlich machen soll. Hilf mir auf.« Mit Taulers Hilfe erhob sie sich vorsichtig in eine kniende Haltung, halb abgewandt, und zog die graue Hemdbluse hoch, eine schwere Prellung an den unteren Rippen freilegend. »Was glaubst du?«

»Du solltest bandagiert werden«, sagte er unsicher.

»Na, was ist?«

»Nichts.« Er führte die Bandage um ihren Leib, legte sie fest an und begann zu wickeln. Doch seine Bemühungen gerieten linkisch, weil ihm die Weste und die geraffte Hemdbluse in die Quere kamen. Ein ums andere Mal, trotz all seiner Vorsicht, streiften seine Knöchel Gesallas Brüste. Die Berührungen durchzuckten ihn jedesmal wie Bernsteinfunken, was ihn nur noch unbeholfener machte.

Gesalla tat einen vernehmlichen Seufzer. »Du bist nicht zu gebrauchen, Tauler. Warte!« Sie öffnete ihre Bluse und zog sie zusammen mit der Weste aus, und nun war ihr schlanker Körper von der Taille an nackt. »Versuch es so.«

Die Erinnerung an Leyns Leiche mit der gelben Kapuze machte aus ihm eine empfindungslose Maschine. Er vervollständigte die Bandage so perfekt und zügig wie ein Militärarzt. Dann ließ er die Hände fallen. Gesalla schenkte ihm einen warmen und ernsten Blick, während sie ohne Eile die Bluse nahm und sich wieder anzog.

»Danke, Tauler«, sagte sie und berührte seine Lippen mit der Hand.

Alle Farben des Regenbogens flackerten auf, und plötzlich war das Schiff in Finsternis gehüllt. Aus dem anderen Passagierabteil drang ein furchtsames Wimmern. Tauler stand auf und sah über die Brüstung der Gondel. Der fransige, gebogene Schatten von Jenland raste auf den östlichen Horizont zu, und beinah direkt unter dem Schiff lag Ro-Atabri, ein Gewirr aus feurigen Fäden, gefangen in einer ausufernden Lache aus Pech.

Als das Tageslicht zurückkehrte, hatten die vier Schiffe der königlichen Flottille eine Höhe von etwa zwanzig Meilen erreicht — und wurden von einem lockeren Schwarm Pterssas begleitet.

Tauler musterte den Himmel rundum und entdeckte eine Blase, die nur dreißig Schritt weit von der Nordseite der Gondel entfernt war. Er ging sofort an eine der beiden Kanonen dort — die Kanonen saßen paarweise an jeder Seite auf der Reling — zielte und löste den Bolzen aus, der den zweikammrigen Glasbehälter im Heck des Rohrs zertrümmerte. Es dauerte nur Sekunden, bis sich Paikn und Havl vermengt hatten, reagierten und explodierten. Das Projektil fegte hinaus, gefolgt von glitzernden Glasfragmenten, die Arme radial spreizend im Flug, und fiel in einem Bogen durch die Pterssa hindurch. Es hinterließ nichts als einen rasch verblassenden Fleck aus purpurnem Staub.

»Das war ein guter Schuß«, sagte Chakkell von hinten. »Sind wir auch weit genug von dem Gift entfernt?«

Tauler nickte. »Das Schiff folgt jedem Windzug, also kann uns der Staub nicht erreichen. Wir haben nicht viel zu befürchten von den Pterssas. Die eine habe ich zerstört, weil es am Rand von Kurznacht zu Luftturbulenzen kommen kann. Ich wollte nicht riskieren, daß ein Streuwirbel die Blase hierher verschlägt.«

Chakkells dunkles Gesicht verriet Besorgnis, während er die übrigen Blasen beobachtete. »Und wie ist sie so dicht herangekommen?«

»Purer Zufall, wie es scheint. Wenn sie über einen Bereich des Himmels verteilt sind und zufällig ein Schiff zwischen ihnen aufsteigt, passen sie sich seiner Steiggeschwindigkeit an. Das gleiche ist uns ...« Tauler verstummte, als er zwei entfernte Kanonenschüsse vernahm, gefolgt von schwachen Schreien, die von unten zu kommen schienen.

Er lehnte sich über die Brüstung und sah steil nach unten. Die weite Wölbung von Diesland bildete einen verschlungenen blaugrünen Hintergrund für eine scheinbar endlose Welle von Ballons; die nächsten waren nur wenige hundert Schritt weit unter ihm und sahen beängstigend groß aus. Viele andere staffelten sich darunter in unregelmäßigen Abständen und zufälligen Gruppierungen, mit zunehmender Tiefe an scheinbarer Größe schrumpfend, bis sie nahezu unsichtbar waren.

Zwischen den obersten Schiffen waren Pterssas zu sehen, und wieder feuerte eine Kanone und löschte eine Pterssa aus. Das Projektil verlor rasch an Schwung und verlor sich in einem schwindelerregenden Sturz in den Wolkenmustern tief unten. Die Schreie hielten noch eine Weile an, so regelmäßig wie Atemzüge, ehe sie allmählich verebbten.

Tauler trat von der Reling zurück und fragte sich, ob jemand aus grundloser Panik geschrien hatte. Vielleicht war der Betreffende tatsächlich von einer Blase zum Schweigen gebracht worden, die blind, heimtückisch und absolut unbesiegbar über die Brüstung gekommen war. Er spürte Erleichterung mit einem Beigeschmack von Schuld, weil ihm dieses Schicksal erspart geblieben war, als ihm ein neuer Gedanke kam. Die Pterssas hätten nicht auf das Tageslicht zu warten brauchen, um heranzukommen. Es gab keine Garantie dafür, daß sich nicht eine oder mehrere bei Dunkelheit von oben oder unten an sein Schiff heranmachten — und falls es dazu kam, würde niemand an Bord je einen Fuß auf Jenland setzen.

Während er über diese Möglichkeit nachdachte, schlüpfte seine Hand in die Tasche, umschloß den seltsamen Talismann seines Vaters und ließ den Daumen auf der eisglatten Oberfläche kreisen.

19. Kapitel

Am zehnten Tag der Fahrt war das Schiff noch knapp tausend Meilen von Jenland entfernt, und die überkommenen Muster von Tag und Nacht waren auf den Kopf gestellt.

Die Periode, die Tauler immer noch für Kurznacht hielt — wenn Jenland die Sonne verdeckte — dauerte inzwischen sieben Stunden; während die Nacht — wenn man im Schatten der Heimatwelt war — jetzt weniger als die Hälfte dieser Zeitspanne währte. Er saß allein in der Pilotenstation, wartete auf den Tagesanbruch und grübelte. Wie würde es sein, auf Jenland zu leben? Selbst eingeborene Kolkorronier, die immer unter der unverrückbaren Sphäre von Jenland gelebt hatten, mochten sich nicht wohl fühlen unter dem größeren Diesland, das direkt über ihnen dräute und ihnen eine spürbar längere Kurznacht verordnete. Immer vorausgesetzt, Jenland war unbewohnt, konnte man die neue Nation ebensogut auf der anderen Hemisphäre des Planeten ansiedeln, in Längen, die denen von Chamtess entsprachen. Vielleicht würde eines fernen Tages jede Erinnerung an die Wanderschaft verblaßt sein und …

Tauler wurde aus seinen Gedanken gescheucht, als Chakkells siebenjähriger Sohn Setwan aus dem Passagierabteil kam. Der Junge lehnte den Kopf an Taulers Schulter.

»Ich kann nicht schlafen, Onkel Tauler«, flüsterte er. »Darf ich bei dir bleiben?«

Tauler nahm Setwan lächelnd auf den Schoß. Wie würde Desihn es aufnehmen, wenn sie hörte, daß eines ihrer Kinder ihn mit Onkel anredete?

Von den sieben Menschen, die in den Mikrokosmos der Gondel gesperrt waren, hatte Desihn als einzige keine

Zugeständnisse an die Situation gemacht. Sie hatte noch kein Wort an Tauler oder Gesalla gerichtet, trug immer noch ihre Perlenhaube und traute sich nur aus dem Abteil, wenn es unumgänglich war. Sie hatte drei volle Tage nichts getrunken und gegessen, um der Schande zu entgehen, in der mittleren Zone die primitive Toilette benutzen zu müssen. Sie sah blaß und abgehärmt aus und blieb — obwohl man bereits in die wärmeren Gefilde von Jenlands Atmosphäre kam — in ihre wattierten Gewänder gehüllt, die man eilends für den Flug gefertigt hatte. Sie war einsilbig gegenüber Chakkell und den Kindern.

Tauler empfand eine gewisse Sympathie für Desihn, denn niemand an Bord hatte in den zurückliegenden Tagen mehr gelitten als sie. Die Kinder — Corba, Oldo und Setwan — hatten nicht so lange im Schlaraffenland der Fünf Paläste gelebt, daß sie endgültig davon geprägt waren; sie hatten sich eine natürliche Neugierde und Abenteuerlust bewahrt. Und Chakkell war durch seine Aufgaben und Ambitionen unablässig mit den Realitäten des alltäglichen Lebens in Berührung geblieben; er war dynamisch und findig genug, um sich für eine künftige Schlüsselposition prädestiniert zu fühlen. Tauler fand es imponierend, wie entschlossen und rückhaltlos sich der Prinz an der Bedienung des Schiffes beteiligt hatte.

Besonders gewissenhaft hatte Chakkell sich gezeigt, wenn er die langen Einsätze der horizontal ausgerichteten Mikrodüsen zu warten hatte. Die Luftströmungen einer Fünftausendmeilenfahrt mochten die übrige Flotte über ein größeres Gebiet von Jenland verstreuen; doch Leddravohr hatte ausdrücklich verlangt, die technischen Voraussetzungen zu schaffen, daß die königliche Flottille beisammen bleiben konnte.

Verschiedene Vorschläge, die Schiffe miteinander zu verbinden, waren als undurchführbar verworfen worden, und am Ende waren sie mit horizontalen Mikrodüsen ausgerüstet worden, die nur einen kleinen Bruchteil des Schubs der Lagekontrolldüsen lieferten. Wenn man sie sehr lange und kontinuierlich feuern ließ, fügten sie der vertikalen Bewegung des Schiffes eine sehr leichte seitliche Komponente hinzu, ohne eine Rotation um den Schwerpunkt zu verursachen; ihr beharrlicher Einsatz hatte die vier königlichen Schiffe den ganzen Flug über in dichter Formation gehalten.

Als die Flottille die Mitte zwischen den Welten passiert hatte, und das Wendemanöver bevorstand, sollte Tauler Zeuge eines unvergeßlichen Schauspiels werden. Aufs neue empfand er es ehrfurchtgebietend und unsäglich schön, wie sich die Schwesterplaneten majestätisch in entgegengesetzte Richtungen bewegten, Jenland aus der Verdeckung durch den Ballon himmelab gleitend, derweil Diesland, wie am anderen Ende eines unsichtbaren Strahls, hinter der Brüstung der Gondel himmelan kletterte.

Doch als das Wendemanöver zur Hälfte vollzogen war, trat eine neue wunderbare Dimension hinzu. Eine fliehende Welle von Schiffen schien bis zu jedem der beiden Planeten zu reichen, lauter Scheiben, die mit zunehmender Entfernung immer kleiner und kleiner wurden, bis sie zu glühenden Punkten geschrumpft waren. Manche Schiffe in Richtung Jenland hatten ihre Wendemanöver noch nicht vollzogen und waren von unten zu sehen, Gondeln, Takelage und Düsen immer feiner in die immer kleineren Kreise gezeichnet.

Und als ob Auge und Seele nicht schon randvoll wären, gab es da noch — vor der tiefblauen Unendlichkeit mit all ihren Wirbeln und Girlanden und Punkten aus gefrorenem Glanz — die drei anderen königlichen Schiffe, die mit ihren Wendemanövern vorführten, daß diese Zone wahrhaft fremdartig war. Die Gebilde, so verletzlich, daß ein stürmischer Wind sie zerknittern mochte, blieben auf magische Weise immun gegen jede Verformung, während sie das Universum auf den Kopf stellten. Die Piloten, in ihrem rätselhaften Mummenschanz, konnten nur fremde Superwesen sein, mit einem Wissen und Können, das gewöhnlichen Menschen unzugänglich war.

Andere Szenen, die längst nicht so großartig waren, hatten sich aus anderen Gründen in Taulers Gedächtnis geprägt. Da war Gesallas Gesicht mit vielerlei Stimmungen und Regungen — skeptisch triumphierend, als sie das launige Herdfeuer in der Kombüse entfacht hatte — düster gedankenverloren, nachdem man stundenlang durch die Region ›gefallen‹ war, deren Schwerkraft gleich Null oder vernachlässigbar klein war ... das Zerplatzen aller Pterssas innerhalb von Minuten, nachdem sie einen Tag lang mit den Schiffen aufgestiegen waren ... die erstaunten und entzückten Mienen der Kinder, als ihr Atem in der Kälte sichtbar wurde ... ihre Begeisterung während der kurzen Periode, da sie Perlen und anderen Kram in die Luft hängen konnten, um simple Gesichter und dreidimensionale Gebilde daraus zu zaubern ...

Und da waren die anderen Szenen gewesen, außerhalb des Schiffes, die von fernen Tragödien erzählten und einem Tod, wie man ihn zuvor nur in den allerseltensten Alpträumen starb.

Die königliche Flottille war in einem ziemlich frühen Stadium der Evakuierung gestartet, und als sie die Mitte zwischen den Welten einen Tag oder mehr hinter sich gelassen hatten, wußte Tauler, daß sich über ihnen eine vielleicht hundert Meilen hohe Wolke von Schiffen türmte, die sich nach Diesland hin verjüngte. Hätte ihm nicht die unverrückbare Weite des Ballons den Blick auf die Schiffe verwehrt, wären die meisten ohnehin zu weit weg gewesen, um noch sichtbar zu sein; und dennoch machten sie auf bestürzende Weise auf sich aufmerksam. Und zwar in Gestalt eines spärlichen, unregelmäßigen und schrecklichen Regens. Die Tropfen des Regens waren fest, und die größten waren so groß wie

Zwischendurch: [redacted] Es gibt Szenen, die für immer im Gedächtnis haften: Tauler geht es da wie uns Menschen auf der Erde. [redacted] Und wenn er sich an Gesallas Gesicht und das launige Herdfeuer erinnert, so scheint darin auch das Gefühl der Geborgenheit aufzuleuchten. Eine Empfindung, die wir kennen – beispielsweise an einem Leseabend: ein gutes spannendes Buch und zwischendurch die... [redacted]

ganze Himmelsschiffe und andere so klein wie menschliche Körper.

Dreimal waren ganz unabhängig voneinander zerknautschte Schiffe an ihm vorbeigestürzt, die Gondeln eingewickelt in das träge flappende Ballongewebe, dazu verurteilt, einen Tag lang auf Jenland hinabzufallen. Vermutlich war in den letzten Stunden der Flucht aus Ro-Atabri jegliche Ordnung zusammengebrochen, so daß einige Schiffe von unerfahrenen Piloten übernommen oder sogar von Rebellen gekapert worden waren, die überhaupt nichts vom Ballonfahren verstanden. Es sah ganz so aus, als ob einige, ohne zu wenden, weit über die Mitte zwischen den Planeten hinaustrieben und durch die zunehmende Anziehungskraft von Jenland so schnell wurden, daß die feine Ballonhülle unter dem Ansturm der Luft zerriß.

Einmal war eine Gondel ohne Ballonhülle vorbeigekommen, die ihre richtige Lage nur beibehielt, weil sie Takelage und Beschleunigungsstützen nachschleppte; die Soldaten an ihrer Reling hatten stumm der Prozession von intakten Schiffen zugeschaut, als defiliere ihr eigener Leichenzug an ihnen vorbei.

Doch meistens waren die vorbeifallenden Objekte kleiner — Kochgeräte, verzierte Kassetten, Proviantsäkke, menschliche und tierische Gestalten — Zeugnisse katastrophaler Unfälle einige zehn Meilen höher in der schwankenden Pyramide von Schiffen.

Nicht lange nach der Mitte zwischen den Welten, wo Jenlands Anziehung noch schwach war und die Fallgeschwindigkeit nur langsam zunahm, war ein junger Mann vorbeigekommen, so nah, daß Tauler seinen Gesichtsausdruck deutlich erkannt hatte. Vielleicht aus gespielter Tapferkeit oder aus dem verzweifelten Verlangen heraus, ein letztes Mal mit einem Menschen Kontakt aufzunehmen, hatte der junge Mann ihm zugerufen, ganz heiter, und gewinkt. Jede Reaktion wäre Tauler wie die Mitwirkung bei einem makabren Scherz vorgekommen, und er hatte wie gelähmt an der Reling gestanden, entsetzt und unfähig, den Blick von dem Verlorenen abzuwenden, der erst nach vielen Minuten außer Sicht gewesen war.

Stunden später, als Tauler in der Dunkelheit zu schlafen versucht hatte, war ihm der fallende Mann nicht aus dem Sinn gegangen — der bis dahin der Flotte schon tausend Meilen voraus gewesen sein mochte — und Tauler hatte sich daher gefragt, was wohl in einem Menschen vorging, der auf den endgültigen Aufschlag wartete …

Getröstet durch den schlummernden Setwan auf seinem Schoß, bediente Tauler den Brenner wie ein Automat, die Salven unterbewußt mit dem Herzschlag koordinierend, als urplötzlich das Tageslicht zurückkehrte. Er blinzelte mehrmals und sah sofort, daß irgend etwas nicht stimmte, daß nur zwei Schiffe der königlichen Flottille mit ihm auf gleicher Höhe waren, und nicht drei.

Das Schiff des Königs fehlte.

Nun war Kaddlo ein überaus vorsichtiger Pilot, der den Abstieg über Nacht gerne verlangsamte, damit er die anderen Schiffe ein wenig unter sich hatte, um ihre Positionen leichter überwachen zu können — doch diesmal war er auch in den oberen Gefilden des Himmels nirgends zu sehen.

Tauler nahm Setwan rasch auf den Arm und brachte ihn ins Prinzenabteil, als er draußen die nervösen Rufe von Savotl und Amber vernahm. Er erfaßte beide Piloten mit einem Blick. Sie zeigten auf etwas über seinem Schiff, und im selben Augenblick keuchte der Ballonmund einen Schwall von heißem Miglyngas in die Gondel, so daß eines der Kinder ängstlich wimmerte. Tauler sah in die glühende Kuppel des Ballons hinauf, und sein Herz krampfte sich zusammen, als er die quadratische Silhouette einer Gondel sah, die sich von oben in die

Hülle drückte und das symmetrische Spinnengewebe der Tragbänder verzerrte.

Das Schiff des Königs war direkt über ihm und hatte sich satt in seinen Ballon gesetzt.

Tauler konnte den kreisrunden Eindruck der Hauptdüse sehen, die sich in die Kronhülle grub und die Nähte der Reißbahn gefährdete. Takelage und Beschleunigungsstützen knarrten im Chor, und eine Welle, die durch das Ballongewebe lief, warf noch mehr von dem würgenden Gas in die Gondel hinab.

»Kaddlo«, schrie er, ohne Gewähr, daß seine Stimme in der oberen Gondel gehört wurde. »Gib Gas! Gib Gas!«

Die schwachen Stimmen von Savotl und Amber schlossen sich ihm an, und ein Sonnenschreiber begann aus einer der beiden Gondeln zu blitzen, aber oben blieb man die Antwort schuldig. Das Schiff des Königs sank weiter in den überbeanspruchten Ballon hinein, der entweder zerreißen oder kollabieren würde.

Gesalla und Chakkell waren beide auf den Füßen und begegneten Taulers hilflosem Blick mit offenem Entsetzen. Er konnte sich diese Katastrophe nur so erklären, daß der Pilot des Königs ohnmächtig oder tot war. Dann mußte eben ein anderer an Bord den Brenner betätigen, um die beiden Fahrzeuge zu trennen, und zwar jetzt gleich. Oder — Taulers Mund wurde trocken bei dem Gedanken — hatte der Brenner womöglich versagt und konnte gar nicht abgefeuert werden?

Er versuchte fieberhaft, einen klaren Gedanken zu fassen, als das Deck unter seinen Füßen schwankte und das Gewebe des Ballons Geräusche wie Peitschenschläge von sich gab. Beide Schiffe fielen bereits zu schnell, wie die relative Aufwärtsbewegung der beiden anderen bewies.

Leddravohr war an der Reling seiner Gondel aufgetaucht, zum ersten Mal seit dem Start, und hinter ihm jagte Savotl immer noch seine vergeblichen Lichtreflexe aus dem Sonnenschreiber.

Es war Tauler unmöglich, dem Schiff des Königs zu entkommen, indem er sich schneller fallen ließ. Sein Fahrzeug hatte bereits Gas verloren und kam bedrohlich nahe an den instabilen Zustand heran, in dem der Luftwiderstand einer überhöhten Fallgeschwindigkeit den Ballon zum Kollabieren bringen konnte. Mit dem Kollaps würde der Tausendmeilensturz nach Jenland beginnen ...

Eigentlich hätte er schleunigst große Mengen Heißgas in den Ballon stecken müssen — hätte damit aber bei dem zusätzlichen Widerstand von oben riskiert, den Innendruck derart zu steigern, daß die Hülle dabei in Stücke ging.

Tauler blickte Gesalla in die Augen, und die Entscheidung war gefallen: *Ich will leben!*

Er zwängte sich in den Sitz der Pilotenstation und ließ den Brenner aufröhren, das hungrige Maul des Ballons unablässig mit Heißgas stopfend, und wenige Sekunden später drückte er den Hebel einer Lagekontrolldüse. Das Geräusch des Düsenausstoßes ging in dem alles verschlingenden Tosen des Brenners unter, nicht aber die Wirkung.

Die beiden anderen Mitglieder der königlichen Flottille trieben abwärts und außer Sicht, während Taulers Schiff sich um seinen Schwerpunkt drehte. Es kam zu Erschütterungen und einem unmenschlichen Ächzen, während das Schiff des Königs von Taulers Ballon abrutschte und ins Blickfeld geriet. Eine der Beschleunigungsstreben riß sich von der havarierten Gondel los und tanzte und kreiselte in der Luft wie das schmale Schwert eines Duellanten.

Tauler, eingefroren in das Kontinuum seines Schiffs, sah zu, wie sich außenbords die trägen Bewegungen, die für Himmelsschiffe so charakteristisch waren, abrupt beschleunigten. Die havarierte Gondel sackte auf seine Höhe herunter, und das lose Ende der Strebe stach von oben her blindlings in seine Kombüse und

8·90·2

ließ das Universum bedrohlich kippen. Die Strebe spießte ihren Ballon regelrecht auf.

Eine Naht riß entzwei — und der Ballon *starb.*

Er kollabierte einwärts, sich in einer perfekten Simulation von Todesqual krümmend, und nun fiel das Schiff des Königs unkontrolliert. Die Hebelwirkung der Strebe kippte Taulers Gondel hinterher, und Jenland schoß ins Gesichtsfeld, gierig und erwartungsvoll. Gesalla schrie, als sie gegen die unterste Wand fiel und der Spiegel, den sie in der Hand gehalten hatte, in die blaue Leere hinauswirbelte. Tauler riskierte, über Bord zu gehen, als er sich in die Kombüse warf, das Ende der Strebe packte und es unter Aufbietung all der Kräfte eines Kriegers freihievte und hochwarf.

Während die Gondel auspendelte, klammerte Tauler sich an die Reling und sah zu, wie das andere Schiff seinen Todessturz begann. In einer Höhe von knapp tausend Meilen war die Schwerkraft noch nicht einmal halb so groß wie am Boden, und das Tempo der Ereignisse war wieder in traumhafte Trägheit verfallen. Er sah, wie König Pradt an die Brüstung der fallenden Gondel schwamm. Der König, dessen blindes Auge wie ein Stern leuchtete, hob eine Hand und deutete auf Tauler, dann verdeckten ihn die wirbelnden Reste seines Ballons. Mit immer noch wachsender Geschwindigkeit fallend und den Ausgleich zwischen Anziehungskraft und Luftwiderstand suchend, schrumpfte das Schiff zu einem flatternden Fleck an der Grenze der Sichtbarkeit und verlor sich schließlich in der Feinstruktur von Jenlands Oberfläche.

In heftiger seelischer Bedrängnis hob Tauler den Kopf und sah zu den beiden anderen Schiffen hinüber. Aus dem näheren starrte ihn Leddravohr an; und als sich ihre Blicke trafen, streckte ihm der Prinz beide Arme entgegen, wie ein Mann, der seinen Freund umarmen will. Er verharrte so, wortlos beschwörend. Tauler kehrte zum Brenner zurück. Er glaubte immer noch, des anderen Haß zu spüren, der wie ein unsichtbares Messer seine Seele durchbohrt hatte. Ein aschfahler Chakkell starrte ihn vom Eingang des Abteils an, in dem Desihn und Corba leise schluchzten.

»Das ist ein schlimmer Tag«, sagte Chakkell mit stokkender Stimme. »Der König ist tot.«

Noch nicht, dachte Tauler, *es bleiben ihm noch etliche Stunden.* Und laut sagte er: »Ihr habt gesehen, was passiert ist. Wir können froh sein. Ich hatte keine Wahl.«

»Leddravohr wird das anders sehen.«

»Ja«, sagte Tauler sinnend. »Leddravohr wird das anders sehen.«

Als Tauler in dieser Nacht keinen Schlaf fand, kam Gesalla an seine Seite, und in der Einsamkeit der Stunde erschien es ihm vollkommen natürlich, den Arm um sie zu legen. Sie bettete ihren Kopf auf seine Schulter und brachte ihre Lippen nahe an sein Ohr.

»Tauler«, wisperte sie, »woran denkst du?«

Er überlegte, ob er ihr die Wahrheit sagen sollte, dann entschied er, daß er es satt hatte, immerzu hinter dem Berg zu halten. »Ich denke über Leddravohr nach. Was passiert ist, steht zwischen uns.«

»Bestimmt läßt er sich alles noch einmal durch den Kopf gehen. Auf Jenland denkt er vielleicht schon ganz anders darüber. Ich meine, es ist auch nicht so, als ob unser Opfer den König unbedingt gerettet hätte. Er muß einfach zugeben, daß dir keine Wahl blieb.«

»Für mich sah es so aus, als hätte ich keine Wahl. Aber Leddravohr wird sagen, ich hätte uns voreilig unter dem Schiff weggerollt. Ich glaube, ich würde an seiner Stelle genauso denken. Wer weiß? Hätte ich ein bißchen länger gewartet, hätte Kaddlo oder sonst jemand den Brenner vielleicht in Gang gesetzt.«

»So darfst du nicht denken«, sagte Gesalla sanft. »Du hast getan, was getan werden mußte.«

»Und Leddravohr wird tun, was getan werden muß.«

»Du bist ihm gewachsen, stimmt's?«

»Schon möglich — ich fürchte nur, daß er meine Exekution schon befohlen hat«, sagte Tauler. »Ich kann kein Regiment schlagen.«

»Verstehe.« Gesalla stützte sich mit dem Ellbogen hoch und sah auf Tauler hinunter. In der Dunkelheit war ihr Gesicht unwahrscheinlich schön. »Liebst du mich, Tauler?«

Er fühlte, daß er am Ende einer langen Reise war. »Ja.«

»Da bin ich froh.« Sie setzte sich auf und begann sich auszuziehen. »Ich will nämlich ein Kind von dir.«

Er hielt ihr Handgelenk fest, seine Lippen zu einem ungläubigen Lächeln gefroren. »Was machst du denn? Chakkell ist am Brenner, direkt hinter dieser Trennwand.«

»Er kann uns nicht sehen.«

»Aber unter diesen Umständen ...«

»Das ist mir alles fürchterlich egal«, sagte Gesalla und drückte seine Hand, die ihr Gelenk umspannt hielt, an die Brust. »Ich habe beschlossen, daß du der Vater meines Kindes wirst, und wir haben vielleicht nicht mehr viel Zeit.«

»Es geht nicht, hörst du?« Tauler entspannte sich rücklings auf den Steppdecken. »Ich bin körperlich einfach nicht in der Lage, unter solchen Bedingungen.«

»Wir werden ja sehen«, sagte Gesalla und kletterte rittlings über ihn, legte ihre Lippen auf seine und begann mit beiden Händen seine Wangen zu kneten, um ihn zu einer feurigen Erwiderung zu bewegen.

20. Kapitel

Jenlands äquatorialer Kontinent sah aus zwei Meilen Höhe unverkennbar prähistorisch aus.

Tauler starrte schon eine ganze Weile auf die ausufernde Landschaft hinunter, ehe ihm klar wurde, woran das lag. Es waren nicht die fehlenden Städte und Straßen — ein erster Grund zu der Annahme, daß der Kontinent unbewohnt war — es war vielmehr die einheitliche Färbung des Graslandes.

Sein Leben lang hatte das Sechs-Ernten-System dafür gesorgt, daß kein Blick aus einem Luftschiff dem anderen glich. Auf Diesland wurden die Getreidesorten und alle anderen Kulturpflanzen in parallelen Streifen angebaut, deren Färbung von Braun über mehrere Grüntöne bis zum Erntegelb verlief, aber hier waren die Ebenen einfach nur … *grün.*

Die sonnenbeschienenen Weiten dieser Farbe schimmerten in seinen Augen.

Unsere Farmer werden die neue Saatordnung herausfinden müssen, dachte er. Und all die Berge und Seen und Flüsse müssen Namen bekommen. Es ist wirklich ein Neubeginn auf einer neuen Welt. Und ich glaube eigentlich nicht, daß es mir vergönnt ist, daran teilzunehmen …

An seine persönlichen Probleme erinnert, widmete er sich wieder den Dingen aus Menschenhand. Sein Schiff lag ein wenig über den beiden anderen der königlichen Flottille. In dem entfernteren, mit dem Pautsch fuhr, standen die meisten Passagiere an der Reling und eilten in Gedanken ihrem Schiff voraus zu der unbekannten Welt.

In Leddravohrs Schiff war nur Ilven Savotl zu sehen, der müde an den Kontrollen saß. Leddravohr mußte in einem der beiden Abteile liegen, wo er — außer bei der schrecklichen Episode vor zwei Tagen — die ganze Reise verbracht hatte. Tauler war die Abgeschiedenheit des Prinzen früher schon aufgefallen. Litt Leddravohr vielleicht unter einer krankhaften Angst vor der grenzenlosen Leere, die sich überall zwischen den Schiffen auftat? Dann hätte Tauler sich freilich besser gestanden, wenn ihr unausweichlicher Zweikampf an Bord einer Gondel hätte stattfinden können.

In dem zwei Meilen tiefen Luftraum, der ihn noch von Jenland trennte, konnte er eine unregelmäßige Kette von zwölf weiteren Ballons sehen, die mit zunehmender Tiefe nach Westen drifteten, was auf eine leichte Brise in den untersten Atmosphäreschichten schließen ließ. Überall in der Gegend, auf die man zutrieb, waren die länglichen Formen kollabierter Ballons zu erkennen, aus denen man später eine provisorische Zeltstadt errichten würde. Ein Blick durchs Fernglas bestätigte Taulers Erwartungen. Die meisten der auf Grund gesetzten Schiffe trugen militärische Kennungen. Selbst unter den chaotischen Umständen ihrer Flucht aus Ro-Atabri hatte Leddravohr soviel Weitsicht besessen, für eine Machtbasis zu sorgen, die ihm zur Verfügung stand, sowie er den Fuß auf Jenland setzte.

Wenn Tauler seine Lage überdachte, dann kam er zu dem Schluß, daß er eine Landung in Leddravohrs Nähe nur um Minuten überleben würde. Selbst wenn er Leddravohr im Zweikampf besiegen konnte, würde die Armee kein Pardon mit dem Mann haben, der den König auf dem Gewissen hatte. Die einzige und verzweifelt magere Chance, sein Leben wenigstens um ein paar Tage zu verlängern, lag darin, die Landung hinauszuzögern und wieder aufzusteigen, sobald Leddravohrs Schiff unwiderruflich aufsetzen mußte. Etwa zwanzig Meilen westlich des Landegebietes lagen bewaldete Hügel, und wenn er sie mit seinem Ballon erreichen konnte, mochte es ihm gelingen, so lange auf freiem Fuß zu bleiben, bis ihm die Truppen der jungen Nation den Garaus machten.

Die größte Schwäche seines Plans lag in der Unberechenbarkeit von Leddravohrs Pilot.

Savotl würde natürlich sofort Bescheid wissen, wenn Tauler langsamer zur Landung ansetzte. Aber würde er Taulers Absicht auch gutheißen? Und selbst wenn Savotl sich innerlich auf die Seite seines Kameraden schlug, würde er es tatsächlich fertigbringen, ohne Zaudern die Reißbahn zu ziehen und den Ballon kollabieren zu lassen — genau in dem Augenblick, da Leddravohr klar wurde, daß ihm der Feind durch die Finger schlüpfte? Niemand konnte sagen, wie der Prinz in seinem Zorn reagieren würde. Er hatte schon aus nichtigerem Anlaß getötet.

Tauler starrte über die See aus Helligkeit auf die einsame Gestalt Savotls und spürte, daß sein Blick erwidert wurde, dann drehte er der Gondelwand den Rücken und betrachtete Chakkell, der den Brenner im eins-zu-zwanzig Rhythmus bediente.

»Prinz, am Boden bläst ein leichter Wind, und ich befürchte, er könnte das Schiff schleifen lassen«, machte er seinen Eröffnungszug. »Ihr solltet Euch mit der Prinzessin und den Kindern bereithalten, über die Brüstung zu klettern, noch bevor wir den Boden berühren. Es mag gefährlich klingen, aber die Gondel hat außenherum einen Sims, auf dem sich gut stehen läßt, und die Geschwindigkeit am Boden wird kaum größer sein als die eines Fußgängers. Vor dem Aufsetzen abzuspringen ist jedenfalls besser, als noch in der Gondel zu sein, wenn sie kippt.«

»Deine Besorgnis rührt mich«, sagte Chakkell mit einem schrägen, argwöhnischen Blick.

Tauler steuerte kurzentschlossen auf die Pilotenstation zu und fragte sich, ob er bereits einen Fehler gemacht hatte. »Wir landen sehr bald, Prinz. Ihr müßt Eure Vorbereitungen treffen.«

Chakkell nickte, räumte den Sitz und sagte ganz unerwartet: »Ich muß daran denken, wie ich dir das erste Mal begegnet bin, dir und Glo. Ich hätte nie gedacht, daß es soweit kommen würde.«

»Baron Glo hatte das zweite Gesicht«, erwiderte Tauler. »Er müßte jetzt dabei sein.«

»Wahrscheinlich hast du recht.« Chakkell widmete ihm einen weiteren forschenden Blick, ehe er in das Abteil ging, wo sich Desihn und die Kinder für die Landung zurechtmachten.

Tauler setzte sich und übernahm die Kontrolle des Brenners. Der Zeiger des Höhenmessers ruhte bereits auf dem Anschlag. Jenland war kleiner als Diesland, und dennoch war die Schwerkraft hier nicht geringer als über der Heimatwelt. *Jenland hat eine höhere Dichte, und daher wird dort alles ungefähr das gleiche Gewicht haben wie auf Diesland.* Tauler schüttelte den Kopf, halb lächelnd in verspäteter Anerkennung für seinen Bruder. Wie hatte Leyn *wissen* können, was sie erwartete? Die Mathematik seines Bruders würde ihm für immer ein Buch mit sieben Siegeln bleiben, ähnlich wie ...

Er sah zu Gesalla hinüber, die seit einer Stunde regungslos an der hinteren Brüstung ihres Abteils stand, gebannt von der neuen Welt, die sich unter ihr dehnte. Das Bündel mit Habseligkeiten bereits über die Schulter geworfen, schien sie nur darauf zu warten, endlich den Fuß auf Jenland setzen zu können, um anzupacken, was immer sie sich unter einer Zukunft für sich und das Kind vorstellte, das er ihr gezeugt haben mochte. Seine Empfindungen beim Anblick ihrer schlanken, straffen und kompromißlosen Gestalt gehörten zu den kompliziertesten, die er jemals gehabt hatte.

In der Nacht, in der sie zu ihm gekommen war, hatte er geglaubt, ihre Erwartungen nicht erfüllen zu können — daß ihn Müdigkeit, Gewissensnot und nicht zuletzt seine Nervosität wegen Chakkell, der ganz in der Nähe den Brenner bedient hatte, schachmatt setzen würde.

Aber Gesalla hatte es besser gewußt. Sie hatte mit einer Inbrunst, Geschicklichkeit und Phantasie auf ihm gearbeitet, ihm so lange mit ihrem Mund und ihrem grazilen Körper zugesetzt, bis für ihn nichts anderes mehr existiert hatte als das Verlangen, seinen Samen zu verströmen. Sie war auf ihm geblieben, bis die Ejakulation unmittelbar bevorstand, dann hatte sie ihn unversehens über sich gerollt, das Becken hochgeworfen und die Beine fest um ihn geschlossen, und diese Position noch Minuten danach beibehalten. Erst später, als sie sich unterhalten hatten, hatte er begriffen, daß sie auf diese Weise die Wahrscheinlichkeit einer Empfängnis vergrößert hatte.

Und so sehr er sie liebte, so sehr haßte er sie für einiges, das sie im weiteren Verlauf jener von Meteoren durchflackerten Nacht gesagt hatte. Es hatte keine direkten Bekenntnisse gegeben, aber ihm hatte sich eine Gesalla offenbart, die einerseits eisige Wut zur Schau stellen konnte, wo es um Lappalien der Etikette ging, und die andererseits bereit war, jede Konvention zu mißachten, um zu einem Kind zu kommen. Im Milieu des alten Kolkorron hatte sie sich von den Qualitäten eines Leyn Marakain die meisten Vorteile für ihren Sprößling versprochen, also hatte sie Leyn geheiratet. Sie hatte Leyn geliebt. Tauler störte nur, daß sie es nicht ohne Berechnung getan hatte.

Und jetzt, da es galt, eine unberührte Welt zu erschließen, bevorzugte sie Eigenschaften, die im Samen eines Tauler Marakain schlummerten. Folglich hatte sie mit ihm kopuliert.

Tauler war in seiner Verwirrung und seinem Kummer unfähig, die wahre Quelle seines Grolls zu identifizieren. War es Selbstverachtung, weil er sich so leicht von der Witwe seines Bruders hatte verführen lassen? War es verletzter Stolz, weil er seine Lust für einen eugenischen Akt zur Verfügung gestellt hatte? Oder war er nur deshalb wütend auf Gesalla, weil sie nicht seinen Vorstellungen entsprach, weil sie nicht so war, wie er sie haben wollte? Wie konnte eine Frau zugleich prüde und wollüstig sein, großzügig und egoistisch, streng und sanft, zutraulich und abweisend, wie konnte eine Frau zu ihm gehören und doch nicht zu ihm gehören?

Die Fragen nahmen kein Ende, bemerkte Tauler, und ihnen nachzugehen, war in seiner Situation fruchtlos und gefährlich. Die einzige Frage, die er sich zur Zeit leisten konnte, hieß: *Wie bleibe ich am Leben?*

Er steckte das Verlängerungsrohr auf den Hebel des Brenners und ging an die Brüstung der Gondel, um sich einen möglichst guten Überblick für den Abstieg zu verschaffen. Während der Horizont über die Reling stieg, erhöhte er allmählich die Brennerrate, damit Savotls Vorsprung größer wurde. Er mußte, ohne daß Leddravohr und Chakkell Verdacht schöpfen durften, soviel vertikalen Abstand herausschinden wie irgend möglich. Er verfolgte, wie die Schiffe, die noch unter der königlichen Flottille in der Luft waren, eines nach dem anderen landeten; der präzise Moment des Bodenkontakts war jedesmal an der ruckartigen Verwerfung des Ballons zu erkennen, worauf sich ein dreieckiger Spalt in der Kronhülle zeigte, ehe der gesamte Ballon erschlaffte und kollabierte.

Die ganze Gegend war mit gelandeten Schiffen übersät, und schon begann sich eine Art Ordnung abzuzeichnen. Vorräte wurden zusammengetragen und gestapelt, und Trupps von Männern eilten jedem aufsetzenden Schiff zu Hilfe.

Das Hochgefühl, das Tauler bei diesem Anblick erwartet hatte, wollte sich in der brenzligen Situation nicht einstellen. Er richtete das Fernglas auf Savotls Schiff, das sich der Oberfläche näherte, und riskierte es, noch eine lange Salve Miglyn in den eigenen Ballon zu feuern. Wie herbeigezaubert durch das verräterische Geräusch, stand Leddravohr an der Reling. Unter der abschattenden Hand fixierte er Taulers Schiff, und selbst auf diese Entfernung war zu sehen, wie die Iris seiner Augen eine weiße Korona bekamen, als er begriff, was sich abspielte.

Der Prinz drehte sich um und sagte etwas zu Savotl, doch der zog — ohne den Bodenkontakt abzuwarten — die Reißleine. Der Ballon wallte und krümmte sich im Todeskampf. Die Gondel kippte ins Gras, und das dunkelbraune Leichentuch der Hülle deckte sie flatternd zu. Gruppen von Soldaten — unter ihnen ein Offizier auf einem Blauhorn — eilten auf Leddravohrs Schiff und dasjenige von Pautsch zu, das zweihundert Schritt weiter gemächlich aufsetzte.

Tauler ließ das Fernglas sinken und wandte sich an Chakkell. »Prinz, aus Gründen, die Euch nicht entgangen sein können, werde ich jetzt nicht landen. Ich möchte weder Euch noch andere Unbeteiligte« — er warf Gesalla einen Blick zu — »in eine fremde Wildnis mitnehmen, daher werde ich gleich die Grasspitzen von Jenland berühren. Ihr könnt mit Eurer Familie ganz leicht abspringen aus dieser Höhe, aber Ihr müßt rasch und entschlossen handeln. Habt Ihr verstanden?«

»Nein!« Chakkell kam aus dem Passagierabteil. »Du wirst jetzt und hier vollkommen normal landen. Das ist ein Befehl, Marakain. Ich habe nicht die Absicht, mich oder meine Familie überflüssigen Gefahren auszusetzen.«

»*Gefahren!*« Tauler zog ein Lächeln. »Prinz, es handelt sich um den Sprung von der Spitze eines Grashalms. Wie wollt Ihr das mit dem Tausendmeilensturz vergleichen, dem Eure Familie vorgestern mit knapper Not entronnen ist.«

»Ich habe das nicht vergessen.« Chakkell zögerte und warf einen Blick auf seine Gemahlin. »Trotzdem, ich bestehe auf einer ordnungsgemäßen Landung.«

»Es bleibt dabei«, sagte Tauler und gab seiner Stimme einen festeren Klang. »Ich werde *nicht* aufsetzen.« Das Schiff war noch knapp dreißig Fuß über Grund, und mit jedem Augenblick, der verstrich, trug die Brise es weiter fort von der Stelle, wo Leddravohr gestrandet war. Das respektvolle Warten mußte ein Ende haben. Gerade als Tauler überschlug, wieviel Zeit ihm noch blieb, sah er zweierlei: Leddravohr kam unter dem kollabierten Ballon hervor und Gesalla kletterte über die Brüstung. Sie stellte sich auf dem äußeren Sims zurecht, bereit sich abzustoßen. Ihr Blick streifte Tauler nur flüchtig, und eine Verständigung fand nicht statt. Er ließ das Schiff weiter sinken, bis er einzelne Grashalme erkennen konnte.

»Prinz, entscheidet Euch schnell«, sagte er. »Wenn Ihr das Schiff nicht bald verlaßt, steigen wir alle zusammen wieder auf.«

»Nicht unbedingt.« Chakkell war mit einem Schritt bei der Pilotenstation und packte die rote Leine, die mit der Reißbahn des Ballons verbunden war. »Ich denke, damit ist meine Autorität wiederhergestellt«, sagte er und stieß den Zeigefinger gegen Tauler, der instinktiv den Griff fester um den Verlängerungshebel schloß. »Falls du versuchst aufzusteigen, werde ich den Ballon öffnen.«

»Das wäre gefährlich in dieser Höhe.«

»Nicht, wenn ich ihn nur teilweise öffne«, entgegnete Chakkell, womit er Kenntnisse bewies, die er sich in seiner Kontrollfunktion beim Bau der Flotte angeeignet hatte. »Ich kann das Schiff ganz sanft hinunterbringen.«

Tauler blickte an ihm vorbei und sah in der Ferne, wie Leddravohr dem Offizier das Blauhorn wegnahm und sich auf das Tier schwang. »Jede Landung wäre sanft«, sagte er, »verglichen mit der Eurer Kinder nach einem Sturz aus tausend Meilen Höhe.«

Chakkell schüttelte den Kopf. »Das Wiederholen nützt dir nichts, Marakain — das bringt mich nur darauf, daß du dabei auch deine eigene Haut gerettet hast. Jetzt ist Leddravohr König, und ich bin vor allem ihm verpflichtet.«

Es raschelte unter Deck, als der Düsentrichter die

Spitzen von hohem Gras streifte. Eine halbe Meile östlich setzte Leddravohr dem langsam treibenden Schiff im Galopp hinterher und Trupps von Soldaten liefen ihm nach.

»Und ich fühle mich vor allem meinen Kindern verpflichtet«, verkündete Prinzessin Desihn ganz unerwartet, den Kopf über die Trennwand des Passagierabteils streckend. »Ich habe das Gerede jetzt satt — und dich auch, Chakkell.«

Erstaunlich behende und ohne Rücksicht auf ihre Würde klomm sie über die Brüstung der Gondel und half Corba hinaus. Spontan kam Gesalla außenherum und half ihr, die beiden Knaben hinaus auf den Sims zu heben.

Desihn, deren Perlhaube jetzt wie der Kopfputz einer Generalin wirkte, fixierte ihren Gemahl mit einem gebieterischen Blick. »Du bist dem Mann zu Dank verpflichtet, weil er *mein* Leben gerettet hat«, sagte sie zornig. »Wenn du ihm den Dank schuldig bleiben willst, dann kann das nur eins bedeuten ...«

»Aber ...« Chakkell klatschte sich fassungslos an die Stirn, dann deutete er auf Leddravohr, der rasch aufholte. »Und was soll ich *ihm* sagen?«

Tauler langte in das Abteil hinunter, das er mit Gesalla geteilt hatte und zog sein Schwert heraus. »Ihr könntet sagen, ich hätte Euch damit bedroht.«

»Bedrohst du mich wirklich damit?«

Das Geräusch von peitschendem Gras wurde lauter, und die Gondel bockte leicht, als der Düsentrichter flüchtig den Boden berührte. Tauler warf einen Blick auf Leddravohr, der jetzt nur noch zweihundert Schritt entfernt war und sein Blauhorn zu immer wilderem Galopp anfeuerte, dann fuhr er Chakkell scharf an:

»Zu Eurem Besten — verlaßt das Schiff, und zwar *sofort!*«

»Ein Grund mehr, dich nicht zu vergessen«, knirschte Chakkell, als er die Reißleine losließ. Er ging an die Brüstung, rollte sich über die Reling und stieß sich augenblicklich vom Sims ab. Desihn und die Kinder folgten ihm sofort, einer der Jungen juchzte vor Vergnügen; zurück blieb nur Gesalla, beide Hände an der Reling.

»Lebe wohl«, sagte Tauler.

»Lebe wohl, Tauler.« Sie blieb an der Reling stehen und sah ihn an. Ihr Gesicht drückte Überraschung aus. Leddravohr war auf gut hundert Schritt herangekommen, und der Hufschlag seines Blauhorns wurde mit jeder Sekunde lauter.

»Worauf wartest du noch?« Tauler hörte, wie seine Stimme vor Erregung aussetzte. »Laß das Schiff los!«

»Nein — ich gehe mit dir.« Mit diesen Worten auf den Lippen war sie über die Reling zurückgeklettert und ließ sich auf den Boden der Gondel rutschen.

»Was soll das werden?« Jeder einzelne Nerv in Tauler schrie danach, den Brenner anzufeuern und das Schiff aus Leddravohrs Reichweite zu ziehen, doch seine Muskeln waren wie blockiert. »Hast du den Verstand verloren?«

»Sieht ganz so aus«, sagte Gesalla bestürzt. »Es ist idiotisch — aber ich gehe mit dir.«

»Du gehörst mir, Marakain«, schmetterte Leddravohr in eigenartig inbrünstigem Tonfall, während er sein Schwert zog. »Komm zu mir, Marakain!«

Wie hypnotisiert schloß Tauler die Faust fester um den Griff seines Schwertes, als Gesalla sich an ihm vorbei und mit ihrem vollen Gewicht auf den Verlängerungshebel warf. Der Brenner röhrte sofort auf und schoß Heißgas in den hungrigen Ballon. Tauler brachte den Brenner wieder zum Schweigen, indem er den Hebel hochzog, dann stieß er Gesalla zurück. Sie taumelte gegen eine Trennwand.

»Lieb von dir«, sagte er, »aber es ist zwecklos. Irgendwann muß ich Leddravohr die Stirn bieten, und jetzt scheint der Augenblick gekommen.«

Er küßte Gesalla flüchtig auf die Stirn, drehte sich zur

Reling und sah Leddravohr fest in die Augen, der auf gleicher Höhe mit ihm und nur noch ein Dutzend Schritt weit entfernt war. Leddravohr, der den Sinneswandel zu spüren schien, ließ sein kaltes Lächeln aufzucken. Tauler fühlte die ersten Impulse einer verwerflichen Lust, ein unbändiges Verlangen, den Kampf mit ihm auszutragen, ein für allemal, egal wie er ausging. Er wollte endlich ...

Seine Gedanken rissen ab, weil Leddravohrs Gesichtsausdruck jäh in Bestürzung umschlug. Der Blick des Prinzen ging an ihm vorbei. Tauler fuhr herum. Gesalla hielt den Griff einer Pterssakanone, hatten den Bolzen bereits ausgelöst und zielte mit der Waffe auf Leddravohr. Ehe Tauler reagieren konnte, ging die Kanone los. Das Projektil war nur mehr ein Schemen, der mitten in einem Sprühregen von Glassplittern die Arme spreizte ...

Leddravohr entging dem Geschoß, indem er mit dem Blauhorn ausbrach, aber die Glasstückchen hinterließen blutige Spuren in seinem Gesicht. Schwer atmend nach dieser gänzlich unerwarteten Attacke zerrte er das galoppierende Blauhorn wieder auf Kurs und holte rasch auf.

Tauler ließ ihn nicht aus den Augen. Die Regeln ihres privaten Krieges hatten sich geändert. Er ließ den Brenner aufröhren. Das Himmelsschiff war um das Gewicht von Chakkell und seiner Familie leichter geworden und seitdem in ständiger Bereitschaft für den Aufstieg, aber die Tonnen von Gas im Innern des Ballons ließen es alptraumhaft träge reagieren. Der Brenner toste ununterbrochen, und die Gondel begann sich über das Gras zu heben. Leddravohr war fast in Reichweite und stellte sich in die Steigbügel. Sein Gesicht war blutverschmiert. Die Augen stierten unverwandt auf Tauler.

Er wird doch nicht so verrückt sein und versucht aufzuspringen, dachte Tauler. *Will er mir ins Schwert springen?*

In der nächsten nervenzerreißenden Sekunde wurde er gewahr, daß Gesalla sich hinter seinem Rücken an die zweite Kanone auf der Luvseite gestürzt hatte. Leddravohr holte mit dem Arm aus und schleuderte sein Schwert.

Tauler schrie eine Warnung, doch das Schwert galt keinem menschlichen Ziel. Es beschrieb hoch über ihm einen Bogen und sank bis zum Heft in eine der unteren Bahnen des Ballons. Das Gewebe riß auf, und das schwarze Schwert fiel, sich überschlagend, ins Gras zurück. Leddravohr zügelte sein Blauhorn, sprang ab und war gleich wieder mit der Waffe im Sattel und setzte die Verfolgung fort. Aber er versuchte nicht mehr aufzuholen. Er hielt Abstand. Gesalla feuerte die zweite Kanone ab, doch das Projektil stürzte, ohne Leddravohr zu erreichen, ins Gras. Der Prinz honorierte den vergeblichen Schuß mit einem freundlichen Schwenken seines Arms.

Tauler feuerte unablässig Heißgas in den Ballon und sah nach oben. Der Riß in dem gelackten Leinen zog sich über die ganze Länge der Bahn, und zwischen den gekräuselten Rändern entwich unsichtbar das Gas; doch das Schiff verfügte inzwischen über einen gewissen Auftrieb und setzte seine träge Kletterpartie fort.

Heisere Schreie ließen Tauler zusammenfahren. Er wirbelte herum. Derweil er sich ganz auf Leddravohr konzentriert hatte, war das Schiff direkt auf einen versprengten Trupp Soldaten zugetrieben. Die Gondel zog nur ein paar Fuß über ihnen hinweg, und sie begannen, hinter und unter ihr her zu laufen, und versuchten, in wilden Sprüngen den Sims zu packen.

Ihre Gesichter waren eher hitzig als feindselig, und Tauler kam der Gedanke, daß sie so gut wie keine Ahnung davon hatten, was eigentlich vor sich ging. Er hoffte inständig, sich nicht zur Wehr setzen zu müssen, und während er unausgesetzt heißes Miglyn in den Ballon jagte, gewann das Schiff zermürbend langsam aber beständig an Höhe.

Gesalla tauchte neben ihm auf. »Haben wir es geschafft?« versuchte sie, das Tosen des Brenners zu übertönen.

Tauler ignorierte die Frage. »Wieso hast du das getan, Gesalla?«

»Das kannst du dir doch denken?«

»Nein.«

»Die Liebe kam zurück.« Sie schenkte ihm ein ruhiges Lächeln. »Ich hatte keine Wahl.«

Die Erfüllung, die er hätte empfinden sollen, verlor sich in den dunklen Gefilden der Furcht. »Aber du hast Leddravohr angegriffen! Und er ist erbarmungslos, auch zu Frauen.«

»*Das* habe ich nicht vergessen.« Gesalla blickte zurück auf Leddravohr, der ihnen langsam folgte. Für einen Augenblick vertrieben Haß und Verachtung die Schönheit aus ihren Zügen. »Du hattest recht, Tauler — man darf sich nicht einfach den Schlächtern ausliefern. Damals zerstörte Leddravohr mein Kind, und Leyn und ich zahlten mit unserer Liebe dafür — wir haben uns selbst nicht mehr geliebt. Zuviel ist zuviel!«

»Ja, aber ...« Tauler atmete tief ein. Es fiel ihm nicht leicht, Gesalla dieselben Rechte einzuräumen, die er für sich in Anspruch nahm.

»Was, aber?«

»Wir müssen Ballast abwerfen«, sagte er und übergab ihr den Kontrollhebel des Brenners. Er ging in das ehemalige Prinzenabteil und fing an, Kisten und Kästen über Bord zu werfen.

Die Soldaten, die immer noch hinterher rannten, jauchzten und jubelten, bis Leddravohr zu ihnen stieß. Seine Gesten verrieten, daß er ihnen befahl, die Behälter ins Hauptlandegebiet zu schaffen. Innerhalb einer Minute waren sie mit dem Gepäck unterwegs, und er folgte dem Schiff allein. Die Windgeschwindigkeit betrug etwa sechs Meilen pro Stunde, so daß sein Blauhorn in gemächlichem Trott Schritt halten konnte. Er hielt sich knapp außerhalb der Reichweite der Kanonen, saß lässig im Sattel, sparte Kräfte und ließ die Zeit für sich arbeiten.

Tauler hatte die Paikn- und Havlmagazine überprüft. Da man die Schiffe der königlichen Flottille großzügiger versorgt hatte, reichten die Vorräte, um den Brenner noch mindestens einen Tag lang ununterbrochen in Betrieb zu halten. Doch der Zustand des Schiffes war besorgniserregend. Der Riß hatte zwar an den Nähten der oben und unten angrenzenden Bahnen Halt gemacht, doch durch die Menge des austretenden Gases drohte das Schiff an Auftrieb zu verlieren.

Obwohl der Ballon andauernd aufgeheizt wurde, hatte die Gondel erst zwanzig Fuß Bodenfreiheit. Tauler war sich darüber im klaren, daß die geringste Widrigkeit das Schiff unweigerlich auf Grund setzen würde. Ein plötzlicher Windstoß mochte den Ballon eindellen, kostbares Gas hinauswerfen und sie dem Feind ausliefern, der ihnen geduldig folgte. Allein hätte er den Kampf mit Leddravohr nicht gescheut, aber jetzt stand auch Gesallas Leben auf dem Spiel ...

Er ging an die Brüstung, packte die Reling mit beiden Händen und starrte auf Leddravohr. Hätte er doch eine Waffe, mit der er den Verfolger aus dieser Entfernung ausschalten könnte. Er hatte sich die Ankunft auf Jenland ganz anders vorgestellt. Hier war er nun auf dem Schwesterplaneten — *auf Jenland!* — aber die bedrohliche Nähe von Leddravohr, der alles Rohe und Böse aus Kolkorron verkörperte, zerrte dieses kosmische Erlebnis in den Schmutz und machte die neue Welt zu einem Auswuchs der alten. Wie eine Pterssa in Menschengestalt hatte der Prinz seine tödliche Reichweite auf Jenland ausgedehnt. Eigentlich hätte Tauler hingerissen sein sollen von dem Schauspiel, das der bislang unberührte Himmel über Jenland bot, den eine Zickzacklinie zerbrechlich anmutender Schiffe teilte, die aus der Unsichtbarkeit im Zenit zu wahrer Größe herabsanken, wie Flugsporen auf der Suche nach fruchtbarem Boden. Aber da war Leddravohr ...

Leddravohr war allgegenwärtig.

»Machst du dir Sorgen wegen der Hügel?« sagte Gesalla. Sie hatte sich hingekniet, damit Leddravohr sie nicht sehen konnte, und hielt einen Arm hochgereckt, um den Brennerhebel zu halten.

»Wir können den Hebel festbinden«, sagte Tauler. »Du brauchst ihn nicht die ganze Zeit festzuhalten.«

»Tauler, machst du dir Sorgen wegen der Hügel?«

»Ja.« Er nahm ein Stück Schnur aus dem Spind und band den Hebel damit nach unten. »Wenn wir die Hügel schaffen, könnten wir auch sein Blauhorn schaffen — ich frage mich nur, ob wir auf die erforderliche Höhe kommen.«

»Ich habe keine Angst, Tauler.« Gesalla berührte seine Hand. »Wenn du jetzt lieber runtergehst und ihn stellst, bin ich einverstanden.«

»Nein, wir bleiben so lange wie möglich oben. Wir haben zu essen und zu trinken und können unsere Kräfte schonen, was man von ihm nicht behaupten kann.« Er versuchte, beruhigend zu lächeln. »Außerdem ist bald Kurznacht, und das ist gut so, denn der Ballon funktioniert besser, wenn die Luft abkühlt. Noch sehe ich eine Chance für die kleinste Kolonie auf Jenland.«

Kurznacht währte länger als auf Diesland, und als es wieder hell war, hatte die Gondel eine Höhe von gut zweihundert Fuß erreicht — mehr als Tauler erwartet hatte. Sie glitten über die niedrigeren Hänge der namenlosen Hügel, und kein Hügelkamm schien hoch genug, um das Schiff aus dem Himmel klauben zu können. Er befragte die Karte, die er noch hoch über Jenland gezeichnet hatte.

»Hier ist ein großer See, zehn Meilen hinter den Hügeln«, sagte er. »Wenn wir drüberwegkommen, müßten wir ...«

»Tauler! Ich glaube, ich sehe eine Pterssa!« Gesalla faßte ihn beim Arm, als sie nach Süden zeigte. »Da!«

Tauler ließ die Karte fallen, hob sein Fernglas und musterte den Himmel in der angezeigten Richtung. Er wollte Gesallas Bemerkung eben als Sinnestäuschung abtun, als er die Andeutung sphärischer Reflexe ausmachte, eine nahezu unsichtbare Sichel von Sonnenlicht auf etwas Transparentem.

»Ich glaube, du hast recht«, sagte er. »Und sie ist farblos. Das ist es, was Leyn gemeint hat. Sie hat keine Farbe, weil ...« Er gab Gesalla das Fernglas. »Kannst du irgendwo Brakkabäume entdecken?«

»Ich wußte gar nicht, daß man mit dem Glas so viel sehen kann.« Gesalla sprach mit einer kindlichen Begeisterung, während sie den Abhang studierte, als befände sie sich auf einer Vergnügungsfahrt. »Solche Bäume habe ich noch nie in meinem Leben gesehen, aber ich glaube, dazwischen sind Brakkabäume. Ja, tatsächlich. Brakka! Wie ist das möglich, Tauler?«

Sie schien dankbar zu sein für die Ablenkung, und er sagte: »Leyn hat geschrieben, Brakka und Pterssa wären Freunde. Vielleicht sind die Entladungen der Bäume so gewaltig, daß sie ihre Samen hoch in ... Nein, das gilt nur für die Pollen, oder? Vielleicht wachsen die Brakka überall — auch auf Fernland und auf allen anderen Planeten.«

Er überließ sie ihren Beobachtungen mit dem Fernglas, lehnte sich an die Reling und fixierte den hartnäckigen Verfolger.

Stundenlang hatte Leddravohr zusammengesunken im Sattel gesessen, als habe er geschlafen, jetzt aber — als sei er besorgt, seine Beute könne ihm jeden Moment entkommen — saß er kerzengerade. Er trug keinen Helm und beschattete die Augen mit den Händen, während er das Blauhorn zwischen Bäumen und Gestrüppinseln die Abhänge hinaufdirigierte. Das Landegebiet im Osten mitsamt der Treppenlinie aus absteigenden

Ballons hatte sich im blauen Dunst der Ferne verloren. Es war, als ob Gesalla, Tauler und Leddravohr den ganzen Planeten für sich alleine hätten. Jenland war eine weite, sonnenbeschienene Arena geworden, die seit Anbeginn der Zeit auf sie gewartet hatte ...

Das geräuschvolle Flattern des Ballons riß ihn aus seinen Gedanken, und der heiße Atem aus dem Ballonmund verriet ihm, daß das Schiff in eine Turbulenz geraten war, die von einem Sekundärkamm hochgeschleudert wurde. Die Gondel begann sofort zu scheren und zu schaukeln. Tauler heftete den Blick auf den Hauptgrat, der höchstens noch zweihundert Schritt entfernt war. Wenn sie mit knapper Not drüberweg kämen, mochte dem Ballon genügend Zeit bleiben, sich wieder zu erholen — doch beim Anblick der felsigen Barriere wußte er sofort, daß die Lage hoffnungslos war. Das Schiff, das so widerstrebend den Flug aufgenommen hatte, gab bereits sein Element auf und trieb unwiderruflich auf den Abhang zu.

»Halt dich fest«, rief Tauler. »Wir gehen runter!«

Er riß die Schnur vom Verlängerungshebel und brachte den Brenner zum Schweigen. Ein paar Sekunden später begann die Gondel durch die Baumspitzen zu rauschen. Die Geräusche wurden immer lauter, und die Gondel bockte heftig, während sie auf immer mehr Äste und Stämme traf. Über und hinter Tauler ging der kollabierende Ballon mit Ächzen und Reißen in Fetzen, als er sich in den Bäumen verfing und die horizontale Bewegung abbremste.

Die Gondel stürzte in die erschlafften Tragseile, riß sich an zwei Ecken los, und die Zweimannbesatzung wäre fast mit einem Sturzbach von Steppdecken und Gegenständen über Bord gegangen. Nach dem rüttelnden und gefährlichen Sturz aus Wipfelhöhe fand Tauler sich wie durch ein Wunder in der Lage, ohne weiteres auf den moosbewachsenen Boden hinunterzusteigen. Er drehte sich um und hob Gesalla, die sich an eine

Strebe klammerte, aus der Gondel und setzte sie behutsam ab.

»Du mußt fort von hier«, drängte er. »Geh auf die andere Seite des Hügels und such dir ein Versteck!«

Gesalla warf die Arme um ihn. »Ich bleibe lieber hier. Vielleicht kann ich dir helfen.«

»Du kannst mir nicht helfen, glaub mir. Wenn du ein Kind trägst, mußt du ihm eine Chance geben. Wenn Leddravohr mich tötet, läßt er dich vielleicht laufen — besonders wenn er verwundet ist.«

»Aber ...« Gesallas Augen weiteten sich, als sie das Blauhorn schnauben hörte. »Aber wie soll ich wissen, was passiert?«

»Ich feure eine Kanone ab, wenn ich Sieger bleibe.« Er drehte Gesalla um und stieß sie so heftig fort, daß sie rennen mußte, um nicht zu fallen. »Komm nur zurück, wenn du eine Kanone hörst.«

Er wartete ruhig ab, bis Gesalla, die mehrmals einen Blick über die Schulter warf, zwischen den Bäumen verschwunden war. Er hatte sein Schwert gezogen und sah sich nach einem geeigneten Kampfplatz um, als ihm bewußt wurde, daß er eingefleischten Verhaltensmustern aufsaß, wenn er den Zusammenstoß mit Leddravohr wie ein formelles Duell anging.

Wie kann man so verbohrt sein, wenn das Leben anderer auf dem Spiel steht? fragte er sich, erschrocken über das Ausmaß seiner Naivität. Was hat die Ehre mit der schlichten Aufgabe zu tun, ein wucherndes Geschwür auszumerzen?

Er blickte flüchtig auf die langsam schwingende Gondel, taxierte die Richtung, aus der Leddravohr sich nähern würde, und ging hinter drei Bäumen in Deckung, die so dicht wuchsen, als entstammten sie derselben Wurzel. Dieselbe Lust, die er schon kannte — verwerflich und undefinierbar sexuell — beschlich ihn.

Er atmete tief durch, befreite sich von seiner Menschlichkeit und stutzte: *Wenn Leddravohr seit einer Minute*

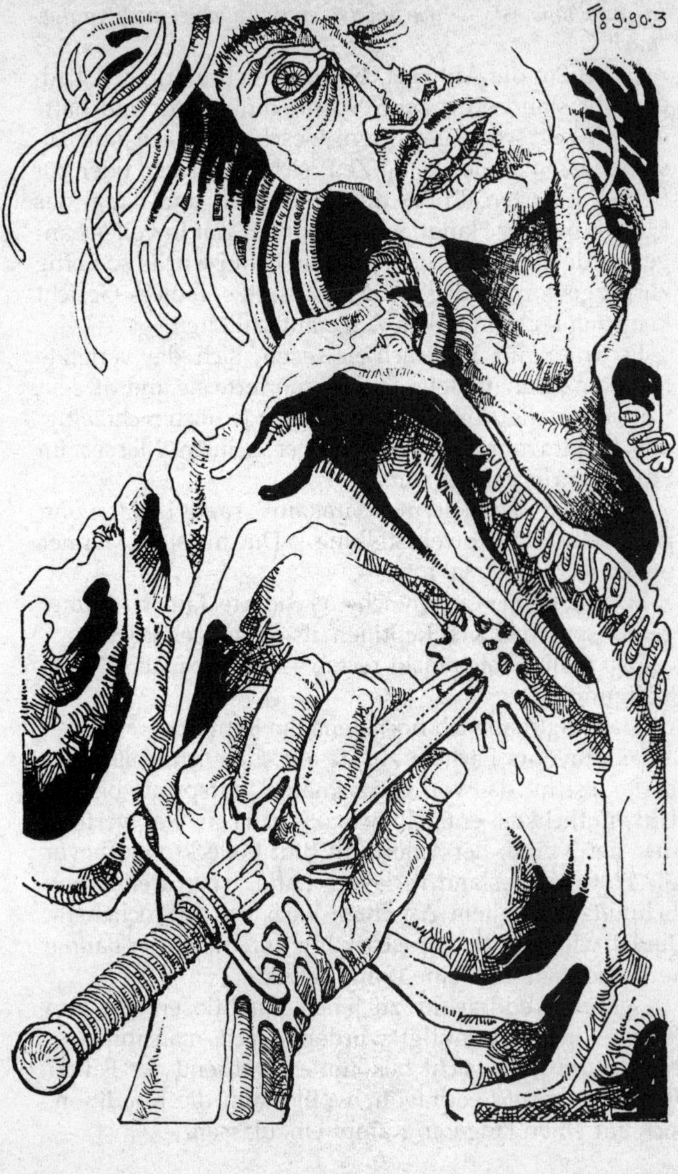

in der Nähe ist — warum ist er dann noch nicht aufgetaucht?

Er wußte die Antwort, bevor er sich umdrehte. Leddravohr stand etwa zehn Schritt hinter ihm und hatte das Messer schon geworfen. Geschwindigkeit und Distanz ließen Tauler keine Zeit, sich zu ducken oder zur Seite zu werfen. Er riß die Linke hoch und nahm das Messer mit der Handfläche. Das Blatt trat in voller Länge aus dem Handrücken, und die Hand wurde so heftig zurückgeworfen, daß die Messerspitze Taulers Gesicht knapp unter dem linken Auge aufschlitzte.

Es wäre nur natürlich gewesen, sich die verletzte Hand anzusehen, doch Tauler ignorierte sie und riß sein Schwert in die Abwehrhaltung, gerade noch rechtzeitig, um Leddravohr aufzuhalten, der seinem Messer im Sturmangriff gefolgt war.

»Du hast dazugelernt, Marakain«, sagte Leddravohr, jetzt selbst in Abwehrstellung. »Die meisten Männer wären jetzt zweimal tot.«

»Die Lektion war einfach«, erwiderte Tauler. »Immer gefaßt sein, daß sich Reptilien als solche gebärden.«

»Du kannst mich nicht reizen — also spar dir die Beleidigungen.«

»Beleidigt habe ich höchstens die Reptilien.«

Leddravohrs Lächeln zuckte auf, ziemlich weiß in einem Gesicht, das von getrockneten Blutspuren bis zur Unkenntlichkeit entstellt war. Sein Haar war verfilzt, und der Küraß, der schon mit Blut befleckt war, bevor die Flottille Diesland verlassen hatte, trug Streifen von Schmutz und allem Anschein nach von Erbrochenem. Tauler wich aus der Umstrickung durch die drei Bäume und überlegte sich eine Kampftaktik.

Gehörte Leddravohr zu jenen Furchtlosen, die von Höhenangst gedemütigt wurden? Hatte man ihn deshalb kaum zu Gesicht bekommen während der Fahrt? Wenn ja, hatte Leddravohr wohl kaum die Kondition, sich auf einen längeren Kampf einzulassen.

Das kolkorronische Kampfschwert war eine zweischneidige Waffe, die für formelle Duelle zu schwer war. Sie eignete sich nur für einfache Schläge oder Stöße, die im allgemeinen durch schnelle Reaktionen und gutes Augenmaß des Gegners abgeblockt oder abgelenkt werden konnten. Bei sonst gleichen Voraussetzungen wurde der Zweikampf meist durch Körperkraft und Ausdauer entschieden. Nun war Tauler zwar mehr als zehn Jahre jünger als Leddravohr; aber dieser Vorteil wurde durch die Kampfunfähigkeit seiner linken Hand zunichte gemacht. Dennoch hatte er Grund zum Optimismus — und dennoch hatte Leddravohr, der erfahrene Kämpe, nichts von seiner Arroganz verloren ...

»Warum so nachdenklich, Marakain?« Leddravohr machte jeden Standortwechsel Taulers mit, so daß sich die Schwerter unverändert in Schach hielten. »Sucht dich der Geist meines Vaters heim?«

Tauler schüttelte den Kopf. »Nein, der Geist meines Bruders. Sein Tod ist nie geklärt worden.« Zu seiner Verwunderung bemerkte er, wie Leddravohr verwirrt die Stirn runzelte.

»Warum reitest du darauf herum?«

»Weil du schuld bist an seinem Tod.«

»Ich habe dir schon mal gesagt, daß der Narr selbst schuld war.« Leddravohr stieß verärgert mit dem Schwert, und die beiden Waffen berührten sich zum ersen Mal. »Warum sollte ich wohl lügen, was glaubst du? Erst ritt er sein Blauhorn zuschanden, dann weigerte er sich, bei mir aufzusitzen.«

»Du sprichst nicht von Leyn.«

»Von wem sonst? Ich sage dir, er hätte jetzt an deiner Seite sein können, und es ist schade, daß er es nicht ist — sonst hätte ich nämlich jetzt das Vergnügen, euch beiden den Schädel zu spalten.«

Während des Wortwechsels hatte Tauler Gelegenheit gehabt, einen Blick auf die verwundete Hand zu werfen. Bis jetzt tat sie nicht besonders weh, aber Blut rann beständig am Heft des Messers hinunter und tropfte zu Boden. Schüttelte er die Hand, rührte sich das Blatt nicht; es saß fest eingekeilt zwischen den Handknochen. Die Wunde machte ihn zwar nicht kampfunfähig, würde ihn aber immer mehr beeinträchtigen. Es war ratsam, die Auseinandersetzung nicht aufzuschieben. Er durfte sich jetzt nicht mit der Lügengeschichte aufhalten, die Leddravohr ihm auftischte — es galt vielmehr, einem anderen bemerkenswerten Umstand auf den Grund zu gehen. Wie konnte ein Mann, dem zwölf Tage Desorientierung und Übelkeit zugesetzt hatten, derart siegesgewiß sein?

Hatte er etwas Wichtiges übersehen?

Und wieder musterte er seinen Gegner — Zehntelsekunden verstrichen wie Minuten in seinem hochgespannten Zustand — und fand lediglich, daß Leddravohrs Schwert eine Manschette trug. Soldaten aus einigen Teilen des kolkorronischen Reichs, vornehmlich aus Sorka und Middak, trugen Ledermanschetten am Schwertansatz, so daß sie das Schwert mit der zweiten Hand über dem Griff packen konnten. Tauler hatte nie viel von der Möglichkeit gehalten, das Schwert beidhändig zu führen, aber er nahm sich vor, besonders wachsam zu sein für den Fall, daß Leddravohr davon Gebrauch machte.

Mit einmal hatte das Taktieren und Taxieren ein Ende.

Man hatte sich lange genug umkreist. Beide hatten jetzt die Position, die objektiv so gut wie jede andere war, aber jedem auf eine undefinierbare Weise als die vorteilhafteste erschien, als die strategisch beste. Tauler griff als erster an, überrascht, weil ihm dieser psychologische Vorteil gelassen wurde, und trieb aus der Rückhand heraus kreuzweise eine Serie von abwärtsgerichteten Schlägen voran, und machte sofort eine erregende Feststellung. Wie vorauszusehen, blockte Leddravohr jeden Schlag problemlos ab, doch die Schwertkollisionen fielen anders aus, als Tauler erwartet hatte. Es war ihm, als gebe Leddravohrs Schwertarm jedesmal ein wenig nach. War das ein Zeichen von Schwäche?

Ein paar Minuten konnten alles entscheiden, triumphierte Tauler, während er die Schlagfolge zu ihrem natürlichen Ende kommen ließ; dann appellierte sein Selbsterhaltungstrieb an die Vernunft. *Verfänglicher Gedanke! Wäre Leddravohr mir bis hierher gefolgt — allein — wenn er sich dem Kampf nicht gewachsen gefühlt hätte?*

Tauler wich etwas zurück und wechselte die Stellung, die bluttriefende Hand vom Körper abgespreizt, und Leddravohr schloß mit alarmierender Schnelligkeit auf, ein niedriges rasendes Dreieck schlagend, das Tauler fast zwang, eher den nutzlosen Arm zu verteidigen als Kopf und Körper. Der Wirbel endete mit einem mächtigen Kreuzschlag aus der Rückhand, der Tauler kühle Luft unters Kinn fächelte. Tauler sprang zurück, eines Besseren belehrt — der Prinz war in lädiertem Zustand jedem Soldaten im besten Mannesalter gewachsen.

War dieses spontane Wiedererstarken der Hinterhalt, den er geargwöhnt hatte? Wenn ja, durfte er Leddravohr keine Atempause und keine Erholung gönnen. Er ging unverzüglich wieder zur Attacke über, eine Schlagfolge nach der anderen vorantreibend, fast übergangslos, seine ganze Kraft und sein ganzes Können aufbietend, so daß dem Widersacher keine Zeit blieb, sich zu besinnen oder Kräfte zu sammeln.

Leddravohr mußte heftig atmend zurückweichen. Tauler sah das niedrige Dorngebüsch hinter ihm und drang um so verbissener auf ihn ein, um die Chance zu nutzen, wenn der Gegner abgelenkt wurde, sich verfing oder das Gleichgewicht verlor. Doch, ohne sich umsehen zu müssen, schien Leddravohr das Gebüsch mit dem Spürsinn des geborenen Kämpfers wahrzunehmen.

Er rettete sich, indem er Taulers Schwert mit einer kreisförmigen Konterparade auslenkte, die einem Fechtmeister Ehre gemacht hätte, wobei er in den Kreis hineintrat und sie beide in eine neue Kampflinie zwang. Für eine Sekunde waren beide Männer widereinander gepreßt, Brust an Brust, über ihren Köpfen die Schwerter an den Heften verhakt, wo sich die gestreckten Kampfarme trafen.

Tauler bekam deutlich den heißen Atem Leddravohrs zu spüren und roch den fauligen Gestank von Erbrochenem, dann brach er den Kontakt auf, indem er seinen Schwertarm herunterzwang und zu einem unwiderstehlichen Hebel machte, der sie auseinandertrieb.

Leddravohr beschleunigte die Trennung, indem er zurücksprang und das Dorngestrüpp mit ein paar raschen Seitenschritten zwischen sie brachte. Der Brustkorb pumpte heftig unter dem Küraß. Der Prinz mußte am Rande der Erschöpfung sein, aber seltsam — das Erlebnis, nur knapp der Gefahr entronnen zu sein, schien ihm eher Auftrieb zu geben, als ihn zu beunruhigen. Er stand leicht vorgebeugt, in begierlich abwartender Haltung, und seine Augen funkelten höhnisch zwischen den Rinnsalen aus getrocknetem Blut.

Irgend etwas ist passiert, dachte Tauler, und eine diffuse Erwartung ließ die Haarbälge seiner Haut hervortreten. *Leddravohr weiß mehr als ich!*

»Du, Marakain«, sagte Leddravohr fast herzlich, »ich habe übrigens gehört, was du zu deiner Frau gesagt hast.«

»Ach, wirklich?« Obwohl Tauler in Alarmbereitschaft war, beschäftigte ihn die seltsame Tatsache, daß der ekelhafte Gestank, den er beim Körperkontakt mit Leddravohr wahrgenommen hatte, unvermindert stark in seiner Nase hing. War das wirklich nur die Säure von Erbrochenem, oder kam da ein anderer Geruch hinzu? Ein eigenartig vertrauter, bedrohlicher Geruch?

Leddravohr lächelte. »War eine gute Idee — das mit dem Abfeuern der Kanone. Da muß ich nicht lange suchen, wenn ich hier fertig bin.«

Laß ihn! Spar dir den Atem! mahnte sich Tauler. *Leddravohr trägt zu dick auf. So lockt man niemanden in eine Falle — die Falle ist längst zugeschnappt!*

»Na also, darauf kann ich jetzt wohl verzichten«, sagte Leddravohr. Er griff nach dem Schwertansatz, schob die Ledermanschette vom Blatt und ließ sie auf den Boden fallen. Seine Augen fixierten Tauler, amüsiert und geheimnisvoll.

Tauler musterte die Manschette. Sie schien aus zwei Lagen zu bestehen; die äußere, dünne Haut war aufgerissen. An den Rißrändern glitzerten Spuren von gelbem Schleim.

Er sah auf sein eigenes Schwert hinunter, zu spät den Gestank identifizierend, der davon ausging — den Gestank von Weißfarn. Der Schleim saß auf dem breitesten Teil des Schwertblattes, dicht am Heft. Das schwarze Material brodelte und dampfte, während es sich unter dem aggressiven Brakkaschleim auflöste, den Leddravohrs Schwert dort verschmiert hatte, als sie die Waffen an den Griffen gekreuzt hatten.

Ich akzeptiere meinen Tod, dachte er, dann geriet sein Denken in den Sog des Kampfgeschehens, als Leddravohr sich auf ihn stürzte, *aber ich gehe nicht allein auf die Reise!*

Er hob den Kopf und machte mit dem Schwert einen Ausfall gegen Leddravohrs Brust. Leddravohr parierte mit einer Rückhand, die das kranke Schwertblatt von der Wurzel brach, daß es wie ein überdimensionales Pterssaholz zu Boden drosch, und schwang sein Schwert in einen Stoß hinein, der auf Taulers Körper zielte.

Tauler nahm den Stoß, warf sich geradezu hinein, weil er keinen anderen Weg sah, seinen letzten Willen durchzusetzen. Er rang nach Luft, als er durch das Schwert hindurchging, bis zu Leddravohr. Er packte das Wurfmesser, drehte es mit der immer noch daraufgespießten linken Hand und stieß es Leddravohr von unten her in den Bauch, rührte und hebelte. Wärme ergoß sich über den Rücken der Hand.

Leddravohr knurrte und stieß Tauler mit letzter Kraft von sich, gleichzeitig das Schwert herausziehend. Er stierte mehrere Sekunden lang auf Tauler, den Mund geöffnet, dann ließ er sein Schwert fallen und sackte auf die Knie. Er kippte vornüber auf die Hände und blieb so, mit hängendem Kopf, und starrte auf die Blutpfütze, die sich unter ihm bildete.

Tauler zerrte an dem Messer und befreite es von den Handknochen, die es einklemmten, geistig dem Schmerz entrückt, den er sich beibrachte, dann preßte er beide Hände auf die Körperseite in dem vergeblichen Bemühen, die nassen Pulsschläge der Schwertwunde zu stillen. Die Grenzen seines Gesichtsfelds gärten; der sonnenbeschienene Hang pendelte auf ihn zu und wieder zurück. Er warf das Messer fort, näherte sich Leddravohr auf einknickenden Beinen und nahm das Schwert auf. Er legte alle Kraft, die ihm noch blieb, in den rechten Arm und hob das Schwert über den Kopf.

Leddravohr sah nicht auf, bewegte nur leicht den Kopf, um zu zeigen, daß er Tauler bemerkt hatte. »Ich habe dich doch getötet, Marakain, oder nicht?« sagte er mit erstickender, blutgetränkter Stimme. »Gib mir wenigstens diesen Trost.«

»Dein Pech. Du hast mir eine Schramme beigebracht, mehr nicht«, sagte Tauler. »Und das bin ich«, er riß das schwarze Schwertblatt herunter, »meinem Bruder schuldig … *Prinz!*«

Er wandte sich von Leddravohrs Rumpf ab und brachte es nur mit Mühe fertig, die Gondel im Auge zu behalten. Pendelte sie im Wind oder war sie der einzige Fixpunkt in einem schaukelnden, sich auflösenden Universum?

Er machte sich auf den Weg und mußte verwundert feststellen, daß sie mit einmal sehr weit weg war … viel weiter, als Jenland von Diesland entfernt war.

21. Kapitel

Die Rückwand der Höhle war teilweise von einem Haufen aus großen Kieselsteinen und Felsstücken verschüttet, die in Jahrhunderten durch einen natürlichen Kamin heruntergespült worden waren. Tauler fand Vergnügen daran, den Steinhaufen zu betrachten, denn er wußte, in seinem Innern hausten die Jenländer.

Er hatte sie zwar noch nicht zu Gesicht bekommen und wußte folglich auch nicht, ob sie winzigen Menschen ähnelten oder Tieren, doch er wußte sehr wohl, daß sie da waren — weil sie Laternen benutzten.

Das Licht der Laternen schien durch die Ritzen zwischen den Steinen, und zwar in Intervallen, die nichts mit dem Rhythmus von Tag und Nacht gemein hatten. Tauler gefiel die Vorstellung, wie die Jenländer darinnen ihren ureigenen Geschäften nachgingen, unbekümmert in ihrer baufälligen Festung, ohne sich um das große Universum da draußen zu scheren.

Es lag in der Natur seines Deliriums, daß er selbst in lichten Perioden mitunter noch eine winzige Laterne aus dem Herzen des Steinhaufens schimmern sah. In solchen Zeiten machte diese Beobachtung überhaupt keinen Spaß. Aus Angst um seine geistige Gesundheit starrte er jedesmal auf den Lichtpunkt und versuchte, ihn willentlich verschwinden zu lassen, weil so ein Punkt nichts verloren hatte in der rationalen Welt. Manchmal gehorchte das winzige Licht rasch, doch es konnte auch Stunden dauern, ehe es erlosch, und dann klammerte er sich an Gesalla wie an eine Rettungsleine, die ihn mit allem verband, was vertraut und normal war ... »Und *ich* sage, du bist noch zu schwach, um aufzubrechen«, sagte Gesalla entschieden. »Es ist also sinnlos, weiter darüber zu diskutieren.«

»Aber ich bin doch so gut wie gesund«, protestierte Tauler und ruderte mit den Armen, um seine Worte zu unterstreichen.

»Deine Zunge ist das einzige, was wieder gesund ist, und selbst die solltest du besser noch schonen. Nun sei mal eine Weile still und laß mich meine Arbeit machen.« Sie kehrte ihm den Rücken zu und benutzte einen Ast, um in dem Topf zu rühren, in dem sein Verbandszeug ausgekocht wurde.

Nach sieben Tagen brauchte die Verletzung im Gesicht und die Stichwunde in der linken Hand im Grunde keine Pflege mehr, doch die beiden Schwertwunden in seiner Seite eiterten noch immer. Weil Gesalla sie alle paar Stunden frisch versorgte, war es nötig, den mageren Vorrat an Tüchern und Wickeln, den sie hatte herstellen können, ständig wiederzuverwenden.

Tauler wußte nur zu gut, daß er ohne ihren Beistand nicht überlebt hätte, aber in seine Dankbarkeit mischte sich die Besorgnis um ihre Sicherheit. Vermutlich war die Landung der Flotte nicht minder chaotisch verlaufen wie ihr Abflug, und trotzdem grenzte es an ein Wunder, daß man ihn und Gesalla bis jetzt in Ruhe gelassen hatte. Und seit das Fieber nachließ, wuchs tagtäglich seine Unruhe.

Wir brechen am Morgen auf, mein Liebling, dachte er. *Ob du einverstanden bist oder nicht.*

Er lehnte sich in sein Lager aus Steppdecken zurück, gab sich Mühe, seine Ungeduld zu zügeln, und ließ den Blick zur Höhle hinaus in die Landschaft schweifen. Die grünen Faltenwürfe der grasbewachsenen Hänge, die da und dort mit unbekannten Bäumen gesprenkelt waren, fielen gut eine Meile gen Westen bis an den Rand eines großen Sees aus purem Indigo, in dem abertausend Sonnenjuwelen schwammen. Die nördlichen und südlichen Ufer waren dicht bewaldet, fliehende, sich scheinbar verjüngende Streifen einer Farbe, die — wie auf Diesland — eine Mischung war aus Millionen Tupfern von Lindgrün bis Tiefrot, jeder Tupfer ein Baum im jeweiligen Stadium seines Blattzyklus. Der See erstreckte sich bis an den westlichen Horizont, wo ihn die ätherisch blauen Kegel ferner Berge von einem wolkenlosen Himmel schieden, der sich emporschwang, um die Alte Welt zu umfangen.

Tauler fand den Ausblick unbeschreiblich schön und hatte sich anfangs schwer getan, ihn von den anderen Hirngespinsten seines Deliriums zu unterscheiden. Er erinnerte sich nur lückenhaft an diese Tage. Er hatte einige Zeit gebraucht, bis er begriffen hatte, daß er nicht mehr dazu gekommen war, die Kanone abzufeuern, und daß Gesalla eigenmächtig zurückgekehrt war. Sie hatte das heruntergespielt und behauptet, ein siegreicher Leddravohr hätte sich schon dadurch verraten, daß er sich sofort auf die Suche nach ihr gemacht hätte. Tauler hatte sie eines Besseren belehrt.

Wie er so dalag in der friedlichen Stille des frühen Morgens und Gesalla zusah, wie sie ihren selbstauferlegten Pflichten nachging, stieg eine Welle der Bewunderung in ihm auf. Gesalla hatte so viel Mut und Findigkeit bewiesen. Nie würde er begreifen, wie sie es fertiggebracht hatte, ihn in den Sattel von Leddravohrs Blauhorn zu bugsieren, das Tier mit Vorräten aus der Gondel zu beladen und es meilenweit am Zügel zu führen, bis sie schließlich diese Höhle gefunden hatte. Diese Leistung hätte einem Mann Respekt verschafft — einer schwachen Frau, die auf einem unbekannten Planeten mit all seinen möglichen Gefahren auf sich allein gestellt war, hätte man dafür ein Denkmal setzen müssen.

Gesalla ist wirklich eine außergewöhnliche Frau, dachte Tauler. *Wann wird sie endlich einsehen, daß ich nicht die Absicht habe, sie in diese Wildnis zu verschleppen?*

Seit er wieder bei Vernunft war, lag ihm die schiere Undurchführbarkeit seines ursprünglichen Plans schwer auf der Seele. Ohne Baby mochten zwei erwachsene Menschen eine Art Nomadenleben in den Wäldern

Jenlands durchstehen — doch selbst wenn Gesalla noch gar nicht schwanger war, würde sie keine Ruhe geben, bis sie ein Kind hatte.

Er hatte einige Zeit gebraucht, um zu erkennen, daß der Kern des Problems auch die Lösung enthielt. Mit Leddravohrs Tod würde Prinz Pautsch König werden, und Tauler kannte ihn als nüchternen, leidenschaftslosen Mann, der an der traditionellen Nachsicht mit schwangeren Frauen festhalten würde — zumal der einzige, der ihre Attacke mit der Kanone hätte bezeugen können, mehr als mundtot war.

Schließlich hatte Tauler sich entschieden — während er sein Bestes tat, den Laternenschimmer dieses einzelnen, hartnäckigen Jenländers im Schotterhaufen zu ignorieren — Gesalla so lange zu beschützen, bis ihr Zustand augenfällig wurde. Hundert Tage schienen ein vernünftiges Ziel. Doch nur schon der Akt, sich auf einen Zeitraum festzulegen, hatte seine Unrast noch gesteigert. Einerseits durfte er nicht zu früh aufbrechen, damit sie nicht zu langsam vorankamen — aber auch nicht erst dann, wenn selbst die Flinkheit eines wilden Tieres nicht mehr flink genug war ...

»Worüber brütest du denn?« sagte Gesalla, den brodelnden Kessel vom Feuer nehmend.

»Über dich — und was noch zu tun ist, bevor wir morgen früh aufbrechen.«

»Ich habe gesagt, du bist noch nicht soweit.« Sie kniete sich neben ihn, um seine Verbände zu inspizieren, und die Berührung ihrer Hände elektrisierte seine Leistengegend.

»Ich glaube, da ist noch jemand auf dem Weg der Besserung«, sagte er.

»Auch dazu ist es noch zu früh«, sagte sie lächelnd und betupfte seine Stirn mit einem feuchten Tuch. »Du kannst statt dessen etwas Eintopf haben.«

»Schöner Trost«, brummte er und wollte ihre Brüste berühren, als sie sich erhob. Aber die plötzliche Armbewegung, obwohl nur leicht, verursachte einen scharfen Schmerz in der Seite und gab ihm einen Vorgeschmack auf den kommenden Morgen, wenn er in den Sattel des Blauhorns klettern mußte.

Er verdrängte seinen Kummer und sah zu, wie Gesalla ein einfaches Frühstück zubereitete. Sie hatte einen abgeflachten, etwas konkaven Stein aufgetrieben, den sie als eine Art Herd benutzte. Indem sie winzige Prisen Paikn und Havl darauf vermischte, die aus dem Schiff stammten, konnte sie eine Hitze erzeugen, die keinen verräterischen Rauch abgab. Nachdem sie den Eintopf gewärmt hatte — einen dicken Brei aus Körnern, Hülsenfrüchten und Bröckchen von gepökeltem Rindfleisch — reichte sie ihm einen Teller voll und ließ ihn selbst essen.

Tauler hatte sich ein Lächeln verkneifen müssen, als unter den ›lebensnotwendigen‹ Dingen, die sie aus der Gondel geborgen hatte, Geschirr und Besteck aufgetaucht waren — ein Echo der alten, oder besser, anderen Gesalla. Durch die alltäglichen Haushaltsgegenstände, die sich wie Fremdkörper in dieser jungfräulichen Welt ausnahmen — und durch die aufkommende Romantik, die von Ungewißheit und Gefahr erstickt wurde, bekam das Essen einen bitteren Beigeschmack.

Tauler war nicht wirklich hungrig und aß wie ein Automat, nur um so schnell wie möglich wieder zu Kräften zu kommen. Außer dem gelegentlichen Schnauben des angebundenen Blauhorns drangen von draußen nur die rollenden Schläge der Brakkapollutionen in die Höhle. Die Häufigkeit der Explosionen deutete darauf hin, daß die Gegend reich an Brakka war. Dabei fiel ihm wieder Gesallas Frage ein: Wenn die übrige Vegetation von Jenland auf Diesland unbekannt war, wieso hatten beide Welten ausgerechnet den Brakkabaum gemeinsam?

Gesalla hatte Gras, Blätter, Blumen und Beeren gesammelt, um sie zu untersuchen und zu vergleichen. Einmal abgesehen vom Gras, das nur ein Botaniker beurteilen konnte — war alles fremdartig. Tauler hatte seine Idee wiederholt, daß der Brakkabaum eine universelle Pflanze sei, die man auf jedem Planeten finden könne, doch er spürte selbst — obwohl ungeübt darin, solche Dinge zu durchdenken — daß diese Erklärung etwas philosophisch Unbefriedigendes an sich hatte. Er wünschte, er hätte Leyn um Rat fragen können.

»Da ist wieder eine Pterssa«, rief Gesalla. »Guck mal! Sogar sieben oder acht Stück — sie sind unterwegs zum Wasser.«

Tauler sah in die Richtung, in die Gesalla zeigte, und mußte die Brennweite seiner Augen erst mehrmals ändern, ehe er die schimmernden Reflexe auf den farblosen und nahezu unsichtbaren Blasen entdeckte. Sie trieben langsam hangabwärts, auf einem Luftstrom, der durch die nächtliche Abkühlung des Bodens erzeugt wurde.

»Du siehst besser als ich«, sagte er kleinlaut. »Die von gestern hab' ich erst gesehen, als sie schon fast auf meinem Schoß war.«

Die Pterssa, die ihnen gestern bald nach Kurznacht einen Besuch abgestattet hatte, war bis auf zehn Schritt an Taulers Bett herangekommen; obwohl ihn Leyns stumme Botschaft eines Besseren belehrt hatte, hatte ihn die Nähe der Blase so mit Entsetzen erfüllt, als hätte die Begegnung auf Diesland stattgefunden. Wäre er beweglicher gewesen, hätte er wahrscheinlich nicht umhin gekonnt, das Schwert nach ihr zu werfen. Die Blase hatte ein paar Sekunden in seiner Nähe getänzelt, ehe sie hinaus und in langsamen, nachdenklichen Sprüngen hangabwärts gesegelt war.

»Du hättest gerade dein Gesicht sehen sollen!« Gesalla unterbrach ihr Essen und parodierte einen Ausdruck von Furcht.

»Ich mußte eben an etwas denken«, sagte Tauler. »Haben wir irgendwas zum Schreiben dabei?«

»Nein. Warum?«

»Du und ich, wir sind die einzigen Menschen auf ganz Jenland, die wissen, was Leyn über die Pterssa herausgefunden hat. Ich wünschte, ich hätte Chakkell davon erzählt. All die Stunden auf dem Schiff — und ich habe nicht ein Wort darüber verloren!«

»Woher solltest du wissen, daß es hier Brakkabäume und Pterssas gibt? Das alles lag hinter dir.«

Eine neue und drängendere Unruhe ergriff von Tauler Besitz, eine, die nichts zu tun hatte mit seinen persönlichen Belangen. »Hör zu, Gesalla, wenn es etwas gibt, das wichtiger ist als alles andere, dann ist es diese Botschaft. Du mußt unbedingt dafür sorgen, daß Pautsch und Chakkell von Leyns Ideen hören und sie auch begreifen.

Wenn wir die Brakkabäume in Ruhe lassen, sie ausleben lassen und ihrem natürlichen Tod überlassen, dann werden die Pterssas hier niemals unsere Feinde werden. Selbst eine vernünftige Auslese — wie im alten Chamtess — ist wahrscheinlich schon zuviel, denn die Pterssa dort ist rosa geworden, und das ist ein Zeichen dafür ...« Er hörte auf zu reden, weil er sah, wie Gesalla ihn anstarrte, besorgt und vorwurfsvoll.

»Ist was?«

»Du hast gesagt, *ich* müßte dafür sorgen, daß Pautsch und ...« Gesalla setzte ihren Teller ab, kam zu ihm und kniete sich an sein Lager. »Was wird aus uns, Tauler?«

Er zwang sich zu einem Lachen und übertrieb die damit verbundenen Schmerzen, weil er Zeit gewinnen wollte, um seinen Fehler vertuschen zu können. »Wir sind dabei, unsere eigene Dynastie zu gründen — das wird aus uns. Glaubst du, ich würde zulassen, daß dir irgend etwas zustößt?«

»Nein — deshalb bin ich ja so erschrocken.«

»Gesalla, alles, was ich sagen wollte, war, daß wir hier eine Botschaft hinterlassen müssen ... oder woanders, wo sie gefunden wird und den König erreicht. Ich kann mich schlecht bewegen, also hab ich dir die Verantwortung dafür gegeben. Ich zeige dir, wie man Holzkohle macht, und dann werden wir noch etwas finden ...«

Gesalla schüttelte langsam den Kopf, und ihre Augen erschienen vergrößert durch die ersten Tränen, die er je dort gesehen hatte. »Es ist alles so unwirklich, Tauler. Alles ist nur ein Traum.«

»Der Flug nach Jenland war auch nur ein Traum — damals — aber jetzt sind wir hier, und wir sind immer noch am Leben, trotz allem.« Er zog sie herunter, bis sie neben ihm lag, den Kopf auf seine Schulter gebettet. »Ich weiß nicht, was aus uns wird, Gesalla. Ich kann dir nur eins versprechen ... wie hattest du noch gesagt? ... daß wir uns nicht den Schlächtern ausliefern. Das muß uns vorerst genügen. Warum ruhst du dich nicht aus und *ich* passe mal auf *dich* auf, nur zur Abwechslung?«

»Einverstanden, Tauler.« Gesalla machte es sich bequem, schmiegte sich an ihn, nicht ohne auf seine Verletzungen zu achten, und war in erstaunlich kurzer Zeit eingeschlafen. Der Übergang von ängstlicher Wachsamkeit zu ruhigem Schlaf wurde durch ganz leise Schnarchlaute verkündet, und Tauler prägte sich die Situation lächelnd ein, um Gesalla später damit aufziehen zu können. Es sah so aus, als ob das einzige Zuhause, das ihnen Jenland zu bieten hatte, aus solchen immateriellen Balken gezimmert sein würde.

Er versuchte wach zu bleiben, auf sie aufzupassen, doch die Nebel einer tückischen Müdigkeit krochen in seinen Kopf — und die Laterne des letzten Jenländers schimmerte wieder in der Geröllhalde.

Er konnte dem Irrlicht nur entkommen, indem er die Augen schloß ...

Der Soldat über ihm hielt ein Schwert.

Tauler wollte sich bewegen, sich trotz seiner Schwäche und Gesallas Körper, der halb auf ihm lag, zur Wehr setzen, als er sah, daß es Leddravohrs Schwert war, das der Soldat in der Hand hielt, und selbst in seiner Schlaftrunkenheit wußte Tauler die Situation sofort richtig einzuschätzen.

Es war zu spät, jede Verteidigung war zwecklos — denn ihre kleine Zuflucht war schon umzingelt, erobert und überrannt.

Das bestätigte auch die wechselnde Helligkeit, die von anderen Soldaten herrührte, die draußen unmittelbar vor dem Höhleneingang herumgingen. Die Männer begannen miteinander zu reden, als sie feststellten, daß sie nicht mehr zu schweigen brauchten. Irgendwo in der Nähe war das Schnauben und Hufschlittern eines Blauhorns zu hören, das den Hügel herunterkam. Tauler drückte Gesallas Schulter, um sie zu wecken, und obwohl sie sich nicht bewegte, spürte er, wie ihr der Schreck in die Glieder fuhr.

Der Soldat mit dem Schwert machte einem schlitzäugigen Major Platz, dessen Kopf sich fast nur als Silhouette gegen den Himmel abhob, während er auf Tauler hinabsah. »Kannst du aufstehen?«

»Nein — er ist zu schwach«, sagte Gesalla und erhob sich auf die Knie.

»Ich kann stehen.« Tauler griff nach ihrem Arm. »Hilf mir, Gesalla — ich will jetzt lieber auf den Füßen sein.« Es gelang ihm, mit ihrer Hilfe aufzustehen, und er wandte sich dem Major zu. Eigentlich hätte er niedergeschlagen sein müssen wegen seines Versagens und der daraus resultierenden Gefahr für Leib und Leben; statt dessen brachte ihn die triviale Tatsache aus der Fassung, daß er splitternackt war.

»Nun, Major«, sagte er, »was kann ich für Euch tun?«

Die Miene des Majors war von Berufs wegen teilnahmslos. »Der König will mir dir reden.«

Er trat beiseite, und die füllige Gestalt von Chakkell näherte sich. Seine Kleidung war schlicht und einfach, passend für den Geländeritt, aber an seinem Hals hing der riesige blaue Juwel, den Tauler zuletzt bei Pradt gesehen hatte. Chakkell hatte sich Leddravohrs Schwert geben lassen und trug es mit dem Blatt an die rechte Schulter gelehnt, eine neutrale Haltung, die rasch in eine Attacke umschlagen konnte. Sein dunkelhäutiges, dickliches Gesicht und die braune Glatze glänzten in der äquatorialen Hitze.

Er machte zwei Schritte vor Tauler Halt und musterte ihn eingehend von Kopf bis Fuß. »Nun, Marakain, ich hatte dir versprochen, dich nicht zu vergessen.«

»Majestät, ich darf wohl behaupten, daß ich Euch und Euren Lieben guten Grund gegeben habe, sich meiner zu erinnern.« Tauler wurde gewahr, wie Gesalla an seiner Seite Schutz suchte, und wählte ihr zuliebe seine Worte so, daß es daran nichts zu deuteln gab. »Ein Sturz aus tausend Meilen Höhe hätte ...«

»Marakain, nicht schon wieder die alte Leier«, fiel ihm Chakkell ins Wort. »Und leg dich hin, bevor du umfällst!«

Chakkell nickte Gesalla zu, die sofort verstand und Tauler behilflich war, sich wieder auf das Lager aus Dekken zu legen. Auf einen Wink hin zogen sich der Major und der Rest der Eskorte zurück. Als sie außer Hörweite waren, hockte Chakkell sich auf den Boden und warf plötzlich das schwarze Schwert über Tauler hinweg in das Dunkel der Höhle.

»Unsere Unterhaltung wird kurz sein«, sagte er, »und jedes Wort bleibt unter uns. Ist das klar?«

Tauler nickte benommen und fragte sich, ob er seinem Durcheinander an Gedanken und Empfindungen auch noch Hoffnung hinzufügen durfte.

»Was dich betrifft, so hat sich bei Adel und Militär, soweit sie auf Jenland vertreten sind, ein gewisses Unbehagen breitgemacht«, sagte Chakkell tröstlich. »Kurz und gut, nicht viele Männer haben innerhalb von drei Tagen zwei Königsmorde begangen. Damit ist jedoch fertigzuwerden. In unserem neuen Kleinstaat herrscht ein Sinn für das Praktische — und die Siedler wissen zu würdigen, daß die Loyalität gegenüber einem lebendigen König der Gesundheit zuträglicher ist, als eine solche gegenüber zwei toten Königen. Du willst wissen, was aus Pautsch geworden ist?«

»Lebt er?«

»Er lebt, aber er hat schnell eingesehen, daß seine subtile Art, Politik zu machen, nicht den Erfordernissen der Zeit entspricht. Er ist mehr als froh, seine Ansprüche auf den Thron abtreten zu können — falls denn ein Stuhl aus alten Gondelteilen diesen Namen verdient.«

Tauler fiel auf, daß Chakkell wie ausgewechselt war — fröhlich, gesprächig, mit sich und der Welt zufrieden. Vielleicht war er ganz einfach nur froh, daß ihm und seinen Nachkommen jetzt die erste Rolle in einer aufkeimenden Gesellschaft zufiel, nachdem er im alten und statischen Kolkorron so lange die zweite Rolle gespielt hatte? Oder hatten die einzigartigen Umstände der großen Auswanderung am Ende einen kühnen Geist geweckt? Während er Chakkell mit unverhohlener Neugier betrachtete, fiel Tauler plötzlich ein Stein vom Herzen, und ganze Chöre stimmten in seinen Jubel ein.

Gesalla und ich, wir werden Kinder haben. Und es spielt überhaupt keine Rolle, daß wir eines Tages sterben müssen, denn unsere Kinder werden wieder Kinder haben, und vor uns liegen Jahrzehnte ... Jahrhunderte ... erstreckt sich die ganze Zukunft — es sei denn ...

Tauler wechselte die Wirklichkeit. Er stand auf felsigem Grund westlich von Ro-Atabri und hatte sein Teleskop auf den zusammengesunkenen Körper seines Bruders gerichtet. Er las Leyns letzte Mitteilung, die nichts mit Rache oder persönlichem Bedauern zu tun hatte, die sich statt dessen — wie es Leyns mitfühlendem Instinkt entsprach — dem Wohlergehen Millionen Ungeborener widmete.

»Prinz ... Majestät ...« Tauler stützte sich mit einem Ellbogen hoch, um Chakkell von Angesicht zu Angesicht mit der Wahrheit konfrontieren zu können, die er so lange für sich behalten hatte, aber die unbedachte Drehung des Oberkörpers fuhr wie eine Lanze durch den Wundkanal; der Schmerz verschlug ihm die Stimme und warf ihn auf das Lager zurück.

»Leddravohr hätte dich fast getötet, hab ich recht?« sagte Chakkell mit belegter Stimme.

»Das ist vorbei«, sagte Tauler und strich Gesalla übers Haar, die sich über das neuentflammte Feuer an seiner Seite beugte. »Ihr kennt meinen Bruder und wißt, womit er sich befaßte?«

»Ja.«

»Sehr gut. Vergeßt alles über mich — in mir lebt mein Bruder und er spricht jetzt durch meinen Mund zu Euch ...« Tauler fuhr fort, kämpfte sich durch Wellen aus Übelkeit und Schwäche, um mit Worten ein Bild zu malen von der entarteten Dreiecksbeziehung zwischen Mensch, Brakkabaum und Pterssa. Er beschrieb die Symbiose zwischen Brakka und Pterssa, und wo ihm das Wissen fehlte, setzte er auf Inspiration und Phantasie.

In einer Symbiose zogen immer beide Parteien Nutzen aus der Verbindung. Die Pterssas vermehrten sich hoch oben in der Atmosphäre, und ihre Nahrungsquelle war — höchstwahrscheinlich — der Brakkabaum, der bei seinen Eruptionen Pollen, Miglyngas und winzige Spuren von Paikn und Havl emporschleuderte. Dafür setzten die Pterssas allen Organismen nach, die das Gedeihen des Brakka bedrohten. Die blinde Triebkraft der zufälligen Mutation änderte immer wieder die innere Zusammensetzung der Pterssas, bis sich eines Tages rein zufällig ein wirksames Gegenmittel ergab — gegen den schlimmsten Feind des Brakka. Der Weg war vorgezeichnet. Nun begannen die Pterssas, das Gift *gezielt* zu konzentrieren und zu verfeinern, damit daraus die Waffe wurde, mit der sie die Geißel geißeln und den schädlichsten aller Schädlinge restlos ausmerzen konnten.

Die Menschen auf Jenland mußten den Brakka mit dem Respekt behandeln, den er verdiente. Hartholz und Energiekristalle durfte man nur noch von abgestorbenen Bäumen nehmen. Und wenn das nicht genug war, so oblag es den Einwanderern, ihre Lebensweise entsprechend zu ändern oder nach Ersatz zu suchen.

Wenn man das alles in den Wind schlug, würde sich auf Jenland wiederholen, was die Menschen von Diesland vertrieben hatte ...

»Ich bin beeindruckt«, sagte Chakkell, als Tauler seine Ausführungen beendet hatte. »Was du sagst, muß zwar nicht unbedingt stimmen, aber es gibt zu denken. Unsere Generation ist leidgeprüft, so daß wir zum Glück nichts überstürzen müssen. Wir haben vorerst ganz andere Sorgen.«

»So dürft Ihr nicht denken«, drängte Tauler. »Ihr seid der Herrscher ... es liegt allein bei Euch ... Ihr tragt die Verantwortung ...« Er seufzte und sprach nicht weiter, sich einer Müdigkeit überlassend, die den Himmel über Jenland zu verfinstern schien.

»Heb dir deine Kraft für später auf«, sagte Chakkell milde. »Ich lasse dich jetzt besser in Ruhe, doch vorher möchte ich noch gerne wissen — zwischen Leddravohr und dir — war es ein fairer Kampf?«

»Fast ... bis er mein Schwert mit Brakkaschleim zerstörte.«

»Und du ihn gerade so zugerichtet hast.«

»Ich konnte nicht anders.« Tauler widerfuhr jene mystische Anwandlung, die zuweilen mit Krankheit und völliger Schwäche einherging. »Ich war geboren, um Leddravohr zu besiegen.«

»Vielleicht wußte er das.«

Tauler zwang seinen Blick in Chakkells Gesicht. »Ich weiß nicht, was Ihr ...«

»Ich frage mich, ob Leddravohr wirklich mit Leib und Seele bei unserer jungen Monarchie war«, sagte Chakkell. »Ich frage mich, warum er dich *allein* verfolgt hat.

Vielleicht, weil er ahnte, daß *du* sein Pfad des Ruhms warst?«

»Damit«, flüsterte Tauler, »kann ich wenig anfangen.«

»Du mußt ausruhn.« Chakkell stand auf und wandte sich an Gesalla. »Kümmere dich um den Mann — ich brauche ihn mindestens so sehr wie du. Ich denke, er muß noch ein paar Tage liegen. Aber ihr scheint euch ja recht wohl zu fühlen hier. Brauchst du irgendwas?«

»Wir können frisches Wasser gebrauchen, Majestät«, sagte Gesalla. »Sonst haben wir alles, was wir brauchen.«

»Ja.« Chakkell studierte einen Moment lang ihr Gesicht. »Ich werde das Blauhorn mitnehmen, weil wir insgesamt nur sieben davon haben und so schnell wie möglich mit der Zucht beginnen müssen. Ich postiere Wachen in der Nähe. Du rufst sie, wenn du meinst, daß er transportfähig ist. Einverstanden?«

»Ja, Majestät — wir sind in Eurer Schuld.«

»Ich hoffe, dein Patient erinnert sich daran, wenn er wiederhergestellt ist.« Chakkell drehte sich um und ging mit großen Schritten hinaus zu den wartenden Soldaten; seine Bewegungen verrieten die energische Selbstsicherheit eines Menschen, der wußte, daß er eine Antwort auf die Frage der Zeit hatte.

Später, als es draußen wieder still war, wachte Tauler auf und sah, wie Gesalla die Zeit damit verbrachte, ihre Sammlung von Blättern und Blumen zu sortieren und zu kramen. Sie hatte sie vor sich auf dem Boden ausgebreitet und bewegte lautlos die Lippen, während sie die Exemplare mit Bedacht und nach Gutdünken ordnete. Hinter ihr blendete ihn die belebende und gleißende Klarheit Jenlands.

Tauler setzte sich vorsichtig auf. Er warf einen Blick auf den Steinhaufen im Hintergrund der Höhle, nur um sich gleich wieder abzuwenden, weil er sich scheute, die winzige Laterne schimmern zu sehen. Erst wenn sie ein für allemal erloschen war, konnte er sicher sein, daß ihn das Fieber verlassen hatte, und bis dahin wollte er nicht immerzu daran erinnert werden, wie nahe er dem Tod gewesen war, und dem Verlust all dessen, was Gesalla für ihn bedeutete.

Sie sah von den Mustern auf, die sich abzuzeichnen begannen. »Ist da hinten irgendwas?«

»Da ist nichts«, sagte er und brachte ein Lächeln auf. »Gar nichts.«

»Aber du starrst nicht zum ersten Mal auf die Steine. Was verheimlichst du mir?« Halb neugierig und halb scherzend kam sie herüber und kniete sich neben ihn, um seinen Blickwinkel zu teilen. Sie brachte ihr Gesicht ganz nahe an seins, und er sah, wie sich ihre Augen vor Überraschung weiteten.

»Tauler!« Ihre Stimme war die eines Kindes, zaghaft vor Staunen. »Da drinnen schimmert ein Licht!«

Sie sprang auf die Füße, so flink, wie es nur ihr federleichter Körper zuließ, setzte über ihn hinweg und lief in die Höhle.

Von einer sonderbaren Furcht befallen, wollte er ihr eine Warnung hinterherrufen, aber seine Kehle war wie ausgedörrt und die Worte blieben ihm im Hals stecken. Gesalla war schon dabei, die ersten Steine beiseite zu räumen. Er sah benommen zu, wie sie mit beiden Händen in den Steinhaufen langte und etwas Schweres heraushob und es ins helle Licht am Eingang trug.

Sie kniete sich an sein Lager und legte den Fund auf ihre Oberschenkel. Es war ein großer dunkelgrauer Steinsplitter, wie er Tauler noch nie unter die Augen gekommen war. Quer über den Stein und durch ihn hindurch, eins mit ihm und doch deutlich von ihm unterschieden, zog sich das breite Band eines Materials, das weiß war und doch mehr als weiß, das die Sonne reflektierte wie ein ferner See bei Tagesanbruch.

»Herrlich«, hauchte Gesalla. »Aber was ist das?«

»Ich weiß nicht.« Er verzerrte das Gesicht vor

Schmerz, als er nach seiner Kleidung tastete, die Tasche fand und das sonderbare Andenken ans Licht brachte, das ihm sein Vater gegeben hatte. Er hielt es gegen die schimmernde Schicht, die durch den Stein lief, und fand bestätigt, was er schon wußte — es war das gleiche Material.

Gesalla nahm ihm den kleinen Klumpen aus der Hand und strich mit der Fingerspitze über die polierte Oberfläche. »Woher hast du das?«

»Mein Vater ... mein richtiger Vater ... gab mir das in Chamtess, kurz bevor er starb. Er sagte, er hätte es in der Provinz Rendat gefunden. Als ich noch nicht geboren war.«

»Ich habe ein merkwürdiges Gefühl.« Gesalla fröstelte, während sie hinaufsah zu dem dunstigen, rätselhaften Auge der Alten Welt. »War unsere Auswanderung nicht die erste, Tauler? Ist das alles schon einmal passiert?«

»Das ist gut möglich — vielleicht schon oft — aber wichtig ist nur, daß es nie ...« Müdigkeit zwang Tauler, den Satz unvollendet zu lassen.

Er legte den Handrücken auf den Stein, dort wo der Streifen glänzte, beseelt von der Kühle und Fremdartigkeit des Materials — und der leisen Zuversicht, daß er die Zukunft — irgendwie — davor bewahren konnte, die Fehler der Vergangenheit zu wiederholen.

Der Roman wird fortgesetzt mit

Die hölzernen Raumschiffe

HEYNE SF Band 06/4774